Svea Lubenow

VIER FRAUEN AM MEER

Roman

Ullstein

Besuchen Sie uns im Internet:
www.ullstein.de

Wir verpflichten uns zu Nachhaltigkeit
- Klimaneutrales Produkt
- Papiere aus nachhaltiger Waldwirtschaft und anderen kontrollierten Quellen
- ullstein.de/nachhaltigkeit

MIX
Papier
FSC FSC® C083411

Originalausgabe im Ullstein Taschenbuch
1. Auflage April 2022
© Ullstein Buchverlage GmbH, Berlin 2022
Umschlaggestaltung: bürosüd° GmbH, München
Titelabbildung: ©AKG-Images (4 Frauen);
© www.buerosued.de (Hintergrund)
Gesetzt aus der Albertina powered by pepyrus
Druck und Bindearbeiten: CPI books GmbH, Leck
ISBN 978-3-548-06583-0

»Das Paradies ist ein Garten.«

Maxime der Lebensreform-Kommune
Obstbau-Siedlung »Eden«, die 1893 von 18 Berliner
Vegetariern in Oranienburg gegründet wurde

Für Markus Wild

Prolog – Der Schönheitsabend

Bad Nauheim/Frankfurt am Main,
Mittwoch, 18. Februar 1925

Gitta Mahrenholz blickte angespannt aus dem Fenster auf das Schneetreiben, das hinter den cremefarbenen Chiffongardinen immer dichter wurde. Auch ihre Eltern, die mit ihr an dem runden Mahagonitisch am Erkerfenster saßen, wo sie ihren Fünfuhrtee einzunehmen pflegten, beobachteten die Schneeflocken.

Gittas Mutter, die am Institut Sankt Lioba, wo auch Gitta als Handarbeitslehrerin arbeitete, Musik unterrichtete, schüttelte fassungslos den Kopf. »Da sehnt man den Frühling herbei, und dann kommt noch mal so ein Wintereinbruch.«

»Der Winter ist noch lange nicht vorüber. Der Februar gilt nach dem Januar als der kälteste Monat des Jahres«, erwiderte Oberstudienrat Dr. Karl Mahrenholz, der am hiesigen Ernst-Ludwig-Gymnasium Griechisch und Latein lehrte. Er nahm ein zweites Stück Sandkuchen von der kristallenen Tortenplatte und forderte Gitta auf, sich ebenfalls zu bedienen.

»Du hast seit dem Mittagessen nichts mehr gegessen, und

nachher knurrt dir in Frankfurt wieder der Magen, der Abend ist noch lang.«

»Wenn es nach mir ginge, würdest du bei so einem Wetter gar nicht erst fahren, sondern lieber zu Hause bleiben. Dann versäumst du halt einmal einen Nähkurs, das ist doch nicht so schlimm«, warf Hulda Mahrenholz mit besorgter Miene ein und legte ihrer Tochter die Hand auf den Arm. Die Sechsundzwanzigjährige versteifte sich sogleich.

»Das kommt überhaupt nicht infrage, Mama«, protestierte sie. »Heute Abend nehmen wir uns die Schnitttechnik der ›Charleston-Mode‹ aus Übersee und des ›Berliner Chic‹ vor, das will ich auf keinen Fall verpassen.«

Die Mutter blinzelte indigniert. »Nun, wenn der Zug unterwegs im Schnee stecken bleibt, kannst du deinen Nähkurs ohnehin vergessen.«

»Das wird er nicht, Mama, sei unbesorgt.« Gitta erhob sich entschlossen von ihrem Stuhl. »Aber es könnte eventuell zu Verspätungen kommen, deshalb fahre ich besser etwas früher.«

Oberstudienrat Mahrenholz fuhr sich durch das lichte, pomadisierte Haar. »Gitta, deine Mutter hat recht, willst du nicht lieber zu Hause bleiben? Was ist, wenn es weiter schneit und der Nachtzug von Frankfurt nach Bad Nauheim ausfällt? Du kannst doch nicht mutterseelenallein in Frankfurt übernachten …?«

»Was wäre daran so schlimm, Papa? Ich bin schließlich kein kleines Kind mehr!« Gitta knuffte ihren Vater, der zu Hause gern seinen reichlich aus der Mode gekommenen Hausmantel trug, gegen den Oberarm.

»Das nicht«, räumte er ein, »aber du bist eine Frau … allein in der Großstadt.«

Gitta lachte trocken auf. »Heutzutage gibt es Frauen, die Flugzeuge fliegen und Autorennen fahren – so langsam solltest auch du begriffen haben, dass wir Frauen gar nicht so hilflos sind.«

»Die sind aber auch nicht so zart und sensibel wie unsere *Mimose*.« Der Altphilologe legte seinem einzigen Kind liebevoll den Arm um die Schultern. Gitta gab dem Vater einen Kuss auf die Wange und ging in ihr Zimmer, um sich herzurichten.

Beim Blick in ihren Kleiderschrank überlegte sie angestrengt, was sie anziehen sollte. Dem feierlichen Anlass geschuldet, dürfte es schon etwas Elegantes sein – aber auch nicht zu elegant, sonst würden die Eltern Verdacht schöpfen. Schließlich gingen sie ja davon aus, dass Gitta an jedem dritten Mittwoch im Monat an der Frankfurter Schule für Bekleidung und Mode einen Abendkurs für Maßschneiderei und Schnitttechnik besuchte.

Was Gitta, deren Hobby es war, nach Schnittmusterbögen aus der französischen Ausgabe der Modezeitschrift *Vogue* Kleider und Kostüme anzufertigen, tatsächlich eine Zeit lang getan hatte – bis sie dort vor etwa einem Jahr die Herrenschneiderin Adelheid Balk kennengelernt hatte.

Diese hatte Gitta mit der Lebensreformbewegung bekannt gemacht, in deren Mittelpunkt der neue Mensch und eine gesunde, natürliche Lebensweise standen.

Gitta, von Anfang an fasziniert, war ebenso wie Heidi, inzwischen Gittas beste Freundin, der *Naturloge Körper und Seele* beigetreten, die sich einmal im Monat im Tanzsaal des »Vergnügungspalasts Groß-Frankfurt« am Eschenheimer Turm zu sogenannten *Schönheitsabenden* versammelte.

Die Schönheitsabende, welche die Wiedergewinnung des natürlichen Körpers zum Thema hatten, waren für Gitta nicht nur ein vor ihren Eltern streng gehütetes Geheimnis, sondern auch der einzige Glamour in ihrem wohlbehüteten, gleichförmigen Leben.

Neben nackt auftretenden Ausdruckstänzerinnen, die lebende Bilder nach antiken Vorbildern nachstellten, wurden Lichtbilder von der Schönheit des unbekleideten Körpers gezeigt. Außerdem fanden Vorträge statt, die sich gegen unnatürliche Prüderie und falsche Moralgesetze richteten und verschiedene Bewegungen der Lebensreform umfassten, wie die Freikörperkultur, die Naturheilkunde und den Vegetarismus.

Die Mitgliedsbeiträge, von denen die Saalmiete beglichen und die Vortrags- und Künstlerhonorare bezahlt wurden, richteten sich nach dem Einkommen der Logenmitglieder, zu denen zahlreiche bekannte und herausragende Persönlichkeiten aus Frankfurt und Umgebung zählten, darunter ein evangelischer Geistlicher, mehrere Professoren, ein Adelspaar, namhafte Künstler und Schauspieler, ein wohlhabender Frankfurter Verleger nebst Gattin sowie ein Frankfurter Staranwalt, mit dem Heidi ein Verhältnis hatte.

Alwin Weyrauch, ein vornehmer Herr mit grau melierten Schläfen, war es auch, der Heidi in die *Naturloge* eingeführt hatte.

Gitta, die viel über die Lebensreformbewegung gelesen hatte, war fasziniert von dem Wandel, den die Bewegung in der Zeit nach dem Großen Krieg genommen hatte:

Die Reformbewegung war inzwischen längst gesellschaftsfähig geworden.

Daher war es für sie auch nicht erstaunlich, dass der *Naturloge Körper und Seele* so viele Leute aus der Oberschicht angehörten.

Wurden die Anhänger der Lebensreform um 1900 noch vom Großteil der Bevölkerung als »Kohlrabijünger« und »Barfußpropheten« verspottet, so hatte die Lebensreform von heute längst die Aura des Rebellischen verloren und war zum Kommerz geworden.

Die Anarchisten, Theosophen, Vegetarier, Pazifisten und Sonnenanbeter von einst, welche um die Jahrhundertwende genossenschaftliche Siedlungen gegründet hatten und mit ihren Gewändern aus Sackleinen an biblische Gestalten erinnerten, hatten sich zu gut situierten Bildungsbürgern gemausert, die konventioneller Kleidung den Vorzug gaben.

Die Natursehnsucht der Arbeiter und Angestellten – bis hinein ins Großbürgertum – war zu einer florierenden Geschäftsidee geworden.

Neben den sogenannten Licht- und Luftbädern, die den Menschen in den Großstädten ein Stück Erholung unter freiem Himmel boten, war auch eine neue Form des Tanzes sehr in Mode gekommen: der Reform- oder Ausdruckstanz.

So stand für den heutigen Schönheitsabend auch etwas ganz Besonderes auf dem Programm:

Die bekannte Reformtänzerin Olga Desmond, die zurzeit mit ihrem Naturballett durch ganz Deutschland tourte, hatte sich bereit erklärt, eigens für die Mitglieder der *Naturloge Körper und Seele* aufzutreten.

Gitta, die für die betörend schöne Tänzerin schwärmte, die dem Tanz in kurzen, fließenden Gewändern oder in natürlicher Nacktheit einen neuen Ausdruck gab, befreit von den überkommenen Formen des klassischen Balletts, freute sich schon seit Wochen auf das Ereignis.

Sie selbst hatte seit ihrem sechsten Lebensjahr in der Ballettschule Naumann in Bad Nauheim Ballettunterricht erhalten und wurde von ihrer Lehrerin Madame Leonora, einer ehemaligen Primaballerina, als vielversprechende Elevin eingeschätzt.

Leider hatte die Natur ihr die erträumte Ballettkarriere versagt, da Gitta bereits im Alter von sechzehn Jahren mit 173 Zentimetern für eine Tänzerin deutlich zu groß war. Damals war eine Welt für sie zusammengebrochen, und hinzu kam noch, dass sie von ihren Mitschülerinnen am Institut Sankt Lioba als Bohnenstange gehänselt wurde.

Eine gewisse daraus resultierende Unsicherheit war Gitta trotz ihres bildhübschen Gesichts mit dem makellosen Alabasterteint auch heute noch anzumerken.

Groß und schlank, mit aparten Gesichtszügen, der modischen rotblonden Bubikopf-Frisur und stets schick gekleidet, war Gitta überaus attraktiv, ohne jedoch im Geringsten von sich eingenommen zu sein, was sie umso sympathischer machte.

Nachdem Gitta sich an ihrer Frisierkommode gekämmt, einen Hauch perlmuttfarbenen Puders und siegelroten Lippenstift aufgelegt und sich ihr Lieblingsparfüm Shalimar hinter die Ohrläppchen getupft hatte, schlüpfte sie in ein elegantes pflaumenblaues Samtkostüm mit Pelzbesatz an den Ärmeln, welches sie nach Originalentwürfen des Pariser Modehauses Dior gefertigt hatte.

Sie trat ans Fenster, das zur Parkstraße, der mondänen Flaniermeile Bad Nauheims, hinausging, wo die Familie Mahrenholz eine weitläufige Vierzimmeretage bewohnte. Das Schneegestöber war noch stärker geworden, und die verschneite Straße mit den stilvollen Laternen sah aus wie ein Wintermärchen.

Tatsächlich kein Wetter, um auszugehen und eine einstündige Zugfahrt auf sich zu nehmen, musste Gitta ihren Eltern insgeheim recht geben. Doch eine herausragende Charaktereigenschaft von Gitta war ihr Eigensinn – und wenn sie sich etwas in den Kopf gesetzt hatte, war sie nur schwer davon abzubringen. *So sind wir Steinböcke eben,* pflegte sich Gitta, die an einem ersten Januar geboren war, stets zu verteidigen, wenn ihr einmal wieder ihre Sturheit vorgeworfen wurde.

Als sie wenig später zur Garderobe eilte, um sich ihren knöchellangen Kamelhaarmantel mit dem Reverskragen überzuziehen, kamen ihr aus dem Wohnzimmer die besorgten Eltern entgegen.

»Kind, muss das denn sein? Man ist ja ganz krank vor Sorge und wird den Abend damit zubringen, sich die schlimmsten Gedanken um dich zu machen.«

Hulda Mahrenholz, die aus einer alteingesessenen Bad Nauheimer Familie stammte, aus der drei Kurdirektoren hervorgegangen waren, war den Tränen nahe.

Ihr Ehemann schüttelte resigniert den Kopf. »Das ist vergebene Liebesmüh, Hulda, du kennst doch ihren Dickkopf.«

Gitta gab ihren Eltern einen Abschiedskuss und machte sich mit Schmetterlingen im Bauch auf den Weg ins Abenteuer.

Zum Bahnhof waren es zwar nur fünfzehn Minuten Fußmarsch, doch da sie keine Lust hatte, durch das Schneegestöber zu staksen und sich die hellbraunen Wildlederpumps und die Frisur zu ruinieren, beschloss sie, ein paar Schritte entfernt an den Kolonaden ein Taxi zu nehmen.

Auch in Frankfurt schneite es, auf den Straßen und Bürgersteigen lag der Schnee bereits knöcheltief. Am belebten Bahnhofsvorplatz stieg Gitta in die elektrische Trambahn, die über die Hauptwache bis zum Eschenheimer Turm fuhr.

Wie immer, wenn sie die pulsierende Messestadt besuchte, beschleunigte sich Gittas Herzschlag. Sie sog die großstädtische Atmosphäre, die mit ihren vielen Menschen, ihrer Betriebsamkeit und Schnelllebigkeit, der Lärmkulisse der hupenden Autos und klingelnden Straßenbahnen, den vielen Lichtern und bunten Leuchtreklamen so ganz anders war als die beschauliche Idylle einer Kurstadt, förmlich in sich auf und genoss das Gefühl grenzenloser Freiheit.

An der Haltestelle in der Großen Eschenheimer Straße unweit des Vergnügungspalasts gab es eine Vielzahl an Cafés, Tanzbars und Restaurants, in die bereits am frühen Abend die Menschen strömten. Gitta stakste durch den Schnee zu dem großen Gebäude, auf dessen Dach die Großbuchstaben »Vergnügungspalast Groß-Frankfurt« prangten.

Sie trat ins Foyer und gab Hut und Mantel an der Garderobe ab. Ehe sie den Weg zum Tanzsaal einschlug, richtete sie an einem der Wandspiegel ihr Haar. Vor der breiten, zweiflügeligen Eingangstür stand ein Schild mit der Aufschrift »Geschlossene Gesellschaft – Eintritt nur mit Mitgliedsausweis«.

Sie ging durch die Tür und zeigte der Frau am Tisch, bei der es sich ebenfalls um ein Mitglied der *Naturloge* handelte, mit freundlichem Gruß ihren Ausweis.

Der große Tanzsaal mit dem riesigen Kristallleuchter in der hohen Gewölbekuppel war festlich beleuchtet. An den runden, im Halbkreis um das Tanzparkett angeordneten Tischen mit den weißen Damasttischdecken saßen bereits etliche Logenmitglieder.

Von einem der Tische winkte Heidi ihr zu, sich an ihren Tisch zu gesellen. Nachdem sich Heidi und Gitta umarmt hatten, begrüßte Gitta auch Heidis Geliebten, Rechtsanwalt Weyrauch, der sie mit einem jungen Mann bekannt machte, der ebenfalls am Tisch saß.

»Lars von Löwenstern aus dem Ostseebad Ahrenshoop. Er gehört ebenfalls der Lebensreformbewegung an und ist ein begnadeter Landschaftsmaler und Aktzeichner, von dem ich das Glück habe, einige Werke zu besitzen«, stellte er Gitta den blondhaarigen Mann mit dem markanten, wettergegerbten Gesicht und den hellen Augen vor, der Gitta galant die Hand küsste.

Gitta war von der Berührung wie elektrisiert, und die ungewöhnliche Attraktivität des nordisch anmutenden Mannes zog sie sogleich in den Bann. Während ihr Blick noch über die kühne, leicht nach unten gebogene Nase und die hohen, slawisch anmutenden Wangenknochen schweifte, schenkte ihr Alwin Weyrauch, der offenbar ein Förderer des jungen Künstlers war, aus einem eleganten Sodasiphon ein Glas Mineralwasser ein.

»Das ist ein ganz besonderes Mineralwasser aus dem Französischen Vittel«, pries er das Wasser wie einen exquisiten Wein. Doch Gitta hörte ihm gar nicht richtig zu, so fasziniert war sie von dem jungen Maler, der bei aller Noblesse, die er verströmte, auch wild und verwegen anmutete wie ein Freibeuter.

Die vier stießen miteinander an und lobten den frischen Geschmack des Mineralwassers, das viel feinperliger sei als gewöhnliches Mineralwasser.

Der Rechtsanwalt erläuterte Gitta, dass er Lars von Löwenstern, der einem alten baltischen Adelsgeschlecht angehöre und dessen Vater er seit Langem als Rechtsberater diene, eingeladen habe, den Mitgliedern der *Naturloge* im Anschluss seine textilfreien Malkurse vorzustellen, die er in der Sommersaison am Ahrenshooper Nacktbadestrand abhalte.

»Das hört sich ja interessant an«, erwiderte Gitta an den Künstler gewandt. Als sich ihre Blicke trafen, durchfuhr sie wieder dieses Prickeln, und es war ihr, als würden seine Augen Funken sprühen.

»Und die Schönheit der Umgebung ist gewiss auch sehr inspirierend«, fügte sie hinzu und war wie verzaubert von ihrem charmanten Gegenüber.

»Schönheit ist immer inspirierend«, sagte der Maler und musterte Gitta mit unverhohlenem Wohlgefallen. »Ich hoffe, es ist nicht taktlos, das zu sagen, wo wir uns ja gerade erst vorgestellt wurden, aber es wäre mir eine große Freude, Sie bei passender Gelegenheit einmal zu zeichnen.«

»Porträt oder Akt?«, fragte Gitta scherzhaft.

»Akt natürlich, wennschon, dennschon«, flachste der Maler, und beide lachten.

»Darf ich fragen, wie Sie zur Malerei gekommen sind?« Gitta musterte den Künstler neugierig.

»Nun, das war ein langer, steiniger Weg, der mir einiges abverlangt hat«, gestand Lars von Löwenstern offen. »In einer konservativen Familie wie der meinigen, in der Berufe wie Rechtsanwalt, Arzt oder Naturwissenschaftler dominieren, steht man jedweder Tätigkeit, die den Rochus von Freigeist und Lotterleben hat, alles andere als aufgeschlossen gegenüber. Ich habe schon immer gerne gemalt und gezeichnet, und so stand früh für mich fest, dass ich Maler werden wollte. Mein Vater tobte, als ich ihm klarmachte, dass ich diesen Weg und keinen anderen einschlagen wollte. Gegen seinen Willen ging ich nach Paris, wo ich mich an der Staatlichen Hochschule für Schöne Künste einschrieb. Ich kellnerte und arbeitete als Nachtportier, um mein Studium zu finanzieren und ein Auskommen zu haben. Das musste meinem Vater wohl irgendwie imponiert haben, außerdem musste er anhand meiner Zeichnungen und Skizzen anerkennen, dass ich tatsächlich Talent hatte. Jedenfalls bestand er darauf, mich zu unterstützen, was ich auch auf längere Sicht nicht abschlagen mochte.«

»Da kann ich nur sagen: Respekt«, äußerte Gitta bewundernd, die tatsächlich große Achtung für den mutigen jungen Mann empfand.

»Darf ich fragen, was Sie beruflich machen?«, erkundigte sich Lars bei ihr.

»Raten Sie doch mal, und wenn Sie nach dem dritten Mal nicht draufgekommen sind, sage ich es Ihnen«, entgegnete Gitta mit kapriziösem Lächeln.

Worauf Lars sie eingehend in Augenschein nahm, fast so, als wollte er eine Zeichnung von ihr anfertigen, was Gitta indessen keineswegs unangenehm war. Im Gegenteil, sein Blick schien sie zu streicheln, und sie spürte einen wohligen Schauder auf der Haut.

»Für mich sehen Sie aus wie eine klassische Balletttänzerin, die Anmut und Eleganz, mit der Sie sich bewegen. Das ist mir gleich aufgefallen, als Sie hereingekommen sind. Und dann haben Sie sich auch noch an unseren Tisch gesellt. Famos, dachte ich mir … «

Da wurde er jäh vom Läuten der Silberschelle unterbrochen, mit der die Fabrikantengattin Johanna Glaser, die Erste Vorsitzende der *Naturloge Körper und Seele*, den Veranstaltungsbeginn ankündigte. Die Dame in der vornehmen Abendrobe trat auf die Bühne und verneigte sich unter regem Applaus.

»Guten Abend, meine hochverehrten Logenschwestern und -brüder«, richtete sie das Wort an die Menge. »Es ist mir auch heute wieder eine große Freude, den Mitgliedern der *Naturloge Körper und Seele* auf mannigfaltige Weise die natürliche Schönheit des neuen Menschen zu präsentieren. Wer wäre dazu trefflicher in der Lage als der Star des Abends, die großartige Olga Desmond mit ihrem Naturballett! Zuvor möchte ich Ihnen aber noch einen begnadeten jungen Maler vorstellen, der uns gleich mit farbigen Lichtbildern seiner gelungensten Werke erfreuen wird. Begrüßen Sie mit mir den Maler Lars von Löwenstern aus der berühmten Künstlerkolonie des Ostseebades Ahrenshoop!«

Unter dem Applaus der rund hundertvierzig Logenmitglieder erschien der sympathische Künstler auf der Bühne und gab den Zuschauern eine kurze Einführung über die Künstlerkolonie Ahrenshoop.

»Wer in Ahrenshoop Tanz, Luxus und mondänes Leben erwartet, der ist bei uns fehl am Platz. Ahrenshoop ist schlicht und schnörkellos, Sie finden dort viele Gebildete und Kunstsinnige, Wissenschaftler, Künstler und gut situierte Kaufleute. Mit dem Ausbruch des Großen Krieges hatte die Künstlerkolonie in Ahrenshoop ein jähes Ende erfahren. Durch das allmähliche Abflauen der Inflation rückten jedoch neue Malgäste an, ergänzt von einer schillernden Schar aus Leinwandstars, Kameraleuten, Regisseuren, Musikern, und Literaten. Auch George Grosz, bekennender ›Ostseeferienfahrer‹, machte mehrfach in Wustrow und Ahrenshoop Urlaub, das daher bald als das ›Seebad der Kulturschaffenden‹ galt«, berichtete Lars von Löwenstern. »Die flache Landschaft und ein weiter Horizont zeichnen das zwischen Ostsee und Bodden gelegene und den Naturelementen ausgesetzte Ahrenshoop bis heute aus. Das mit den Tages- und Jahreszeiten wechselnde Licht an dieser wunderbaren abgelegenen Küstenregion ist einzigartig für einen bildenden Künstler. Als langjähriger Anhänger der Freikörperkultur und Lebensreformbewegung möchte ich Sie daher zu einem textilfreien Mal- und Zeichenkurs an den Nacktbadestrand von Ahrenshoop einladen. Vom 1. Mai bis zum 1. Oktober unterrichte ich meine Malschüler im Zeichnen und Malen von Akten, Landschaft, Seestücken und Stillleben in jeder Technik. Mein Honorar beträgt pro Kurs bei täglicher Korrektur 45 Reichsmark. Damit Sie einen Eindruck von meinen Arbeiten erhalten, möchte ich Ihnen nun mehrere Lichtbilder meines künstlerischen Schaffens zeigen.«

Die Beleuchtung des Tanzsaals erlosch, und auf der weißen Leinwand, die oberhalb der Bühne heruntergelassen wurde, erschienen 40 farbige Lichtbilder von Ölgemälden, Aquarellen und Kreidezeichnungen, auf denen der Künstler die Schönheit des menschlichen Körpers festgehalten hatte.

Die Logenmitglieder spendeten dem Maler begeistert Applaus, als die Saalbeleuchtung nach der Vorstellung wieder eingeschaltet wurde.

Lars von Löwenstern verneigte sich dankend und verließ die Bühne. Gitta fiel auch jetzt wieder auf, wie groß und gut gewachsen er war. Im Gegensatz zu zahlreichen männlichen Logenmitgliedern, die in Frack und Zylinder erschienen waren, trug er einen modischen Smoking zu schmal geschnittener schwarzer Hose, die vorteilhaft seine Figur betonte.

»Ein Bild von einem Mann«, flüsterte ihr Heidi schwärmerisch ins Ohr, und Gitta konnte der Freundin nur recht geben.

»Der könnte mir durchaus gefallen, aber bestimmt ist er längst in festen Händen, so gut, wie er aussieht«, erwiderte Gitta. »Außerdem ist Ahrenshoop viel zu weit weg …«

Da sich Lars dem Tisch näherte, verzichtete sie darauf, den Satz zu beenden, und machte, ebenso wie Heidi und

Rechtsanwalt Weyrauch, dem Maler Komplimente zu seinen Kunstwerken.

Es entwickelte sich eine angeregte Unterhaltung, die jedoch zunehmend zum Dialog zwischen Gitta und Lars wurde, was die beiden anderen mit amüsierten Mienen verfolgten.

Nachdem er es auch nach dem dritten Mal nicht erraten hatte, ließ Gitta den Maler wissen, dass sie als Handarbeitslehrerin an einem Mädchengymnasium arbeite.

»Was für einen schönen Beruf Sie haben, das passt zu Ihnen, hübsche Dinge herzustellen. Ich möchte Ihnen ja nicht zu nahe treten, aber ich glaube, Sie haben einen ausgeprägten Sinn für Ästhetik. Das sehe ich an Ihrem gepflegten Äußeren und Ihrer exquisiten Kleidung.«

Gitta lächelte geschmeichelt, dennoch wies sie den jungen Maler in gespielter Strenge in seine Grenzen.

»Jetzt übertreiben Sie mal nicht, das Kostüm habe ich selbst genäht, und meine Arbeit macht mir zwar großen Spaß, aber sie ist wenig spektakulär. Sie haben es schon richtig gesagt, es sind hübsche Dinge, die ich fertige, aber mit Ihren wunderbaren Zeichnungen und Gemälden können sie sich freilich nicht messen. Das ist große Kunst.«

»Es freut mich, dass Ihnen meine Arbeiten gefallen«, erwiderte Lars und streifte Gitta mit einem Blick, von dem es ihr ganz heiß wurde.

»Ich bin so glücklich, Sie kennengelernt zu haben, wollen wir nicht darauf anstoßen?«, fragte er Gitta übermütig.

»Das empfinde ich genauso«, entgegnete sie im Brustton der Überzeugung und griff nach ihrem Wasserglas.

»Aber doch nicht mit Gänsewein«, protestierte der Maler. »Zu solch einem Anlass muss Champagner fließen, und da ist der beste gerade gut genug.«

Lars von Löwenstern bestellte beim Kellner eine Flasche Moët & Chandon mit vier Gläsern, und die kleine Tischgesellschaft stieß gut gelaunt miteinander an.

»Auf das Paar des Abends«, brachte Alwin Weyrauch den Toast aus, als die erste Vorsitzende abermals die Bühne betrat. Gitta und Lars, die sich noch gerne weiter unterhalten hätten, bekundeten verhalten ihren Unmut und tauschten verschwörerische Blicke.

»Mein hochverehrtes Publikum, es ist mir eine ganz besondere Freude, Ihnen nun eine unvergleichliche Tänzerin ankündigen zu dürfen. Die in Berlin lebende Reformtänzerin Olga Desmond ist weit über Berlins Grenzen hinaus berühmt. Sie ist das große Gesprächsthema auf jeder Abendgesellschaft mit Stil und Geschmack. Ihre Vorstellungen in Frankfurt im Kursaal Milani und im Kristallpalast sind seit Wochen ausverkauft, ganz Frankfurt reißt sich um die Billetts, und alle Männer zwischen achtzehn und achtzig sind hoffnungslos verliebt in sie. Welch großes Glück für uns, dass sie sich bereit erklärt hat, für die *Naturloge Körper und Seele* eine Sondervorstellung zu geben. Begrüßen Sie mit mir die einzigartige Olga Desmond und ihr Naturballett – am Flügel begleitet von ihrem Entdecker und Manager Alfred von Ungern!«

Unter tosendem Applaus eilte mit der Anmut einer Primaballerina eine zierliche Dame mit weißblonden gewellten Haaren und einem filigranen, marmorn getönten Körper auf die Bühne und knickste vor dem Publikum, das ihr stehenden Applaus spendete. Ein muskulöser Mann in Frack und Zylinder folgte ihr und ließ sich am Flügel nieder.

Mit viel Pathos und Melodramatik setzte das Klavierspiel ein. Zu einem Strauss-Walzer tänzelte eine Gruppe von fünf jungen Elevinnen auf die Bühne, deren einzige Bekleidung aus rosafarbenen Blumengirlanden bestand, die um ihre Körper gewunden waren. Sie bildeten einen Kreis um Olga Desmond, die die Beifallsstürme mit charmantem Lächeln entgegennahm.

Die Frau mit den fein geschnittenen Gesichtszügen besaß ein atemberaubendes Charisma und hatte das Publikum nur durch ihre schiere Gegenwart, ohne irgendetwas getan oder geäußert zu haben, bereits völlig in den Bann gezogen. Gittas Blick wanderte unwillkürlich zu Lars von Löwenstern, der gleichfalls nur Augen für sie zu haben schien. Sie lächelten einander zu, und Gitta hatte das Gefühl, die Luft schien zu flirren, was nicht allein am Champagner lag.

Zur Eröffnung wurden drei kurze Choreografien getanzt, die vom Pianisten mit den Titeln »Opium«, »Vampire« und »Czardas« angekündigt wurden. Dann folgte das Hauptprogramm.

Olga Desmond tanzte eine Choreografie, in der sie eine Ordensschwester darstellte, welche fälschlicherweise angeklagt war, das Keuschheitsgelübde gebrochen zu haben. Den Ausschluss aus dem Konvent fürchtend, fiel sie nackt vor einer Marienstatue auf die Knie. Die Statue, von einer anderen Tänzerin dargestellt, erwachte zum Leben und schloss die Sünderin in die Arme.

»Sie sahen soeben die göttliche Offenbarung der Keuschheit«, kommentierte der Manager am Flügel pathetisch und kündigte das Ende der Vorstellung an. Frenetischer Beifall erfüllte den Tanzsaal. Die Vorsitzende der *Naturloge* überreichte der Tänzerin einen riesigen Strauß herrlicher roter Rosen. Olga Desmond, die fünf Tänzerinnen des Naturballetts und der Pianist und Manager Alfred von Ungern fassten sich an den Händen und verneigten sich tief.

· · ·

Gitta staunte nicht schlecht, als das Taxi den verschneiten Palmengarten erreichte, im Schneckentempo in den schneebedeckten Grüneburgweg einbog, der an den gleichnamigen Park grenzte, und vor einer feudalen Gründerzeitvilla anhielt.

Das im Stil der Neugotik erbaute Gebäude glich mit seinen zahlreichen Dachgauben, Türmchen und Erkern einem Dornröschenschloss, das durch das dichte Schneetreiben noch märchenhafter anmutete.

Als der Hausherr, Rechtsanwalt Weyrauch, das wuchtige Portal entriegelte und Gitta nach Heidi und Lars von Löwenstern eintreten ließ, gingen ihr angesichts der weitläufigen Halle, deren Wände mit goldgerahmten Gemälden, prunkvollen Spiegeln, Wandbehängen, Seidenstoffen und Teppichen bedeckt waren, abermals die Augen über.

»Hier ist das Telefon, meine Liebe, dann können Sie gleich Ihre besorgten Eltern anrufen«, wandte sich der Jurist an Gitta und wies auf den schwarzen Telefonapparat auf einem zierlichen Biedermeiersekretär aus Wurzelholz. Gitta ließ sich auf dem davorstehenden Biedermeierstuhl nieder und wählte beklommen die Nummer ihrer Eltern. Gleich nach dem ersten Ton meldete sich ihr Vater.

»Guten Abend, Papa, hier ist Gitta«, sprach Gitta, die sich um einen entspannten Tonfall bemühte, in den Hörer. »In Frankfurt schneit es auch, und weil damit zu rechnen ist, dass es Verspätungen gibt und Züge ausfallen, übernachte ich heute bei Heidi – ihr wisst schon, das ist die Herrenschneiderin, mit der ich mich angefreundet habe. Wir sind auch schon fast in ihrer Wohnung in Bockenheim … Nein, sie hat kein Telefon, ich rufe von einem Café aus an … Ich wollte euch nur rasch Bescheid sagen, dass ihr euch um mich keine Sorgen machen müsst, ich bin bei Heidi wirklich gut aufgehoben. Also dann, gute Nacht euch beiden und bis morgen. Ich bin pünktlich zum Unterricht zur vierten Stunde im Institut … Ja, ja, das wird schon klappen, da habe ich keine Bedenken, dass morgen früh die Züge wieder ganz normal fahren. Gute Nacht, Papa, und schlaf schön!«, flötete sie in die Sprechmuschel und legte erleichtert auf.

»Nun, dann würde ich vorschlagen, dass wir noch einen kleinen Imbiss zu uns nehmen und so den überaus angenehmen Abend ausklingen lassen«, lud der Hausherr seine Gäste ein.

Das Schmuckstück der Villa war zweifellos der an die Gartenseite der Villa angebaute Wintergarten mit Zugang zum Salon, in den Alwin Weyrauch seine Besucher führte, wo er ihnen am Tisch einen Platz anbot, ehe er nach dem Dienstmädchen läutete.

Fasziniert ließ Gitta ihre Blicke durch das gläserne Gewächshaus schweifen. Der riesige Raum ruhte auf Marmorsäulen und empfing sein Licht durch die Glaskuppel, durch die man das dichte Schneegestöber beobachten konnte.

Das Mobiliar bestand aus einem Louis-XIII-Tisch, mit dazu passenden, mit türkisfarbenem Samt bezogenen Stühlen und einer mit rubinroten Samtdraperien verzierten Ottomane.

»Ist das herrlich hier«, staunte Gitta mit Blick auf den Hausherrn begeistert.

»Vielen Dank, meine Liebe«, dankte ihr der Rechtsanwalt höflich. »Der Wintergarten ist gewissermaßen mein eigener kleiner Palmengarten. Ich habe ihn vor fünf Jahren anbauen lassen, als ich die Villa von meinem Vater geerbt habe. Sie ist mein Elternhaus, ich bin hier aufgewachsen«, erläuterte er und instruierte das Dienstmädchen, ihnen ein kleines Souper aus Champagner, Hummer, Belugakaviar und Austern zu servieren.

»Ach, und bringen Sie bitte auch eine Flasche Selterswasser mit, für diejenigen, die keinen Alkohol mögen – und auch etwas von der köstlichen Bouillabaisse, die meine Schwester zubereitet hat«, fügte er hinzu und erklärte Gitta und Lars, dass seine ältere, ebenfalls verwitwete Schwester ihm seit dem Tod seiner Frau vor drei Jahren den Haushalt führe.

Gitta, der zwar bekannt war, dass Alwin Weyrauch gut situiert, nicht aber, dass er so wohlhabend war, musste sich neidlos eingestehen, dass Heidi kaum eine bessere Partie hätte machen können. Ihre Tage als Herrenschneiderin in der renommierten Maßschneiderei Krantz in der Kaiserstraße, wo sie auch Alwin Weyrauch kennengelernt hatte, waren wohl gezählt.

Als die Speisen und Getränke aufgetragen waren, entschieden sich alle zur Feier des Tages für ein Glas Champagner, prosteten sich zu und ließen den überaus gelungenen Schönheitsabend Revue passieren.

Zu Gittas großer Freude saß Lars von Löwenstern dieses Mal neben ihr auf der Ottomane und nicht, wie zuvor im Festsaal, ihr gegenüber. Das Kribbeln im Bauch, das sie schon die ganze Zeit verspürte, wurde durch die körperliche Nähe zu Lars noch intensiver.

Heidi war begeistert von Olga Desmonds traumhaft schönem Körper.

»Ihr Körper ist so vollkommen, dass ihre Nacktheit nicht den Hauch von Obszönität hat – selbst bei ihren lasziven Tänzen ist und bleibt sie ein einziges großes Gesamtkunstwerk.«

»Du sprichst mir aus dem Herzen«, stimmte Gitta der Freundin zu und erklärte, schon seit Langem Olga Desmond zu bewundern.

»Ich war viele Jahre an einer Ballettschule und habe mich schon immer für Tanz und Ballett begeistert. So habe ich Olga Desmonds Karriere, die eine der ersten Nackt- und Reformtänzerinnen war, von Anfang an verfolgt«, fügte sie hinzu.

»Hab ich's doch gewusst, ganz so verkehrt lag ich also vorhin nicht mit meiner Vermutung«, äußerte Lars von Löwenstern triumphierend.

Während Alwin Weyrauch bemerkte, dass die begnadete

Tänzerin leider auch ihre Schattenseiten habe, da in den Zeitungen immer wieder von ihrer ausufernden Kokainsucht berichtet werde, konzentrierte Gitta ihre Aufmerksamkeit nur noch auf ihr Knie und das von Lars von Löwenstern, die sich immer häufiger »zufällig« unterm Tisch berührten – wie zwei Magneten, die sich unaufhaltsam anzogen. Jede Berührung elektrisierte Gitta von den Haarspitzen bis in die Zehen und entfachte in ihr eine betörende Sinnlichkeit.

»Jeder Showstar, der etwas auf sich hält, pudert sich doch heutzutage das Näschen«, vernahm Gitta wie durch Watte die Stimme ihrer Freundin Heidi.

»Wie ist es eigentlich mit dir, Gitta, hast du denn schon mal Drogen genommen?«, riss sie plötzlich Heidis unverblümte Frage aus ihrer Versenkung. Gitta schreckte unwillkürlich zusammen und spürte, wie sie errötete, als hätte sie etwas Verbotenes getan und wäre dabei ertappt worden.

»Äh …, das ist alles nichts für mich, mir reicht schon ein Glas Champagner, um beschwipst zu sein«, erklärte sie geistesgegenwärtig und musste unwillkürlich gähnen, da es schon auf Mitternacht zuging und sie allmählich eine gewisse Bettschwere verspürte.

Den anderen Anwesenden schien es ähnlich zu ergehen, und so geleiteten der Hausherr und Heidi Gitta und Lars in die Beletage, wo der Rechtsanwalt Gitta ihr Zimmer zeigte, das zur Gartenseite hinausging und über ein breites Himmelbett verfügte. Schließlich wünschten sich alle eine gute Nacht und begaben sich auf ihre Zimmer.

Gitta hatte gerade ihre Handtasche auf die Jugendstilkommode gestellt und ihre Pumps abgestreift, als es an der

Tür klopfte. Während sie auf Strümpfen zur Tür eilte, um zu öffnen, spürte sie, wie sich ihr Herzschlag beschleunigte – was sich beim Anblick des jungen Malers, der mit verlegenem Lächeln im Türrahmen stand, noch verstärkte.

»Wie schön, dass Sie gekommen sind, denn ich habe es schon sehr bedauert, dass wir uns nicht richtig voneinander verabschieden konnten«, brach es mit bebender Stimme aus Gitta heraus. »Ich muss nämlich morgen früh aufstehen, um pünktlich zum Unterrichtsbeginn in Bad Nauheim zu sein, und da würde ich Sie wahrscheinlich gar nicht mehr sehen – was sehr, sehr schade wäre.« Gittas Herz pochte so vernehmlich, dass sie schon befürchtete, Lars könnte es hören, da er kaum einen Meter von ihr entfernt war – ein Glück, das sie kaum fassen konnte.

Das musste Gedankenübertragung sein, denn insgeheim hatte sie sogar gehofft, dass er sie noch einmal aufsuchen würde.

»Bitte, entschuldigen Sie die Störung, Fräulein Gitta«, sprach der Maler mit gedämpfter Stimme. »Aber ich wollte Ihnen nur sagen, dass es mir eine ganz besondere Freude ist, Sie kennengelernt zu haben, und dass ich mich sehr freuen würde, wenn Sie mich in Ahrenshoop besuchen würden. Wann immer es Ihnen möglich sein wird, sind Sie herzlich eingeladen. Ich wohne im Ahrenshooper Kunstkaten, der ist nicht zu verfehlen und … vielleicht darf ich Sie ja auch einmal zeichnen, wenn Sie da sind, das wäre mir ein großes Anliegen, wie Sie wissen …«

Die beiden jungen Leute blickten einander aus großen

Augen an. In Gittas Blick lag ein warmer Glanz, als sie Lars für seine Einladung dankte.

»Ich denke, ich werde in den Sommerferien kommen«, erklärte sie kurz entschlossen. »Nur, das dauert leider noch so lange, wir haben ja erst Februar, und der Sommer ist noch fern«, fügte sie mit wehmütigem Lächeln hinzu.

»Das ist in der Tat viel zu lange«, pflichtete Lars ihr bei und schien nachzudenken. »Sie könnten ja schon in den Osterferien kommen, dann müssten wir nur bis April warten.«

Gitta schüttelte bedauernd den Kopf. »Das geht leider nicht, da fahre ich mit meinen Eltern nach Davos, das ist bereits von langer Hand geplant …, es sei denn …«

»Nein, nein, machen Sie das nur«, unterbrach sie der Maler. »Dann ist die Vorfreude umso größer, ich freue mich jetzt schon auf Ihr Kommen. Außerdem können wir uns ja schreiben, was halten Sie davon?«

»Das ist eine famose Idee. Ich hole rasch meinen Notizblock, dann können wir unsere Adressen austauschen.«

Sie wollte schon in ihr Zimmer eilen, als Lars sie am Arm zurückhielt. Die Berührung ließ sie erschauern.

»Ich habe Stift und Papier dabei«, sagte er mit kehliger Stimme, drückte den Bogen gegen die Wand und notierte mit dem Bleistift seine Adresse.

Mit zittrigen Händen schrieb Gitta anschließend ihre Anschrift auf den Zettel und überreichte ihn dem Maler.

Als Lars ihr zum Abschied die Hand küsste und ihr zuflüsterte, es würde ihn sehr glücklich machen, sie im Sommer wiederzusehen, bemerkte Gitta, dass sie weiche Knie bekam.

Ehe sie sichs versah, beugte Lars sich vor, küsste sie auf den Mund und wandte sich abrupt zum Gehen.

Sie spürte noch seine heißen Lippen, als sie wenig später eingekuschelt unter der weichen Daunendecke im Himmelbett lag und bei aller Müdigkeit an Schlafen nicht zu denken war.

Immer wieder kreisten ihre Gedanken um Lars, und jedes Detail ihrer Begegnung zog noch einmal vor ihrem inneren Auge vorüber.

Es kam nicht von ungefähr, dass Gitta mit sechsundzwanzig Jahren noch unverheiratet war. Sie hatte einen schönen Beruf, interessante Hobbys, ein liebevolles Elternhaus und fühlte sich eigentlich auch ohne Mann ganz wohl.

Doch es gab Momente, in denen sie betrübt darüber war, dass sie die große Liebe noch nicht erlebt hatte, obwohl sie schon auf die dreißig zuging, und dann beschlich sie die Angst, als alte Jungfer zu enden.

Es hatte zwar schon einige Verehrer gegeben, die Gitta zugetan waren, doch der Richtige war bislang noch nicht dabei gewesen.

Nicht etwa, weil Gitta eine überzogene Idealvorstellung vom Mann ihres Lebens hatte – sicherlich sollte er intelligent sein und gut aussehen, doch im Wesentlichen kam es ihr nur auf eines an:

Sie wünschte sich, von ihm verzaubert zu sein. Und genau das war ihr heute Abend während des Beisammenseins mit Lars widerfahren. Sie hatte das Gefühl, dass sie bei ihm das finden konnte, wonach sie sich schon immer gesehnt hatte – eine Liebe voller Leidenschaft und Hingabe.

Der Funke war von Anfang an übergesprungen, sie hatten sich fabelhaft verstanden und viel miteinander gelacht. So etwas hatte Gitta noch nie zuvor mit einem Mann erlebt, außerdem war Lars prächtig gewachsen und ungeheuer attraktiv.

Den oder keinen, war ihr letzter Gedanke, ehe sie vom Schlaf übermannt wurde – sie träumte von seinen heißen Lippen, und dass Ahrenshoop so weit weg war, spielte in diesem Moment keine Rolle mehr.

I. TEIL

DIE NEUE FRAU

»Die Glückseligkeit unseres Daseins kann nur in der Beziehung zur Natur bestehen!«

Andreas von Wagner 1912 in der Zeitschrift Schönheit

Kapitel 1

Bad Nauheim, den 19. Juni 1925

Mein lieber Lars!
Nun stehen endlich die Sommerferien vor der Tür, die ich noch nie so sehr herbeigesehnt habe wie in diesem Jahr, und ich möchte Dir nur kurz Bescheid geben, dass ich in genau einem Monat, am Montag, den 19. Juli, gegen sechs Uhr abends mit dem letzten Dampfschiff am Althäger Hafen in Ahrenshoop eintreffen werde. Ich kann es kaum noch abwarten, Dich nach dieser langen Zeit wiederzusehen, und würde mich riesig darüber freuen, wenn Du mich dort abholen und zu meinem Quartier, der Villa Wanda am Hohen Ufer, begleiten könntest, wo ich ein Zimmer mit Balkon und Seeblick gemietet habe. Meine Zugfahrkarte habe ich bereits, und ich platze schier vor Ungeduld, bis es endlich losgeht!

Wie ich Deinem lieben Brief entnehmen konnte, der mich erst gestern erreicht hat, obwohl Du ihn ja bereits Ende Mai abgeschickt hast, freust Du Dich genauso wie ich auf unser Wiedersehen.

Alles Weitere mündlich bei einem köstlichen Essen und einem guten Glas Wein.

Ich freue mich unsagbar auf Dich!

Deine Gitta

Gitta faltete den fliederfarbenen Briefbogen zusammen, steckte ihn in ein Kuvert, auf das sie säuberlich Lars' Namen und Adresse schrieb und eine Briefmarke klebte.

Gleich würde sie einen kleinen Abendspaziergang machen und ihn am Postamt in der Zanderstraße einwerfen – und dann mit ihren Eltern reden, die von Gittas Urlaubsplänen nämlich noch immer keine Ahnung hatten, weil sie zu feige gewesen war, ihnen reinen Wein einzuschenken, und es monatelang mit der Ausrede vor sich hergeschoben hatte, auf den *rechten Moment* zu warten.

Als sie in die Diele trat, kam ihr die Mutter aus der Küche mit einem Glas Eistee entgegen.

»Den wollte ich dir gerade bringen, wo es doch heute so schwül und stickig ist«, seufzte sie und fächelte sich Luft zu.

Gitta lächelte gequält. »Danke, Mama, das ist ganz lieb von dir, nimm ihn doch mit auf den Balkon, ich bringe nur schnell den Brief zur Post, dann komme ich raus zu euch.«

Mit Blick auf den Adressaten hob Hulda Mahrenholz neckisch den Zeigefinger.

»Ich verstehe, ich verstehe. Ein Brief an den Herrn Verehrer – na, das duldet in der Tat keinen Aufschub. Also dann, bis nachher, mein Schatz.« Sie küsste Gitta auf die Wange.

Durch die Briefe aus dem Ostseebad Ahrenshoop, die Gitta seit einem Vierteljahr erhielt und deren Absender ein gewisser Lars von Löwenstern war, wussten Gittas Eltern natürlich, dass ihre Tochter »jemanden kennengelernt« hatte, wie Gitta es seinerzeit zurückhaltend ausgedrückt hatte.

Natürlich hatte sie nichts darüber verlautbaren lassen, wo und zu welchem Anlass sie sich begegnet waren, und geflunkert, Lars sei ein Freund von Heidis Bruder, dem sie zufällig in Frankfurt über den Weg gelaufen sei; man habe sich angeregt unterhalten, und daraus sei dann eine Brieffreundschaft entstanden.

Vor allem der Mutter hatte es sichtlich gefallen, dass Lars adeliger Herkunft war. Weniger behagt hatte dem Lehrerehepaar mit dem Privileg eines gesicherten Beamteneinkommens hingegen der Beruf von Gittas neuem Bekannten.

»Kann man denn von so was leben?«, brachte der Oberstudienrat seine Bedenken auf den Punkt.

»Kann man«, hatte Gitta aufgetrumpft. »Lars gibt Mal- und Zeichenkurse für die Sommerfrischler und malt fantastische Bilder, die sich gut verkaufen.«

»Nun – und der Herr Papa wird sicher auch noch was drauflegen«, hatte Gittas Mutter gespöttelt, worauf Gitta verärgert das Thema gewechselt und beschlossen hatte, sich den Eltern gegenüber zukünftig in Bezug auf Lars so bedeckt wie möglich zu halten. Auch deswegen hatte sie sich bislang so schwer damit getan, mit den Eltern über ihre Urlaubspläne zu sprechen.

Gitta hatte sich auf dem weich gepolsterten Rattansessel am Balkontisch niedergelassen. Sie nippte an ihrem Eistee und holte tief Luft, bevor sie sich an ihre nichts ahnenden Eltern wandte: »Also, es gibt da etwas, über das ich mit euch reden muss.«

»Was denn?«, stießen Hulda und Karl Mahrenholz wie aus einem Mund hervor und musterten Gitta erstaunt.

Gitta nahm ihren ganzen Mut zusammen und erklärte unumwunden, dass sie dieses Jahr nicht mit ihnen an den Gardasee fahren würde.

»Ich habe vor, in der Künstlerkolonie von Ahrenshoop einen Zeichenkurs zu machen. Lars hat mich eingeladen, und ich habe mich entschieden, seine Einladung anzunehmen.«

Die Eltern starrten Gitta an, als hätte sie ihnen soeben unterbreitet, in wenigen Tagen nach Amerika auswandern oder an einer Nordpol-Expedition teilnehmen zu wollen. In ihren Augen spiegelte sich ein solches Entsetzen, dass Gitta in einem Anflug von Mitleid bereits Angst vor der eigenen Courage bekam. Gleichzeitig verspürte sie angesichts der Überfürsorglichkeit ihrer Eltern, die ihr zuweilen den Atem raubte, auch einen brodelnden Unmut. Die unbändige Abenteuerlust, die in ihrem wohlbehüteten Leben viel zu lange ein Schattendasein geführt hatte, erlangte die Oberhand.

»Ich habe immer nach eurer Pfeife getanzt, und jetzt mache ich einfach mal, wozu ich Lust habe. Daran werdet ihr euch gewöhnen müssen, ob euch das nun passt oder nicht«, brach es aus ihr heraus – eine Spur zu scharf, wie sie gleich darauf schuldbewusst erkennen musste, als ihre Mutter in Tränen ausbrach.

Wie immer, wenn es nicht nach ihrem Lebensmotto geht, das da lautet: Friede, Freude, Eierkuchen, dachte Gitta erbost.

Auch Gittas Vater klang betroffen, als er sich darüber beklagte, dass Gitta sie einen Monat vor der Sommerfrische mit vollendeten Tatsachen konfrontiere.

»Die Zimmer in der Casa Monica sind bereits reserviert. Wie sieht denn das aus, wenn wir so kurzfristig absagen?«

»Aber ihr müsst doch gar nicht absagen, Papa, ihr könnt doch trotzdem fahren. Lediglich das Einzelzimmer für mich muss storniert werden, was ich selbstverständlich übernehmen werde, das gilt auch für etwaige Ausfallkosten, falls Signora Piva uns solche in Rechnung stellt. Was ich mir aber ehrlich gesagt nicht vorstellen kann, da sie viel zu geschäftstüchtig ist, um alte Stammgäste zu vergraulen, die die Sommerferien schon seit vielen Jahren in ihrer Pension verbringen.«

»Natürlich sagen wir die komplette Reservierung ab, denn mir ist die Vorfreude auf die Sommerfrische am Gardasee erheblich vergangen«, schniefte Hulda Mahrenholz in tiefstem Selbstmitleid und tupfte sich mit einem blütenweißen Damasttaschentuch die Tränen aus den Augenwinkeln.

»Ich lasse mich von dir nicht erpressen, Mutter«, schnaubte Gitta. »Tu, was du willst, meine Entscheidung steht fest.«

»Das sagt ein unverbesserlicher Trotzkopf, der nur an sich selber denkt«, lamentierte die Mutter.

Gitta warf ihr einen entrüsteten Blick zu. »Wie ungerecht von dir, mich egoistisch zu nennen. Ich habe es euch stets recht machen wollen, und das hab ich nun davon: Wenn ich mich nur einmal unterstehe zu tun, wonach mir der Sinn steht, verkündest du den Weltuntergang.«

Der Altphilologe, der Streit und Unstimmigkeiten überhaupt nicht ertragen konnte, erst recht, wenn sein trautes Heim davon erschüttert wurde, blickte verstört von Mutter zu Tochter und war nicht weit davon entfernt, sich die schütteren Haare zu raufen.

»Hört doch auf, euch zu streiten – und das noch auf dem Balkon, wo euch jeder hören kann. Was sollen denn die Leute von uns denken?«, zischte Karl Mahrenholz seinen zänkischen Damen zu und hielt tadelnd den Zeigefinger an die Lippen. »Lasst uns reingehen und noch einmal in Ruhe über alles sprechen, mir ist da nämlich eine Idee gekommen, die allen Seiten gerecht wird, gemäß der Lebensweisheit des Tacitus: ›In necessariis unitas, in dubiis libertas, in omnibus caritas‹«, deklamierte der Oberstudienrat wie vor seinen Primanern am Ernst-Ludwig-Gymnasium.

»In den nötigen Dingen Einigkeit, in den zweifelhaften Freiheit, in allem Nächstenliebe – das ist wahre Toleranz«, leierte Gitta, die diesen Spruch schon tausendmal gehört hatte, herunter und verdrehte die Augen.

Karl Mahrenholz geleitete Tochter und Gemahlin ins Wohnzimmer und schloss hinter sich bedachtsam die Balkontür für den Fall, dass sich die Gemüter wieder erhitzen sollten. Da er die Vorliebe seiner Gattin für Liköre kannte und auch, um die Wogen ein wenig zu glätten, trat der Familienvater ans Büfett, schenkte etwas von dem exzellenten Kirschlikör aus dem benachbarten Dorf Ockstadt, das bekannt für seine schwarzen Herzkirschen war, in drei zierliche Kristallgläser und trug sie vorsichtig zum Tisch.

Mit eisigen Mienen stießen Gitta und ihre Mutter miteinander an und richteten ihre Aufmerksamkeit auf Karl Mahrenholz, der schalkhaft verkündete, er habe möglicherweise die Lösung des Problems gefunden.

»Was haltet ihr davon, wenn wir alle drei gemeinsam nach Ahrenshoop reisen? Wir müssen doch nicht jedes Jahr an den Gardasee fahren, eine Brise Seeluft würde uns sicher guttun, und bei dieser Gelegenheit könnten wir auch Gittas Bekannten einmal kennenlernen.«

Gitta fehlten zunächst die Worte. Sie starrte ihren Vater an, als wäre er ein Fabeltier. Dann bekam sie einen Lachanfall, der einfach nicht mehr abebben mochte. Während die Mutter über Gittas plötzliche Heiterkeit irritiert war, wertete der Vater sie als Einverständnis und stimmte schon, wenn auch etwas gekünstelt, in das Gelächter mit ein, als Gitta jäh zur Salzsäule erstarrte.

»Das kommt ja überhaupt nicht infrage«, rief sie empört. »Ich unternehme diese Reise allein – und damit basta!«

Kapitel 2

Als der Nacht-D-Zug von Frankfurt nach Rostock über Berlin am Montag, den 19. Juli, um Punkt zehn Uhr im Bahnhof Zoologischer Garten in Berlin-Charlottenburg einfuhr, war Gitta, die im Schlafwagenabteil vor Aufregung und Anspannung so gut wie kein Auge zugetan hatte, zwar hundemüde, aber auch aufgekratzt und voll freudiger Erwartung.

Es war das erste Mal in ihrem Leben, dass sie allein auf Reisen ging, und gestern Abend, als der Nachtzug im Frankfurter Hauptbahnhof abgefahren war, war es Gitta so mulmig zumute gewesen, dass sie sich im Speisewagen einen Cognac bestellt hatte.

Zu Hause in Bad Nauheim hing noch immer der Haussegen schief, und das schmerzte sie sehr. Die Eltern waren ungewohnt nachtragend und nahmen es Gitta sehr übel, dass sie eigene Wege ging und nicht mit ihnen fuhr. Obwohl sie erst am Mittwoch zum Gardasee aufbrechen würden, hatten sie Gitta nicht an den Zug gebracht und sich nur kühl von ihr verabschiedet.

Die Mutter hatte sich schnell abgewandt, weil sie einmal mehr in Tränen ausgebrochen war. Sei's drum, es war längst überfällig, endlich mal den Mut aufzubringen und etwas Neues zu wagen, anstatt um des lieben Friedens willen die fügsame Tochter zu spielen, dachte Gitta bei sich und klopfte sich innerlich triumphierend auf die Schulter, dass sie es geschafft hatte, sich gegen ihre Eltern durchzusetzen. Und das erst mit sechsundzwanzig Jahren, du Schaf!

Wenngleich es Gitta tunlichst vermieden hatte, das Wort »Freikörperkultur« ihren Eltern gegenüber auch nur zu erwähnen – das wäre zu viel des Guten für die Armen gewesen und hätte sie buchstäblich umgehauen –, war die Entscheidung für die Reise nach Ahrenshoop für Gitta auch ein offizielles Bekenntnis zum »schwedischen Baden« und überdies eine Premiere.

Am allermeisten aber fieberte sie der Begegnung mit Lars entgegen, und wenn sie daran dachte, ihm in ungefähr sechs, sieben Stunden gegenüberzustehen, geriet sie völlig aus dem Häuschen.

Wie wird es sein, wenn wir uns wiedersehen? Wird der Zauber von damals noch da sein?, fragte sie sich angespannt.

Versonnen schaute Gitta, die in Gesellschaft eines älteren Ehepaars, das am frühen Morgen in Halle zugestiegen war, im Erste-Klasse-Abteil am Fenster saß, auf den Bahnsteig, auf dem ein reges Kommen und Gehen herrschte.

Eine junge Mutter mit einem kleinen Jungen und ein Mann mit Tornister und Fotokamera traten nacheinander ins Abteil und erkundigten sich höflich, ob noch Plätze frei seien.

Gitta rückte bereitwillig zur Seite und ließ die Frau mit dem Kind neben sich Platz nehmen, während sich der Mann mit der Nickelbrille und dem vergeistigten Gesichtsausdruck auf den freien Sitzplatz neben dem älteren Herrn setzte, nachdem er seinen Rucksack im Gepäcknetz verstaut hatte, seine Hasselblad allerdings, die in einer braunen Ledertasche steckte, behielt er auf dem Schoß.

Auf der Weiterfahrt nach Rostock entwickelte sich zwischen dem älteren Herrn, der mit seiner Frau in Halle zugestiegen war, und dem Mann mit der Kamera ein angeregtes Gespräch, bei dem sich herausstellte, dass der junge Mann Redakteur und Fotograf beim *Berliner Tageblatt* war.

»Und wo geht die Reise hin?«, erkundigte sich sein Sitznachbar leutselig.

»Zum Ostseebad Ahrenshoop«, erwiderte der Journalist. »In dieser Sommersaison wird auf der Halbinsel Fischland-Darß viel Berliner Prominenz erwartet. Neben verschiedenen Filmsternchen und Regisseuren auch die Maler Otto Dix, George Grosz und die berühmte Ausdruckstänzerin Olga Desmond. Ich werde einige Artikel über die illustren Herrschaften schreiben und Fotos machen, ansonsten gedenke ich, das Angenehme mit dem Nützlichen zu verbinden und die Badeferien zu genießen.«

Als Gitta den Namen Olga Desmond vernahm, wurde sie sofort hellhörig, hielt sich aber zurück.

Im Laufe des Gesprächs stellte sich heraus, dass der Journalist und Gitta die Einzigen waren, die nach Ahrenshoop wollten.

Mutter und Kind stiegen bereits an der nächsten Station in Oranienburg aus, und die älteren Herrschaften fuhren bis nach Neustrelitz.

Als sich in dem Abteil nur noch Gitta und der Journalist befanden, blickte Gitta, die sich allein mit dem Fremden ein wenig unbehaglich fühlte, befangen aus dem Fenster.

»Und Sie fahren in die Sommerfrische, gnädige Frau?«, erkundigte sich der Journalist, der offenbar sehr weltgewandt war, bei Gitta, die unmerklich zusammenschreckte, als er das Wort an sie richtete.

»So ist es. Vier Wochen lang nur faul im Strandkorb liegen und zwischendurch ein Bad nehmen, ist das herrlich«, erwiderte sie.

Der Mann musterte sie interessiert. »Darf ich fragen, was Sie beruflich machen? Es ist bestimmt etwas im Modebereich, da Sie so elegant gekleidet sind. Der Schnitt Ihres Kleides ist exquisit, wenn ich das sagen darf.«

Gitta lächelte geschmeichelt und erklärte nicht ohne Stolz, dass sie das schilfgrüne Seidenkleid selber genäht habe.

»Nach einem Schnittmusterbogen aus der *Vogue*. Ich bin Handarbeitslehrerin an einem Mädchenpensionat, und das Schneidern von Haute-Couture-Mode ist mein Hobby.«

»Sie sind eine sehr interessante Dame, das ist mir gleich aufgefallen.«

Der Journalist reichte Gitta höflich die Hand und stellte sich ihr als Falk Thimmermann vor.

»Gitta Mahrenholz aus dem Herz-Heilbad Bad Nauheim, wo sogar schon die russische Zarenfamilie ihren Kuraufenthalt genoss …«

»Und wo die russischen Kurgäste eindeutig in der Überzahl waren, in Bad Nauheim wurde ja sogar eigens eine russisch-orthodoxe Kirche für die Kurgäste aus Russland gebaut. Böse Zungen nannten es daher auch das ›Russenbad‹«, ergänzte der Journalist grinsend.

Ihre anfängliche Befangenheit löste sich vollständig auf, und Gitta und ihre neue Reisebekanntschaft unterhielten sich prächtig.

»Ich habe Olga Desmond in Frankfurt in einer Vorstellung gesehen und bin hellauf begeistert von ihr und ihrem Naturballett. Sie ist eine faszinierende Persönlichkeit, und ich wünsche mir sehr, ihr auf Fischland über den Weg zu laufen«, erzählte sie lebhaft.

»Vielleicht ergibt sich ja sogar die Gelegenheit, Sie der Tänzerin vorzustellen. Ich schau mal, was sich machen lässt«, versprach ihr Falk Thimmermann.

Der Redakteur wurde ihr immer sympathischer; er war sehr entgegenkommend und hatte angenehme Manieren. So einen lockeren, unverkrampften Umgang hatte Gitta bisher nur selten mit Vertretern des männlichen Geschlechts erlebt. Falk schien in Bezug auf Gitta keinerlei Absichten zu haben, außer, sich gut mit ihr zu unterhalten.

Als sie ihm wenig später von Lars berichtete, der sie nach Ahrenshoop eingeladen habe, wo er am Nacktbadestrand textilfreie Malkurse veranstalte, bestätigte sich dieser Eindruck noch.

»Klingt interessant«, sagte Falk leichthin und ließ Gitta wissen, dass auch er das schwedische Baden bevorzuge.

Auf dem Dampfschiff »Gudrun«, das von Ribnitz-Damgarten mit einem halben Dutzend Passagiere über den Saaler

Bodden zum Althäger Hafen in Ahrenshoop tuckerte, wurde Gitta immer unruhiger und konnte bei der Aussicht, in zwanzig Minuten mit Lars zusammenzutreffen, ihre Nervosität kaum noch zügeln.

Sie inhalierte tief die salzhaltige Luft, die ihr nach der langen Zugfahrt unendlich wohltat, und blickte in die blaue Weite des Himmels, an dem kein Wölkchen zu sehen war. Was für ein lauschiger Abend, der zum gemeinsamen Flanieren am Strand förmlich einlud.

Gitta trat an die Reling und spähte zum anderen Ufer, das sich in der Ferne schon schemenhaft abzeichnete, als ihr plötzlich jemand von hinten sachte auf die Schulter tippte.

Angespannt, wie sie war, zuckte sie mit einem leisen Schrei erschrocken zusammen und fuhr herum.

Falk, der Gitta ein Glas Sekt reichte, um mit ihr auf den Urlaub anzustoßen, entschuldigte sich.

»Keine Ursache«, wehrte Gitta ab. »Da können Sie doch nichts dafür, dass ich so ein Nervenbündel bin.«

»Das sind nicht die Nerven, das ist die Vorfreude – auf das baldige Wiedersehen«, erwiderte Falk mit verschmitztem Lächeln, worin ihm Gitta mit einem tiefen Seufzer recht gab.

»Schön, dass wir uns kennengelernt haben, es würde mich freuen, wenn wir in Kontakt blieben«, sagte der Journalist, nachdem sie miteinander angestoßen hatten.

»Sehr gerne«, erwiderte Gitta und ließ ihn wissen, dass sie in der *Villa Wanda* am Hohen Ufer eine Unterkunft habe.

»Ich wohne im Haus Boddenblick, wo es in der Nachbarschaft auch ein gutes Restaurant gibt. Vielleicht können wir uns dort ja mal zum Essen treffen, selbstverständlich gerne mit Ihrem Bekannten.«

»Eine gute Idee, das machen wir.« Obgleich Gitta mit den Gedanken woanders war, lächelte sie ihn dankbar an.

Was für ein reizender, unaufdringlicher Mann, äußerst feinfühlig, und er trifft immer den richtigen Ton, ging es ihr beim Anblick von Falks markantem Profil durch den Sinn. Obwohl er gut aussah und überaus sympathisch war, war er nicht Gittas Typ – was sicherlich auch daran lag, dass sie momentan nur Lars im Kopf hatte.

Als der Dampfer am Althäger Hafen anlegte, musste Gitta enttäuscht feststellen, dass Lars von Löwenstern sie nicht an der Anlegestelle erwartete.

Außer einer Handvoll Fischer warteten auf dem Kai Pferdefuhrwerke vom *Baltischen Hof*, der *Villa Elisabeth* und der *Villa Wanda*, um ihre Urlaubsgäste abzuholen und das Gepäck zu verladen.

Die Männer auf den Kutschböcken riefen lauthals die Namen der Ankömmlinge, auch Gittas Name wurde ausgerufen. In dem Tohuwabohu des Einsteigens und Verladens konnten sich Gitta und Falk nur hastig voneinander verabschieden.

Als Gittas großer Koffer und die Reisetasche auf dem Gepäckwagen verstaut waren und der Kutscher ihr ein Zeichen gab einzusteigen, zögerte Gitta und bat ihn, mit dem Gepäck doch schon vorauszufahren, sie habe noch etwas zu erledigen und komme später nach.

Nachdem alle Kutschen weg waren, ging Gitta am Kai auf und ab und blickte sich einigermaßen verloren um.

Von Lars war noch immer weit und breit nichts zu sehen. Auf ihrer Armbanduhr war es zwanzig Minuten nach sechs. Sie würde noch zehn Minuten warten, ehe sie sich auf den Weg zum Kunstkaten machte, um herauszufinden, was los war.

Eigentlich war sie davon ausgegangen, dass Lars sie abholen würde, sie hatte ihm ihre Ankunftszeit ja rechtzeitig mitgeteilt. *Vielleicht ist der Brief ja noch unterwegs, und er hat ihn gar nicht erhalten – so lange, wie die Post hierher mitunter braucht,* überlegte sie verunsichert, und je länger sie wartete, desto stärker wurden auch ihr Unmut und ihre Niedergeschlagenheit.

Ruhig Blut, er wird schon noch kommen, versuchte sie, den aufkommenden Trübsinn in Schach zu halten. Doch vergeblich, ihr war zum Heulen zumute – die ganze Vorfreude war dahin.

So allein und verlassen am Hafen fühlte sie sich wie bestellt und nicht abgeholt.

Der kann mich doch nicht einfach sitzen lassen, das passt doch gar nicht zu ihm, sagte sie sich und beschloss, auf der Stelle den Kunstkaten aufzusuchen.

Als sie vom Hafen in die Althäger Straße einbog, erkundigte sie sich bei einer Gruppe Fischer, die an einem Räucherofen Fische räucherten, nach dem Kunstkaten.

»Die Althäger lang bis zur Dorfstraße – das ist aber noch ein ganz schönes Stück«, gab einer der Männer mürrisch Auskunft. Gitta dankte ihm und setzte ihren Weg fort, vorbei an den einfachen Fischerkaten aus rotem Backstein mit kleinen Ständen, an denen Räucherfisch verkauft wurde, um die sich allenthalben frohgemute Menschen tummelten, Familien mit Kindern und untergehakte junge Paare.

Bei ihrem Anblick kam sich Gitta noch einsamer vor, und der Kloß in ihrem Hals wurde immer dicker. Sie setzte ihre Sonnenbrille auf, um ihre Traurigkeit zu kaschieren, die so gar nicht zu der allgemeinen Unbeschwertheit passte.

Obgleich ihr vor Hunger der Magen knurrte, da sie den ganzen Tag über vor lauter Aufregung wenig gegessen hatte, nahm sie davon Abstand, sich an einem der Stände eine kleine Stärkung zu holen, da ihr die Enttäuschung gründlich den Appetit verhagelt hatte.

Als sie schließlich das Ende der Althäger Straße erreicht hatte und schon eine ganze Weile die Dorfstraße entlanggelaufen war, sah sie linker Hand die farbenfrohe Außenfassade eines Geschäfts mit dem Namen *Bunte Stube*, hinter dem ein großes Haus mit einem Reetdach mit der Aufschrift »Kunstkaten« über der Eingangstür stand.

Vor dem Haus saßen zwei Männer und eine Frau mit Bierkrügen in der Hand auf einer Bank und unterhielten sich. Lars war nicht dabei. Gitta gab sich einen Ruck, grüßte höflich und entschuldigte sich für die Störung, ehe sie sich nach dem Maler Lars von Löwenstern erkundigte, der hier wohne.

»Der wohnt hier nicht mehr«, antwortete einer der beiden Männer. »Wir haben den Kunstkaten seit dem ersten Juli gemietet, wir sind ortsansässige Künstler, und weil wir schon länger darauf gewartet haben, dass hier endlich frei wird, haben wir gleich die Gelegenheit genutzt, als er Ende Juni ausgezogen ist.«

Gitta starrte den Mann erstaunt an. »Wissen Sie vielleicht, wo er hingezogen ist?«

Die drei zuckten die Achseln. »Keine Ahnung, und es hat mich auch ehrlich gesagt nicht sonderlich interessiert«, äußerte der andere Mann abweisend.

Gitta mochte ihr Erstaunen darüber nicht verhehlen.

»Das wundert mich etwas, wie ich zugeben muss. Ich bin eigentlich davon ausgegangen, dass es in der Ahrenshooper Künstlerkolonie einen guten Zusammenhalt gibt – und die Malerinnen und Maler Bescheid darüber wissen, wohin jemand aus ihrer Gemeinschaft verzogen ist.«

Die drei fühlten sich nicht bemüßigt, darauf einzugehen, stattdessen meldete sich unerwartet ein Mann mit Schiffermütze zu Wort, der auf dem Nachbargrundstück den Zaun strich.

»Zusammenhalt – dass ich nicht lache«, raunzte er laut genug, dass auch das Trio auf der Bank ihn hören konnte. »Das gibt's doch unter diesen Schmierfinken nicht, da ist doch einer dem anderen spinnefeind, wenn einer mehr Zeichenkurse für die Sommerfrischler ergattern kann als er selbst und ihm noch dazu die ganzen Malhühner abluchst«, feixte der Schiffer im norddeutschen Dialekt mit frechem Grinsen.

Gitta setzte ihren Weg nach einer knappen Geste an die drei Künstler fort. Da sie aber nicht genau wusste, wohin, blieb sie nach ein paar Schritten stehen.

Als sie sich ratlos umschaute und ein Schild mit der Aufschrift »Zum Hohen Ufer« entdeckte, beschloss sie, zum Hotel zu gehen, und folgte dem Pfeil in Richtung Steilküste, wo sich auch die *Villa Wanda* befand.

Nach kurzer Zeit kehrte sie noch einmal um und kaufte an einem der Stände ein Brötchen mit Räucherlachs und eines mit geräuchertem Heilbutt.

Im benachbarten Kolonialwarenladen konnte sie noch eine Flasche Gewürztraminer aus der Region Saale-Unstrut ergattern, bevor er schloss.

Gitta schlug wieder den Weg zum Hohen Ufer ein, denn allen Widrigkeiten zum Trotz hatte sie beschlossen, in der *Villa Wanda* ihr Zimmer zu beziehen und sich danach noch an die Steilküste zu setzen und den Ausblick aufs Meer zu genießen.

Das Rätsel um Lars würde sich heute sowieso nicht mehr lösen lassen, und der Abend war viel zu schön, um Trübsal zu blasen.

Kapitel 3

Es war herrliches Wetter, als Gitta am Dienstagmorgen nach dem Frühstück ihre Badetasche packte, um an den Nacktbadestrand zu gehen – mit dem Hintergedanken, dort vielleicht auf Lars zu treffen, da er möglicherweise am Nudistenstrand seine Zeichenkurse veranstaltete. Inzwischen war sie sich so gut wie sicher, dass Lars ihren Brief gar nicht erhalten hatte. Er wusste wahrscheinlich nicht einmal, dass sie hier war, anders konnte sie sich das Ganze nicht erklären.

Als sie am Hohen Ufer entlangging, bemerkte sie am Rande der Steilküste eine merkwürdige Prozession.

Eine Schar von Damen in weißen Sommerkleidern, mit Zeichenblöcken und Staffelleien ausgerüstet, folgte einem Mann mit Strohhut, der ebenfalls Malutensilien bei sich trug.

Spontan näherte sich Gitta der Gruppe, um sich bei dem Maler nach Lars zu erkundigen. Als der Mann Gitta erblickte, winkte er ihr freundlich zu und wartete auf sie. Sie wollte gerade ihre Frage stellen, doch er kam ihr zuvor.

»Falls Sie Interesse an einem Mal- und Zeichenkurs haben, ich habe in meiner Malgruppe noch freie Plätze, die Dame«, erklärte er katzbuckelnd.

»Das ist sehr freundlich, aber ich habe ein anderes Anliegen«, erwiderte Gitta leicht verlegen. »Gestatten Sie mir die Frage, ob Sie vielleicht den Ahrenshooper Maler Lars von Löwenstern kennen? Er gibt textilfreie Malkurse am Nacktbadestrand …«, fügte sie hinzu, was einigen Malschülerinnen die Schamesröte in die pausbäckigen Gesichter trieb, den Maler indessen dazu veranlasste, mit angewiderter Miene von sich zu geben, *solche Leute* kenne er nicht.

Auch am Strand, wo bereits am Vormittag reger Badebetrieb herrschte, waren die weißen Tupfen der malenden Damen zu sehen, denen einem Gockel gleich ein Künstler voranschritt.

Gitta verzichtete auf weiteres Nachfragen, da sich die Behauptung des Schiffers, dass unter den Malern ein erheblicher Konkurrenzkampf herrsche, zu bestätigen schien.

Sie ließ ihre Blicke über den Sandstrand schweifen, der von Felsen und Steinen durchsetzt war, zwischen denen Strandkörbe und Liegestühle standen.

In den marineblauen Badetrikots und den schwarzen Gummibadekappen sahen die Frauen alle gleich aus – ebenso übrigens wie die Männer in ihren blau-weiß gestreiften Badeanzügen mit den knielangen Beinen. Lediglich in Größe und Leibesumfang unterschieden sie sich voneinander.

Gitta hielt Ausschau nach dem Nacktbadestrand und konnte ein Stück weit entfernt tatsächlich ein Schild erkennen, auf dem »Hunde- und Nudistenstrand« stand.

Bei der Aufschrift musste sie unwillkürlich grinsen, sollte

aber schon bald dahinterkommen, was es damit auf sich hatte, Nudisten und Hunde in einen Topf zu werfen.

Voller Neugier strebte sie dorthin.

Auf dem Weg vorbei an den Nackten, die sich auf Decken und Liegestühlen in der Morgensonne aalten, flogen Gitta von allen Seiten Grüße zu, die sie freundlich erwiderte.

Während sie im Schatten eines großen Findlings ihre Decke ausbreitete, da sie eine besonders empfindliche helle Haut hatte und sich nicht gleich einen Sonnenbrand holen wollte, hob auch das junge Paar in ihrer Nähe grüßend die Hand.

Unter den Nacktbadenden herrschte offenkundig ein Zusammengehörigkeitsgefühl, und man war einander wohlgesonnen, was Gitta als sehr angenehm empfand.

Sie streifte ihren champagnerfarbenen Strandpyjama aus Crêpe de Chine ab, den sie nach den neuesten Entwürfen von Coco Chanel gefertigt hatte, und entledigte sich ihrer cremefarbenen Seidenunterwäsche.

Als die frische Seeluft über ihren Körper strich, war ihr, als streifte sie ein hauchdünner Schleier, und sie fühlte einen wohligen Schauder auf der Haut.

Gleichzeitig überkam sie eine ungeahnte Lebensfreude, und sie sog den salzigen Geruch des Meeres, das Rauschen der Wellen, die Schreie der Möwen – die ganze Schönheit des Augenblicks – wie ein Schwamm in sich auf.

In jenem Moment hatte sie das überwältigende Gefühl, ganz bei sich zu sein und dennoch mit allem zu verschmelzen. Leichtfüßig wie ein Kind lief sie auf die Wellen zu und tauchte kopfüber in die schäumende Gischt.

Sich wohlzufühlen wie ein Fisch im Wasser, ging es ihr durch den Kopf – *nichts anderes zählte im Augenblick.* Doch der Gedanke an Lars, der am Nacktbadestrand nicht auszumachen war, belehrte sie eines Besseren.

Mit ihm durchs Wasser gleiten, und mein Glück wäre perfekt. – *Mach dich nicht so abhängig von ihm, das Leben ist auch ohne ihn schön,* meldete sich eine innere Stimme zu Wort.

Egal, was passiert, ob ich ihn nun treffe oder nicht, ich werde in jedem Fall meinen Urlaub genießen, schwor sie sich, während sie sich auf den seidenweichen Sand des Ufers legte und von den Wellen umschmeicheln ließ.

Einen Steinwurf entfernt sah Gitta fünf Männer mit muskulösen, durchtrainierten Körpern und kappenartigen, im Nacken- und Schläfenbereich ausrasierten Haarschöpfen, die am Ufer einen Kreis bildeten und seltsame gymnastische Übungen vollführten.

Sie nahmen immer neue Stellungen ein, in denen sie minutenlang verweilten, wobei sie einen merkwürdigen Sprechgesang anstimmten.

Unbeweglich auf einem Bein stehend, das andere und den Arm emporgereckt, sangen sie ein sonderbares Gedicht. *»Feoh – der Reichtum ist Trost, jedoch soll jeder ihn reichlich austeilen, wenn er Gottes Anerkennung verdienen möchte.«*

Dann stellten sie sich breitbeinig hin und bildeten mit angelegten Armen eine spitz zulaufende Silhouette.

»Ur – der Auerochse ist wild und gehörnt, durchstreift die Moore und ist ein prächtiges Wesen«, erklang es feierlich. Als Nächstes stellten sie sich kerzengerade hin und winkelten den rechten Arm ab.

»Wenne – die Wonne genießt«, erscholl der Singsang, »wer wenig von Leid, Wunde und Sorge weiß und selbst Wohlstand, Freude und Burgen genug hat.«

Gitta, die das Schauspiel aufmerksam und mit wachsender Faszination verfolgte, fragte sich, was es damit auf sich hatte, und erwog, sich bei passender Gelegenheit bei den Männern mit den gestählten, braun gebrannten Körpern danach zu erkundigen.

Während die Männer noch minutenlang unbeweglich in ihren Positionen verharrten, kamen plötzlich zwei große Dobermann-Hunde angerannt, die die Gymnastiker jäh aus ihrer Konzentration rissen, indem sie an ihnen hochsprangen und sie beschnüffelten.

»Haut ab!«, rief einer aus der Gruppe und versuchte, die unbändigen Hunde mit Tritten zu vertreiben, doch diese ließen sich nicht abwimmeln.

Den Tieren schien es sogar Freude zu bereiten, den Männern auf die Pelle zu rücken.

Die Aufmerksamkeit der Gruppe richtete sich auf den Hundehalter, der unter den Nudisten leicht auszumachen war, da er einen hellen Leinenanzug und einen Strohhut trug.

Der Mann, der aussah wie ein Aristokrat in der Sommerfrische, traf jedoch keinerlei Anstalten, die Hunde herbeizurufen und anzuleinen oder sie auf andere Weise in ihre Grenzen zu weisen.

»Nehmen Sie auf der Stelle Ihre Köter an die Leine, oder ich breche ihnen das Genick«, drohte ein Mann aus der Gymnastikgruppe, dessen praller Bizeps selbst unter den anderen Kraftsportlern hervorstach.

Die Wehrhaftigkeit und Aggressivität, die er ausstrahlte, ließen keine Zweifel daran aufkommen, dass er dazu willens und in der Lage war. Dies schien auch der Hundebesitzer zu erkennen und stieß einen Pfiff aus, worauf die Tiere augenblicklich von den Männern abließen und zu ihm eilten.

Nachdem er die Hunde angeleint hatte, zog er es vor, auf dem schnellsten Weg vom Nacktbadestrand zu verschwinden – nicht ohne für ein letztes Malheur zu sorgen. Denn kurz vor der Holztafel, die den Nudistenstrand vom Textilstrand trennte, erleichterte sich eines der Tiere auf dem Sand.

»Ekelhafte Drecksviecher«, fluchte einer der Gymnastiker und kam mit Eimer und Schaufel herbeigeeilt, um den Hundehaufen zu beseitigen. Das Behältnis mit dem übel riechenden Inhalt platzierte er anschließend neben dem Schild.

Genauso wie die anderen Nudisten, die angewidert die Köpfe schüttelten, war Gitta entrüstet über die Dreistigkeit und Rücksichtslosigkeit des Hundehalters und kam so mit der Gymnastikgruppe ins Gespräch.

»Das ist leider die Regel und nicht die Ausnahme, dass die Hunde hier am Nacktbadestrand ihr Geschäft verrichten«, wandte sich einer der Männer mit zornrotem Gesicht an Gitta. »Und das Schlimme ist, sie dürfen das sogar, weil der Nacktbadestrand gleichzeitig auch als Hundestrand ausgewiesen ist. Was am Textilstrand bei Strafe verboten ist, ist hier offiziell erlaubt.«

»Das ist eine Zumutung für alle, die das Nacktbaden bevorzugen, und zeigt natürlich auch, wie feindselig die Obrigkeit von Ahrenshoop, also die Leute, die hier die Vorschriften erlassen, den Nudisten gesonnen sind«, empörte sich Gitta.

Der Wortführer der Gymnastikgruppe, der auch gedroht hatte, den Hunden den Garaus zu bereiten, nickte.

»Das können Sie laut sagen! Ich war erst kürzlich im Büro des Ortsvorstehers, um mich über die unerträglichen Zustände zu beschweren. Schließlich gehören meine Kameraden und ich der ehrenwerten Nacktsportgemeinde ›Walhalla‹ und dem ebenso respektablen ›Bund für Leibeszucht‹ an, wie ich den Ortsvorsteher wissen ließ. Und dann wurde der auch noch frech und meinte, das interessiere ihn nicht. Kurgäste und Sommerfrischler, also Leute wie ich, die hier keine Steuern bezahlen würden, hätten in Ahrenshoop keinerlei Beschwerderecht und wären hier nur geduldet. Wenn mir das nicht passen würde, dann sollte ich doch verschwinden, hat er mir ins Gesicht gesagt und mich hinauskomplimentiert wie einen lästigen Störenfried. Aber der wird schon noch seinen Denkzettel kriegen, denn ich habe daraufhin umgehend den ›Deutschen Reichsverband für Freikörperkultur‹ über dieses unverschämte Gebaren in Kenntnis gesetzt, und die versicherten mir, das würde ein Nachspiel haben.«

Das Muskelpaket fing unversehens an zu grinsen.

»Ein gewisses Nachspiel hat es auch jetzt schon für den Herrn Ortsvorsteher Niemann«, ließ er Gitta mit gedämpfter Stimme wissen, »denn er kriegt die Hundekacke vom Nacktbadestrand in regelmäßigen Abständen vor die Haustür gekippt.«

»Geschieht ihm recht«, pflichtete ihm Gitta bei, »Sie dürfen sich nur nicht dabei erwischen lassen.«

Der Kraftsportler feixte. »Davor hab ich eine Heidenangst«, spöttelte er mit weinerlicher Miene, was seine Kameraden mit rauem Gelächter quittierten.

»Darf ich fragen, was das für eine Gymnastik ist, die Sie vorhin gemacht haben? Ich habe Ihnen nämlich zugesehen und fand Ihre Körperübungen sehr interessant«, wollte Gitta wissen.

Der Mann mit dem blonden Haarschopf lächelte geschmeichelt.

»Das freut mich, dass wir Ihr Interesse geweckt haben. Wie eben schon erwähnt, gehören meine Kameraden und ich der ›Nacktsportgemeinde Walhalla‹ und dem ›Bund für Leibeszucht‹ an, die sich hauptsächlich in der altgermanischen Runengymnastik erproben. Die heiligen Runen der Germanen stellen laut Lehre der Runengymnastik Körperhaltungen und Bewegungsrichtungen dar, die sogenannten ›Runenstellungen‹. Sie dienen der Selbstheilung und Kräftigung. Der Gymnastiker soll die jeweilige Stellung minutenlang einhalten und mit Sprechgesang begleiten. Die Einnahme der Runenstellungen muss nackt erfolgen und ist nur für den ›nordischen Menschen‹ gedacht. Runengymnastik ist eine Art Gebet, denn über die Runenstellungen soll der Kontakt zu den Göttern hergestellt werden.«

Der Athlet musterte Gitta wohlwollend.

»Wenn die Dame möchte, kann ich ihr später gerne ein paar Übungen beibringen, denn die ideale Körperschönheit ist blond und blauäugig – und das scheint mir doch bei Ihnen durchaus gegeben zu sein, wenn ich das sagen darf«, erbot er sich mit öligem Lächeln.

»Meine Haare sind zwar eher rötlich als blond, und auch

meine Augen sind nicht blau, sondern grün, aber trotzdem vielen Dank für das freundliche Angebot, auf das ich zu gegebener Zeit gerne zurückkomme«, bedankte sich Gitta höflich und zog es vor, auf ihre Decke zurückzukehren, da ihr die ganze Germanentümelei reichlich sektiererisch und realitätsfern vorkam.

Dort angekommen, nahm Gitta einen Apfel aus der hellblauen Basttasche, die sie zu Hause eigens für den Seeaufenthalt gehäkelt hatte.

Während sie genüsslich hineinbiss, spähte sie über den Nudistenstrand in der Hoffnung, dass Lars vielleicht doch noch aufgetaucht war, doch er war nirgendwo auszumachen.

Wo kann er denn nur sein?, fragte sie sich ratlos. Er kann doch nicht einfach so vom Erdboden verschwunden sein … Tapfer versuchte sie, den aufkommenden Trübsinn herunterzuschlucken, was ihr indessen eher schlecht als recht gelingen wollte, obgleich sie sich noch vor Kurzem vorgenommen hatte, trotz allem ihren Urlaub zu genießen.

»Fräulein Gitta – das ist ja eine Überraschung!«

Gitta schreckte jäh aus dem Schlaf und riss die Augen auf. Doch der Mann im hellen Sommeranzug, der in Begleitung eines ebenso gut gekleideten Herrn neben ihrer Decke stand und zu ihr hinablächelte, war nicht Lars von Löwenstern, sondern der Journalist Falk Thimmermann.

»Darf ich vorstellen, das ist mein guter Freund, der Berliner Modeschöpfer Otto Euler – meine nette Reisebekanntschaft Gitta Mahrenholz, Handarbeitslehrerin aus dem Herz-

Heilbad Bad Nauheim«, machte Falk Gitta und seinen Begleiter miteinander bekannt.

»Sehr erfreut«, sagte Gitta, als der blendend aussehende Mann um die vierzig, der Gitta an den Filmstar Rudolph Valentino erinnerte, ihr formvollendet die Hand reichte und entgegnete: »Ganz meinerseits, gnädige Frau.« Gitta, für die Valentino der schönste Mann der Filmgeschichte war und die vor vier Jahren ganze dreimal in einer Riesenschlange vor den Terminus-Lichtspielen in Bad Nauheim gestanden hatte, um den Stummfilm »Der Scheich« zu sehen, konnte ihren Blick gar nicht mehr von Otto Euler abwenden.

Dieser schien ihren Gedanken zu erraten, da er so etwas wohl nicht zum ersten Mal erlebte.

»Ich weiß, Valentino«, erklärte er humorvoll. »Ich habe es zwar nur zum Kleiderverkäufer gebracht und bin nicht annähernd so schön und erfolgreich wie der göttliche Rudolpho, doch es schmeichelt mir, wie ich zugeben muss, dass wir eine gewisse, wenn auch nur entfernte Ähnlichkeit miteinander haben.«

Gitta, die wusste, dass das luxuriöse Modehaus »A & O« einen exzellenten Ruf hatte, wollte seine Bescheidenheit nicht gelten lassen und erwiderte, er solle doch sein Licht nicht derart unter den Scheffel stellen.

Nachdem sich die beiden Männer höflich bei Gitta erkundigt hatten, ob sie sich neben ihr niederlassen dürften, breiteten sie ihre Decke aus, entkleideten sich und nahmen gemeinsam mit Gitta ein Bad. Auch wenn die beiden Männer sich dezent zurückhielten, erkannte Gitta doch anhand ihrer

Blicke und des liebevollen Umgangs, den sie miteinander pflegten, dass sie mehr als nur Freunde waren.

Die drei unterhielten sich angeregt über Gott und die Welt, lachten viel und verbrachten einen wunderbar unbeschwerten Tag, der Gitta das Dilemma mit Lars ein Stück weit vergessen ließ. Natürlich streiften sie das Thema, da Falk sich nach Gittas Malerfreund erkundigte, doch es wurde nicht unnötig vertieft.

Gitta war sicher, nie zuvor höflicheren, gepflegteren und kultivierteren Männern begegnet zu sein als Falk und Otto, die Gitta schließlich das »Du« anboten und sie zu einem gemeinsamen Abendessen im *Baltischen Hof* einluden.

Inzwischen empfand Gitta es als wahren Glücksfall, Falk im Zug kennengelernt zu haben, denn dadurch hatte sie nette Gesellschaft und war nicht so allein – wie sie es ansonsten gewesen wäre, da sie außer Lars, der sich offenbar in Luft aufgelöst hatte, keine Menschenseele in Ahrenshoop kannte.

Überall sah man Paare und Familien, und eine alleinstehende Frau im Restaurant oder Strandcafé wäre aufgefallen wie ein Schaf mit fünf Beinen und entsprechend beäugt worden.

Als sie vom Strand aufbrachen, um in ihre Hotels zu gehen, machte Otto Euler Gitta ein Kompliment zu ihrem Strandpyjama. »Du siehst fantastisch darin aus«, urteilte der Modeschöpfer mit Kennerblick. »Mit deiner schlanken, hochgewachsenen Statur und dem anmutigen Gesicht bist du ohnehin das ideale Mannequin, und ich würde mich sehr freuen, wenn ich dich für mein Modehaus engagieren könnte – gegen ein entsprechendes Honorar natürlich. Überleg es dir in Ruhe.«

Gitta versprach ihm geschmeichelt, sein Angebot zu überdenken.

Später, als sie auf ihrem Zimmer war, um sich für den Abend umzukleiden, ging ihr Ottos Vorschlag immer wieder durch den Kopf.

Die Vorstellung, in Berlin ein völlig neues Leben anzufangen und auf eigenen Beinen zu stehen, faszinierte und ängstigte sie gleichermaßen.

Einerseits war sie recht mutig – nur wenige höhere Töchter hätten den Mut aufgebracht, allein in die Sommerfrische zu fahren –, andererseits war Gitta auch ein Hasenfuß, der sich nach Sicherheit und Geborgenheit sehnte; es kam ja nicht von ungefähr, dass sie mit sechsundzwanzig noch bei ihren Eltern lebte.

Nichts überstürzen, sagte sie sich schließlich, *du musst es ja nicht machen, es ist lediglich ein Angebot* – zweifellos ein sehr attraktives und verlockendes. Die meisten jungen Frauen würden vor Freude in die Luft springen, wenn sich ihnen eine solche Chance böte. Tausche langweilige Tätigkeit als Handarbeitslehrerin gegen Mannequin-Karriere in einem luxuriösen Modehaus – wer würde da noch lange überlegen?

Aber wenn sie genauer darüber nachdachte, so langweilig war ihre Arbeit eigentlich gar nicht, und es machte ihr immer noch Spaß, schöne Handarbeiten herzustellen und die Schülerinnen zu unterrichten.

Im Grunde genommen mochte sie ihr Leben in dem idyllischen, ein wenig verschlafenen Kurstädtchen und hätte es nie und nimmer leichtfertig gegen ein anderes eingetauscht.

Kapitel 4

Als Gitta am Freitagmorgen um zehn den Hochuferweg nach Wustrow entlanglief, von dem man einen malerischen Blick auf die azurblau leuchtende Ostsee hatte, war sie erstaunt über den regen Betrieb, der bereits am Vormittag auf dem Wanderweg herrschte.

Dem Dialekt nach handelte es sich bei den Spaziergängern überwiegend um Feriengäste aus Berlin, die in den Ostseebädern von Fischland ein verlängertes Wochenende planten, denn schließlich dauerte eine Autofahrt von Berlin nach Ribnitz gerade einmal vier Stunden, wenn man gut durchkam.

Auch mit dem Zug war man in fünf Stunden an der Küste, »um auf die sogenannte Welt zu pfeifen«, wie es der berühmte Ostseeliebhaber und Ahrenshooper Ferienstammgast Albert Einstein treffend in einem Zitat formuliert hatte, das Gitta in einem Reiseführer über die Halbinsel Fischland gelesen hatte.

Kurz vor Wustrow, wo sie vorhatte, in einem der Strandcafés eine Rast einzulegen, kam ihr auf dem Hochuferweg eine schwarz gewandete Frau mit einem wagenradgroßen schwarzen Strohhut entgegen.

Gitta hatte die extravagante Frau schon mehrmals am Ahrenshooper Nacktbadestrand gesehen, wo sie ein Bad zu nehmen pflegte, um sich anschließend von der Sonne trocknen zu lassen und wieder aufzubrechen.

»Guten Morgen«, grüßte Gitta die Entgegenkommende und fügte mit Blick auf die Menschenströme hinzu, dass dort heute ja der Teufel los sei.

»Wem sagen Sie das«, mokierte sich die Frau mit den mit schwarzem Kajal umrandeten Augen, die etwa in Gittas Alter sein mochte. »In der Sommersaison ist das an jedem Wochenende so. Die ganzen Berliner bevölkern die Strände, suchen die Seebäder heim, und wo man geht und steht, hört man nur noch Berliner Schnauze – wie ich das hasse!« Die Dame rümpfte angewidert die Nase. »Bei uns in Wustrow kommt man am Wochenende gar nicht mehr an den Strand, da treten sich die Urlauber gegenseitig tot, von Ruhe und Entspannung kann keine Rede sein. In Ahrenshoop ist das nicht ganz so schlimm, deswegen gehe ich auch jetzt schon hin und bleibe ein bisschen länger als sonst. – Wir sehen uns doch sicher noch?«

»Davon ist auszugehen«, erwiderte Gitta lächelnd. »Ich will in Wustrow nur kurz Rast machen, dann kehre ich wieder um und lege einen Badetag ein, denn das herrliche Wetter muss man ja ausnutzen.«

»Da haben Sie recht. Also dann, bis später«, verabschiedete sich die Frau freundlich. »Ach, und bezüglich einer Rast hätte ich einen Tipp für Sie: Gehen Sie ins Café Schwan, direkt am Strand, die haben nämlich die besten Windbeutel der Welt.«

Die Frau in dem knöchellangen schwarzen Gewand schloss schwärmerisch die Augen und hob grüßend die Hand, bevor sie ihren Weg in Richtung Ahrenshoop fortsetzte.

»Heute Abend bin ich leider schon verplant, ihr könnt ja ohne mich essen gehen, vielleicht ins Restaurant Seezeichen, die haben sehr gute Fischgerichte, ich komme dann nach, wenn ich mit der Arbeit fertig bin«, verkündete Falk, als er am Nachmittag vom Textilstrand zurückkam und sich zu Gitta und Otto an den Nacktbadestrand gesellte.

Es war ein Tag wie aus dem Bilderbuch, mit strahlendem Sonnenschein und blauem Himmel. Eine sanfte Brise kräuselte die See, in der sich zahlreiche Badegäste tummelten. Auch Gitta und Otto hatten gerade ein erfrischendes Bad genommen und sich auf ihre Badetücher gelegt, um sich von der Sonne trocknen zu lassen.

»Otto und Martha Dix haben sich soeben bereit erklärt, mir heute Abend um sieben im Café Namenlos für ein Interview zur Verfügung zu stehen. Sie sind gemeinsam mit der Tänzerin Anita Berber hier in Ahrenshoop, von der Dix übers Wochenende Skizzen für ein Gemälde entwerfen möchte. Sie wohnen in der *Villa Luise*, ich kann nur hoffen, dass die Berber heute Abend nicht auch dabei ist«, fügte er stirnrunzelnd hinzu.

»Das hoffe ich auch, du Armer, diese Skandalnudel kann man bei einem Interview weiß Gott nicht brauchen. Dann redet nur sie, und kein anderer kommt zu Wort«, stimmte Otto mitfühlend zu.

Gitta, die in der Presse schon haarsträubende Sachen über die Nackt- und Ausdruckstänzerin Anita Berber gelesen hatte, pflichtete ihm bei:

»Ich kann auch nicht gerade behaupten, dass ich ein Fan von ihr bin, obwohl ich mich sehr für den Ausdruckstanz interessiere. Aber mit Schönheit und Ästhetik haben ihre Auftritte beileibe nichts zu tun. Anita Berber inszeniert nicht nur ihre Drogensucht und Sexualität auf der Bühne, sondern auch so morbide Themen wie Syphilis und Suizid, das finde ich reichlich degoutant.«

Falk nickte nachdrücklich. »Oh ja! Ich habe ihren Tanz ›Selbstmord‹ in der ›Weißen Maus‹ gesehen, bei dem die Berber gemeinsam mit ihrem Ehemann Sebastian Droste aufgetreten ist – und ich muss gestehen, dass es mir dabei richtig schlecht geworden ist: Ein torkelnder Mann erhält von einem nackten Weib einen Kälberstrick, mit dem er sich unter wilden Zuckungen erdrosselt – dann kriecht das nackte Weib zu seinem Leichnam und windet sich auf dem Toten in verzückter Ekstase.«

»Ekelhaft«, stieß der Modeschöpfer hervor, »da kann es einem ja schon beim Zuhören übel werden …«

»Diese ›Hohepriesterin des Lasters‹ prügelt sich gerne in der Öffentlichkeit und dreht regelrecht durch, wenn sie zu viele Drogen genommen hat – was nahezu ständig der Fall ist. Einer Dame, die auf sie gedeutet hat, hat sie fast den Finger abgebissen. Sie braucht den Skandal wie ihr tägliches Brot«, erklärte Falk kopfschüttelnd, während er sich die Kleidung abstreifte, die er sorgsam zusammenfaltete, und ein Handtuch darüberbreitete.

Plötzlich war aus dem Hintergrund eine grölende Stimme zu hören, die mit Gelächter, Klatschen und Gejohle der Badegäste unterlegt war.

»Beruhigt euch doch, ihr Süßen, ich penne mit jedem von euch, der mir 200 Reichsmark löhnt«, tönte es in breitestem Sächsisch. Als die drei sich ruckartig umdrehten, wollten sie ihren Augen nicht trauen.

»Wenn man vom Teufel spricht«, murmelte Falk fassungslos.

Eine knabenhaft gebaute Frau mit spindeldürren langen Beinen, kalkweiß geschminktem Gesicht, blutroten Lippen und Haaren lief torkelnd an den applaudierenden Badegästen vorbei und wackelte provozierend mit dem kleinen Hintern.

In der Hand eine halb leere Weinflasche, kehlige Zoten lallend, war Anita Berber eine traurige Gestalt, über die sich die gaffende Menge lustig machte. Mit erst sechsundzwanzig Jahren war die gebürtige Leipzigerin bereits ein verbrauchter Vamp, zerfressen vom Dauerrausch.

Gitta tat die Frau leid, deren Auftritt immer mehr zum Bild des Jammers wurde, was Gitta, anders als der Großteil der Badegäste, alles andere als belustigend fand.

Auf Anitas Provokationen hin hagelte es von allen Seiten unflätige Beleidigungen, welche die Berber ihrerseits mit noch wüsteren Beschimpfungen quittierte. Anstatt Ruhe zu geben, stachelte sie die Meute noch weiter an.

Gitta bemerkte, dass sich auch die muskelbepackten Runen-Gymnastiker an den Zurufen beteiligten.

»Ein Flittchen wie du ist eine Beleidigung für jede anständige deutsche Frau!«, schmetterte einer von ihnen.

»'s klatscht glei!«, keifte die Berber und warf die halb volle Weinflasche nach ihm, die den Kopf des Hünen nur knapp verfehlte, worauf er sich wutentbrannt auf sie stürzen wollte, jedoch von seinen Kameraden zurückgehalten wurde. »Mach dir doch an der nicht die Finger dreckig!«

Er konnte zwar gebändigt werden, ließ es sich aber nicht nehmen, in ihre Richtung zu brüllen:

»Dich müsste man verbrennen, du rothaarige Hexe!«

»Gemach, gemach, Herr Kamerad, die Zeit der Hexenverbrennung ist gottlob vorüber«, mischte sich nun Falk ein – was sich jedoch als Fehler erwies. Anita Berber wandte den Blick in seine Richtung und konnte sich vor Freude kaum einkriegen.

»Des gloob isch jetzt nisch! Der Thimmi vom *Berliner Tageblatt*, komm, mein Schnucki, darauf müssen wer een trinken«, krächzte sie glückselig, wankte zu Falk hin und ließ sich neben ihm und Otto auf die Decke plumpsen.

Sie schielte hinüber zu Gitta, die ähnlich betroffen dreinschaute wie die beiden Männer.

»Wen haste denn da bei dir? Sach bloß, du hast 'ne Freundin«, prustete die Berber.

Falk, der krampfhaft bemüht war, trotz des Fiaskos die Contenance zu wahren, machte die Frauen miteinander bekannt.

»Und was machste so?«, fragte Anita Gitta mit unverhohlener Neugier.

»Ich bin Handarbeitslehrerin an einem Mädchengymnasium«, antwortete Gitta, der Anitas zudringliche Blicke und ihre Alkoholfahne unangenehm waren.

Sie wandte den Kopf ab, um zu signalisieren, dass sie kein Interesse an einer weiteren Konversation hatte – vor allem nicht mit einer Betrunkenen, die nur auf Krawall aus war. Doch Anita hatte sich bereits auf ihr neues Opfer eingeschossen.

»An einem Mädchengymnasium«, äffte sie Gitta nach und kicherte gehässig. »So siehste auch aus. Von Bildung und Kultur wird mir immer schlecht; wenn ich in 'nem Park 'ne Goethe-Büste sehe, kommt mir's direktemang hoch.«

»Anita, benimm dich bitte, sonst kannst du hier nicht bleiben, ich hab keine Lust auf deine Eskapaden und meine Freunde auch nicht.« Falk musterte Anita verärgert. »Warum bist du denn nicht drüben am Textilstrand bei Otto Dix und seiner Frau? Mit denen bist du doch hier …«

»Weil's mir bei den Nacktärschen besser gefällt«, kam es von Anita. »Der Otto hätt ja nichts dagegen gehabt herzukommen, doch dazu ist die Martha viel zu etepetete, und da bin ich halt alleene hergekommen, mit 'ner Flasche Wein, um's mir ein bisschen nett zu machen.«

Sie verzog verächtlich den schmallippigen, blutrot geschminkten Mund, der in dem kalkweißen Gesicht wie eine klaffende Wunde anmutete.

»Wo ist die denn eigentlich hingekommen?«, lamentierte sie und blickte sich suchend um.

»Die hast du vorhin nach dem Kraftprotz geworfen«, erwiderte Falk mit grimmigem Grinsen.

Erst jetzt schien es der Berber zu dämmern, dass sie nichts mehr zu trinken hatte.

»Ach du Scheiße!«, fluchte sie bestürzt. »Habt ihr denn nix zum Saufen dabei oder 'n bisschen Koks?«

Falk verneinte nachdrücklich mit der Erläuterung, dass er tagsüber keinen Alkohol trinke. Anita Berber fixierte ihn missmutig.

»Ach, tu doch nich so, ihr Kerle von der Presse sauft doch alle wie die Löcher und seid die schlimmsten Koksnasen, die man sich denken kann! Ohne das Pulver kriegt ihr doch keinen vernünftigen Satz hin …«

Falk wollte gerade dagegen protestieren, als die Berber sich ächzend von der Decke aufstemmte und zu einer Gruppe Champagner trinkender Paradiesvögel aus Berlin wankte, die in ausgelassener Stimmung zu sein schien.

Falk, Otto und Gitta atmeten erleichtert auf. Zwar war Anitas kehlige Stimme, mit der sie nicht nur ihren neuen Trinkkumpanen auf die Nerven ging, noch weithin zu vernehmen, aber sie waren sie los – fürs Erste zumindest.

»Unerträglich, diese Frau.« Falk ließ sich stöhnend auf die Decke sinken.

»Schon seltsam mit ihr«, sagte Otto nachdenklich. »Vor gar nicht langer Zeit war sie noch ein Superstar, mit ihrem Zobelpelz und dem Äffchen im Ärmel, und jede Dame von Welt wollte so verrucht aussehen wie sie. Und heute ist sie nur noch eine Vogelscheuche, auf die man mit Fingern deutet und mit der niemand mehr etwas zu tun haben will. – Sie hat es selbst für Berliner Verhältnisse zu weit getrieben, anders kann man es nicht sagen.«

»Sie tanzt auf dem Vulkan und ist drauf und dran hineinzustürzen«, entgegnete Gitta und richtete sich von der Decke auf. »Ich brauche jetzt eine Abkühlung, mir brummt der Schädel«, erklärte sie lachend und eilte in Richtung Meer, wo sie ein ganzes Stück hinausschwamm, um endlich ihre Ruhe zu haben. Denn auch am Ahrenshooper Strand war viel mehr Betrieb als bislang.

Gitta ließ sich auf dem Rücken treiben und blickte in den blauen wolkenlosen Himmel. Was hatte sie bis jetzt für ein Glück mit dem Wetter und dass sie so nette Leute wie Falk und Otto kennengelernt hatte. Nur Lars von Löwenstern war ihr noch immer nicht über den Weg gelaufen, und sie hatte nicht die leiseste Ahnung, wo er sein konnte. Das war in ihrem bislang sehr angenehmen Urlaub der einzige Wermutstropfen, der ihr zuweilen die Stimmung trübte.

Als Gitta, nachdem sie ausgiebig geschwommen war, zu ihrer Decke zurückkehren wollte, musste sie zu ihrem Verdruss erkennen, dass sich Anita Berber darauf breitgemacht hatte, und sah, wie Otto und Falk erregt auf sie einredeten.

»Kommen Sie doch zu mir, und teilen Sie mit mir, was unser Garten so hergibt«, vernahm Gitta eine Stimme hinter sich und gewahrte die Frau mit dem schwarzen Strohhut, die vor sich ein Tuch mit Speisen ausgebreitet hatte.

»Wie reizend von Ihnen, das kommt mir sehr gelegen«, erwiderte Gitta erfreut und ließ sich neben der Frau nieder.

Die Frau nickte verständig. »Das kann ich mir denken, auf so eine Gesellschaft kann man gut verzichten«, sagte sie mit Blick auf die Krawallschachtel, deren lautes Organ über den ganzen Nacktbadestrand hallte.

»Franziska Eichenlaub«, stellte sich die Frau vor und reichte Gitta die Hand. »Ich bin Malerin und lebe in Wustrow.«

»Sehr erfreut«, erwiderte Gitta. »Ich bin Gitta Mahrenholz aus der Kurstadt Bad Nauheim und arbeite als Handarbeitslehrerin.«

Die sympathische Malerin bot Gitta an, sich an den Speisen zu bedienen, die gänzlich aus Obst und Rohkost bestanden, wenn man von einer Handvoll Nüsse, getrockneter Pflaumen und Rosinen und einem Kanten Vollkornbrot einmal absah.

»Ich bin Vegetarierin und lege großen Wert auf gesunde, naturbelassene Ernährung – ich hoffe, das ist auch in Ihrem Sinne«, erläuterte die Künstlerin.

»Absolut, ich liebe frisches Obst und Gemüse«, bejahte Gitta freundlich und biss herzhaft in eine Karotte, die noch leicht erdig war, wie sie feststellen musste, denn es knirschte beim Kauen zwischen den Zähnen, wovon sie eine Gänsehaut bekam.

»Soll ich Ihnen ein Stück Vollkornbrot abschneiden? Das ist ein besonders hochwertiges, gehaltvolles Brot aus Dinkelmehl, wie man es bedauerlicherweise bei keinem Bäcker zu kaufen kriegt.«

Die Malerin schnitt mit einem Taschenmesser eine Brotscheibe für Gitta ab, die sich höflich dafür bedankte.

»Schmeckt richtig gut, fast ein bisschen nussig«, lobte sie das Brot nach dem ersten Bissen.

»Das sind die geschroteten Getreidekörner, sie haben ein gewisses Nussaroma«, schwärmte Franziska. »In Barnstorf gibt es eine Landkommune, die Brot nach alten naturbelassenen Rezepten backt, das sie in ihrem Hofladen verkauft. Richtig gelagert, hält es sich wochenlang.«

So schmeckt es auch, dachte Gitta bei sich, die Schwierigkeiten hatte, den harten, trockenen Bissen herunterzuschlucken, und sich gleichzeitig mühte, sich nichts anmerken zu lassen, da sie die gastfreundliche Frau nicht brüskieren mochte.

Die Frau schien Gittas Würgen dennoch bemerkt zu haben, sie bot ihr nämlich frisches Wasser an, das sie in einem verkorkten Tonkrug dabeihatte. Gitta nahm es dankbar entgegen und hätte sich fast verschluckt, als plötzlich ein Mann in einer alten, verblichenen Uniform wie aus dem Nichts auftauchte und die Nudisten mit tadelnden Blicken förmlich bombardierte.

»Zieht euch gefälligst was über, ihr alten Dreckssäue!«, keifte er mit schriller Stimme. »Am Strand sind überall Kinder – sollen die unschuldigen Geschöpfe noch Schaden nehmen bei dem unzüchtigen Anblick, der sich einem hier bietet? Das ist ein einziger Sündenpfuhl, und das schamlose Nacktbaden gehört auf der Stelle verboten!«

Die Malerin, die den Mann offenbar kannte, verdrehte entnervt die Augen.

»Das ist der selbst ernannte Tugendwächter Alois Brunner aus Althagen, der früher als Strandpolizist und sogenannter ›Zwickel-Kontrolleur‹ auf Fischland für Zucht und Ordnung sorgte. Seit der Nudistenstrand in Ahrenshoop vor einem Jahr offiziell erlaubt wurde, befindet er sich in ständigem Kampf gegen das öffentliche Nacktbaden. Gerüchten zufolge soll er in seiner Amtszeit Badegäste am Textilstrand sogar dazu aufgefordert haben, einen Handstand zu machen, um die angemessene Breite der Zwickel zu kontrollieren«, erklärte die Frau mit gesenkter Stimme. »Am besten ist es, ihn zu ignorieren, denn wenn man sich mit ihm anlegt, gerät der alte Fanatiker erst recht in Rage.«

Gitta und die Malerin schauten sich an und lachten.

»Na, heute ist am Nudistenstrand wohl der Tag der Komödianten«, flachste Franziska. »Alles, was Rang und Namen hat, taucht hier auf und glänzt mit einem Auftritt.«

»Nur diejenigen, die man sich herbeiwünschen würde, glänzen durch Abwesenheit«, brach es aus Gitta heraus, und sie war selbst etwas erstaunt darüber, dass sie einer Frau gegenüber, die sie kaum kannte, so persönlich wurde. Die Frau mit den schwarzen Haaren und dem braun gebrannten Gesicht musterte Gitta interessiert.

»Wen wünschen Sie sich denn herbei, wenn ich fragen darf?«

»Dürfen Sie, ich hab ja damit angefangen und Sie neugierig gemacht.«

Gitta berichtete der Malerin von Lars von Löwenstern, der sie nach Ahrenshoop eingeladen hatte, und machte keinen Hehl aus ihrer Enttäuschung, auch nach nahezu einer Woche nichts über seinen Verbleib herausgefunden zu haben.

Als Gitta den Namen von Lars erwähnte, wurde die Malerin sofort hellhörig.

»Ich kenne Lars von Löwenstern«, erwiderte sie prompt. »Er lebt jetzt in einer Landkommune in Barnstorf am Saaler

Bodden. Das ist die Kommune, von der ich eben gesprochen habe, wo ich immer mein Brot kaufe. Ich habe ihn letzte Woche dort gesehen, als ich im Hofladen war. Wir haben nicht viel miteinander gesprochen. Doch er machte einen ganz fidelen Eindruck auf mich und sagte, dass er sich in der Landkommune wohlfühlt. Mehr weiß ich leider nicht.«

Gitta schlug begeistert die Hände zusammen.

»Endlich ist das Rätsel gelöst! Sie glauben ja gar nicht, was Sie mir damit für einen Gefallen getan haben.«

Sie umarmte die Frau spontan und dankte ihr für den wertvollen Hinweis.

»Ich war schon ganz verzweifelt, weil alle Maler, die ich in Ahrenshoop auf Lars angesprochen habe, nicht die leiseste Ahnung hatten, wo er sein könnte.«

»Es freut mich, dass ich Ihnen helfen konnte, Gitta. Der Hof ist gar nicht allzu weit entfernt. Sie können sich am Althäger Hafen ein Ruderboot mieten, und dann rudern Sie über den Bodden dorthin. Von Ahrenshoop nach Barnstorf sind es etwa zehn Kilometer, in anderthalb bis zwei Stunden sind Sie da.«

Gitta strahlte. »Dann weiß ich ja, was ich morgen Vormittag vorhabe. Für heute ist mir das leider zu spät, es geht schon langsam auf den Abend zu, und ich möchte ja nicht bei Nacht und Nebel dort ankommen.«

Kapitel 5

Als Gitta gegen elf Uhr am Vormittag das Ruderboot am Ufer des Saaler Boddens festmachte, kündigte ihr ein Wegweiser unweit des Stegs an, dass es noch 1.000 Meter bis nach Barnstorf waren, und sie ächzte, da ihr vom Rudern gehörig die Schultern und die Arme schmerzten. Ausgerechnet heute hatte es einen Wetterumschwung gegeben, es war trübe, wolkenverhangen und deutlich kühler geworden. Ein kräftiger Wind war aufgekommen, gegen den sich Gitta beim Rudern anstemmen musste.

Nachdem sie ein Stück gelaufen war, fröstelte es sie in ihrer leichten perlgrauen Windjacke und dem modischen Hosenrock aus cognacfarbenem Seidenplissee.

Zu allem Übel fing es auch noch an zu regnen, und sie hatte weder einen Schirm noch Regenkleidung dabei. Unter dem Vordach eines Bauernhofs auf dem freien Feld vor Barnstorf stellte sich Gitta kurz unter.

Ein auf einem Ochsenkarren vorbeifahrender Bauer starrte sie an wie das Siebte Weltwunder und kriegte kaum die Lippen auseinander zu einem Gruß. Gitta beschloss trotzig, sich davon nicht einschüchtern zu lassen, und erkundigte sich nach der Landkommune.

Der vierschrötige Bursche verdrehte verächtlich die Augen.

»Das ist der Aussiedlerhof hinter Barnstorf«, antwortete er brummig und warf Gitta einen misstrauischen Blick zu. Gitta dankte ihm und ging den Feldweg weiter in Richtung der Ortschaft, die lediglich aus einer Handvoll Bauernhöfe zu bestehen schien.

Ein richtiges Kuhdorf, dachte sie, als sie wenig später die Dorfstraße entlangmarschierte, und der starke Mist- und Jauchegeruch, der in der Luft hing, schien ihr recht zu geben.

Die wenigen Dörfler, die ihr von den Höfen entgegenblickten, gafften sie auf ähnliche Weise an wie der Mann auf dem Ochsenkarren und konnten sich wie er kaum zu einem Gruß überwinden. Gitta, die solche Sitten auch aus den kleinen Ortschaften der heimatlichen Wetterau kannte, machte sich einen Spaß daraus, umso höflicher zu grüßen und dabei so freundlich zu lächeln, dass es schon zu einer Farce auszuarten drohte.

Die Bauern schien das wenig zu beeindrucken, wenn sie ihnen mit glockenheller Stimme ein freundliches »Guten Morgen« zuflötete, und sie blieben stur und abweisend, wie es für sie seit Menschengedenken Fremden gegenüber gang und gäbe war.

Es war noch etwa eine halbe Stunde Fußmarsch entlang der Felder, auf denen überwiegend Getreide, aber auch Mais, Kartoffeln und Zuckerrüben angebaut wurden, bis Gitta den Aussiedlerhof erreichte.

Ein Blick auf die Armbanduhr verriet ihr, dass es kurz vor zwölf war, als sie durch das offene Tor ging und den weitläufigen Hof überquerte, auf dem Wägen und Fuhrwerke standen, mit einem Misthaufen im Zentrum, um den sich in friedlicher Koexistenz mit mehreren Katzen, die vor den Ställen und Scheunen Quartier bezogen hatten, die Hühner tummelten.

Sie strebte zur Haustür, über der neben einem goldenen Sonnenemblem die Aufschrift *Sonnenhof* prangte, und klopfte gegen das massive Holz.

Nach geraumer Zeit waren Schritte zu vernehmen, und eine Frau in einem weiten knöchellangen Gewand aus ockerfarbenem Leinen und mit kurzen dunkelblonden Haaren öffnete ihr die Tür. Während sie Gitta mit prüfenden Blicken taxierte, verhärteten sich ihre herben Gesichtszüge.

»Was willst du?«, fragte sie patzig.

Gitta mühte sich, höflich zu bleiben.

»Ich möchte den Maler Lars von Löwenstern sprechen, wenn es möglich ist.«

Die Frau ließ Gitta eintreten und forderte sie auf mitzukommen. Gitta musste grinsen. Das knöchellange weite Kleid, das die Eleganz eines Kartoffelsacks besaß, erinnerte sie an ein Nachthemd.

Warum müssen diese Reformkleider nur immer so unförmig und hässlich sein, fragte sie sich im Stillen. Das war auch der Grund, weshalb Gitta, obgleich sie von weiten Bereichen der Lebensreform überzeugt war, auf das Tragen von Reformkleidung verzichtete und ihre modischen, selbst genähten Modelle bevorzugte.

Die Frau führte Gitta in einen niedrigen Raum mit einem langen Holztisch, an dem etwa zehn Männer und Frauen in den gleichen ockerfarbenen Gewändern saßen und aßen.

»Lars, du hast Besuch«, sagte die Frau zu einem Mann mit schulterlangen blonden Haaren und Vollbart, den Gitta erst auf den zweiten Blick als Lars von Löwenstern erkannte.

Er war sichtlich irritiert, als er Gitta sah. Verlegen erhob er sich von seinem Stuhl, eilte zu ihr hin und schloss sie zaghaft in die Arme.

Gitta roch seinen Schweißgeruch, der ihr keineswegs unangenehm war, und erwiderte seine Umarmung, der etwas Halbherziges anhaftete, was Gitta schmerzte und befremdete.

»Das nenne ich eine Überraschung«, äußerte er noch immer leicht befangen und fragte Gitta, seit wann sie hier sei.

»Ich bin schon seit einer Woche in Ahrenshoop und habe dich überall gesucht. Im Kunstkaten habe ich erfahren, dass du Ende Juni ausgezogen bist, daher gehe ich davon aus, dass du meinen Brief nicht bekommen hast, worin ich dir mitteilte, wann ich ankomme …«

Lars schüttelte unwirsch den Kopf.

»Ich habe keinen Brief erhalten, der muss irgendwie verloren gegangen sein, durch den Umzug und so …, jedenfalls ist das denkbar dumm gelaufen«, meinte er zerknirscht und bat Gitta um Entschuldigung.

»Das ist doch nicht dein Fehler«, wiegelte sie ab. »Es hat mir nur keine Ruhe gelassen, weil du mich ja eingeladen hast und wir sozusagen in Ahrenshoop verabredet waren.«

Während sie das sagte, bemerkte sie, dass Lars nicht der Einzige war, der betreten dreinblickte.

»Willst du unserem Gast nicht einen Platz anbieten?«, meldete sich ein etwa vierzigjähriger Mann zu Wort, der wie die anderen männlichen Kommunarden einen Vollbart und lange Haare trug.

»Wir sind gerade beim Mittagessen, und du bist herzlich eingeladen.«

Die Tischgesellschaft rückte ein Stück zusammen, sodass Lars einen freien Stuhl neben sich stellen konnte und Gitta anbot, Platz zu nehmen.

Währenddessen hatte eine der Frauen einen Tonteller, einen Trinkbecher und einen Blechlöffel gebracht.

»Die Karottensuppe ist heute besonders gut gelungen«, sagte die Frau mit der matronenhaften Statur und der Nickelbrille und füllte mit der Schöpfkelle Suppe in den hohen Tonteller, die angenehm nach Karotten und frischen Kräutern duftete.

Lars goss Gitta Wasser in den irdenen Trinkbecher und reichte ihr eine Scheibe Vollkornbrot zur Suppe. Die Kommunarden wünschten Gitta einen guten Appetit und wandten sich wieder dem Essen zu.

»Lasst auch ihr es euch schmecken«, sagte Gitta in die Runde und bedankte sich für die Einladung. Die Kräuter schienen die einzige Würze in der Suppe zu sein, und Gitta, die pikante Speisen schätzte, blickte sich auf dem Holztisch suchend nach einem Salzfass um.

»Brauchst du noch irgendwas?«, erkundigte sich Lars aufmerksam.

»Vielleicht etwas Salz, aber mach dir nur keine Umstände«, erwiderte Gitta leicht beklommen und verstand im ersten Moment das Entsetzen gar nicht, das sich auf den Mienen der Kommunarden zeigte, als sie das harmlose Wort »Salz« ausgesprochen hatte – ganz so, als hätte sie etwas Obszönes oder ganz und gar Unpassendes von sich gegeben.

»Nur naturbelassene Lebensmittel sind gesund, daher verzichten wir auf dem *Sonnenhof* auf Salz, Zucker und starke Gewürze«, erläuterte der Kommunarde, der Gitta zum Essen eingeladen hatte, in einem Tonfall, den Gitta bei ihren Kollegen und Kolleginnen nur allzu gut kannte; handelte es sich doch gewissermaßen um eine Berufskrankheit der Pädagogen, stets den imaginären belehrenden Zeigefinger zu schwingen, wenn sie es einmal wieder besser wussten als gewöhnliche Leute. *Wenn der nicht früher Lehrer war, fresse ich einen Besen*, ging es ihr durch den Kopf.

»Eine gesunde Ernährung kann, zumindest nach meinem Dafürhalten, durchaus wohlschmeckend sein. In Maßen genossen sind Salz, Zucker und Gewürze der Gesundheit keineswegs abträglich«, sagte sie im Brustton der Überzeugung, obgleich sie spürte, dass sie damit bei den Kommunarden auf Ablehnung stieß.

»Unsere Vereinigung propagiert eine naturnahe Lebensweise mit einer natürlichen Landwirtschaft und vegetarischer Ernährung ohne alkoholische Getränke und Tabak. Wir bevorzugen Reformkleidung und Naturheilkunde«, dozierte der Mann mit dem rötlichen Rauschebart und stellte sich Gitta als Peter Langsdorf, einen der Mitbegründer des *Sonnenhofs*, vor.

»Ich war früher Gymnasiallehrer in Hannover, bis ich vor rund zehn Jahren meinen Beruf aufgegeben und ein völlig neues Leben angefangen habe, indem ich mir einen lang gehegten Wunsch erfüllte und in die vegetarische Obstbausiedlung Eden in Oranienburg zog. Wenn du möchtest, kannst du gerne ein paar Tage auf dem Hof bleiben«, lud Peter sie ein.

»Das ist nett von dir«, sagte Gitta erfreut. »Für heute nehme ich das Angebot dankend an, und dann sehen wir weiter.«

In erster Linie stimmte Gitta dem Vorschlag zu, um mit Lars zusammen zu sein, den sie so schmerzlich vermisst hatte. Sie streifte ihn mit einem Seitenblick und fragte sich beklommen, ob das auch bei ihm der Fall gewesen war. Er war freundlich und aufmerksam und bemühte sich um sie, aber auch ganz verändert – und das lag nicht allein an seinem Äußeren, dem langen Haar und dem Vollbart, die ihn wild und verwegen aussehen ließen wie einen Wikinger. Er gefiel ihr noch genauso wie bei ihrer ersten Begegnung, und mit einem Mal sehnte sie sich unsagbar danach, ihm nahe zu sein.

»Wir streben hier alle nach dem Naturzustand«, fuhr Peter, dem offenbar daran gelegen war, Gitta von der Lebensphilosophie des *Sonnenhofs* zu überzeugen, in seinem Vortrag fort.

»Die moderne Gesellschaft mit ihren Verfallserscheinungen macht uns alle krank. Schon unsere Kinder leiden unter Zivilisationsschäden und Zivilisationskrankheiten. Durch eine naturgemäße Lebensweise können solche Erkrankungen vermieden und geheilt werden.«

Entgegenkommend stellte Peter Gitta die anderen Kommunarden vor.

Wie sich herausstellte, stammten sie größtenteils aus Großstädten wie Hamburg, Lübeck und Berlin und waren Töchter und Söhne aus dem gehobenen Bildungsbürgertum, die ihr Heil und ihre Erlösung in dem Lebensmotto »Zurück zur Natur« suchten.

Allen gemeinsam waren eine ausgeprägte Großstadtfeindlichkeit und die romantische Verklärung des Landlebens. Sie waren regelrecht aufs Land geflüchtet, um dort Erlösung zu finden.

So hatten sie sich schließlich mit Gleichgesinnten zusammengeschlossen und die Landkommune gegründet, hatten ihr Geld zusammengelegt und den verwaisten Aussiedlerhof gekauft mit dem Anspruch, alle benötigten Lebensmittel selbst zu erzeugen.

Die Kommunarden, die teilweise noch nie im Berufsleben gestanden hatten, trieben, fand Gitta, einen regelrechten Kult um das Landleben, der weltfremder nicht hätte sein können.

Sie war selber eine überzeugte Anhängerin einer natürlichen Lebensweise, aber was sie in den Gesprächen der Landkommune so heraushörte, das grenzte schon an Weltflucht. Außerdem störte Gitta, die großen Wert auf Toleranz legte, das Sektiererische, das den Kommunarden innewohnte – was leider bei vielen Lebensreformern der Fall war, wie Gitta aus Erfahrung wusste.

Auch in der *Naturloge Körper und Seele* gab es verknöcherte

Eiferer, mit denen sie schon manches Mal aneinandergeraten war.

»Du bist nicht der Weltverbesserer, für den du dich hältst, sondern ein notorischer Besserwisser!«, erinnerte sie sich, einem dieser Naturpropheten an den Kopf geworfen zu haben, worauf dieser einen Wutanfall bekommen hatte.

Sie wunderte sich mehr und mehr, dass Lars, den sie eigentlich für einen lebensfrohen Freigeist gehalten hatte, sich diesem schwärmerischen Sektierertum angeschlossen hatte, aber sie hatte keine Gelegenheit, ihn darauf anzusprechen.

Nach dem Essen ließ es sich Peter nicht nehmen, Gitta den Hof zu zeigen, während Lars und die anderen Kommunenmitglieder sich wieder an die Arbeit machten, die im Wesentlichen aus Stall- und Feldarbeit bestand, wie Gitta bemerkte.

Sie schluckte ihren Unmut herunter, da es ihr deutlich lieber gewesen wäre, Lars hätte sie begleitet. Hinzu kam noch, dass ihr Peter, der ein Dauerredner zu sein schien, schon jetzt erheblich auf die Nerven ging. Zu allem Übel hatte der »Frutarier« auch noch Mundgeruch, was Gitta den Unmengen von vergorenem Obst zuschrieb, denen sein Stoffwechsel ausgesetzt war.

»Dann fangen wir doch mal mit unserer Schneiderwerkstatt an, die dürfte für dich als Frau und Handarbeitslehrerin doch besonders interessant sein«, schlug Peter gut gelaunt vor und ging voran ins Treppenhaus, wo sie eine steile Treppe hochstiegen, die in den ersten Stock führte.

In der Schneiderei saßen zwei Frauen an Nähmaschinen und waren emsig am Nähen.

»Das sind Traudel und Frieda, die du ja vorhin schon kennengelernt hast«, sagte Peter und bat die Frauen, eine kleine Pause einzulegen und Gitta von ihrer Arbeit zu erzählen.

Frieda war die Unfreundliche, die Gitta vorhin die Tür geöffnet hatte. Auch jetzt beäugte sie Gitta kritisch, als sie von ihrer Näharbeit aufsah.

»Wir stellen hier auf dem Hof Reformkleidung her, die für Männer und Frauen gleichermaßen geeignet ist«, ergriff Traudel, die ähnlich spröde anmutete wie Frieda und deren herbe Gesichtszüge schon fast maskulin wirkten, das Wort. »Gemäß der Empfehlung von Sebastian Kneipp für gesunde, körperfreundliche Stoffe besteht unsere Kleidung aus grob gewebtem Leinen, das wir selber mit Naturfarben in dem Ockerton einfärben, der schon in der Naturreligion der alten Völker symbolisch für Sonne, Erde und Fruchtbarkeit stand. Wir fertigen sie in drei Größen an und verkaufen sie in unserem Hofladen an Menschen, die Wert auf Kleidung legen, die der Gesundheit zuträglich ist. Außerdem liefern wir sie an andere Landkommunen und Künstlerkolonien in ganz Deutschland.«

»Gibt es denn davon so viele?«, fragte Gitta erstaunt.

»Rund vierzig über ganz Deutschland verstreut«, gab Peter triumphierend zur Antwort.

»Die Zahl der Menschen, die frei von den Zwängen bürgerlichen Erwerbslebens sein wollen, um ihre reformerischen Vorstellungen in die Tat umzusetzen und sich gemeinschaftlich der Natur und sich selbst wieder anzunähern, steigt beständig. Wir stehen alle mehr oder weniger miteinander in Kontakt, treffen uns regelmäßig und tauschen uns aus. Wir sind befreundet mit Gemeinschaften aus ganz Deutschland – und natürlich mit dem Hof ›Schwarzerden‹ bei Darmstadt, einer reinen Frauensiedlung, wo Frieda und Traudel viele Jahre gelebt haben«, erklärte Peter mit Blick auf die beiden Näherinnen stolz.

»Wir sind Frauenrechtlerinnen der ersten Stunde und haben uns neben anderen bedeutenden Rechten für Frauen, in der ›Freien Vereinigung zur Verbesserung der Frauenkleidung‹ für die Abschaffung des Korsetts eingesetzt«, richtete Frieda unterkühlt das Wort an Gitta.

»Die Schädlichkeit von Schnürbrüsten gilt dank unserem Engagement inzwischen in medizinischen Kreisen als unumstritten. Die starke Einschnürung führte bei Frauen zur Deformierung innerer Organe, vor allem zur Schädigung der Gebärmutter, verursachte Verstopfung und Schnürleber und war für Ohnmachten und Atemnot verantwortlich.«

»Soweit ich weiß, wird in der Modebranche bereits seit 1910 generell auf das Korsett verzichtet«, wandte Gitta ein.

»Dadurch ist die Damenmode aber auch nicht bequemer geworden. Erst die Reformbewegung und mit ihr ein neues Frauenbild haben eine Veränderung bewirkt«, konterte Frieda gereizt.

»Wenn uns nur die Modepüppchen nicht ständig in den Rücken fallen würden, denen es einzig darum geht, den Männern zu gefallen. Diese erbärmlichen Verräterinnen mit ihren rot lackierten Fingernägeln, den angemalten Lippen, die uns nur wieder in die alte Knechtschaft treiben, die dem Patriarchat nach der Pfeife tanzt, anstatt sich mutig gegen die Männerherrschaft aufzulehnen.«

Friedas Augen funkelten zornig.

Für Gitta bestand kein Zweifel daran, dass sie für die verknöcherte Näherin unter die Rubrik »Modepüppchen« fiel. Daher auch das abweisende Verhalten, welches sie bei Gittas Anblick von Anfang an gezeigt hatte. Ein Affront, den Gitta nicht auf sich beruhen lassen mochte.

»Ich lasse mich weder von dir noch von sonst jemandem in irgendwelche Schubladen stecken«, beschied sie Frieda mit einiger Schärfe. »Ich tue grundsätzlich, was mir gefällt, und ziehe an, was ich anziehen will, dafür muss ich mich weder rechtfertigen noch auf sonst eine Art Rechenschaft ablegen. Obwohl ich mich für die Lebensreformbewegung begeistere und mich ganz im Geiste des neuen Menschen, insbesondere der neuen Frau sehe, mache ich mich gerne schick und interessiere mich für Mode, was ich keineswegs als Widerspruch empfinde. Deswegen brauche ich mich von dir aber noch lange nicht als ›Modepüppchen‹ abkanzeln zu lassen! Ich schminke mich in erster Linie, um gut auszusehen und mir zu gefallen – und wenn ich anderen Menschen gefalle, ist das auch nicht so schlimm. Neben der äußeren Schönheit gibt es auch noch eine innere, sie speist sich vor allem aus Großherzigkeit und Toleranz. Beides scheint dir gänzlich fremd zu sein, liebe Frieda. Alles, was von deiner in Stein gemeißelten Überzeugung abweicht, ist für dich verachtenswert. Das finde ich, gelinde gesagt, zum Kotzen.«

Zu ihrem grenzenlosen Erstaunen brach Frieda, kaum dass Gitta geendet hatte, in Tränen aus. Gitta musterte die unscheinbare Frau mit den verhärteten Gesichtszügen, die etwa in ihrem Alter sein mochte, betroffen.

»Das tut mir leid, ich wollte dich nicht so verletzen …, aber du hast ja auch ordentlich auf mich eingedroschen, und das lasse ich mir halt nicht gefallen. Nur weil ich Wert auf modische Kleidung lege und mich schminke, bin ich noch lange kein ›Modepüppchen‹. Ich unterstehe auch nicht einem wie auch immer gearteten Männerregiment. Ich bin eine eigenständige Frau, die voll im Berufsleben steht und ihr eigenes Geld verdient. Außerdem kenne ich mich mit der Schneiderei aus und nähe alle meine Sachen selbst.«

Die Angesprochene schien immer noch verschnupft zu sein und ging nicht auf Gittas Erläuterungen ein.

Peter, der das Wortgefecht der beiden Frauen mit säuerlicher Miene verfolgt hatte, versuchte zu schlichten:

»Du bist mit unseren Gepflogenheiten nicht vertraut, Gitta, und das kann dir auch niemand verübeln, denn wie solltest du auch, wo du ja erst vor Kurzem gekommen bist. Aber wir lehnen auf dem *Sonnenhof* Schminke und Parfüm genauso ab wie modische Kleidung. Bei uns zählt einzig die Natürlichkeit, dazu bedarf es eben keines modischen Schnickschnacks.«

Er lächelte Gitta nachsichtig an. »Du bist eine attraktive Frau, und das wärst du sicher auch, wenn du dich nicht so … so herausputzen würdest. Außerdem hast du das auch gar nicht nötig, was zählt, ist die natürliche Schönheit«, kam unversehens wieder der Oberlehrer zum Vorschein.

Gitta war perplex. »Danke für das Kompliment, Peter, aber mit Verlaub: Was ich schön finde oder nicht, entscheide immer noch ich selber – und ich sage es ganz ehrlich, eure Reformgewänder gehören nicht unbedingt dazu. Aber so ist das halt nun mal, die Geschmäcker sind verschieden, und das ist ja auch gut so.«

»Du bist eben noch viel zu sehr der Zivilisation verhaftet und hinterfragst den ganzen faulen Zauber nicht, sondern lässt dich von ihm blenden«, äußerte Peter nun gleichfalls verärgert.

Eigentlich hatte Gitta schon jetzt genug vom Kommunenleben, und zu behaupten, es sei nicht ganz nach ihrem Geschmack, war noch deutlich untertrieben. Aber da ihr viel daran gelegen war, später noch mit Lars zusammen zu sein, und es eine Reihe offener Fragen gab, die sie ihm gerne unter vier Augen gestellt hätte, ließ sie es nicht auf eine Konfrontation ankommen. Dennoch mochte sie auch nicht klein beigeben.

»Wer sich wovon blenden lässt, das sei dahingestellt. In der Regel lassen sich Menschen generell leicht blenden, da mache ich gewiss keine Ausnahme. Alles in allem imponiert es mir aber, den Mut zu haben, neue Wege zu gehen so wie ihr. Ich bin zwar auch eine überzeugte Anhängerin der Lebensreformbewegung, aber was die konsequente Umsetzung anbetrifft, da kann ich mir bei euch bestimmt noch eine dicke Scheibe abschneiden als wohlbehütete Tochter, die noch mit sechsundzwanzig bei ihren Eltern lebt«, räumte Gitta ein und lächelte Peter und die beiden Frauen entwaffnend an.

»Besser, als in einer Ehehölle zu leben, wie die meisten Frauen in deinem Alter«, kam es von Traudel versöhnlich.

Auch Frieda hatte mit dem Schmollen aufgehört.

»Find ich in Ordnung, dass du dir deine Kleider selber nähst – und an dir sehen die Sachen ja auch gut aus«, erklärte sie gepresst und deutete immerhin so etwas wie ein Lächeln an.

»Danke schön«, sagte Gitta und hatte die spontane Eingebung, den beiden beim Nähen ihre Hilfe anzubieten. »Denn wenn ich etwas kann, dann ist es das«, fügte sie hinzu, was Traudel und Frieda überzeugte.

»Kannst du gerne machen, Arbeit haben wir genug«, stimmte Traudel zu, und Frieda nickte bestätigend.

Die Arbeit an der Nähmaschine ging Gitta gut von der Hand, und Traudel und Frieda lobten sie für ihre Geschicklichkeit und Professionalität.

Das Eis zwischen Gitta und den beiden Frauen war gebrochen, und sie kamen miteinander ins Gespräch.

Gitta berichtete Traudel und Frieda von ihrer Arbeit an dem Bad Nauheimer Mädchengymnasium, an dem sie selber einmal Schülerin war und wo auch ihre Mutter als Musiklehrerin arbeitete.

Die beiden machten keinen Hehl daraus, dass sie seit über zehn Jahren verbandelt waren – nicht nur als Freundinnen, sondern auch als Liebespaar. Sie waren sich in der Frauensiedlung »Schwarzerden« bei Darmstadt nähergekommen, wo sie das Weben und Einfärben von Stoffen gelernt hatten. Gitta hörte ihnen interessiert zu und fragte die beiden, warum sie die Frauensiedlung verlassen hatten.

»Weil wir Streit hatten mit ein paar anderen Frauen«, sagte Frieda, »was ja unter Weibern nichts Ungewöhnliches ist, da gehört ja Zoff gewissermaßen zum guten Ton«, fügte sie grinsend hinzu, worüber Gitta, der Friedas Selbstironie gefiel, herzhaft lachen musste.

»Und was hast du mit Lars zu schaffen?«, fragte Traudel Gitta unumwunden.

»Sei doch nicht so neugierig«, tadelte sie Frieda.

»Das macht doch nichts«, wiegelte Gitta ab und erläuterte, dass sie Lars in Frankfurt bei einer Veranstaltung der *Naturloge Körper und Seele* kennengelernt habe, der sie angehöre, und er habe sie nach Ahrenshoop eingeladen, wo sie sich aber leider verfehlt hätten. Durch Zufall habe sie herausgefunden, dass er sich inzwischen hier aufhalte, und da sei sie ihn besuchen gekommen.

Als Gitta daraufhin die betretenen Mienen der Frauen gewahrte, erkundigte sie sich befremdet bei ihnen, was denn los sei.

»Nichts«, grummelte Frieda missmutig. »Der Sack hat so eine Hübsche wie dich gar nicht verdient!«

»Da haste recht«, pflichtete Traudel ihr mit grimmiger Miene bei, und sie wechselten das Thema. Sie fachsimpelten über das Nähen und Färben von Stoffen mit Naturfarben, und eh sie sichs versahen, war Abendessenzeit.

Frieda und Traudel dankten Gitta für ihre Hilfe und luden sie ein, sie noch einmal auf dem *Sonnenhof* zu besuchen, solange sie noch in Ahrenshoop sei.

Nach dem spartanischen Abendessen, das sich vom Mittagessen dahingehend unterschied, dass es für die Nicht-Frutarier Pellkartoffeln mit Kräuterquark gab, holte Peter eine Gitarre hervor und begann gemeinsam mit einer untersetzten Frau mit Nickelbrille und mit Henna gefärbten Haaren, ein, wie er sagte, altes Volkslied über das Landleben zu singen.

»Es dunkelt schon in der Heide,
Nach Hause lasst uns gehn.
Wir haben das Korn geschnitten
Mit unserm blanken Schwert.

Ich hörte die Sichel rauschen,
Sie rauschte durch das Korn;
Ich hört mein Feinslieb klagen,
Sie hätt ihr Lieb verlorn.

Hast du dein Lieb verloren,
So hab ich noch das mein.
So wollen wir beide mitnander
Uns winden ein Kränzelein.«

Nachdem das Lied verklungen war, schlug Lars Gitta vor, einen Abendspaziergang entlang der Felder zu unternehmen, dem sie erfreut zustimmte.

»Es muss ja nicht so lange sein«, sagte Lars gähnend und gab zu, dass die anstrengende körperliche Arbeit, an die er sich noch nicht so ganz gewöhnt habe, ihn müde mache. »Am Anfang hab ich mich noch darüber gewundert, dass die Leute hier mit den Hühnern schlafen gehen, inzwischen geht es mir selber so. Denn um fünf Uhr früh ist die Nacht schon wieder zu Ende, und es geht raus in die Ställe oder aufs Feld. Dann ist Mittagessen, und dann geht's weiter bis zum Sonnenuntergang.«

Gitta sah ihn eindringlich an. »Warum tust du dir das an?«, fragte sie ihn unumwunden. »Es wundert mich, ehrlich gesagt, dass du, den ich eigentlich für einen eigenwilligen Nonkonformisten gehalten habe, dich solchen Kasteiungen unterwirfst.«

Lars nickte bedrückt.

»Das wundert mich, offen gestanden, auch – und ich weiß nicht, wie lange ich diese Schinderei noch durchhalte. Zumal es auch nicht meine Idee war, mich hier einzuquartieren.«

Er blickte Gitta offen an. In seiner Miene und seinem Blick spiegelte sich tiefes Bedauern. Spontan ergriff er ihre Hand und küsste sie.

»Du glaubst ja gar nicht, wie leid es mir tut, dir das sagen zu müssen«, brach es aus ihm heraus. »Denn du bist so eine tolle Frau und hast fürwahr was Besseres verdient.«

Er gab einen tiefen Seufzer von sich und tat sich augenscheinlich schwer, die Worte über die Lippen zu bringen.

Gitta sah ihn an und ahnte mit einem Mal, was er ihr zu sagen hatte. »Los, bring es endlich hinter dich«, forderte sie ihn auf. Ihr Mund war plötzlich staubtrocken.

»Also, das war so: Im Juni habe ich in Ahrenshoop eine Künstlerin aus Hamburg kennengelernt, die mir von der Landkommune in Bárnstorf erzählt hat, der sie vorhatte beizutreten. Sie hat mir vorgeschlagen, sie dorthin zu begleiten, was ich dann auch getan habe, und dann habe ich mich Knall auf Fall in Lore verliebt. Es tut mir leid wegen dir, denn ich habe dich ja schließlich nach Ahrenshoop eingeladen – und das ist mir auch ernst gewesen, und ich habe so sehr gehofft, dich wiederzusehen, denn ich war ziemlich verknallt in dich. Doch nun ist alles anders gekommen, und ich kann es leider nicht mehr ändern. Lore ist momentan in Hamburg auf der Beerdigung ihres Vaters, kommt aber in wenigen Tagen zurück.«

Gitta fühlte, wie ihr der Schmerz die Kehle zuschnürte und ihr die Tränen in die Augen traten.

Du heulst jetzt nicht, du blöde Kuh, meldete sich eine innere Stimme, die viel zu vehement war, als dass Gitta sie hätte ignorieren können. *Hast recht,* konnte sie nur beipflichten und krächzte stattdessen, dann sei ja nun alles gesagt, und sie könne gehen. Abrupt wandte sie sich ab. Lars gelang es gerade noch, sie am Arm zurückzuhalten.

»Wo willst du denn jetzt noch hin? Es wird ja bald dunkel, da kannst du doch nicht in der Gegend herumrennen … Ich verstehe ja, dass du verletzt bist, aber du kannst doch bei uns schlafen, und morgen bringe ich dich zurück nach Ahrenshoop …«

»Das kannst du dir sparen«, stieß Gitta hervor, schüttelte seine Hand ab und hastete davon.

Kapitel 6

Gitta war so aufgewühlt und verletzt, dass sie ruderte, als sei der Leibhaftige hinter ihr her. Da sie Gegenwind hatte, brauchte sie für die Rückfahrt von Barnstorf nach Ahrenshoop über den Saaler Bodden mehr als zwei Stunden. Sie schaffte es gerade noch, den Althäger Hafen vor Einbruch der Dunkelheit zu erreichen.

»Na, Fräulein, das war aber auf den letzten Drücker, sonst hätte Sie womöglich noch die Rettungswacht holen müssen, weil Sie sich auf dem finsteren Bodden nicht zurechtgefunden hätten. Ist anderen Urlaubern auch schon passiert«, murrte der Schiffer, von dem sie das Boot gemietet hatte, und nahm zufrieden die vereinbarte Bootsmiete entgegen.

In der Dämmerung entdeckte Gitta unweit des Kais eine Bank, auf der sie sich niederließ. Da keine Leute in der Nähe waren, brach sich ihre aufgestaute Traurigkeit Bahn, und sie ließ ihren Tränen freien Lauf.

An der Intensität ihres Schmerzes wurde ihr bewusst, dass ihr Lars mehr bedeutete, als sie gedacht hatte. Sie hatten sich zwar nur einmal gesehen und einen wunderbaren Abend zusammen verbracht, der Gitta für immer als die

»zauberhafte Nacht« in Erinnerung bleiben würde, aber durch ihre langen, ausführlichen Briefe, die sie sich über Monate hinweg geschrieben hatten, hatten sie sich nicht nur besser kennengelernt, sondern waren einander auch nähergekommen.

In ihrem Innern hatte alles gejubelt, wenn wieder ein Brief von Lars eingetroffen war, und auch für Gittas Eltern war es nicht zu übersehen, wie sehr sie sich freute.

»Du bist ja richtig glücklich, mein Kind«, hatte ihr Vater mit einem lachenden und einem weinenden Auge konstatiert, als Gitta wieder einmal mit dem Brief in der Hand nicht schnell genug in ihr Zimmer kommen konnte, um ihn dort in Ruhe zu lesen.

»Verschenke dein Herz nicht an den Falschen«, hatte er mit seiner typischen Besorgtheit hinzugefügt, seinem Augapfel könne das widerfahren, wovor er und seine Frau Gitta schon ein Leben lang nach Leibeskräften zu schützen und bewahren suchten: ein Unglück, hervorgerufen durch die menschliche Niedertracht – die bekanntlich keine Grenzen kannte.

Verschenke dein Herz nicht an den Falschen, ging Gitta die Warnung ihres Vaters durch den Sinn, und ihr Schluchzen wurde stärker.

Als ihre Tränen allmählich versiegten, schnäuzte sie sich. Genug der tiefgründigen Gedanken, sie hatte Hunger, und das Restaurant Robbe, das bekannt war für herzhafte regionale Gerichte, lag ganz in der Nähe, und die Küche hatte noch bis zehn Uhr geöffnet.

Dann würde sie sich eben als alleinstehende Frau den taxierenden Blicken der Paare und Familien stellen müssen, damit würde sie schon fertigwerden, dachte Gitta trotzig und beschleunigte ihre Schritte.

»Einmal Mecklenburger Rippenbraten mit Kartoffelklößen und Rotkohl und dazu einen trockenen Unstruter Landwein rot«, bestellte Gitta bei der Kellnerin, die ihr einen kleinen Tisch am Fenster zugewiesen hatte. Nach der faden Karottensuppe und der frugalen Abendmahlzeit bei der Landkommune stand Gitta der Sinn nach einem deftigen Gericht, und beim Gedanken an den Braten lief ihr das Wasser im Munde zusammen, was von den Wohlgerüchen, die aus der Küche strömten, noch angestachelt wurde.

Da es schon 20:30 Uhr und die abendliche Stoßzeit bereits vorüber war, war das Lokal zwar noch gut besucht, aber nicht mehr so brechend voll wie zwischen sieben und acht.

Mehrere Paare saßen an den Tischen, und vor allem die Frauen beäugten Gitta argwöhnisch. Gitta hielt ihren Blicken nicht nur souverän stand, sondern taxierte auch die Männer, um die sie den größten Teil ihrer Geschlechtsgenossinnen keineswegs beneidete.

Im Gegenteil, je häufiger sie ihre Blicke über die Paare schweifen ließ, desto stärker fiel ihr auf, dass sich die meisten kaum noch etwas zu sagen hatten, sondern schweigend aneinander vorbei ins Leere blickten.

Da hat einer den anderen am Hals und kriegt ihn nicht mehr los, ging es Gitta unwillkürlich durch den Kopf.

Lediglich einige junge Paare unterhielten sich angeregt und streiften einander mit verliebten Blicken.

Ein extravagant gekleidetes Paar am Nachbartisch, das lautstark Berlinerisch redete und bereits reichlich angetrunken war, knutschte von Zeit zu Zeit miteinander, was Gitta ziemlich geschmacklos fand – nicht etwa, weil sie prüde war.

Die stark geschminkte, vulgär aussehende Frau musterte Gitta dreist und raunte ihrem Begleiter etwas zu, worauf sie anzüglich kicherte.

Gitta bestellte sich noch ein zweites Glas von dem wohlschmeckenden Rotwein. Das hatte sie sich nach dem anstrengenden, frustrierenden Tag redlich verdient. Kurz darauf kam auch ihr Essen. Als die Kellnerin den Teller mit den appetitlich angerichteten Speisen vor Gitta auf den Tisch stellte, ließ sich die Frau vom Nachbartisch zu einer plumpen Bemerkung hinreißen.

»Knödel erinnern mich immer an Titten«, krähte sie in Gittas Richtung.

Wenn sie gehofft hatte, Gitta damit zu kompromittieren, hatte sie sich geschnitten. Gitta verzog keine Miene und begann ungerührt zu essen.

Der Begleiter der Dame, dem ihre Bemerkung peinlich gewesen zu sein schien, wünschte Gitta einen guten Appetit.

»Danke schön, den habe ich«, erwiderte Gitta mit honigsüßem Lächeln und kostete ein Stück von dem mit Backpflaumen gefüllten Braten, der köstlich schmeckte. Der Tischnachbarin waren ihre vorlauten Kommentare wohl einstweilen vergangen, denn Gitta konnte die herzhafte Mahlzeit ungestört genießen.

Ein Blick aus dem Fenster verriet ihr, dass es angefangen hatte zu regnen. *Auch das noch*, dachte sie missmutig, da es bis zur *Villa Wanda* am Hohen Ufer noch ein längerer Marsch war, der, vom Regen durchnässt, erst recht kein Vergnügen werden würde.

In Gedanken versunken sah sie einen Mann mit Regenschirm am Fenster vorbeigehen. Als sie das markante Profil von Falk Thimmermann erkannte, klopfte sie gegen die Scheibe.

Falk erschrak und blickte verwundert zu ihr hin. Als er Gitta erkannte, winkte er ihr erfreut zu, eilte zur Eingangstür und kam zu ihr an den Tisch.

Formvollendet begrüßte er sie mit einem »bise«, der französischen Begrüßung, mit einem Kuss auf die Wangen und ließ sich auf dem freien Stuhl ihr gegenüber nieder.

Die Gäste an den angrenzenden Tischen machten Stielaugen, was Gitta mit einer gewissen Genugtuung erfüllte. In den Blicken mancher Damen flackerte durchaus etwas wie Neid auf, da Falk nicht nur blendend aussah, sondern auch das Flair eines Mannes von Welt verströmte.

»Wo kommst du denn jetzt her, und wo hast du Otto gelassen?«, fragte Gitta den Journalisten, der ihr in der kurzen Zeit bereits zu einem guten Freund geworden war.

»Ich war vorne im Räucherhaus und habe Räucheraal mit Stampfkartoffeln gegessen, famos kann ich nur sagen. Der Otto musste heute Morgen leider wegen wichtiger Geschäfte nach Berlin, die ihn einige Tage in Anspruch nehmen werden, doch er will sehen, dass er spätestens zum nächsten Wochenende wieder hier ist.«

Falk verzog bedauernd die Mundwinkel. »Und du, wie war denn deine Exkursion zu der Landkommune?«

Gitta seufzte tief auf.

»Frag lieber nicht! Zu sagen, es wäre dumm gelaufen, ist noch deutlich untertrieben.«

Falk orderte bei der Kellnerin noch zwei Gläser Rotwein, und Gitta berichtete dem Freund, was sich in Barnstorf zugetragen hatte.

Als Gitta von Lars von Löwenstern sprach, schossen ihr die Tränen in die Augen. Sie bezwang sich jedoch und beließ es dabei, Falk, in dem sie einen einfühlsamen Zuhörer gefunden hatte, ihr Herz auszuschütten.

»Das tut mir leid für dich, Gitta. Aber wenn einer sich als Lusche entpuppt, dann gilt die Devise: Je eher, desto besser! Du ersparst dir damit eine Menge Leid, denn wenn man schon länger zusammen ist, wird die Trennung umso schmerzhafter.«

Gitta musterte Falk nachdenklich. »Ich bin mir gar nicht sicher, ob er wirklich eine Lusche ist, wie du sagst. Er hat sich halt einfach in eine andere Frau verliebt und mir den Laufpass gegeben. Pech gehabt, aber so was passiert eben manchmal.«

»Was für ein Esel, kann ich da nur sagen«, entrüstete sich Falk. »So eine tolle Frau wie dich in die Wüste zu schicken, da muss einer doch total bescheuert sein – oder schwul, das scheint mir aber bei ihm nicht der Fall zu sein.«

»Nein, das glaub ich auch nicht. Das hat Lars übrigens auch gesagt, von wegen, ich wäre so eine tolle Frau und hätte was Besseres verdient. Das kann er sich aber verdammt noch mal in die Haare schmieren, dieser Mistkerl!«

»Recht so, kotz dich ruhig über ihn aus, den blöden Deppen, denn Wut ist immer noch besser, als zu leiden wie ein Tier, ich weiß, was ich sage, glaube mir.«

Gitta sah Falk erstaunt an. »Das kann ich mir bei dir nur schwer vorstellen, dass du unglücklich verliebt warst, du wirkst so selbstbewusst und souverän …«

Falk lachte trocken auf. »Hast du eine Ahnung! In meiner Jugendzeit ist mir das zigmal passiert, dass ich mich hoffnungslos in irgendeinen Mann verliebt habe, der das weibliche Geschlecht bevorzugt. Einmal wollte ich mich sogar umbringen, habe es mir dann aber Gott sei Dank anders überlegt. Das geht fast allen Homosexuellen so und prägt einen fürs Leben. Heutzutage sind heterosexuelle Männer für mich absolut tabu, dafür musste ich aber ordentlich Lehrgeld zahlen.«

Gitta streichelte spontan Falks Hand. »Ach du Armer! Kann ich dich vielleicht noch zu einem Dessert einladen? Die Mecklenburger Götterspeise gilt als Spezialität des Hauses …«

»Überredet! Wenn ich so weitermache, passe ich in keine Hose mehr. Dann gibt es wieder tagelang nur Nulldiät. Aber heute ist heute, und morgen ist morgen, und heute ist Völlerei angesagt. Denn mein personifiziertes schlechtes Gewissen hat sich heute freigenommen und ist nach Berlin gefahren«, witzelte er. »Deswegen habe ich mir zum Abendessen auch einen fetten Räucheraal gegönnt«, flüsterte er Gitta hinter vorgehaltener Hand zu. »Denn mit Otto, der in Bezug auf Essen immer so diszipliniert und vernünftig ist, ist so etwas nicht zu machen.«

Gitta kicherte. »Wie schön, dass wir uns getroffen haben,

es tut mir richtig gut, und mir geht es jetzt schon viel besser. Ich hatte nämlich bereits ernsthaft in Erwägung gezogen, meinen Urlaub vorzeitig abzubrechen und am Montag nach Hause zu fahren ...«

Falk schlug in gespielter Strenge mit der Handfläche auf die Tischkante.

»Das kommt ja überhaupt nicht in die Tüte! Am kommenden Samstagabend bin ich zu einem Künstlerfest im benachbarten Wustrow eingeladen, zu dem auch zahlreiche Prominente erwartet werden, und dorthin musst du mich unbedingt begleiten!«

Kapitel 7

Am Samstagabend, den 31. Juli 1925, streifte sich Gitta das schönste Kleid über, das sie eigens für besondere Anlässe eingepackt hatte, und musterte sich kritisch im Spiegel.

Möglicherweise war es für das Künstlerfest ein wenig zu mondän, aber das nachtblaue Charlestonkleid aus Baumwollkrepp, das Gitta nach Originalschnitten der französischen Designerin Jeanne Lanvin geschneidert hatte, war eine wahre Augenweide.

Über und über mit silbernen Perlen bestickt, funkelte es wie der sternenübersäte Himmel in einer eiskalten Polarnacht. Der Krepp schmiegte sich vorteilhaft an Gittas schlanke Figur und kleidete sie fantastisch. Passend zum Kleid hatte sie silbernen Lidschatten aufgetragen, der gut mit ihren hellgrünen Augen harmonierte.

Zum Schluss sprühte sie sich noch einen Hauch Shalimar auf Hals und Dekolleté und begab sich nach unten ins Foyer, wo Falk und Otto auf sie warteten.

Nachdem die Freunde Gitta Komplimente über ihr Kleid gemacht und mehrfach hervorgehoben hatten, wie traumhaft sie darin aussähe, gingen sie hinaus, wo die kleine Pferdekutsche der *Villa Wanda* schon bereitstand, denn auf einen einstündigen Fußmarsch nach Wustrow hatte keiner von ihnen große Lust, obgleich es ein lauschiger Sommerabend war und es noch lange genug hell bleiben würde, um den Spaziergang bei Tageslicht zurücklegen zu können.

Doch weil sie für die anstehende Festivität in Wustrow elegante Kleidung und Schuhwerk trugen, das für eine Wanderung eher ungeeignet war, hatte Gitta mit ihrer Pensionsinhaberin diese Regelung getroffen.

Um 19:30 Uhr, lange bevor der Partytrubel richtig losgehen würde, war Falk mit George Grosz im Hause der Gastgeber zu einem Zeitungsinterview verabredet. Wenn der Maler einverstanden wäre, würden sich Gitta und Otto während des Interviews als Zuhörer im Hintergrund halten.

»Das muss das ›Storchennest‹ sein«, sagte Falk, als unweit des Strandzugangs von Wustrow ein schmuckes reetgedecktes Haus zwischen den Dünen sichtbar wurde, und bat den Kutscher anzuhalten.

Nachdem er dem Mann auf dem Kutschbock ein großzügiges Trinkgeld in die Hand gedrückt hatte, welches selbst dem spröden Fischländer ein strahlendes Lächeln ins mürrische Gesicht zauberte, kam ihnen das Gastgeberpaar, der Bildhauer Johann Jaenichen und seine Gattin, die Malerin und Bildhauerin Hedwig Jaenichen-Woermann, aus dem Garten entgegen und begrüßte die Neuankömmlinge herzlich.

Gitta war beeindruckt von der Gastgeberin, einer attraktiven Blondine um die vierzig, deren schlichtes schwarzes Cocktailkleid einen erstklassigen Schneider verriet.

Obgleich die Dame die kühle Arroganz des hanseatischen Großbürgertums verströmte, besaß sie auch Charisma, das die drei Freunde sogleich in ihren Bann zog.

Falk hatte auf der Fahrt erzählt, Hedwig Jaenichen-Woermann entstamme einer vornehmen Hamburger Kaufmannsfamilie und sei sehr reich.

Sie besitze Paläste in Paris, Rom und Buenos Aires und sei in jungen Jahren Meisterschülerin und Geliebte Auguste Rodins gewesen.

»Herr Grosz, seine Ehefrau Eva und sein Freund und Schwager Otto Schmalhausen sind schon da und erwarten Sie im Gartenhaus«, sagte die Gastgeberin und geleitete die Besucher gemeinsam mit ihrem Gatten durch den mit bunten Laternen und Lampions geschmückten Garten, der mit wundervollen, in allen Farben blühenden Rosenstöcken angelegt war, die einen betörenden Duft verströmten.

Im Gartenhaus saßen insgesamt sechs Personen auf gepolsterten Rattansesseln an einem großen runden Tisch, auf dem verschiedene Säfte, alkoholische Getränke und Gläser standen.

Die Vorstellung der Gäste übernahm der Gastgeber Johann Jaenichen, ein großer, schlanker Mann mit dunklen Haaren und melancholischen braunen Augen.

Der Bildhauer wies auf einen Herrn mit einem breiten sonnengebräunten Allerweltsgesicht, den er den Neuankömmlingen respektvoll als den berühmten Maler George Grosz vorstellte.

»Die Frau des Künstlers, Eva Grosz, und Otto Schmalhausen, künstlerischer Weggefährte von George Grosz aus Berliner Dada-Zeiten und seit Kurzem auch sein Schwippschwager, da er Evas Schwester Lotte geheiratet hat, die bedauerlicherweise mit einer Erkältung im Bett liegt«, fuhr Jaenichen fort.

Obgleich Grosz als Nonkonformist bekannt war, schien er doch großen Wert auf gute Manieren zu legen. Er erhob sich aus seinem Sessel und reichte zuerst Gitta und dann Falk und Otto, die er bereits kannte, mit ausgesuchter Höflichkeit die Hand.

Nach George Grosz und seinen Begleitern stellte der Gastgeber noch drei junge Leute vor, eine hübsche dunkelhaarige Frau mit sanften Rehaugen und zwei gut aussehende Männer, die auf einem Rattansofa saßen und den neuen Gästen freundlich entgegenblickten.

»Unsere Ziehtochter Hede Zangs und ihr Verlobter Heinrich Hauser und der Organist Hans-Jürgen von der Wense, ein guter Freund der Familie«, erläuterte Johann Jaenichen und forderte die Gäste auf, Platz zu nehmen, während seine Frau sich zuvorkommend erkundigte, was sie trinken wollten. Aus einem mit Eiswürfeln gefüllten Sektkübel nahm sie eine dickbauchige Flasche, die bereits entkorkt war.

»Ein Crémant de Bordeaux Les Cordeliers – ein wunderbar leichter roséfarbener Schaumwein mit dem fruchtigen Aroma von Himbeeren – mein absoluter Favorit für warme Sommerabende, wie ich gestehen muss«, sagte Hedwig Jaenichen-Woermann launig und füllte den perlenden Crémant in drei bereitstehende Sektkelche, nachdem Gitta, Falk und

Otto ihrem Angebot freudig zugestimmt hatten. Als auch die Gläser der anderen Gäste gefüllt waren, ließen sich die Gastgeber am Tisch nieder, und alle stießen miteinander auf den Abend an.

Falk nahm Notizblock und Stift aus seiner Aktentasche und erkundigte sich höflich bei George Grosz, ob sie mit dem Interview, das eher ein entspanntes Gespräch unter alten Bekannten sei, die sich in der Sommerfrische träfen, beginnen könnten.

»Können wir«, erwiderte der Künstler nonchalant und lächelte in die Runde.

Gitta gefiel das Lächeln, das verschmitzt und spitzbübisch wirkte, und sie fand es auch sympathisch, dass George Grosz die Hand seiner Frau Eva hielt, in die er offenbar sehr verliebt war, was die dunkelhaarige Frau, die wie ihr Ehemann völlig unprätentiös gekleidet war und offenbar auf jegliche Schminke verzichtete, rundherum erwiderte.

Ein glückliches Paar, dachte Gitta bei sich und lauschte interessiert dem Gespräch, das sich zwischen Falk und dem Künstler entspann.

»Sie karikieren in Ihren Gemälden die Eliten der Weimarer Republik, ordengeschmückte Kriegshelden, stiernackige Kapitalisten, stumpfsinnige Spießer. Was zieht einen so sozial- und gesellschaftskritischen Geist wie Sie ins abgelegene Ostseebad Wustrow?«

»Was soll ich sagen«, erwiderte der Künstler, »es ist schön, einfach auszuspannen, nach den wiederholten Anklagen und Gerichtsprozessen wegen meiner Antikriegsgrafiken und Satiren über die ›Stützen der Gesellschaft‹. Ich suche hier auf Fischland vor allem eines: Distanz.«

»Sie wurden bereits 1919 Mitglied der Kommunistischen Partei Deutschlands, sind überzeugter Kriegsgegner und bekannt für Ihre drastischen und provokativen Äußerungen und Darstellungen«, fuhr Falk fort. »Sie verspotten die herrschenden Kreise und greifen soziale Gegensätze auf. Dafür erhalten Sie seit Jahren Morddrohungen. Jüngst hat ein Hauptmann der Reichswehr Anzeige gegen Sie erstattet, wegen systematischer Hetze und Verunglimpfung des Deutschen Vaterlands. Da braucht es nicht zu verwundern, dass Sie mal eine Auszeit benötigen, zumal Sie ja bereits 1918 schon einmal auf Fischland waren, um sich von Ihrem Kriegsschock mit Lazarettaufenthalt und anschließender Einweisung in eine Nervenheilanstalt zu erholen.«

George Grosz nickte, und um seine Mundwinkel spielte wieder dieses ihm eigene spitzbübische Lächeln.

»Ja, und bei diesem Ostseeaufenthalt habe ich mich in Evas ›Salzseeaugen‹ verliebt, und wir sind gemeinsam kraulend und tauchend durch die schäumenden Ostseewellen geschwommen und haben den lieben langen Tag lang nichts Wichtigeres zu tun gehabt, als Strandgut zu sammeln und Sandburgen zu bauen, war das eine herrliche Zeit!«

Der Maler seufzte genießerisch.

»Eine Stunde Sandschippen verscheucht alle Grillen, und wenn man sich nach dem ersten Tag im Spiegel ansieht, welch anderer Grosz blickt mir dann entgegen. Gestern sind wir mit Oz und Ettol, das sind die Spitznamen von Otto und

Lotte, mit den Rädern durch den Darßer Wald bis nach Born gefahren.«

»Sie sind ja im pommerschen Stolp, unweit der gewaltigen Wanderdünen von Leba aufgewachsen, bevor Sie mit Ihren Eltern nach Berlin zogen, wo Ihr Vater eine Gaststätte betrieb. Erinnert Sie die Strandstimmung in Ahrenshoop an Ihre Jugend?«, fragte Falk, der sich eifrig Notizen machte.

»Das muss so sein«, antwortete Grosz, »denn hier an der See bin ich absolut in meinem Element. Im Strandkorb sitzen und Borkenboote schnitzen, da wird meine Jugendzeit wieder lebendig, und all die schönen Erinnerungen daran werden wieder in mir wach. Ich bin eben durch und durch ein Naturmensch, und hier an der Ostsee lebe ich auf.«

»Das sieht man Ihnen an, Sie sehen blendend aus, wenn ich das so sagen darf«, erwiderte Falk, der ganz in die Rolle des professionellen Reporters geschlüpft war.

»Gerade in dieser Saison ist ja auf Fischland alles vertreten, was in Berlin und teilweise auch international Rang und Namen hat. Der Dichter Gerhart Hauptmann weilt momentan in Ahrenshoop, der Regisseur Fritz Lang ist zu Besuch bei Freunden in Althagen, und die Ausdruckstänzerin Olga Desmond hält sich mit ihrem Ehemann im benachbarten Nienhagen auf, wo sie sich von den Strapazen des Showgeschäfts erholt. Stehen Sie denn, als einer der herausragenden Künstler unserer Zeit, mit dem einen oder anderen Prominenten in Kontakt?«

Grosz schüttelte nachdrücklich den Kopf.

»Ich bin von Haus aus sehr ungesellig, und dass ich heute Abend hier bin, ist nur den Jaenichens geschuldet, mit denen ich seit Jahren gut befreundet bin. Wir werden auch bestimmt nicht so lange bleiben, denn wir wollen auch die arme Ettol, die mit Husten und Schnupfen im Bett liegt, nicht so lange allein lassen«, erwiderte der Maler. »Denn ehrlich gesagt, das Gewäsch der Partylöwen ist mir einerlei, und auch der intellektuelle Bienenschwarm interessiert mich nicht die Bohne. Im Gegenteil, ich muss zugeben, dass mir die Anwesenheit zahlreicher Kunstbeflissener mit ihren Affären, zur Schau gestellten Eitelkeiten und Allüren entsetzlich auf die Nerven geht. Mit Ausnahme von Otto Dix, mit dem ich seit unserer Studienzeit in Dresden gut befreundet bin. Ansonsten bin ich im Kreise meiner Familie, meiner Frau, meines Schwagers Oz und meiner Schwägerin Ettol, die den ganzen Zivilisationsschnickschnack genauso ablehnen wie ich, viel besser aufgehoben. Ich würde auf Fischland liebend gerne ein Haus kaufen, um dem ganzen Berliner Klamauk für immer Adieu zu sagen, doch das kann ich mir leider nicht leisten.«

»Vielleicht findet sich ja noch ein Sponsor«, meinte Falk humorvoll.

»Bei meiner Beliebtheit in den finanzstarken Kreisen wohl kaum«, entgegnete George Grosz mit schiefem Grinsen.

Falk verneigte sich höflich vor dem Maler.

»Herr Grosz, ich danke Ihnen sehr für das Interview und wünsche Ihnen noch einen schönen Aufenthalt in Wustrow.«

»Es war mir ein Vergnügen, Herr Thimmermann, denn bei Ihnen weiß ich, dass Sie kein Wortverdreher sind wie viele Ihrer Kollegen.«

Falk lächelte erfreut und erkundigte sich bei dem Künstler, ob er noch ein paar Fotos von ihm, seiner Frau und seinem Schwager machen dürfe, was ihm großzügig gestattet wurde.

Gegen 21 Uhr saß Gitta mit der Wustrower Malerin Franziska Eichenlaub auf einer Gartenbank unter einer mit Lampions geschmückten Kastanie und berichtete ihr von ihrem Besuch bei der Landkommune in Barnstorf und der Begegnung mit Lars von Löwenstern, die für sie höchst enttäuschend verlaufen war.

Die Künstlerin schüttelte entrüstet den Kopf.

»Was für ein Depp! So sind sie halt, die Männer, erst feiern sie dich in den siebten Himmel, und eh du dichs versiehst, bist du schon wieder abgemeldet, weil sie sich in eine andere verguckt haben. Kenne ich alles«, kommentierte Franziska mit grimmiger Miene. »Ich häng mein Herz an keinen mehr und bin mein eigener Herr, seither geht es mir deutlich besser.«

»Mir geht es inzwischen auch besser«, erwiderte Gitta. »Letztes Wochenende war ich noch ziemlich niedergeschlagen, und mir war öfter zum Heulen zumute.«

Gitta hielt kurz inne und beschloss kurzerhand, mit Franziska offen über ihre Gefühle zu sprechen.

»Am bedauerlichsten für mich ist, dass ich noch in keinen Mann so verliebt war wie in Lars. Deswegen habe ich auch die ganze Reise auf mich genommen, die für eine wohlbehütete Tochter wie mich schon ein echtes Abenteuer war«, gestand Gitta mit Wehmut in der Stimme.

Franziska legte tröstend den Arm um sie.

»Wenn eine Tür zugeht, geht meistens auch eine andere auf, und Ihnen haben sich während Ihres Urlaubs doch zig andere Türen geöffnet. Die Freundschaft mit Falk Thimmermann und Otto Euler. Nicht zu vergessen meine Wenigkeit. Ich bin glücklich, Sie kennengelernt zu haben.«

Gittas Augen leuchteten auf.

»Danke schön, das gilt im Übrigen auch für mich«, erwiderte sie und ergriff dankbar Franziskas Hand.

»Und was Lars von Löwenstern anbetrifft, habe ich mir schließlich gesagt, das ist der Kerl doch gar nicht wert, dass du auch nur eine Träne wegen dem vergießt, und daran habe ich mich im Wesentlichen auch gehalten.«

Franziska klopfte ihr auf die Schulter. »Gut so, es geht doch nichts über die weibliche Unabhängigkeit! Darauf sollten wir anstoßen.«

»Auf die weibliche Unabhängigkeit!«, rief Gitta gut gelaunt und stieß mit ihrem Weinglas, das inzwischen mit einem köstlichen eisgekühlten Rheingauer Riesling gefüllt war, mit Franziskas Cidreglas an.

»Wollen wir uns nicht duzen? Ich bin die Franziska, und alle nennen mich ›Siska‹«, schlug die Malerin, die ein modisches schwarzes Charlestonkleid mit Seidenfransen trug, vor, worauf Gitta freudig einwilligte.

»Dann müssen wir uns aber auch den Schwesternkuss geben«, sagte Siska aufgekratzt, und die neuen Duzfreundinnen küssten sich auf den Mund.

Da ging plötzlich ein Raunen durch die Besuchergruppen, die in dem weitläufigen Garten saßen oder standen und bereits in bester Feierlaune waren.

Einige applaudierten sogar. Auch Falk und Otto, die sich ganz in der Nähe aufhielten und sich angeregt mit dem jungen Organisten Hans-Jürgen von der Wense unterhielten, der, wie sie in Erfahrung gebracht hatten, der Protegé der Gastgeberin war, klatschten Beifall.

Wie Gitta rasch herausfand, richtete sich die allgemeine Aufmerksamkeit auf eine kleine, untersetzte Frau mit feuerrotem Bubikopf im Herrenanzug mit Nadelstreifen und Krawatte, die in Begleitung einer molligen Brünetten in einem kanariengelben Georgettekleid mit passender Federboa den weiß gekiesten Gartenweg herankam und sich suchend umblickte.

Als sie Falk und Otto entdeckte, zeigte sich ein Lächeln auf ihrem Gesicht. Nachdem sich die beiden Paare freudig umarmt hatten, fragte Falk die Rothaarige erstaunt, ob sie denn eigens aus Berlin zu dem Fest angereist sei.

Die Frau im Nadelstreifenanzug nickte.

»Wir sind um fünf in Berlin losgefahren und haben mit unserem Bugatti gerade mal vier Stunden bis Ribnitz gebraucht«, sagte sie mit dunkler Männerstimme.

»Aber ich bin auch gefahren wie eine gesengte Sau, du kennst mich ja, und Olly hat wieder nur rumgemault und gemeint, das nächste Mal könnt ich alleine fahren. Aber das sagt sie jedes Mal, und dann steigt sie doch wieder ein, denn im Grunde genommen macht es ihr Spaß, wenn ich so schnittig fahre, sie will's nur nicht zugeben.«

Die Frau mit dem Bubikopf kniff die Mollige neckisch in die Wange.

»Claire Waldoff!«, staunte Gitta, die die bekannte Berliner

Sängerin inzwischen auch erkannt hatte, und richtete, genau wie Franziska und der Rest der Festgesellschaft, ihren Blick auf die von ihr so bewunderte Künstlerin, die eine der ersten Frauen gewesen war, die Fahrrad fuhren, ein Auto besaß und es noch dazu selbst steuerte.

Die Frau im Männeranzug mit der Urberliner Schnauze, die in Gelsenkirchen im Bergarbeitermilieu aufgewachsen war, war ein Vorbild für Gitta und viele Frauen ihrer Generation, und immer wenn ihre Schlager und Gassenhauer im Radio gespielt wurden, sang Gitta, die fast alle Lieder auswendig kannte, begeistert mit.

»Aber ich bin nicht zu meinem Vergnügen hier, Jungchen, sondern wegen der Arbeit«, hörte Gitta die Sängerin zu Falk sagen.

»Das bin ich der Hedwig schuldig, sie ist ein Fan der ersten Stunde und kam schon zu meinen Auftritten, als ich noch durch kleine Klitschen wie das ›Chat Noir‹ und das ›Linden-Cabaret‹ getingelt bin. Deswegen wollte ich ihr auch keinen Korb geben, als sie mich kürzlich gefragt hat, ob ich nicht Lust hätte, bei ihrem Künstlerfest in Wustrow aufzutreten, gegen eine großzügige Gage, versteht sich, und sie übernimmt sogar noch unsere Unterkunft fürs gesamte Wochenende im Ostseehotel Wustrow, dem ersten Haus am Platz … Ach, da ist sie ja …«

Die Plauderei wurde jäh durch das Auftauchen der Gastgeberin Hedwig Jaenichen-Woermann unterbrochen, die ihren »Star des Abends«, wie sie Claire Waldoff respektvoll nannte, aufs Herzlichste willkommen hieß und zu einer kleinen Bühne mit Klavier geleitete, an dem sich der junge Organist von der Wense bereits niedergelassen hatte. Direkt neben der Bühne war ein Tanzboden aufgebaut worden.

Hedwig Jaenichen-Woermann trat mit der Künstlerin auf die Bühne und versuchte vergeblich, den tosenden Applaus zu übertönen, der, gemischt mit begeisterten Pfiffen, von allen Seiten erklang.

Geduldig wartete sie, bis sich der Lärm gelegt hatte, ehe sie das Wort an ihre Gäste richtete.

»Meine lieben Freundinnen und Freunde, ihr ahnt ja gar nicht, wie stolz und glücklich es mich macht, euch auf unserer kleinen Gartenbühne die von mir so verehrte Sängerin Claire Waldoff präsentieren zu dürfen, von der Kurt Tucholsky, der zahlreiche Liedertexte für Claire geschrieben hat, einmal sagte, sie singe so frech und unbekümmert wie der Berliner Spatz. Den meisten von euch gilt sie als Urberlinerin, mit Schnauze und Herz, doch ich darf euch verraten: An der Spree ist sie nicht geboren! Sie stammt aus Gelsenkirchen im Kohlenpott, und als sie nach Berlin kam, war sie so überwältigt von dieser Riesenstadt, von ihrem Tempo und Temperament, dass sie beschlossen hat: Hier bin ich, und hier bleib ich, und hier geh ich nicht mehr weg! Ihre dunkle, rauchige Stimme, ihre ganz eigene Komik, das schelmische Augenzwinkern auch bei wehmütigen Liedern hat sie zu einem einzigartigen Star der Kabaretts gemacht, von den feinen wie den kleinen Leuten gleichermaßen geliebt. Begrüßt mit mir die große Volkssängerin Claire Waldoff, Claire Berolina – den Stern von Berlin!«

Obgleich die beliebte Künstlerin Beifallsstürme hinlänglich gewohnt war, traten ihr doch bei dem Jubel der Festgesellschaft vor Ergriffenheit Tränen in die Augen, was ihrem Erfolgsslogan »Herz mit Schnauze« absolut gerecht wurde.

Sie verneigte sich tief vor dem Publikum.

»Ick hoffe, mein Orjan is laut jenuch. Könnt ihr mir auch ohne Mikro hör'n?«, röhrte sie mit ihrer dunklen Raucherstimme.

»Jaaa!«, riefen die Zuschauer.

Claire ging auf den jungen Mann am Klavier zu, begrüßte ihn per Handschlag und stellte ihn dem Publikum als den Pianisten und Organisten Hans-Jürgen von der Wense vor.

»Et jibt auch noch 'nen Überraschungsjast – aber erst mal müsst ihr mit uns vorliebnehmen«, verkündete die Sängerin mit geheimnisvollem Augenaufschlag, als der Pianist gleich darauf das erste Lied anstimmte.

»Auf besonderen Wunsch meiner verehrten Freundin Hedwig Jaenichen-Woermann folgt nun das Lied ›Raus mit den Männern aus dem Reichstag‹ von Friedrich Hollaender«, kündigte Claire Waldoff den bekannten Schlager an, der vor allem von der weiblichen Zuhörerschaft laut bejubelt wurde.

»Und es darf auch getanzt werden«, fügte die Künstlerin hinzu und wiegte sich ebenfalls im Takt, als sie mit Verve zu singen anfing:

»Es geht durch die ganze Historie
ein Ruf nach Emanzipation
vom Menschen bis zur Infusorie
überall will das Weib auf den Thron.
Von Hawaii bis nach Berlin
braust ein Ruf wie Donnerhall daher:

Was die Männer können, können wir schon lange
und vielleicht 'ne ganze Ecke mehr.

Raus mit den Männern aus dem Reichstag,
und raus mit den Männern aus dem Landtag,
und raus mit den Männern aus dem Herrenhaus,
wir machen draus ein Frauenhaus!
Raus mit den Männern aus dem Dasein,
und raus mit den Männern aus dem Hiersein,
und raus mit den Männern aus dem Dortsein,
sie müssten schon längst fort sein.
Ja: raus mit den Männern aus dem Bau,
und rein in die Dinger mit der Frau!
…«

Claire Waldoff hatte schon vor geraumer Zeit aufgehört zu singen und verneigte sich vor dem applaudierenden Publikum, doch der Refrain aus Dutzenden von Frauenkehlen hallte noch eine ganze Weile durch die lauschige Sommernacht.

Zu den Sängerinnen gehörten auch Gitta und Franziska, die inmitten des fröhlichen Gewimmels auf dem Tanzboden ausgelassen getanzt hatten.

Das Fest war zweifellos der Höhepunkt von Gittas Ostseeurlaub, und es war überhaupt der schönste Abend, den sie seit Langem erlebt hatte, die »zauberhafte Nacht« beim Schönheitsabend im Februar natürlich ausgenommen.

Quatsch! Das Fest heute ist noch viel, viel schöner, beschied sie sich trotzig, machte große Augen wie die anderen und verstummte auf der Stelle, als Claire Waldoff an den Rand der Bühne trat und hinter vorgehaltener Hand, eine Augenbraue theatralisch hochgezogen, in geheimnisvollem Tonfall verkündete, jetzt sei es aber mal langsam an der Zeit, den Überraschungsgast willkommen zu heißen.

Auf ihr Händeklatschen hin strebten drei Männer über den Gartenweg zur Bühne, in denen Gitta beim Näherkommen den Gastgeber Johann Jaenichen, den Verlobten seiner Ziehtochter und einen ihr unbekannten Mann erkannte, die auf ihren hochgestemmten Armen ein Silbertablett über ihren Köpfen trugen. Wer oder was sich darauf befand, war nicht zu erkennen, da das Bündel vollständig von dicht gekräuselten gelben Tüllgirlanden bedeckt war.

Als die drei Männer die Bühne erreichten und in der Mitte stehen blieben, um das Tablett behutsam abzustellen, stimmte der Pianist den zurzeit sehr populären »Bananen-Shimmy« an.

Die zusammengekauerte Gestalt unter den Tüllgirlanden richtete sich blitzschnell auf wie eine Königskobra und präsentierte dem sprachlosen, von dem atemberaubenden Anblick schier überwältigten Publikum ihren makellosen nackten Körper, der in einem glänzenden, irisierenden Perlmuttton schimmerte.

Obgleich die Frau sich dem Publikum auf einem Silbertablett darzubieten schien, ließ ihre stolze, gebieterische Haltung nicht den Hauch eines Zweifels daran, dass sie sich niemandem unterwerfen würde, sondern als die perfekte Verkörperung einer Femme fatale einzig ihrem eigenen Willen gehorchte.

Auf dem majestätisch erhobenen Haupt trug sie einen exotisch anmutenden Kopfschmuck aus gelbem Tüll und Bananen.

»Der Überraschungsgast des Abends, die göttliche Olga Desmond! Da bleibt mir nur noch niederzuknien, meine hochverehrten Damen und Herren«, verkündete Claire Waldoff bewegt und warf sich vor der berühmten Ausdruckstänzerin auf die Knie, worauf auch Leute aus dem Publikum niederknieten.

Gleich darauf erhob sich die Sängerin und wurde wieder ganz zur Urberliner Pflanze, die in bestem Berlinerisch erklärte, sie singe nun den »Bananen-Shimmy«, ein Lied, welches sie letztes Jahr bei der Deutschen Grammophon aufgenommen habe.

»Ausgerechnet Bananen, Bananen verlangt sie von mir!«, sang Claire mit ihrer dunklen, kraftvollen Stimme den Refrain, zu dem Olga den »Bananen-Shimmy« tanzte und ihren straffen, sehnigen Tänzerinnenkörper vom Kopf bis zu den Füßen, die in hochhackigen spitzen Shimmyschuhen aus beigem Lackleder steckten, vibrieren ließ, bis alles am Schwingen war, und dazu die Beine warf, als gäbe es kein Morgen ….

Für Gitta und Franziska gab es kein Halten mehr. Sie stürzten sich geradezu in den aus dem Foxtrott entstandenen Gesellschaftstanz, bei dem alle Glieder des Leibes geschüttelt und die Beine x-förmig zur Seite geschwungen wurden, und tanzten sich, untermalt von Claires tiefem Alt, genau wie die betörend schöne Tänzerin, mehr und mehr in Ekstase.

»Nicht Erbsen, nicht Bohnen,
auch keine Melonen,
das ist ein' Schikan' von ihr!
Ich hab Salat, Pflaumen und Spargel
auch Olmützer Quargel
doch ausgerechnet Bananen,
Bananen verlangt sie von mir!«

Während auch das Publikum auf ihren Wink hin »ausgerechnet Bananen!« echote, nestelte Olga eine Banane nach der anderen aus ihrem Kopfschmuck und warf sie übermütig ins Publikum.

Die Stimmung hatte ihren Höhepunkt erreicht, ein Großteil der Anwesenden war wie vom Tanzteufel erfasst und konnte einfach nicht mehr aufhören, zu tanzen und mit heiseren Stimmen den Refrain mitzusingen.

Die beiden Künstlerinnen, glücklich über die überbordende Stimmung, fassten sich an den Händen und wiegten sich gemeinsam im mitreißenden Shimmyrhythmus, bis die Gesänge verklangen und die Tänzer müde wurden.

Hand in Hand traten Olga Desmond, Claire Waldoff und Hans-Jürgen von der Wense an den Rand der Bühne, um sich vom Publikum zu verabschieden.

Als sich die Beifallsstürme gelegt hatten, nestelte Olga aus ihrem Kopfschmuck eine letzte Banane, schälte sie und ließ Claire und den Pianisten hineinbeißen.

»Kommen Ihnen etwa schlüpfrige Gedanken bei Bananen?«, richtete sich die Tänzerin mit Unschuldsmiene an das Publikum.

»Ein Anzeichen, dass Sie dringend Sex brauchen«, konstatierte sie trocken zu Claire Waldoffs kreischendem Gelächter.

Kapitel 8

»Wollen wir tanzen?«, hatte Olga Desmond Gitta und Franziska spontan gefragt, nachdem Falk sie einander vorgestellt und Gitta und die Malerin sie um ein Autogramm gebeten hatten.

»Nichts lieber als das«, hatte Gitta mit glücklichem Lächeln geantwortet und war mit Franziska und der zierlichen Tänzerin, die inzwischen in ein cremefarbenes Paillettenkleid geschlüpft war, zum Tanzboden geeilt, wo sie im Gewusel der Tanzenden noch ein freies Plätzchen ergattert hatten und sich dem Tanzfieber hingaben.

Auf dem von der Jeunesse dorée des Hauses bedienten Grammofon waren die neuesten Jazz- und Shimmyplatten aus Übersee und dem Rest der Welt aufgelegt worden.

Mal war es ein Charleston, der die Körper der Tänzerinnen und Tänzer – vom Torso über Hüften, Schenkel und Po – nachhaltig erschütterte, mal ein rasanter Shimmy, der ihnen in die Glieder fuhr.

Mit seltsam nach außen und innen verdrehten Knien und Füßen wurden abwechselnd X- und O-Beine geformt, Rücken gekrümmt – und alles in einem halsbrecherischen Tempo von bis zu 148 Schlägen pro Minute.

Auch die Hände bekamen keine Ruhe und berührten alle Teile des Körpers wie in Ekstase. Mit den rudernden Arm- und Beinbewegungen wirkten die Tanzenden wie Wettläufer, die jedoch auf der Stelle trabten, denn die Schritte wurden auf kleinstem Raum ausgeführt.

Dann war Olga gegangen, nicht, ohne sich zuvor von Gitta und Franziska aufs Herzlichste zu verabschieden.

»Klasse Frau«, hatte Gitta Franziska atemlos zugeraunt.

»Klasse Frau«, hatte ihr die Malerin zugestimmt, und sie hatten sich wieder unter die Tanzenden gemischt.

So war es die ganze Nacht gegangen:

Eine kurze Pause zwischendurch und ein prickelndes Glas Champagner, und dann ging's wieder ab zur Tanzfläche.

Es fing schon an zu dämmern, als Franziska Gitta vorschlug, doch noch ein Weilchen hinunter zum Strand zu gehen, ehe sie sich auf den Heimweg machen würden.

Gähnend willigte Gitta ein. »Ich bin zwar schon ganz schön müde, aber das war so eine wunderbare Nacht, die sollten wir gebührend ausklingen lassen«, sagte sie und folgte Franziska durch die Dünen.

Als sie sich am Rande der sanft gekräuselten Wellen an einem Findling niedergelassen hatten, der ihnen als Rückenlehne diente, musterte Gitta Franziska versonnen.

»Es ist zwar eine recht einfältige Frage, aber ich möchte sie dir trotzdem stellen«, richtete sie das Wort an die Künstlerin.

»Frag nur, was immer dir auf der Seele brennt«, forderte Franziska sie auf.

»Warum trägst du eigentlich immer Schwarz? Versteh mich nicht falsch, es kleidet dich gut, mit deinen dunklen Haaren, dem sonnengebräunten Teint und deinen schwarzen Kohleaugen, aber mich interessiert einfach, welche Bedeutung es für dich hat.«

Franziska wurde unversehens ernst.

»Es gibt nur einen Menschen, der die Wahrheit kennt, und das ist meine Mutter. Allen anderen erzähle ich immer, dass ich die dunkelste jeglicher Farben aus künstlerischen Gründen schätze, da sie der Farbton der Lichtlosigkeit ist und so weiter und so fort. Du aber, liebe Gitta, sollst der zweite Mensch sein, dem ich die wahren Hintergründe dafür offenlege, aus dem einfachen Grund, weil ich dir absolut vertraue, obwohl wir uns erst vor ein paar Wochen kennengelernt haben.«

Franziska stockte und schien mit sich zu ringen, da ihr die Worte offenbar nur schwer über die Lippen kamen. Sie holte tief Luft, ehe sie hervorstieß:

»Ich trage Trauer wegen meines Kindes, das ich vor sieben Jahren verloren habe.«

Betroffen ergriff Gitta ihre Hand.

»Das tut mir unsagbar leid, Siska, wenn ich das geahnt hätte, hätte ich dir diese Frage nie gestellt.«

»Schon gut, das konntest du ja nicht wissen.«

Franziska ließ ihren Blick melancholisch über die Wellen schweifen, die in der Morgendämmerung eine bleigraue Farbe hatten, und fing an zu erzählen.

»Es war die Zeit nach dem Großen Krieg, ich war damals gerade erst zwanzig, ein junges, unreifes Ding vom Land, das noch ganz blauäugig in die Welt blickte. Deswegen bin ich wohl auch auf ihn hereingefallen, oder besser gesagt: Ich war für ihn das ideale Opfer. Er hieß Friedrich Kneissel, kam aus der Lebensreformbewegung und arbeitete in einem Reformhaus in Wismar. Fritz ernährte sich vegetarisch, rauchte und trank nicht und war ein glühender Verehrer des Philosophen Friedrich Nietzsche. Ich lernte ihn in einer Buchhandlung in Rostock kennen, wo er einen Vortrag gegen das Fleischessen, das Tabakrauchen und den Alkoholkonsum hielt. Er trat für eine naturgemäße Lebensweise ein und bezeichnete sich selbst als ›Naturprophet‹. Seine erklärte Mission war es, die Menschen zu einem bescheidenen Leben im Einklang mit der Natur zu bekehren, was bei mir und den anderen Zuhörern, es mochten mehr als hundert sein, die Buchhandlung war voll bis unters Dach, auf fruchtbaren Boden fiel. Zu behaupten, ich sei begeistert von Fritz gewesen, ist noch deutlich untertrieben. Ich war total hingerissen von diesem Mann, und das von der ersten Minute an, als ich ihn sah. Mit seinen schulterlangen, gewellten rotbraunen Haaren, dem blütenweißen knöchellangen Leinengewand und den wunderbar sanften, leuchtend blauen Augen sah er aus wie Jesus, und ich war nicht die Einzige im Publikum, die bei seinem Vortrag weinen musste, so erhaben und verheißungsvoll klang das, was er sagte. Ich höre seine Worte auch heute noch in meinen Ohren, da ich sie wie eine Besessene in mich eingesogen hatte: ›Ich bin der Weg und die Wahrheit und das Leben, die Auferstehung, der Übermensch und – der gute

Hirte. Von mir gehen ungeahnte geistige Kräfte aus. Daher höret meine Worte: Ich prophezeie euch die nahende Ankunft des Heilands in Gestalt eines Kindes ...«

Siska wischte sich die Tränen aus den Augenwinkeln und kicherte zynisch.

»Beim Zeugen dieses neuen Messias war Fritz unübertroffen! Seinen Jüngern predigte er Enthaltsamkeit und Askese und schlief mit seinen Anhängerinnen, wann immer ihm der Sinn danach stand. Und ich blöde Kuh war eine von denen, die er beglückte. Ich war ihm absolut verfallen, hätte alles für ihn getan. Außerdem war ich nicht die Einzige, die er geschwängert hatte, dieser sexbesessene Lump. Etliche Frauen waren von ihm schwanger, er benannte seine Kinder nach den Bäumen, unter denen sie gezeugt wurden: Birke, Linde, Esche und Eiche.«

Franziska lächelte grimmig und wurde unversehens wieder ernst.

»Sein Interesse an mir war rein sexueller Natur, von so was wie Liebe konnte bei ihm überhaupt nicht die Rede sein, dazu war dieser Bastard gar nicht fähig, er liebte nur sich selbst, das war ihm genug. Er stillte seinen Trieb an mir, und mehr interessierte ihn nicht. Als ich ihm sagte, dass ich schwanger von ihm sei, erklärte er mit stolzgeschwellter Brust, dass seine Mannbarkeit ihm als Instrument diene, den deutschen Messias zu zeugen, jegliche Verantwortung indessen überließ er einzig den werdenden Müttern. Als ich meine kleine Sonja auf die Welt brachte, war ich mutterseelenallein. Bezeichnenderweise befand ich mich damals auf dem Wustrower Friedhof am Grab meines verstorbenen Vaters. Sonja war eine Frühgeburt, ich war ja erst im siebten Monat. Sie war so winzig klein und zart wie ein Vögelchen, ich hielt sie an meiner Brust und spürte ihren Herzschlag wie ein leises Rascheln, dann war es vorbei. Als die Dorfhebamme kam, die Spaziergänger in der Zwischenzeit herbeigerufen hatten, atmete mein kleines Mädchen schon nicht mehr ... sie war die Liebe meines Lebens, und ich werde sie bis zu meinem letzten Atemzug vermissen ...«

Franziska weinte so herzzerreißend, dass auch Gitta die Tränen über die Wangen strömten. Sie schloss Franziska in die Arme, und die Frauen weinten gemeinsam, bis die Strahlen der aufgehenden Sonne ihre Tränen trockneten und sie im Schutz des Findlings in tiefen Schlaf sanken.

...

Die Sonne stand bereits hoch am Himmel, als Gitta und Franziska von den lauten Stimmen der Badegäste geweckt wurden. Obgleich die beiden nur ein paar Stunden geschlafen und, wie sie sich gegenseitig bekundeten, einen leichten Brummschädel vom reichlich genossenen Alkohol davongetragen hatten, waren sie in bester Stimmung.

Die tiefe Schwermut und Traurigkeit über das tragische Unglück, welches Franziska widerfahren war, hatte sich verflüchtigt, und die Freundinnen scherzten darüber, dass sie in ihren eleganten Cocktailkleidern für einen Strandaufenthalt viel zu »aufgebrezelt« waren.

Als sie sich gleich darauf auf den Weg zum Strandcafé machten, um einen Morgenkaffee zu sich zu nehmen, boten

Gitta und Franziska, wenngleich sie ihre hochhackigen Shimmyschuhe in den Händen trugen und barfuß über den Sand liefen, für die Strandbesucher in ihren Badeanzügen tatsächlich einen verlockenden Blickfang.

»Stell dir mal vor, wie die glotzen würden, wenn wir gar nichts anhätten«, flachste Franziska, und Gitta musste losprusten.

»Und wenn wir sie dann auch noch fragen würden: ›Wo geht es bitte zum Nacktbadestrand?‹«, gluckste sie übermütig.

Als sie wenig später am Tisch saßen, Kaffee tranken und aufs Meer hinausblickten, streifte Franziska Gitta mit einem Seitenblick und lächelte verblüfft.

»So etwas habe ich noch nie erlebt. Wir sind so vertraut miteinander, als würden wir uns schon ein Leben lang kennen. Ich habe schon genug Enttäuschungen mit Menschen erlebt, deswegen bin ich vorsichtig, aber ich habe das Gefühl, es ist ein echter Glücksfall, dass wir uns über den Weg gelaufen sind.«

Gitta nickte nachdrücklich. »Den Eindruck habe ich auch, und wenn ich weiter darüber nachdenke, hatte ich ihn schon von der ersten Minute an, als wir uns begegnet sind. Dass wir Seelenschwestern sind!«

Franziska stimmte ihr zu.

»Ich muss dir allerdings etwas gestehen«, tat sie geheimnisvoll.

Gitta sah sie mit großen Augen an.

»Also, du bist mir schon vom ersten Moment an aufgefallen, als ich dich am Nacktbadestrand von Ahrenshoop gesehen habe. Da dachte ich noch bei mir, die sieht mit ihren lan-

gen, schlanken Beinen, der elegant geschwungenen Nacken-
linie und dem rotblonden Bubikopf aus wie ein Flamingo.
Die wenigsten Frauen können diesen Haarschnitt nämlich
tragen. Mit Stiernacken, einem kurzen Hals und Doppelkinn
sieht die Frisur zum Schreien aus, und einigen Damen, die
sich dieser neuesten Haarmode unterwerfen, hätten eigentlich schon die Friseure davon abraten müssen, denn es steht
ihnen einfach nicht. Du aber, liebe Gitta, siehst mit dem ›Bob‹
so hinreißend aus, dass man denken könnte, du hättest den
Bubikopf erfunden und nicht die amerikanische Schauspielerin Louise Brooks. Jedenfalls hat mir mein Kennerblick bei
deinem Anblick sogleich souffliert: Die musst du unbedingt
einmal zeichnen! Mit diesem Hintergedanken habe ich dich
dann auch zu mir auf die Decke eingeladen und mein Essen
mit dir geteilt. Ich habe mich nur nicht getraut, dich zu fragen. Aber jetzt tue ich es: Darf ich dich einmal zeichnen?«

»Sehr gerne, solange ich noch hier bin. Wir können gerne
etwas ausmachen«, erwiderte Gitta erfreut.

Franziskas Miene verdüsterte sich.

»Ich glaube, es wird mir ganz schön leidtun, wenn du
abreist«, murmelte sie verdrossen. »Im Grunde genommen
tut es das jetzt schon. Wie lange bleibst du noch in Ahrenshoop?«

»Ich fahre übernächsten Montag nach Hause, von daher
können wir uns gerne demnächst treffen, das würde mich
riesig freuen. Mach doch einen Vorschlag, ich kann auch zu
dir nach Wustrow kommen«, erwiderte Gitta entgegenkommend.

Franziska überlegte kurz. »Was hältst du davon, wenn

du mich morgen besuchen kommst? Vielleicht am frühen Nachmittag, dann kann ich dir auch mein Atelier und meine Bilder zeigen. Ich lebe übrigens mit meiner Mutter zusammen. Es ist das alte Pfarrhaus, direkt neben der Kirche.«

»Abgemacht, dann bin ich morgen so gegen zwei Uhr bei dir. Prima, ich freue mich schon unheimlich darauf.«

»Ich auch«, entgegnete Franziska und erkundigte sich beiläufig bei Gitta, ob es schon immer ihr Wunsch gewesen sei, Handarbeitslehrerin zu werden.

Gitta schüttelte den Kopf. »Keineswegs, ich hatte hochfliegende Pläne. Seit meinem sechsten Lebensjahr habe ich Ballettunterricht gehabt und wollte unbedingt Tänzerin werden.« Sie hielt inne und überlegte, ob sie Franziska die Gründe für das Ende ihrer Ballettlaufbahn nennen sollte. »Leider bin ich viel zu groß fürs Ballett, und das war, ehrlich gesagt, auch der Grund dafür, dass ich meinen so lange gehegten Wunschtraum, eine gefeierte Primaballerina zu werden, aufgeben musste. Eine Bohnenstange im Tutu ist ein Witz«, brach es aus Gitta heraus, und die alte, längst vergessen geglaubte Bitterkeit über das Scheitern ihrer Tanzkarriere war plötzlich wieder da. »Nichts wäre mir lieber gewesen, als mein Leben dem Tanz zu widmen, das kannst du mir glauben«, stieß sie mit Tränen in den Augen hervor.

»Aber es hat halt nicht sollen sein, die Natur hat mir gewissermaßen einen Strich durch die Rechnung gemacht. ›Die sieht im Tutu aus wie ein Waschbrett mit zwei Erbsen‹, haben die anderen Elevinnen immer hinter vorgehaltener Hand über mich getuschelt, laut genug, dass ich es hören konnte, und das hat mir den Rest gegeben. Ich habe der Ballettschule den Rücken gekehrt, meine Spitzenschuhe eingemottet und wollte lange Zeit von Ballett und Tanz nichts mehr sehen und hören. Habe mir stattdessen so ein langweiliges Hobby wie Handarbeiten zugelegt, und weil ich darin gut war und es mir auch Spaß gemacht hat, schöne Dinge herzustellen, habe ich dann eine Ausbildung als Handarbeitslehrerin begonnen und an derselben Schule, wo auch meine Mutter unterrichtet, eine Anstellung bekommen. Mit sechsundzwanzig Jahren lebe ich noch immer bei meinen Eltern. Das ist mein ach so tolles, spannendes Leben.«

Gitta lächelte Franziska bitter an.

»Du bist eine tolle, interessante Frau und hast ein unglaubliches Talent für Handarbeiten«, konterte Franziska entrüstet. »Die selbst genähten Kleider, die ich an dir gesehen habe, sind wahre Kunstwerke. Du bist mehr als eine Handarbeitslehrerin, du bist eine Künstlerin!«

Gitta war tief berührt.

»Ich danke dir für dieses wunderbare Kompliment«, erklärte sie aufrichtig und sah die Freundin verschmitzt an.

»Warum fragst du mich das denn eigentlich, wegen meines Berufs, meine ich, du hast doch irgendwelche Hintergedanken. Stimmt's, oder hab ich recht?«

Franziska gestand grinsend ein, sie fühle sich ertappt. »Es gibt da nämlich so eine leer stehende Bauernkate am Hohen Ufer zwischen Wustrow und Ahrenshoop, in die ich mich schon seit einer Weile regelrecht verliebt habe. Sie ist ein wenig baufällig und windschief, deswegen ist sie wohl auch noch immer zu haben, und ich habe mir überlegt, dass ich sie gerne mieten würde. Zumal ich immer noch bei meiner Mutter wohne und es langsam mal Zeit wird, endlich auf eigenen Beinen zu stehen.«

»Niemand kann das besser verstehen als ich«, erwiderte Gitta trocken und bat die Freundin weiterzusprechen.

»Das Haus ist eigentlich viel zu groß für mich alleine, und weil wir uns so toll verstehen, ist mir die spontane Idee gekommen, ob du nicht vielleicht mit einziehen möchtest. In dem Haus könnten wir ein Schneideratelier eröffnen und nach meinen Entwürfen, an denen du natürlich mitbeteiligt werden wirst, expressionistische Reformkleider herstellen, die wir in der *Bunten Stube* in Ahrenshoop verkaufen könnten. Was hältst du davon?«

Gitta, die Franziska interessiert zugehört hatte, umarmte die Freundin spontan. »Wäre das schön, ich glaube, es gibt nichts, was ich lieber täte!«, äußerte sie begeistert. »Das ist wahrscheinlich viel zu schön, um wahr zu sein. Aber träumen darf man ja«, fügte sie deutlich ernüchtert hinzu.

»Wieso denn? Man muss nur an seine Träume glauben – und sie umsetzen natürlich. Sonst sind Träume tatsächlich nur Schäume, wie es so schön heißt«, hielt Franziska dagegen.

Gitta stimmte ihr betreten zu. »Wenn man aus Feigheit alles ausschlägt, was sich einem bietet, darf man sich nicht wundern, wenn das vermeintlich sichere Leben, das man führt, immer fader und langweiliger wird.«

»Aber du bist nicht feige und schon gar nicht langweilig«, kam es von Franziska im Brustton der Überzeugung.

»Wenn du dich da mal nicht täuschst«, entgegnete Gitta lapidar. »Oder was soll man sonst von jemandem halten, der einen Traumjob angeboten kriegt und nicht zusagt, weil er Angst vor der eigenen Courage hat?«

»Was denn für ein Traumjob?«, fragte Siska erstaunt.

»Ich habe dich doch gestern Abend auf dem Fest mit Falk Thimmermann und Otto Euler bekannt gemacht, und Otto hat mir eine Stellung angeboten. Einen lukrativen Job als Mannequin in seinem Modehaus ›A & O‹, das war vor etwa zwei Wochen, und ich habe ihm versprochen, ernsthaft darüber nachzudenken.«

Franziska sah sie verdutzt an.

»Du hast ihm noch nicht zugesagt, obwohl das schon zwei Wochen her ist!«, rief sie entgeistert. »Mensch, Gitta, du gehörst doch geteert und gefedert! So ein Wahnsinnsangebot darfst du dir doch nicht entgehen lassen! Vergiss das mit mir und unserem Schneideratelier in der Bauernkate. Den Mannequin-Job kannst du nicht ausschlagen, Gitta, sonst wärst du ja total bescheuert, und das passt auch zu dir mit deinem aparten Gesicht und der hochgewachsenen, schlanken Gestalt. Du bist wirklich das ideale Mannequin«, seufzte Franziska mit echtem Bedauern, »aber auch die geborene Schneiderkünstlerin, davon bin ich nach wie vor überzeugt.«

»Ich muss dir ehrlich sagen, dass ich das mit unserem Schneideratelier tausendmal lieber tun würde, als für Otto als Mannequin zu arbeiten«, erklärte Gitta Siska unumwunden.

»Dann überleg es dir doch noch mal ganz in Ruhe, und sage mir die nächsten Tage Bescheid«, sagte Franziska, deren dunkle Augen vor Freude glänzten.

»Das mache ich, meine Liebe«, sagte ihr Gitta zu.

»Und was immer auch geschieht, lass uns Freundinnen bleiben. Daran ist mir wirklich sehr gelegen.«

Die Malerin musterte Gitta bewegt.

»Ich bin mir sicher, in dir eine verwandte Seele gefunden zu haben, was ich bisher noch nie erlebt habe. Aber jetzt lass uns mal unseren Kaffee austrinken, und dann begleite ich dich zur *Villa Wanda*. Ich will dir nämlich das Haus an der Steilküste zeigen, du musst mir unbedingt sagen, was du davon hältst.«

»Abgemacht!«

Gitta war sehr angetan von Franziskas Vorschlag. Obwohl sie plötzlich wieder spürte, dass sie viel zu wenig geschlafen hatte, brannte sie förmlich vor Neugierde, das Haus zu begutachten.

Auf dem Weg entlang der Steilküste sprach sie mit Franziska über ihre überfürsorglichen Eltern.

»Meine Mutter ist auch nicht besser«, erwiderte Siska. »Sie klammert sich an mich wie eine Ertrinkende an einen Strohhalm. Seitdem mein Vater nicht mehr lebt, ist das ganz schlimm geworden. Ich bin alles, was sie hat, das lässt sie mich bei jeder Gelegenheit spüren. Deswegen ist es mir ja bislang auch so schwergefallen, von zu Hause auszuziehen – obwohl ich mich unsagbar danach sehne, ein freies, unabhängiges Leben zu führen wie viele Frauen heutzutage, die ihr eigenes Geld verdienen und in der glücklichen Lage sind, einfach das zu tun, wozu sie Lust haben. Die einzige Freiheit, die ich mir nehme, ist der tägliche Spaziergang an den Strand von Ahrenshoop, ein Bad im Meer und anschließend nackt in der Sonne liegen. Das genieße ich grenzenlos.«

»Weiß deine Mutter eigentlich, dass du nackt badest?«, fragte Gitta die Freundin.

»Die braucht ja nicht alles zu wissen«, entgegnete Franziska spitzbübisch. »Und deine Eltern?«

»Die haben nicht den Hauch einer Ahnung, dass ihr braves Gittalein ihren Urlaub an einem Nacktbadestrand verbringt«, feixte Gitta. »Meine schöngeistige Mutter würde einen Schreikrampf kriegen, wenn sie das wüsste ...«

Mitten im Laufen blieb Gitta wie angewurzelt stehen, als sie rechter Hand vom Fußweg, im Schatten einer mächtigen alten Eiche, das reetgedeckte Bauernhaus gewahrte, auf das Franziska mit der Bemerkung »Voilà, das ist es« deutete.

Gitta blickte wie gebannt auf das Haus, dann umrundete sie es und besichtigte es von allen Seiten.

Der Putz blätterte ab, das Dach war schadhaft, und die Fensterscheiben waren zur Küste hin blind und verwittert. Das Bauernhaus hatte zweifellos schon bessere Tage gesehen.

»Ziemlich groß für zwei Leute«, konstatierte Gitta, »da muss man ganz schön Arbeit reinstecken, bis es wieder einigermaßen bewohnbar ist.«

»Es war ursprünglich ja auch für eine bäuerliche Großfamilie gedacht«, erwiderte Siska. »Es gehörte den Bovenschultes, einer alteingesessenen Ahrenshooper Bauernfamilie. Der Vater und die zwei Söhne sind alle im Großen Krieg gefallen. Während des Krieges und noch eine Zeit danach hat die Mutter mit ihren drei Töchtern tapfer versucht, den Hof am Laufen zu halten. Die vier Frauen haben Schwerstarbeit geleistet, haben gepflügt und gedroschen wie die Männer, doch irgendwann haben sie die ewige Schinderei nicht mehr ausgehalten. Die Mutter hat das ganze Vieh verkauft und ist zu ihrer Schwester nach Lübeck gezogen, und Hildegard, Gertrud und Anni haben noch eine Zeit lang in verschiedenen Geschäften in Ahrenshoop gearbeitet. Dann sind sie nach Berlin gegangen, wo Gertrud und Anni Arbeit als Telefonistinnen gefunden haben und Hildegard eine Stellung als Zimmermädchen angetreten ist. Ich kenne sie, sie sind alle in meinem Alter. Jedenfalls ist der Hof nun schon seit etlichen Jahren verwaist, und es hat sich bislang weder ein Käufer noch ein Mieter gefunden, denn er sieht ja inzwischen auch ganz schön baufällig und heruntergewirtschaftet aus.«

Gitta stimmte ihr zu. »Trotzdem, wenn man da ein bisschen Geld und Arbeit investiert, kann man da was draus machen. Mir gefällt die Bauernkate …« Sie wandte den Blick in Richtung Steilküste. »… und die Aussicht ist ein Traum!«

»Schön, dass es dir auch gefällt. Weißt du, wie ich es für mich im Stillen immer nenne?«

Siskas braune Augen leuchteten schwärmerisch.

»Wie denn?«

»Mein ›Luftschloss am Meer‹«, erklärte die Malerin mit einem wehmütigen Unterton.

»Weil ich mir immer vor Augen halte, dass es nur wieder ein Luftschloss ist, in das ich mich verrannt habe.«

Gitta legte ermutigend den Arm um sie.

»Dann wollen wir doch mal hoffen, dass aus dem Luftschloss ein schmuckes Schneideratelier wird!«

»Oh ja!«, bekräftigte Franziska inständig.

»Bist du denn handwerklich geschickt?«

»Nur was Näh- und Handarbeiten anbetrifft, ansonsten

kann ich noch nicht mal einen Nagel in die Wand schlagen«, lautete die Antwort.

»Dann bringe ich es dir bei«, kam es von Siska.

Gitta starrte die Freundin ungläubig an.

»Sag bloß, du kannst so was?«

»Ich habe ein halbes Jahr in einer genossenschaftlichen Siedlung in Schwaan bei Rostock zugebracht, das war noch in der Zeit, als ich eine glühende Verehrerin dieses selbst ernannten Naturpropheten war, der mich ja dann auch geschwängert hat. Nun ja, und während der große Meister die Sonne angebetet hat, haben seine Jünger im Schweiße ihres Angesichts das baufällige alte Gutshaus wieder auf Vordermann gebracht, welches Fritz großmäulig, wie es halt nun mal seine Art war, als unseren ›Licht-Tempel‹ bezeichnet hat und wo es aussah wie im Schweinestall. Jedenfalls war es dort von Anfang an üblich, dass Frauen dieselben Arbeiten verrichteten wie Männer, und wer's nicht konnte, der musste es halt lernen.«

Gitta staunte über Franziskas Vielseitigkeit.

»Im Grunde genommen kann man alles lernen, was einem wichtig ist, und wenn es der eigenen Sache dient, dann erst recht.«

»Dann überleg dir mal ganz in Ruhe, ob du dir so etwas wirklich aufhalsen willst. Wir müssten einiges an Arbeit und Geld reinstecken, aber das würde sich in jedem Fall lohnen«, äußerte Franziska überzeugt.

»Und wenn wir uns verkrachen oder nach einiger Zeit merken, dass es doch nicht so hinhaut mit uns, wie wir das gedacht haben? Denn das Zusammenleben ist doch etwas sehr Spezielles. Eine Freundschaft kann sogar daran zerbrechen«, wendete Gitta zaudernd ein.

»Dann ist man um eine bittere Erfahrung reicher, so ist nun mal das Leben. Aber bei uns wird das nicht der Fall sein, das habe ich im Gefühl. Das wird uns nur noch fester zusammenschweißen.«

»Wahrscheinlich hast du recht, weniger pessimistisch würde das bedeuten: Es könnte auch gut gehen, und das halte ich für durchaus realistisch. Ich werde sorgfältig darüber nachdenken, denn eine solche Entscheidung ist ja kein Pappenstiel, mein ganzes Leben würde dadurch auf den Kopf gestellt. Daher gib mir bitte etwas Zeit, und nimm es mir auch nicht übel, wenn ich mich dagegen entscheide.«

Gitta sah die Freundin eindringlich an.

»Damit rechne ich sogar, alles andere wäre der schiere Wahnsinn«, erwiderte Franziska mit trockenem Auflachen. »Aber auch so was soll es bekanntlich geben.«

»Durchaus, darauf gründet sich sogar jegliche Genialität. Nur Krämerseelen müssen immer alles abwägen und durchrechnen. Ich fürchte, ich gehöre eher der letzten Spezies an.« Gitta lächelte sarkastisch. »Apropos Krämerseele: Hast du denn irgendwelche Rücklagen? Entschuldige meine Indiskretion, aber das ist ja in Bezug auf die Realisierung auch nicht ganz unwichtig.«

Franziska klopfte Gitta anerkennend auf die Schulter. »Schlaues Mädchen! Dank meines lieben Vaters, der 1919 im Alter von vierundfünfzig Jahren an der Spanischen Grippe gestorben ist, verfüge ich über ein Sparbuch von rund 2.000

Reichsmark. Damit kann man schon was anfangen, denke ich.«

»Reiche Frau«, spöttelte Gitta. »Ich habe immerhin auch 1.500 Reichsmark auf meinem Sparkonto. Das sollte doch fürs Erste reichen, wir müssen ja auch Geld in Material und Stoffe investieren.«

»Stoffe, die weben wir selbst!«

Nun war es Gitta, die der Freundin Anerkennung zollte. »Du bist unübertroffen! Jetzt sag mir bloß noch, dass wir die Stoffe auch noch selbst färben, und du hast mich in der Tasche.«

»Natürlich machen wir das selbst, wir müssen uns nur kundig machen, und dann machen wir das selbst, denn selbst ist die Frau!«, skandierte Siska frohgemut.

»Selbst ist die Frau!«, echote Gitta übermütig und hakte Siska unter.

Nachdem sie Haus und Grundstück noch eine ganze Weile ausgiebig erkundet hatten, setzten sie ihren Weg entlang der Steilküste fort.

Gittas Blick schweifte über die See und den weiten Horizont, während sie die Meeresbrise inhalierte, die aus allen Düften dieser Welt stets herausstach, da sie einfach unvergleichlich war.

»Am liebsten würde ich hierbleiben«, seufzte sie wehmütig, »und gemeinsam mit dir Kleider entwerfen und nähen, wie sie die Welt noch nicht gesehen hat!«

Kapitel 9

Am Sonntagmittag hatte sich Gitta noch ein bisschen hinge-legt und war erst gegen 16 Uhr aufgewacht.

Da sie es mit dem Aufstehen nicht eilig hatte, blieb sie noch eine halbe Stunde liegen, um das Gespräch mit Fran-ziska und die Idee, die sie gemeinsam ausgesponnen hatten, Revue passieren zu lassen.

Wie seltsam und wunderbar das Leben doch zuweilen spielt, sin-nierte sie.

Der Mann, wegen dem sie eigentlich hierhergekommen war, hatte sie versetzt, und sie war stattdessen ihrer Seelen-verwandten begegnet und ihr auf wundersame Weise näher gekommen als den vertrautesten Menschen ihres Lebens, ih-ren Eltern.

Obgleich die Eltern Gitta mit ihrer Überfürsorglichkeit und ihrem übertriebenen Sicherheitsdenken häufig genug auf die Nerven gingen, so liebte Gitta sie doch mehr als alle anderen Menschen, darauf hätte sie noch bis vor Kurzem je-den Eid geschworen.

Doch seit dem Künstlerfest in Wustrow hatten sie in Franziska so etwas wie eine Konkurrenz bekommen. *Sie ist für mich die Schwester, die ich ein Leben lang vermisst habe*, wurde es Gitta bewusst.

Wie sehr hatte es sie immer geschmerzt, dass sie ein Einzelkind war und keine Geschwister hatte.

Sie hatte vor allem eine Schwester vermisst, mit der sie über alles reden konnte, vor der sie keine Geheimnisse hätte; sie wären echte Komplizinnen, die wie Pech und Schwefel zusammenhielten, so hatte sie es sich in ihrer Kindheit und Jugend immer ausgemalt.

Und eh sie sichs versah, war Franziska in ihr Leben getreten, hatte sie mit ihrem Zauberstab berührt, und plötzlich hatte Gitta in der Malerin ihre lang ersehnte Schwester gefunden.

Das kannst du keinem erzählen, das ist ja der reinste Kitschroman, meldete sich die vernünftige Gitta Mahrenholz, Handarbeitslehrerin aus Bad Nauheim, die mit beiden Beinen fest auf der Erde stand, vehement zu Wort.

Und wenn es sich zehnmal anhört wie die letzte Schnulze, es ist trotzdem verdammt noch mal wahr, begehrte Gittas Bauchgefühl auf, dem sie viel zu lange misstraut hatte. *Manchmal ist auch das scheinbar Unmögliche möglich!*

Wenn man es denn zulässt.

Einmal mehr musste Gitta an Siskas atemberaubende Idee denken, mit ihr gemeinsam in der leer stehenden Bauernkate am Hohen Ufer ein Schneideratelier zu betreiben.

Nach Siskas Entwürfen würde Gitta extravagante expressionistische Kostüme schneidern, die sie in der *Bunten Stube* verkaufen könnten – und später vielleicht sogar in einem eigenen kleinen Hofladen.

»Und du mit deiner grazilen Figur und deinem anmutigen Gesicht führst unseren Kundinnen, allesamt gut betuchte Berlinerinnen aus der Film- und Künstlerszene, die Kleider vor. Du arbeitest für uns als Mannequin und nicht für Otto Euler, dem wir mit unserer Expressionismus-Kollektion Konkurrenz machen ...«

Beim Gedanken an Franziskas Worte, die sie kurz vor dem Abschied geäußert hatte, musste sie unwillkürlich grinsen.

Darunter macht sie's nicht, dachte sie amüsiert, und ihr wurde siedend heiß bewusst, dass es langsam an der Zeit war, Otto wegen des Jobangebots Bescheid zu geben: Natürlich würde sie ihm absagen müssen, auch wenn das total idiotisch war.

Entschlossen schwang sie sich aus dem Bett. Sie würde jetzt eine ausgiebige Dusche nehmen und einen Kaffee trinken.

Nach dem turbulenten Samstag würde sie heute Abend ganz für sich bleiben und sich Franziskas Vorschlag noch mal in Ruhe durch den Kopf gehen lassen.

Als sie daran dachte, was es für ihre Eltern bedeuten würde, wenn sie in Bad Nauheim ihre Zelte abbrechen würde, ihre sichere Anstellung als Lehrerin aufgeben würde, um weit weg von ihren Lieben in der Fremde einen mehr als unsicheren Neuanfang zu wagen, krampfte sich Gitta das Herz zusammen.

Das kann ich den Armen nicht antun!

Gitta ertappte sich dabei, dass ihr vor Mitgefühl die Tränen kamen und sie ihre Eltern schmerzhaft vermisste. Es war nicht besonders häufig vorgekommen in ihrem Urlaub und eher ein Anflug von Wehmut, gekoppelt mit schlechtem Gewissen gegenüber den Menschen, die Gitta über alles liebten.

Doch momentan war ihre Sehnsucht nach den Eltern so stark, dass es ihr die Kehle zuschnürte. Sie war unversehens wieder zum Kind geworden, das den Schutz und die heimische Geborgenheit vermisste.

Unwillkürlich musste sie schniefen. Wie mochte es den Guten wohl ergehen? Ob sie Gitta immer noch gram waren, weil sie nicht mit ihnen an den Gardasee gefahren war?

In Gitta nahm ein Entschluss Form an.

Sie hastete ins Badezimmer, wo sie in Windeseile duschte und die Zähne putzte.

Gitta stand in der engen Kabine des Münzfernsprechers vor dem Eingang der *Villa Wanda* und wählte beklommen die vertraute Nummer, während sie in der anderen – zur Faust geballten – Hand ein halbes Dutzend Reichsmarkstücke für das Ferngespräch hielt.

Es war das erste Mal, dass sie versuchte, zu Hause anzurufen, da sie die Eltern ja noch am Gardasee gewähnt hatte. Möglicherweise waren sie auch jetzt noch im Urlaub.

Es dauerte nicht lange, bis das Freizeichen seltsam gedämpft durch die Ohrmuschel drang.

»Sie wünschen bitte?«, erklang durch den Hörer die helle, wohltönende Stimme der Mutter, die Gitta so sehr berührte, dass es ihr zunächst die Sprache verschlug. »Hallo, wer ist da bitte?«, kam es nun energischer vom anderen Ende der Leitung.

»Ich bin's, Mama. Die Gitta«, murmelte sie gepresst in die Sprechmuschel.

Schweres Atmen war zu hören.

»Mein über alles geliebtes Kind, du glaubst ja gar nicht, wie glücklich es mich macht, deine Stimme zu hören«, rief die Mutter aufgelöst.

Ihr Groll über Gittas Alleingang schien wie weggeblasen, wie Gitta erfreut feststellte.

»Gitta, meine Gitta, wie geht es dir, mein Kind?«, vernahm Gitta nun auch den Vater, der ähnlich ergriffen klang wie die Mutter.

»Ganz gut, ihr Lieben, ihr braucht euch keine Sorgen zu machen. Ich … ich komme bald nach Hause, und … ich kann euch gar nicht sagen, wie sehr ich euch vermisse …«

Gitta war vor Rührung außerstande weiterzusprechen.

»Wir vermissen dich auch, mein Herz, schon vom ersten Tag an, als du abgereist bist, und ich konnte in Garda an gar nichts anderes denken als an dich und dass es dir in der Fremde und so ganz auf dich allein gestellt nur wohl ergehen möge …«

Hulda Mahrenholz konnte ein Aufschluchzen nicht unterdrücken und reichte den Hörer wieder ihrem Mann.

»Wann wirst du denn die Heimfahrt antreten, mein Kind? Wir könnten dir doch ein Stück entgegenfahren, es sind ja noch Schulferien, und wir haben Zeit. Dann müsstest du nicht so mutterseelenallein im Zug sitzen …«

»Äh, ich weiß noch nicht so genau, Papa, ich sage euch Bescheid. Ich muss nämlich erst mit meiner Pensionswirtin sprechen, dass ich früher abreise. Gebucht ist das Zimmer bis übernächsten Montag, ich würde dann im Laufe der kommenden Woche zurückfahren.«

»Mach das, mein Mädchen, wir können es gar nicht abwarten, unser Gittalein wieder bei uns zu haben ...«

»Und euch geht es gut? Wie war euer Urlaub?«, krächzte Gitta betreten in die Muschel.

»Nun ja, den Umständen entsprechend. Wir haben uns halt schon ein wenig gegrämt, dass du nicht mitgefahren bist, und sind ja auch früher zurückgekommen, als ursprünglich geplant war, weil ... weil wir mit den Gedanken sowieso nur bei dir waren«, antwortete der Oberstudienrat stockend.

»Tut mir leid, Papa, ich wollte euch nicht den Urlaub verderben«, sagte Gitta schuldbewusst.

»Mach dir mal keine Gedanken, mein Schatz. Hauptsache, wir sehen dich bald gesund und wohlbehalten wieder.« Gittas Vater schluckte vernehmlich.

»Du glaubst gar nicht, wie glücklich ich über deinen Anruf bin. Hattest du denn eine schöne Zeit in Ahrenshoop ... mit deinem Bekannten?«

»Hatte ich, Papa, ich habe mich gut erholt und nette Leute kennengelernt, aber ich muss jetzt gleich Schluss machen, ich habe nämlich keine Münzen mehr.«

Sie konnte gerade noch versprechen, sich demnächst wieder zu melden, als die Telefonverbindung abbrach und das Freizeichen ertönte.

Gitta stand noch eine Weile da, tupfte sich mit einem Taschentuch die Tränen von den Wangen und starrte gedankenversunken auf den Münzfernsprecher.

Allein schon wegen der Eltern könnte ich das gar nicht machen, das würde ihnen ja das Herz brechen, musste sie sich einmal mehr eingestehen, und sie trat mit hängenden Schultern aus der Kabine.

. . .

Obwohl Höflichkeit für Otto Euler zur zweiten Natur geworden war, verrieten doch seine Mimik und Stimme nur allzu deutlich, wie enttäuscht er über Gittas Absage war.

»Na, dann halt nicht«, erwiderte der erfolgreiche Modeschöpfer ungewohnt schnippisch und nahm einen Schluck gekühlten Rheingau Riesling, den Falk und Otto, passend zum köstlichen Dorschgericht, bestellt hatten.

Die Tische auf der windgeschützten Terrasse des Ahrenshooper Strandpavillons waren an diesem milden Sonntagabend nahezu voll besetzt, und die Freunde waren froh, dass sie für das heutige Abschiedsessen, zu dem sie Gitta eingeladen hatten, noch einen freien Tisch bekommen hatten.

Gewissermaßen in letzter Minute, denn Otto hatte erst vor wenigen Stunden den Anruf seines Kompagnons Alwin Andechser erhalten, dass es mit der Stofflieferung Probleme gebe, was seine Rückreise nach Berlin am morgigen Tag unabdingbar machte.

Falk Thimmermann, dessen journalistische Arbeit abgeschlossen war, würde gemeinsam mit dem Freund aufbrechen. Trotz aller Betriebsamkeit und Hektik, die die baldige Heimreise mit sich brachte, wollten es sich die Freunde indessen nicht nehmen lassen, mit Gitta, die ihnen in Ahrenshoop zur Freundin geworden war, an ihrem letzten gemeinsamen Abend zu essen.

Gitta hatte das Treffen zum Anlass genommen, Otto ihren längst überfälligen Entschluss bezüglich seines generösen Jobangebots mitzuteilen, was ihr beileibe nicht leichtgefallen war, und es war ihr, möglicherweise aus genau diesem Grund, recht brüsk über die Lippen gekommen.

Als sie Ottos gekränkte Miene gewahrte, legte sie bestürzt die Hand auf seinen Arm und bat den Freund nachdrücklich um Entschuldigung.

»Es ist mir eine große Ehre, dass du mir die wunderbare Chance geboten hast, in einem der renommiertesten Modehäuser Berlins als Mannequin zu arbeiten, und ich danke dir von ganzem Herzen für deinen Großmut, lieber Otto.«

Gitta drückte herzlich Ottos Hand.

»Daher möchte ich dir die Gründe, die mich dazu bewogen haben, dir diesen für mich zutiefst beschämenden Korb zu geben, klar darlegen in der Hoffnung, dass ich dich weiterhin als einen hochgeschätzten Freund behalten darf, der mir meine Kleingeistigkeit nicht allzu übel nimmt.«

Gitta seufzte gequält und nahm ebenfalls einen Schluck Riesling, ehe sie mit sichtlicher Zerknirschung fortfuhr.

»Es mag sein, dass ich nach außen hin einen recht selbstbewussten Eindruck mache, aber allein schon bei der Vorstellung, im Rampenlicht zu stehen und vor einem großen Publikum über den Laufsteg zu gehen, und das noch auf die anmutigste und eleganteste Art und Weise, bekomme ich Herzflattern, oder besser gesagt: ein Fracksausen, wie es im Buche steht!«

Falk und Otto schauten Gitta, die sich, obgleich sie aus einer Kleinstadt stammte, nach ihrem Dafürhalten auf jedem Parkett behaupten konnte, verwundert an.

»Ich bin für öffentliche Auftritte einfach nicht geschaffen, es entspricht weder meinem Wesen noch meinem Naturell, vor Publikum aufzutreten, dafür fehlen mir sämtliche Voraussetzungen. Ich scheue davor zurück, im Mittelpunkt zu stehen oder die allgemeine Aufmerksamkeit auf mich zu ziehen. Das alles ist mir unangenehm, ich halte mich lieber im Hintergrund und bin eher in mich gekehrt und zurückhaltend – also niemand, der gerne aus sich herausgeht.«

Gitta lächelte entschuldigend.

»Aber genau das macht dich ja so liebenswert und sympathisch«, sagte Otto Euler, der von Gittas Offenheit beeindruckt war und ihr die Absage nicht länger verübelte. »Man kann die Auftrittsangst im Übrigen auch durch professionelles Training ein Stück weit in den Griff kriegen, und ich kann gerne auch die entsprechenden Kontakte für dich knüpfen, liebe Gitta. Selbstverständlich wirst du ohnehin nicht einfach ins kalte Wasser geworfen, was die Modenschauen betrifft, sondern von der Pike auf als Mannequin ausgebildet, und zwar von den besten Leuten, die es in der Modebranche gibt, dafür werde ich schon Sorge tragen, das kann ich dir versprechen. Mit diesen Zusagen im Hintergrund schreckt dich mein Angebot vielleicht nicht mehr ganz so ab.«

Der sympathische Modeschöpfer mit der verblüffenden Ähnlichkeit mit Rudolph Valentino lächelte Gitta entwaffnend an.

Das machte es Gitta noch um einiges schwerer, auch weiterhin auf einem Nein zu beharren.

Einmal mehr verfluchte sie sich, eine solche Chance auszuschlagen und der soliden Tätigkeit einer Handarbeitslehrerin und dem trauten Heim bei ihren Eltern einem glamourösen Leben im mondänen Umfeld eines namhaften Modehauses inmitten der spannendsten Metropole der Welt den Vorzug zu geben.

Ihr Entschluss geriet erheblich ins Wanken, erst recht, da Otto, den sie während ihres Ostseeaufenthalts ähnlich ins Herz geschlossen hatte wie Falk, sich so nett und entgegenkommend zeigte.

Mit solchen Freunden im Hintergrund und dann noch dieser gut bezahlte Traumjob, was für ein tolles, aufregendes Leben erwartet mich da in Berlin, ging es Gitta unwillkürlich durch den Kopf, doch genauso unwillkürlich musste sie auch an ihre Eltern denken.

Ebenso wenig, wie ihre Eltern damit fertigwerden würden, dass Gitta fortan in Berlin leben würde, würde Gitta darüber hinwegkommen, die geliebten Menschen so schmählich im Stich gelassen zu haben, und sie würde vor lauter schlechtem Gewissen keine Freude mehr haben. Weder an Berlin noch an ihrem schicken neuen Leben und ihren famosen Freunden.

Mit einiger Zerknirschung berichtete sie Falk und Otto von ihrem Telefonat mit den Eltern, und als sie mit Tränen in den Augen geendet hatte, musterten sie die Freunde betroffen.

Gitta konnte doch ihre armen Eltern nicht im Stich lassen – vor solch einem Argument mussten sie kapitulieren. Da musste man nicht unbedingt ein Familienmensch sein, um das einzusehen.

Otto nickte verständnisvoll.

»Das kann ich gut nachvollziehen, meine Liebe, so eng, wie euer Verhältnis ist.«

»So sehr, wie sie an dir hängen, hast du keine Wahl«, pflichtete auch Falk bei. »Und das ist ja umgekehrt genauso. Ein paar Wochen ohne sie mag ja für dich mal ganz nett sein, wie jetzt im Urlaub, aber auf längere Sicht würdest du die Guten so sehr vermissen, dass du es kaum noch ertragen könntest, da bin ich mir sicher.«

Mit einer gewissen Wehmut dankte Gitta Falk und Otto für ihr Verständnis. Sie stießen auf ihre Freundschaft an, tauschten Adressen aus und gelobten einander unverbrüchlich, in Kontakt zu bleiben.

»Ihr müsst unbedingt mal zu einer Badekur nach Bad Nauheim kommen. Ihr logiert im *Bristol*, dem vornehmsten Kurhotel am Platz, ich zeige euch die Stadt, und wir lassen es uns so richtig gut gehen«, meinte Gitta launig.

»Das machen wir!«, erwiderte Falk begeistert. »Ich wollte schon immer mal zur Kur, und Otto würde etwas Erholung auch ganz guttun bei der ganzen Hektik, die uns in Berlin wieder erwartet.«

Sie blieben noch eine Weile sitzen, tranken Wein, unterhielten sich, lachten und genossen den unbeschwerten Abend, der für alle Beteiligten in absehbarer Zeit der letzte dieser Art sein würde.

Kavaliere vom Scheitel bis zur Sohle, ließen es sich Falk

und Otto freilich nicht nehmen, Gitta in der Dämmerung zur *Villa Wanda* zu begleiten.

Bevor Gitta durch die Tür ins hell erleuchtete Foyer trat, umarmte sie die Freunde zum Abschied und dankte ihnen für die wunderbare Zeit in Ahrenshoop, die man vielleicht im nächsten Jahr wiederholen könne.

Als sie dann auf ihr Zimmer ging, dachte sie bei sich, dass sie Franziska morgen ebenfalls absagen müsste.

Es ist, wie es ist, ich kann nicht aus meiner Haut heraus, sinnierte sie schicksalsergeben, als sie die Tür hinter sich schloss.

Sie hatte gerade die Balkontür geöffnet, um frische Seeluft ins Zimmer zu lassen, als ein Klopfen an der Zimmertür sie zusammenschrecken ließ.

»Entschuldigen Sie bitte die Störung, Fräulein Mahrenholz, aber für Sie ist ein Telegramm abgegeben worden, kurz nachdem Sie ausgegangen sind«, vernahm Gitta die Stimme der Pensionswirtin Elisabeth Scherer, während sie das Schloss entriegelte und die Tür öffnete.

»Mir war es wichtig, es Ihnen persönlich zu geben, denn ein Telegramm schickt man nur, wenn es pressiert.«

Die gepflegte ältere Dame mit dem silbergrauen Haar reichte das Kuvert Gitta, die es beklommen entgegennahm und sogleich an ihre Eltern denken musste.

»Hoffentlich ist nichts passiert«, murmelte sie besorgt.

»Das hoffe ich auch, Fräulein Mahrenholz. Ich wünsche Ihnen noch eine angenehme Nachtruhe.«

»Vielen Dank, Frau Scherer, das wünsche ich Ihnen auch, und ich bedanke mich für die Zustellung.«

Gitta hatte es eilig, sich wieder ins Zimmer zurückzuziehen. Hastig riss sie das Kuvert auf und las angespannt die Nachricht:

»Fahren morgen nach Berlin, Unterkunft im Hotel Adlon nahe Kurfürstendamm. Erwarten Dich die nächsten Tage, sag kurz Bescheid, wann Du kommst. Gruß und Kuss, Mama und Papa!«

Kapitel 10

»Ich bin sehr glücklich, Papa!«, flüsterte Hulda Mahrenholz ihrem Gatten zu und legte zärtlich ihre behandschuhte Hand auf die seine.

Der Oberstudienrat führte ihre Hand an seine Lippen, küsste sie und streifte seine Frau mit einem verliebten Blick wie in besten Tagen.

»Ich auch, Mama«, erwiderte er mit gesenkter Stimme und verschwörerischem Lächeln.

Als der livrierte Kellner mit einer höflichen Verbeugung an den zierlichen Marmortisch im Wintergarten des Hotels Adlon trat, um sie nach ihrem Begehr zu fragen, bestellte Doktor Mahrenholz mit der Erläuterung, man erwarte noch einen Gast, eine Kanne Darjeeling, eine Platte Petits Fours und Gedecke für drei Personen.

Dank der Reise nach Berlin, dem glanzvollen Aufenthalt im Hotel Adlon, den sich das Lehrerehepaar gegönnt hatte, und des höchst gelungenen gestrigen Abends war bei dem seit rund dreißig Jahren verheirateten Paar eine Art zweiter Frühling ausgebrochen.

Sie nannten sich liebevoll wieder bei ihren Spitznamen

»Mama« und »Papa«, die sich die glücklichen Eltern nach der Geburt ihrer Tochter gegeben hatten, und der Himmel hing für sie voller Geigen – vor allem, da Gitta ihre Ankunft für den heutigen Mittwoch gegen fünf Uhr nachmittags angekündigt hatte.

Nächste Woche würde wieder der Unterricht beginnen, und Hulda und Karl genossen es grenzenlos, in Berlin, das mit seinen 3,8 Millionen Einwohnern die drittgrößte Metropole der Welt war, echte Großstadtluft zu schnuppern.

Als sie gestern Morgen am Bahnhof Zoo angekommen und mitsamt ihrem Gepäck am Bahnhofsvorplatz in ein Taxi gestiegen waren, verschlugen die überbordende Hektik, der Lärm und der Dreck den biederen Bewohnern einer beschaulichen, tipptopp gepflegten Kurstadt schier den Atem, und sie fassten einander bange an den Händen.

»Das ist die berühmte Berliner Luft, Mama«, hatte Karl Mahrenholz mit weltmännischem Lächeln doziert und betont, dass alles, was in der Kunst Rang und Namen habe, von Berlin magisch angezogen werde.

»Berlin gilt als der Inbegriff des Lasters und der Dekadenz, da müssen wir heute Abend gut aufeinander achtgeben«, hatte Hulda neckisch hinzugefügt.

Wenig später, als das Taxi vor dem imposanten Gebäude des Hotel Adlon am Pariser Platz vorgefahren war, war die Musiklehrerin aus Bad Nauheim so aufgeregt gewesen wie ein Backfisch vor dem ersten Rendezvous.

In der riesigen Halle des Hotels schwirrten die unterschiedlichsten Sprachen durcheinander – am häufigsten Englisch, wie der Altphilologe konstatiert und hinzugefügt hatte, dass sich hier die reichen Amerikaner, die auf Urlaubsreise in Europa seien, die Türklinke in die Hand gäben.

»Charlie Chaplin steigt auch immer hier ab, laut Baedeker gilt das Adlon als ›Hotel allerersten Ranges, mit 450 Hotelbetten‹. Vor allem das Weinrestaurant wird als ›besonders vornehm‹ bezeichnet«, war es Hulda eingefallen, und sie hatte sich gar nicht sattsehen können an der weitläufigen Jugendstillobby und den elegant gekleideten Menschen aus aller Herren Länder.

Nachdem sie eingecheckt und ihr Zimmer im dritten Stock mit Blick auf das Brandenburger Tor bezogen hatten, waren sie mit dem feudalen Aufzug herunter ins Erdgeschoss gefahren, um dort ihr Frühstück einzunehmen.

Neben einem behaglich ausgestatteten kleinen plüschigen Café gab es im Erdgeschoss des Hotels eine mondäne Lounge, ein Restaurant, einen Rauchsalon mit Billardtischen, eine Bibliothek, ein Damenzimmer, einen Musiksalon sowie einen Wintergarten, in dem die Gäste ihren Tee zu sich nehmen konnten. Hinzu kamen noch große Konferenzräume und ein Ballsaal.

Die Krönung ihres ersten Aufenthaltstages in Berlin war indessen zweifellos der Abend gewesen. Vom Adlon aus waren sie den Boulevard Unter den Linden entlanggeschlendert bis zur Staatsoper, wo der neuberufene Musikdirektor Erich Kleiber den »Fidelio« dirigierte. Für die musikbesessene Hulda ein Hochgenuss, von dem sie noch lange zehren würde.

Nach der Oper hatten sie sich zum Potsdamer Platz mit seinen Leuchtreklamen und dem Verkehrsgewimmel chauffieren lassen, wo sich Bars und Weinstuben, Cafés und Mokkadielen aneinanderreihten.

Dort waren sie schließlich zu einem Schlummertrunk im *Weinhaus Rheingold* eingekehrt, dessen Wände mit Muscheln und Onyx verkleidet waren.

Als Karl und Hulda dann zu später Stunde und auch ein wenig beschwipst wieder im Hotel waren, wurde ihnen am Empfang Gittas Telegramm ausgehändigt mit der Nachricht, dass sie morgen zu ihnen stoßen würde, was die Eltern überglücklich gemacht hatte.

Den ganzen Mittwoch über hatten sie unablässig an Gitta denken müssen, und selbst beim Anblick der Alten Meister in der Gemäldegalerie waren sie nicht ganz bei der Sache und zu abgelenkt, um sich ganz und gar dem Kunstgenuss hinzugeben.

Im Grunde genommen konnten sie es kaum noch erwarten, ihre so schmerzlich vermisste Tochter endlich wieder in die Arme schließen zu können.

Nun war es endlich so weit, und die Anspannung der Eltern wuchs von Minute zu Minute, da vermochte sie auch die prachtvolle Umgebung des Wintergartens nicht abzulenken.

Bei jedem Gast, jeder Dame, die durch das zweiflügelige Glasportal trat, schweiften ihre Blicke hoffnungsvoll zum Eingang – doch ihre Geduld wurde erheblich auf die Probe gestellt.

Gitta saß neben Franziska auf dem ledergepolsterten Rücksitz des elfenbeinfarbenen Maybach, Typ W3 22/70, den Hedwig Jaenichen-Woermann so rasant chauffierte, dass Gittas

Hand einmal mehr das weiße Leder der Armlehne umklammerte, als hinge ihr Leben daran.

Irgendwie stimmte es ja auch, denn wenn die Malerin haarscharf an den anderen Autos vorbeiraste, glaubte sie, ihr letztes Stündlein habe geschlagen, und ihr entrang sich unwillkürlich ein nur mühsam gedämpfter Aufschrei.

Franziska bat dann ihre Freundin Hedwig, doch bitte nicht so schnell zu fahren – was diese bereits bei anderen Gelegenheiten geflissentlich ignoriert hatte.

Im Gegenteil, man hatte eher das Gefühl, dass es sie nur anspornte, noch mehr Gas zu geben.

Da ihr die exzentrische Malerin jedoch überaus sympathisch und sie sehr froh darüber war, mit dem Auto von Ribnitz nach Berlin chauffiert zu werden, wo die Künstlerin einen Termin mit einem Galeristen hatte, verkniff sie sich jegliche Kritik und überließ diese geflissentlich Franziska, die mit Hedwig Jaenichen-Woermann vertrauter war als Gitta.

Außerdem hatte sie momentan auch ganz andere Sorgen, als sich über Hedwigs Fahrstil den Kopf zu zerbrechen.

Gestern Nachmittag, als sie sich mit Franziska im alten Pfarrhaus von Wustrow getroffen hatte, hatte sie ihr schweren Herzens erklärt, dass sie nicht hierbleiben könne.

Die Gründe für ihre Absage, die Gitta noch ungleich schwerergefallen war, als es am Tag zuvor bei Otto Euler der Fall gewesen war, hatte sie der Freundin ausführlich erläutert.

Franziska hatte großes Verständnis gezeigt und war Gitta in keinster Weise gram gewesen, lediglich eine gewisse Betrübnis war ihr anzumerken.

»Schade, jetzt haben wir uns gerade erst kennengelernt

und festgestellt, dass wir Seelenverwandte sind, und dann trennen sich unsere Wege schon wieder«, hatte sie bedauert und damit Gitta aus dem Herzen gesprochen.

Auch bei ihrem neuerlichen Zusammentreffen hatte sich bestätigt, dass sie einander blind verstanden.

Nachdem Gitta Hedwigs Zeichnungen und Gemälde bewundert hatte, im expressionistischen Stil gehaltene Landschaftsbilder, Porträts und Aktzeichnungen, von denen Gitta sehr beeindruckt war, waren sie zum Strand gegangen, hatten unbeschwert herumgealbert und gelacht, bis ihnen die Tränen kamen.

Danach hatte Siska Gitta in Erinnerung an den »Bananen-Shimmy« zu einem Eisdessert mit dem klangvollen Namen »Bananensplit« eingeladen, einer amerikanischen Spezialität.

»Heute, zur Feier des Tages, gönnen wir uns das mal. Es ist ein wunderbarer Tag für mich, nur schade, dass wir uns schon bald wieder Adieu sagen müssen.«

Gitta hatte nicht länger an sich halten können, hatte Franziska in die Arme geschlossen und sie unter Tränen wissen lassen, was sie ihr bedeute.

»Du bist die Schwester, die ich mir schon mein ganzes Leben lang gewünscht habe … und ich weiß, es ist ein großer Fehler, dich ziehen zu lassen, und wann wir uns das nächste Mal sehen, steht in den Sternen. Wer weiß, ob wir uns überhaupt wiedersehen …«, hatte sie schluchzend hinzugefügt.

»Das wäre ganz schrecklich für mich«, war es aus Franziska herausgebrochen. »Unsere Freundschaft ist wie ein Schatz, den man nie wieder hergeben sollte.«

Gittas Blick fiel auf die Armbanduhr. Es war bereits halb sechs, und ihre Eltern würden sich bestimmt schon Sorgen machen. Mit dem Zug wäre sie sicher pünktlicher gewesen, aber Franziskas Vorschlag, am Mittwoch gemeinsam mit Hedwig im Auto nach Berlin zu fahren, war viel zu verlockend gewesen, als dass sie es hätte ausschlagen können.

So war es ihr wenigstens möglich gewesen, die Freundin noch ein paar Stunden länger um sich zu haben.

»Wir sind gleich da«, sagte Franziska, die Gittas Unruhe bemerkt hatte, »da vorne ist bereits das Brandenburger Tor, und ein Stück dahinter kannst du schon das Adlon sehen. Hedwig kann dich direkt davor absetzen, und wir übergeben dein Gepäck einem Pagen, dann können wir uns in Ruhe voneinander verabschieden.«

Bei der Vorstellung, Franziska zurücklassen zu müssen, krampfte sich Gittas Herz vor Schmerz zusammen, und ihr kam eine Idee.

»Sag, magst du nicht mitkommen, ich würde dich gerne meinen Eltern vorstellen?«

Sie musterte Franziskas fein geschnittenes Gesicht, auf dem ein Strahlen erschien.

»Das wäre mir eine große Ehre«, erklärte diese erfreut, »ich weiß nur nicht, wie wir das dann mit dem Heimfahren machen«, wandte sich Franziska an die Fahrerin.

»Wir könnten uns um acht Uhr im Robert's treffen, das ist ein amerikanisches Spezialitätenrestaurant direkt hinterm Kurfürstendamm, da kann man gut essen«, schlug Hedwig Jaenichen-Woermann vor und erklärte sich bereit, dort einen Tisch zu reservieren, da das Restaurant momentan in Berlin sehr angesagt sei.

Nachdem Hedwig schwungvoll vor dem Portal des Adlon geparkt hatte und Gitta sich bei ihr für das Mitnehmen bedankt und sich von ihr verabschiedet hatte, stiegen die Freundinnen aus und winkten einen der livrierten Pagen herbei, die zu beiden Seiten der Freitreppe Aufstellung genommen hatten.

Während der junge Mann Gittas Gepäck aus dem Kofferraum hievte, hakte Gitta Franziska unter und strebte mit ihr auf das prunkvolle Portal des Hotel Adlon zu, das ihnen der Hotelpage diensteifrig aufhielt.

Nachdem Gitta am Empfang ihren Zimmerschlüssel erhalten hatte und ihr ausgerichtet worden war, dass ihre Eltern sie im Wintergarten erwarteten, beauftragte sie den Pagen, ihr Gepäck nach oben zu bringen, und machte sich gemeinsam mit Franziska auf den Weg zu dem Glaspavillon, der sich an der linken Ecke des Erdgeschosses befand.

Sie war freudig erregt, ihre Eltern wiederzusehen, und wechselte mit der Freundin einen verschwörerischen Blick, ehe sie gemeinsam durch die Glastür traten.

Der süße, schwere Duft exotischer Blüten stieg Gitta beim Eintreten in die Nase, und schon auf den ersten Blick entdeckte sie ihre Eltern, die ihr aufgeregt von einem der Tische zuwinkten. Mit Franziska im Schlepptau eilte sie zu ihnen.

Es brauchte einige Zeit, bis sich der Begrüßungstaumel etwas gelegt hatte – zu groß war die Freude der Eltern, Gitta wiederzusehen, und sie wurden nicht müde, die geliebte Tochter zu herzen und zu küssen.

Gitta, der der Wirbel allmählich zu viel wurde, räusperte sich vernehmlich, legte den Arm um Franziska und stellte sie ihren Eltern vollmundig als ihre allerliebste Freundin vor.

Man sah den Blicken von Hulda und Karl Mahrenholz an, wie angetan sie von der dunkelhaarigen Frau im eleganten schwarzen Jackenkleid waren.

Höflich boten sie ihr an, Platz zu nehmen. Der Oberstudienrat zeigte sich als Kavalier der alten Schule und rückte Franziska zuvorkommend einen Stuhl zurecht.

Während der Vater den Ober instruierte, ein weiteres Gedeck zu bringen, erkundigte sich Hulda Mahrenholz noch einmal nach Franziskas Namen und entschuldigte sich bei ihr, dass er ihr eben bedauerlicherweise entgangen sei.

»Aber das macht doch nichts, gnädige Frau«, erwiderte Franziska höflich. »Eichenlaub – Franziska Eichenlaub ist mein Name.«

Gittas Mutter musterte Franziska taxierend. »Sehr erfreut – Fräulein Eichenlaub oder Frau Eichenlaub, wie darf ich Sie ansprechen?«

»Ich bin unverheiratet«, erwiderte Siska selbstbewusst.

»Da haben Sie mit unserer Tochter etwas gemeinsam«, bemerkte Hulda neckisch. »Das heißt, der Richtige ist noch nicht gekommen, aber was noch nicht ist, kann ja noch werden.«

Sie richtete unwillkürlich den Blick auf Gitta.

»Wie war eigentlich dein Zeichenkurs, mein Schatz? Erzähl doch mal ein wenig«, ermunterte sie Gitta mit unverhohlener Neugierde.

»Gemach, gemach, meine Liebe, lass doch die jungen Damen erst einmal in Ruhe einen Tee trinken und etwas von dem köstlichen Gebäck kosten«, versuchte der Oberstudienrat, dem nicht entgangen war, wie betreten Gitta bei der Frage dreingeblickt hatte, die Wissbegierde seiner Gemahlin zu drosseln, und schenkte den Neuankömmlingen Tee ein.

Die Eltern berichteten begeistert von ihrem Opernbesuch am Vorabend und der anschließenden Einkehr im vornehmen *Weinhaus Rheingold*.

»Das ist hier schon die große weite Welt, die sich in Berlin ein Stelldichein gibt, dagegen ist unser beschauliches Bad Nauheim doch tiefste Provinz«, seufzte die Mutter und lenkte das Gespräch geschickt dorthin, wo sie es haben wollte.

»Jetzt erzähl doch mal, mein Schatz, wie war denn dein Urlaub im Ostseebad Ahrenshoop?«

»Er hätte schöner kaum sein können«, erwiderte Gitta strahlend. »Ich habe so viel erlebt und nette Menschen kennengelernt, vor allem bin ich überglücklich, Franziska begegnet zu sein. Wir sind am Badestrand von Ahrenshoop miteinander ins Gespräch gekommen, und daraus ist dann in kurzer Zeit eine wunderbare Freundschaft entstanden.«

»Haben Sie dort auch Ihren Urlaub verbracht?«, fragte Gittas Mutter.

»Nein, ich lebe im Nachbarort Wustrow und gehe nach Ahrenshoop regelmäßig zum Baden, weil es dort ruhiger ist als in Wustrow«, antwortete Siska. »Ich bin Malerin und lebe dort mit meiner Mutter.«

»Ach, wie interessant«, gab Hulda von sich, »und was malen Sie, wenn ich fragen darf?«

»In der Hauptsache Landschaftsmotive und Porträts im expressionistischen Stil«, erwiderte Franziska leicht unbehaglich, da sie bereits ahnte, was als Nächstes kommen würde.

»Kann man von so was denn leben?«, erkundigte sich die in gesicherten Verhältnissen lebende Hulda mit leichtem Spott.

Ehe Siska zu einer Antwort ansetzen konnte, fuhr Gitta empört dazwischen.

»Was ist denn das für eine Art, solche Fragen zu stellen! Taktloser geht es ja nicht mehr, Mama. Franziska fragt dich ja auch nicht, was du als Musiklehrerin so verdienst. Hör jetzt bitte auf mit diesem Frage-und-Antwort-Spiel.«

Hulda Mahrenholz war tödlich beleidigt.

»Ich sage gar nichts mehr«, äußerte sie verschnupft.

»Sei doch nicht gleich so ungnädig, mein Kind, das hat Mutter sicher nicht so gemeint«, versuchte Karl Mahrenholz der Gekränkten beizustehen und die Stimmung zu retten.

»Wir müssen doch nicht gleich streiten, wo wir uns so lange nicht mehr gesehen haben. Wir haben uns doch sicher sehr viel zu erzählen.«

»Das denke ich auch«, sagte Franziska, die die ganze Zeit betreten geschwiegen hatte, mit erzwungener Munterkeit, »und deswegen werde ich mich jetzt auch langsam mal verabschieden und noch einen kleinen Stadtbummel unternehmen, ehe ich die Rückreise antrete. Dann sind Sie wenigstens unter sich, und das ist ja auch das Beste, wenn man sich so lange nicht gesehen hat.«

Franziska erhob sich und reichte Hulda und Karl Mahrenholz förmlich die Hand.

»Es hat mich sehr gefreut, Sie kennengelernt zu haben, und vielen Dank auch für den Tee.«

Ehe sich Franziska von dem Tisch entfernte, umarmte sie Gitta und stammelte mit belegter Stimme, man höre voneinander.

Gitta war zunächst noch vor Schreck wie gelähmt. Alles kam ihr so seltsam und unrealistisch vor. *Das ist ein schlechter Film*, schien es ihr, den sie sich keine Minute mehr länger anschauen mochte!

»Tut mir leid, Mama, aber so was lasse ich mir nicht mehr bieten!«, ließ sie ihre Mutter bleich vor Zorn wissen, sprang auf und hastete Franziska hinterher.

Ihre Gedanken überschlugen sich, als sie die Freundin voller Verzweiflung bat, doch bitte auf sie zu warten. Franziska, die bereits in der Halle war, blieb stehen und wandte sich zu Gitta um.

Die Freundin entschwinden zu sehen war für Gitta unerträglich gewesen, weil dadurch auch all ihre gemeinsamen Pläne null und nichtig wurden – da sie ja dann ihr wohlbehütetes, aber gleichförmiges Dasein als Handarbeitslehrerin bei ihren Eltern, die sie mit ihrer falsch verstandenen Liebe schier erstickten, hätte aufgeben müssen.

Mein altes Leben sitzt im Wintergarten und versteht die Welt nicht mehr, ging es Gitta beim Gedanken an ihre Eltern ungewohnt sarkastisch durch den Kopf.

Der Neubeginn indessen verkörperte für sie das schillernde, verheißungsvolle Abenteuer, das freilich auch ein Sprung ins Ungewisse war, an dem sie scheitern konnte.

Als sich die Freundinnen im licht- und menschenüberfluteten Foyer des Hotel Adlon gegenüberstanden, war es beiden, als wäre plötzlich die Zeit stehen geblieben und eine schützende Glasglocke senkte sich auf sie nieder und hielte alles Störende von ihnen fern.

Sie fielen einander in die Arme und spürten, dass die tiefe Verbundenheit, die sie so wunderbar durchdrang, durch nichts und niemanden zu erschüttern war.

»Ich habe mich entschieden und bin bereit, für unsere gemeinsame Sache alles zu geben«, sagte Gitta entschlossen.

»Mein ganzes Leben lang war ich vernünftig, und jetzt ist es an der Zeit, auch mal ein Wagnis einzugehen.«

Überglücklich drückte Franziska die Freundin an sich.

Die blauen Augen von Hulda Mahrenholz erstarrten zu Eismurmeln. Sie verschluckte sich so heftig an dem Schluck Tee, den sie gerade getrunken hatte, dass sie einen Hustenanfall bekam und rot anlief. Erst als Gitta der Mutter auf den Rücken klopfte, beruhigte sich ihr Atem wieder.

Sie starrte Gitta fassungslos an.

»Du willst in Ahrenshoop bleiben und kommst nicht mit uns zurück?«, krächzte sie entgeistert und presste sich unwillkürlich die Hand an die linke Brust.

»Wo … wo sind denn meine Tropfen?«, hauchte sie atemlos und verdrehte bereits die Augen wie ein sterbender Schwan, als der treusorgende Ehemann auch schon die

Glasphiole mit den Herztropfen aus Huldas Handtasche kramte und ihr reichte.

Sie nahm einen tiefen Schluck Laudanum zu sich, ein bewährtes opiumhaltiges Allheilmittel, das schon ihre Mutter verwendet hatte, die gleichfalls an Herzschwäche gelitten hatte.

»Aber das kannst du uns doch nicht antun!«, stieß Hulda mit glasigen Augen hervor und war am Boden zerstört.

Gittas Vater, auch wenn er deutlich beherrschter war als seine Gattin, schien es ähnlich zu ergehen.

»Das kann doch nicht dein Ernst sein, Gitta«, richtete er mit gesenkter Stimme das Wort an seine Tochter. »Es bricht mir das Herz, so etwas von dir zu hören.«

»Aber ich bin doch nicht aus der Welt, Papa, wir können doch Kontakt halten und uns, sooft es geht, besuchen. Bitte nehmt mir das nicht übel, ich liebe euch doch trotzdem und bin und bleibe eure Tochter. Versucht doch einfach, mich zu verstehen, es ist ein echter Herzenswunsch von mir. Franziska und ich wollen ein Schneideratelier eröffnen, wo wir nach gemeinsamen Entwürfen expressionistische Gewänder herstellen möchten.«

»Kind, das sind doch Hirngespinste, so was zieht doch keiner an«, hauchte Hulda Mahrenholz mit brüchiger Stimme.

»Du vielleicht nicht, Mama. Aber es gibt jede Menge Frauen, die unsere Kleider anziehen, da bin ich mir sicher!«

Karl Mahrenholz presste sich verzweifelt die Hand an die Stirn.

»Dein Dickschädel ist wieder einmal stärker als jegliche Vernunft!«

»Da gebe ich dir recht, Papa, aber das ist in diesem Fall ausnahmsweise richtig.«

Mit Tränen in den Augen erklärte sie, dass sie zwar jetzt gehen müsse, aber demnächst noch einmal ausführlich mit ihnen über alles reden würde.

Als Gitta ihre Eltern umarmen wollte, wichen sie vehement zurück, als wäre sie das leibhaftige Böse.

»Wenn du jetzt gehst, gibt es nichts mehr, was wir noch zu besprechen hätten.«

Der Altphilologe war viel zu verletzt, um sich seiner Tränen zu schämen.

»Ich liebe euch – und Mama, du bekommst das erste Kleid.«

Gitta wandte sich so abrupt zum Gehen, als wäre Gefahr im Verzug. Und irgendwie war sie das ja auch.

Denn nur eine Minute länger, und sie wäre wieder schwach geworden, und ihre Träume von dem aufregenden neuen Leben, vor dem sie sich ebenso fürchtete, wie sie es ersehnte, hätten sich in Luft aufgelöst.

II. TEIL

DAS NEUE LEBEN

»Die Abschaffung des Korsetts ist der höchste und wichtigste Kultur-Fortschritt für das Weib. Keine Frau darf den Anspruch darauf machen, zu den Aufgeklärten und Bevorzugten ihres Geschlechts zu gehören, solange sie eine Sklavin der Eitelkeit ist, solange sie ihrem Körper keine Freiheit gönnt und mit Willen und Wissen sich und ihren Kindern durch das Korsett geistige und körperliche Gesundheit raubt. Der Hauptteil der vielarmigen Frauenfrage ist die Korsettfrage!«

Minna Wettstein-Adelt, »Macht Euch frei. Ein Wort an die deutschen Frauen«, Berlin 1893, S. 14

Kapitel 11

Am Sonntagnachmittag saßen Gitta und Franziska an der liebevoll gedeckten Kaffeetafel im Schatten der großen Kastanie im Innenhof der Bauernkate und blickten erwartungsvoll zu dem von duftenden Wildrosen umrankten Torbogen.

Es war ein sonniger Spätsommertag und zudem noch der erste Tag nach zwei Wochen harter Arbeit, an dem sie sich ein wenig Ruhe gönnten.

Von früh bis spät waren die Freundinnen damit beschäftigt gewesen, Küche, Wohnstube und die beiden Schlafkammern auf Vordermann zu bringen, damit sie sich in ihrem neuen Zuhause wohlfühlen konnten.

Nun, da alles blitzsauber war, die Wände getüncht, die Fenster geputzt und die Betten frisch bezogen waren, hatten Franziska und Gitta Frieda und Traudel aus der Kommune in Barnstorf zu einem Kaffeekränzchen eingeladen.

Nicht zuletzt auch, um sich von ihnen bezüglich des Webens und Färbens von Stoffen beraten zu lassen.

Zur Feier des Tages hatte Siska einen Kirschkuchen gebacken, und auf dem Tisch stand eine große Kanne Zichorienkaffee.

Pünktlich zur dritten Nachmittagsstunde traten Frieda und Traudel, wie immer gewandet in ihre sackartigen ockergelben Reformgewänder, durch das Hoftor.

Gitta und Franziska eilten ihnen entgegen und umarmten sie freundschaftlich.

»Danke für die Einladung«, sagte Frieda und blickte sich staunend um. »Das ist ja schön hier mit den prächtigen alten Bäumen. Sogar einen Kirsch- und einen Apfelbaum habt ihr – und hinten ist noch ein Holunderbaum«, äußerte sie bewundernd.

»Die schwarzen Herzkirschen könnt ihr gleich in dem Kuchen genießen, den Franziska gebacken hat«, erläuterte Gitta frohgemut, als Frieda ihr ein in Seidenpapier gewickeltes Paket überreichte.

»Das ist unser Einweihungsgeschenk für euch. Dreimal dürft ihr raten, was es ist«, fügte sie scherzend hinzu.

»Die berühmten Reformkleider aus Barnstorf?«, feixte Gitta.

»Richtig!«, erwiderte Traudel, »und ich habe auch noch ein Einzugsgeschenk für euch dabei.«

Sie übergab Franziska ein Dinkelbrot und einen Tontiegel mit Meersalz, wofür sich Gitta und Franziska herzlich bedankten.

»Brot und Salz, ein schöner alter Brauch zum Einzug in ein neues Heim. Den werden wir gleich vollziehen.«

Franziska platzierte das Präsent auf dem Tisch. Gitta bot den Besucherinnen an, Platz zu nehmen, und schenkte ihnen Kaffee in die lasierten Tonbecher ein.

»Jetzt gibt es erst mal Kaffee und Kuchen, und dann zeigen wir euch das Haus.«

»Aber zuerst müssen wir das Brot-und-Salz-Ritual vollziehen«, schlug Franziska vor und schnitt einen Brotkanten ab, den sie viertelte und auf jedes Stück eine Prise Meersalz streute. Sie verteilte das gesalzene Brot und nahm selber ein Stück.

»Zuerst ihr«, sagte Frieda. »Das Glück möge euch hold sein und das Unheil euch verschonen!«, skandierte sie gemeinsam mit Traudel feierlich, während Gitta und Franziska das Brot verzehrten.

Versehen mit den guten Wünschen der Gastgeberinnen, nahmen anschließend auch Frieda und Traudel das gesalzene Brot zu sich.

»Wenn man das hier sieht, könnte man ja fast neidisch werden«, schwärmte Frieda.

»Die frische Seeluft und die tolle Aussicht aufs Meer, die ihr von der Steilküste aus habt. Wie seid ihr nur an dieses Schmuckstück gekommen?«

»Ich bin aus Wustrow, und immer wenn ich am Hohen Ufer in Richtung Ahrenshoop gelaufen bin, habe ich das Bauernhaus gesehen und mir gedacht, wie idyllisch es gelegen ist. Früher haben die Bovenschultes den Hof bewirtschaftet, eine alte Ahrenshooper Bauernfamilie. Der Vater und die Söhne sind im Großen Krieg gefallen, und die Bäuerin und ihre Töchter konnten den Hof auf Dauer nicht halten und sind weggezogen. Ich habe kürzlich die Adresse von Frau Bovenschulte ausfindig gemacht, die bei ihrer Schwester in Lübeck lebt, und ihr geschrieben, dass ich die Bauernkate gerne mieten würde.« Franziska erläuterte, Frau Bovenschulte habe geantwortet, dass sie das Haus eigentlich lieber verkaufen würde, um ihren Töchtern eine Mitgift auf den Weg zu geben, aber im Zuge der Inflation in den vergangenen Jahren, wo es den Leuten so schlecht gegangen sei, sei das nicht möglich gewesen, und so habe das Haus die ganze Zeit leer gestanden, was im Grunde genommen jammerschade sei. Jetzt, wo sich die Zeiten gebessert hätten, wären die Chancen wieder größer, einen Käufer für das Anwesen zu finden. Doch so windschief und verwittert, wie es inzwischen aussehe, wolle es wohl keiner haben. Daher komme es ihr einstweilen durchaus gelegen, wenn es jemand mieten würde, weil das immer noch besser für das Haus sei, als wenn es weiterhin unbewohnt sei.

»Wenn wir es einigermaßen instand setzen und in Schuss halten würden, würde sie uns auch mit der Miete ein Stück weit entgegenkommen. Also, sie hat uns das Haus für sage und schreibe 200 Reichsmark im Jahr vermietet!«, erklärte Franziska freudestrahlend.

»Ihr Glückspilze, das ist ja wirklich günstig«, sagte Frieda anerkennend, worauf Gitta ihr entgegenhielt, dass sie auch noch eine ganze Menge reinstecken müssten. Bisher hätten sie nur das Allernotwendigste getan, damit die Kate überhaupt bewohnbar sei.

»Wenn ihr beim Renovieren Hilfe braucht, sagt Bescheid«, bot Frieda an.

»Wir haben in der Frauensiedlung Schwarzerden jede Menge Bauarbeiten verrichtet, wir können mauern und verputzen. Unsere Kommune hilft bestimmt auch bei der Renovierung, das ist unter den Bewohnern und Bewohnerinnen von genossenschaftlichen Siedlungen so üblich, dass man sich gegenseitig unter die Arme greift.«

»Danke für euer Angebot, darauf kommen wir gerne zurück«, äußerte Franziska mit Blick auf Gitta, die zustimmend nickte, sichtlich erfreut.

»Wie habt ihr euch eigentlich kennengelernt?«, wollte Traudel wissen.

»Am Nacktbadestrand von Ahrenshoop«, antwortete Gitta. »Im Grunde genommen haben wir uns gesucht und gefunden. Auch wenn ich ursprünglich ganz andere Absichten hatte.«

»Ich weiß, Lars von Löwenstern, deswegen warst du ja auch bei uns«, entgegnete Frieda grinsend.

»Der ist übrigens letzte Woche ausgezogen und Lore auch. Die sind jetzt in der Schweiz bei Ascona, in der Kolonie Monte Verità.«

»Meinen Segen haben sie«, bemerkte Gitta mit grimmigem Lächeln. »Dem weine ich schon lange keine Träne mehr nach.«

»Recht so, da bist du bei Franziska auch tausendmal besser aufgehoben!«

»Da kann ich dir nur beipflichten.«

Gitta, die ahnte, dass Frieda und Traudel sie für ein Liebespaar hielten, lächelte hintergründig und beließ die beiden, genauso wie Franziska, die ihr verschwörerisch zuzwinkerte, in diesem Glauben.

»Das muss ja voll eingeschlagen haben bei euch, wenn Gitta nach so kurzer Zeit bereit war, ihr altes Leben und ihre sichere Anstellung als Handarbeitslehrerin aufzugeben«, wandte sich Traudel an Franziska.

»Hat es«, erklärte sie schlicht. »Gitta hat sich sogar mit ihren Eltern überworfen, um mit mir gemeinsam in Ahrenshoop ein neues Leben anzufangen. Denn für mich ist unser Schneideratelier ja auch ein absoluter Neuanfang, und meine Mutter war ebenfalls nicht gerade begeistert, als ich ihr meine Umzugspläne mitgeteilt habe. Es war ein echter Glücksfall, dass Gitta und ich uns begegnet sind, sonst wären wir späten Mädchen niemals flügge geworden.«

»Auf die späten Mädchen!«, skandierten Frieda und Traudel übermütig und wollten mit den Gastgeberinnen mit Zichorienkaffee anstoßen, als Gitta protestierte und ins Haus eilte, um Sekt zu holen.

Während sie einander gleich darauf mit gefüllten Gläsern zuprosteten, bemerkte Frieda verschmitzt, dass im *Sonnenhof* Alkohol verboten sei, was aber nicht bedeute, sich nicht woanders mal ein Gläschen zu genehmigen.

»So ist es«, stimmte ihr Gitta lachend zu, »unter Sonnenschwestern gelten ganz eigene Gesetze.«

»Das klingt ja toll!« Siska klatschte begeistert in die Hände.

»Auf die Sonnenschwestern!«, gaben sie gemeinsam den Trinkspruch aus und leerten ihre Gläser in einem Zug.

»Zum Glück ist die Lebensreformbewegung längst nicht mehr so verknöchert wie in ihrer Gründerzeit«, erklärte Gitta, »obwohl es auch heutzutage immer noch genügend Fundamentalisten gibt – auch auf dem Sonnenhof scheint mir das der Fall zu sein. Was ich durchaus akzeptiere, aber umgekehrt möchte auch ich mit meiner eigenen Auslegung der Lebensreform auf Toleranz stoßen und nicht dafür an den Pranger gestellt werden.«

Gitta füllte noch einmal die Gläser auf und nahm einen Schluck von dem prickelnden Rieslingsekt, den sie im Ahrenshooper Lebensmittelladen für besondere Anlässe gekauft hatte.

Frieda nickte mokant.

»Ich weiß, was du meinst, deswegen sind wir ja seinerzeit schon mal aneinandergeraten, wenn du dich noch erinnern kannst?«

»Und ob«, bestätigte Gitta, »und ich hoffe, wir schlagen uns nicht wieder die Köpfe ein.«

»Quatsch«, wiegelte Frieda ab. »Am Anfang hatte ich Ressentiments dir gegenüber, das gebe ich offen zu. Aber dann habe ich gemerkt, dass du in Ordnung bist, und da bin ich die Letzte, die nicht bereit ist, ihre Vorurteile zu revidieren.«

»Das kann ich nur bestätigen«, sagte Traudel und strich Frieda liebevoll über die Wange. »Frieda hat mitunter einen rauen Ton, aber sie hat auch ein Herz aus Gold.«

»Davon bin ich überzeugt«, sagte Gitta versöhnlich.

»Ich bin zwar mit Gitta nicht immer einer Meinung, beispielsweise, was die Ernährung anbetrifft, denn ich bin ja Vegetarierin, und Gitta isst hin und wieder auch Fleisch«, warf Franziska ein, »aber im Großen und Ganzen sind wir uns einig, dass eine gesunde und natürliche Ernährung durchaus wohlschmeckend und Reformkleidung nicht nur der Gesundheit zuträglich, sondern auch schick und modisch sein kann.«

»Dafür hat sie ein Händchen, das sieht man ja an ihren selbst geschneiderten Sachen«, äußerte Traudel anerkennend.

»Diese Modelle sind alle nach Schnittmusterbögen gefertigt, wie sie in der französischen *Vogue* zu finden sind. Doch genau das ist der Punkt: Ich will nicht mehr länger nähen, was andere entworfen haben, sondern mit Siska gemeinsam Unikate herstellen, wie sie die Welt noch nicht gesehen hat. Aus handgewebten, naturgefärbten Stoffen wollen wir expressionistische Gewänder fertigen, so faszinierend und außergewöhnlich wie Siskas Gemälde – nur auf der Haut getragen.«

Gittas grüne Augen sprühten vor Begeisterung.

»Das ist es, was wir vorhaben, und da wir vom Weben und Färben nicht den Hauch einer Ahnung haben, möchten wir euch bitten, dass ihr es uns beibringt.«

Frieda und Traudel lächelten geschmeichelt.

Franziska erbot sich spontan, den Besucherinnen erste Skizzen und Entwürfe zu zeigen, die sie nach gemeinsamen Ideen hergestellt hatte.

»Das war allerdings noch, bevor wir hierhergezogen sind, denn bei der wochenlangen Schinderei hätten wir dafür keine Zeit gehabt«, erläuterte die Malerin und ging ins Haus, um ihren Skizzenblock zu holen.

»Das ist das Modell Schilf«, sagte Franziska, als sie den Block aufschlug und Frieda und Traudel den ersten Entwurf präsentierte, die beim Betrachten des extravaganten mattgrünen Kleidungsstücks große Augen machten.

Der Saum und die langen, weiten Ärmel waren an den Enden spitz zulaufend gezackt wie Schilfhalme, und den Schalkragen aus verwobenen Stoffstreifen zierte eine glitzernde Libelle.

»Fantastisch, so etwas Schönes habe ich noch nie gesehen«, bekundete Frieda aufrichtig. »Man glaubt fast, das Schilf rauschen zu hören, wenn man die Skizze betrachtet.«

Franziska war überglücklich und betonte, dass Gitta ganz maßgeblich an der Gestaltung beteiligt gewesen sei.

»Das gilt auch für das nächste, für das wir ein helles, milchiges Grün gewählt haben, das fast schon ins Türkis spielt. Es heißt Absinth.«

Franziska schlug die nächste Seite auf. Der Schnitt der schmalen, fließenden Silhouette war asymmetrisch und gemahnte in seinem eleganten Faltenwurf an ein Gewand des klassischen Altertums.

»Wir haben unsere erste Kollektion nach Farben eingeteilt«, bemerkte Gitta. »In die Farbgruppen Grün, Rot, Gelb und Blau. Und nach den Kategorien ›natürlich‹ und ›mondän‹. Wobei das Modell ›Schilf‹ unter die Rubrik ›natürlich‹ und ›Absinth‹ unter ›mondän‹ fällt. Selbstverständlich sollen später auch mehrfarbige Gewänder hinzukommen.«

Frieda und Traudel hörten den Freundinnen gebannt zu.

»Was die Farbe Grün der beiden ersten Entwürfe anbetrifft, kommen dafür mehrere Pflanzenfarben in Betracht. Mit den Blüten des Sonnenhuts lässt sich beim Färben ein schöner olivgrüner Ton erzielen. Auch die Brennnessel, zwischen April und Mai geerntet, enthält intensive grüne Farbpigmente. Zum Extrahieren müssen die oberen Pflanzenteile klein geschnitten, mit Alaun gekocht und anschließend abgeseiht werden. Doch es können auch getrocknete Blätter verwendet werden. Die Blüten der Schwertlilie hingegen liefern eher ein kühles Blaugrün, das für das Modell ›Absinth‹ gut geeignet wäre«, erklärte Frieda, was von Gitta und Franziska mit großem Interesse aufgenommen wurde.

»Wie interessant, das ist ja eine Wissenschaft für sich mit dem Färben«, äußerte Gitta beeindruckt.

»Durchaus«, erwiderte Frieda. »Das Färben von Stoffen ist im Grunde genommen so alt wie die Menschheitsgeschichte. Die Farben der Steinzeit wurden aus Erdfarben, Gesteinen und Erzen hergestellt. Auch das von uns zur Färbung unserer Reformkleider verwendete Ocker ist eine dieser alten Erdfarben. Für Traudel und mich ist die Verwendung von Ocker auch eine Verneigung vor der großen Erdenmutter, die wir verehren.«

»Faszinierend«, sagte Franziska und schlug die nächste Zeichnung auf dem Skizzenblock auf, die ein knöchellanges Etuikleid in einem warmen Gelb zeigte, das durch seine schlichte Eleganz bestach.

»Das ist das Modell ›Isis‹, unsere Verbeugung vor der großen Göttin. Als Malerin habe ich mich intensiv mit Farbsymbolik beschäftigt, und gerade die Farbe Gelb hat im Laufe der Geschichte einen erheblichen Wandel durchlaufen.«

»In der Steinzeit und im Altertum war Gelb die Farbe der Erdenmutter, der Sonne und der Fruchtbarkeit«, pflichtete Frieda ihr bei.

»Und in der Lebensreformbewegung besinnt man sich wieder auf diese positive Farbsymbolik. Für die Göttin Isis ist natürlich nur das Beste gut genug, daher soll der goldgelbe Stoff unseres Entwurfs auch aus Naturseide sein.«

»Das ist ja grandios!«, begeisterten sich Traudel und Frieda.

»Handgewebte Wildseide fühlt sich auf der Haut unvergleichlich an, sie umschmeichelt die Trägerin. Aber sie ist auch sehr kostbar, man muss sie sich leisten können. Das Wildseidengarn wird aus den Kokons des Tussahspinners hergestellt und kommt aus Indien oder Thailand.«

»Habt ihr damit schon mal gearbeitet?«, erkundigte sich Gitta bei den Kommunardinnen, die das bejahten.

Die vier Frauen gerieten auch weiterhin rege ins Fachsimpeln, und die Zeit verging wie im Flug.

Es war bereits Abend geworden, als sie ins Haus gingen, da es ihnen kühl wurde, und auch, um endlich mit der Hausbesichtigung zu beginnen, die während ihres Austausches völlig in Vergessenheit geraten war.

Die Wohnstube mit dem Kachelofen, dem altmodischen Büfettschrank aus Eichenholz und dem gemütlichen Plüschsofa und die expressionistischen Gemälde an den frisch geweißten Wänden, die in ihrer leuchtenden Farbenpracht einen Kontrast zu dem gediegenen gutbürgerlichen Mobiliar bildeten, lösten bei Traudel und Frieda Begeisterung aus.

»Der Großteil der Möbel stammt noch von den Vorbesitzern«, erläuterte Franziska.

»Sie sind größtenteils noch aus der Kaiserzeit, aber das stört uns nicht.«

Auch die Wohnküche mit dem Holzherd, den blau-weißen norddeutschen Fliesen und dem gesprenkelten Terrazzoboden, gefiel den Kommunardinnen.

Bei der Besichtigung der Schlafkammern unter dem Reetdach, von denen das ehemalige Elternschlafzimmer und zwei weitere Dachmansarden noch nicht renoviert und ungenutzt waren, äußerte Frieda spontan:

»Da ist ja noch Platz genug für uns!«

Als sie daraufhin die entgeisterten Mienen von Gitta, Franziska und Traudel gewahrte, erwiderte sie leicht betreten, das sei nur ein Scherz gewesen.

Zu Gittas und Franziskas Erstaunen äußerte nun Traudel, dass auch sie sich das sehr gut vorstellen könne.

»Seit dieser Knilch aus Tübingen bei uns eingezogen ist, gefällt es uns sowieso nicht mehr auf dem *Sonnenhof*«, murrte sie verdrossen.

»Welcher Knilch?«, fragten die Gastgeberinnen wie aus einem Munde.

»Er macht auf indischen Guru und gibt schwer damit an, dass der bengalische Yogi Rabindranath Tagore sein Meister sei, bei dem er viele Jahre gelebt habe. Nennt sich Swami Sadhguru, trägt indische Gewänder und hält sich für den Allergrößten. Peter, der ihn noch von der Obstbausiedlung Eden her kennt, hat ihn angeschleppt und ist ganz Ohr für alles, was der große Meister sagt. Frieda und ich hingegen können ihn nicht ausstehen und kommen gar nicht mit ihm zurecht. Er hält Frauen für niedere Wesen, die sich Männern unterordnen müssen. Spielt den Pascha und lässt sich von den Frauen auf dem Hof bedienen – aber nicht mit uns! Dem haben wir vielleicht was gehustet«, äußerte sie grimmig.

»Jedenfalls haben wir ständig Zoff mit ihm, und das ist ja auch nicht so das Wahre.«

»Weiß Gott nicht«, erwiderte Gitta, die ihr, ebenso wie Franziska, mit ernster Miene zugehört hatte, und wechselte mit dieser einen Blick. »Also, da muss ich natürlich erst noch mit Siska reden, denn das will alles wohlüberlegt sein. Grundsätzlich könnte ich mir das aber gut vorstellen. Mit eurem umfangreichen Wissen über das Färben und Weben wärt ihr für uns eine echte Bereicherung, und ich glaube auch, dass wir gut miteinander klarkämen.«

Sie lächelte Franziska und die beiden Frauenrechtlerinnen zuversichtlich an.

Die Malerin war von der Idee sehr angetan. »Dann gründen wir doch eine Frauenkommune, bringen hier alles in Schuss und produzieren unsere Kleider gemeinsam.«

»Das wäre famos«, stimmte Traudel ihr zu, »und ich danke euch ganz herzlich für euer großzügiges Angebot – doch ich finde, wir sollten noch mal in Ruhe darüber nachdenken und miteinander sprechen, bevor wir eine endgültige Entscheidung treffen. Denn da hast du recht, Gitta, das will wohlüberlegt sein.«

»Eine so wichtige Entscheidung sollte man nicht übers Knie brechen«, erwiderte Gitta im Brustton der Überzeugung.

Kapitel 12

Als die letzten Stiche genäht und die losen Fäden verwahrt waren, drückte Gitta das hellgrüne Kleid an sich wie ihren größten Schatz und brach haltlos in Tränen aus. Ihre drei Mitbewohnerinnen, die neben der Nähmaschine saßen und gebannt zuschauten, wie das erste Kleid, an dem sie alle beteiligt waren, den letzten Schliff erhielt, waren bestürzt.

Franziska legte tröstend den Arm um die Freundin.

»Was ist nur mit dir los? Unser erstes Kleid ist fertig! Wochenlang haben wir daran gearbeitet. Jede von uns hat alles gemacht, wie wir es vereinbart hatten, gewebt, gefärbt, zugeschnitten und genäht, bis uns abends vor Müdigkeit die Augen zugefallen sind. Und jetzt, wo wir allen Grund zum Feiern haben, fängst du das Heulen an.«

Gitta sah die Freundin aus tränenverschleierten Augen an.

»Tut mir leid, ich wollte euch nicht die Freude verderben, und ich freue mich ja auch – unsagbar sogar«, sie musste erneut aufschluchzen, »ich glaube fast, das ist der glücklichste Moment meines Lebens …, aber ich musste eben auch unwillkürlich an meine Mutter denken. Ich habe sie jetzt rund sechs Wochen nicht mehr gesehen, und wir sind im Streit auseinandergegangen. In der Zeit habe ich drei Briefe an meine Eltern geschrieben, ihnen von dem Haus erzählt und dass unser Schneideratelier nun Verstärkung hat«, sie wischte sich die Tränen aus den Augenwinkeln, »doch ich habe nie eine Antwort bekommen. Offenbar wollen meine Eltern nichts mehr mit mir zu tun haben, und jetzt, wo unser erstes Kleid fertig ist, habe ich mich daran erinnert, dass ich Mama zum Abschied versprochen habe, dass sie es bekommt …«

Gitta konnte vor Ergriffenheit nicht weitersprechen.

Frieda streichelte ihren Kopf.

»Was man verspricht, sollte man auch halten. Dann schickst du es ihr eben nach Bad Nauheim mit einem lieben Brief dabei, und darüber wird sie sich so freuen, dass sie sich wieder mit dir aussöhnt.«

»Aber das kann ich doch nicht machen, das Kleid gehört uns allen, wir haben viel Geld und Arbeit reingesteckt und wollten es demnächst verkaufen, an unserem Verkaufsstand während der Althäger Fischerregatta. Das Geld können wir gut brauchen, denn wir leben ja schon die ganze Zeit nur von unseren Ersparnissen, da muss unbedingt was reinkommen. Trotzdem danke schön für das liebe Angebot.« Gitta drückte bewegt Friedas Hand.

»Bis zur Fischerregatta sind es noch gute zwei Wochen, bis dahin können wir noch neue Kleider fertigstellen, wenn wir uns ranhalten. Also, ich finde auch, du solltest deiner Mutter das Kleid schicken«, sagte Siska entschieden.

»Den finanziellen Verlust können wir verschmerzen – außerdem schwirrt mir schon die ganze Zeit so eine Idee im Kopf herum, die uns Einkünfte bringen könnte …«

Frieda, Traudel und auch Gitta, deren Tränen versiegt waren, blickten die Malerin aus großen Augen an.

»Also, im Haus gibt es ja noch zwei kleinere Räume, die noch hergerichtet werden müssten und die uns momentan noch als Rumpelkammern dienen«, begann Franziska auszuführen. »Und da habe ich mir überlegt, ob wir die nicht als Fremdenzimmer vermieten könnten. Natürlich nicht an Durchschnittsurlauber, die zur Sommerfrische mit Kind und Kegel die Ostseebäder überschwemmen, sondern an Leute aus der Lebensreformbewegung, die zu uns passen. Bevorzugt an Frauen, die alleinstehend sind und für die es bislang stets ein Unding war, alleine in Urlaub zu fahren, weil das für Frauen ein einziger Spießrutenlauf ist, wie Gitta uns bestätigen kann.«

Gitta nickte.

»Doch es war auch ein echtes Abenteuer, das ich nicht missen möchte. Deine Idee klingt gut, zumal es inzwischen viele genossenschaftliche Siedlungen gibt, die sich zu lukrativen Naturheilanstalten gewandelt haben. Kuren auf Naturbauernhöfen für zahlende Gäste sind im Kommen.«

Frieda stimmte ihr zu.

»Bevor ich nach Schwarzerden gezogen bin, war ich für ein paar Wochen in einem Naturheilsanatorium im Harz, das in einem Werbeprospekt als ›Heimstätte für reines Naturerleben‹ angepriesen worden war, weshalb ich mich ja auch dafür entschieden hatte. Dass der Körper so lange wie möglich Licht und Luft ausgesetzt wurde, galt dort als Nonplusultra. Wir ernährten uns vegetarisch, turnten täglich und betrieben das sogenannte ›Fletschern‹, das minutenlange Kauen jedes einzelnen Bissens.«

Sie bewegte die Kiefer wie eine Kuh beim Wiederkäuen, was zur allgemeinen Belustigung beitrug.

»Peter macht das auch immer, wenn er sein Bircher Müsli verspeist, das dauert dann fast eine Stunde«, spöttelte Traudel mit rollenden Augen.

Alle lachten und waren guter Dinge, Gittas trübe Gedanken hatten sich verflüchtigt, und ihr stand, ebenso wie ihren Mitbewohnerinnen, der Sinn nach Feiern.

Das Modell »Absinth« wurde sorgsam auf eine Schneiderpuppe gestreift, damit es keinen Schaden nehmen konnte.

Auf ihre erste gemeinsame Kreation stießen die vier mit Hollersekt, den Frieda vor Tagen angesetzt hatte, an.

»Und auf die vielen tollen Kleider, die hoffentlich noch entstehen!«, rief Traudel feierlich, worauf die anderen freudig mit einstimmten.

Anschließend wurden die Köstlichkeiten herbeigeholt, die jede der Frauen eigens für den freudigen Anlass vorbereitet hatte.

Gitta hatte einen Sandkuchen nach dem Rezept ihres Vaters gebacken, Franziska Blaubeerpfannkuchen vorbereitet, und Traudel offerierte Butterbrote mit Tomaten und frischen Gartenkräutern.

Beim Essen spannen sie Franziskas Idee, Zimmer an weibliche Pensionsgäste zu vermieten, weiter aus.

Die Freundinnen beschlossen, später eine ansprechende Werbeanzeige zu entwerfen, die sie demnächst in die *Ost-*

seezeitung, den Ostseebäderführer, setzen und zudem einige Blätter in Ahrenshoop aufhängen wollten. Nach einigem Hin und Her entstand die folgende Anzeige:

Frauenpension mit Seeblick

Unsere Bauernkate am Hohen Ufer des malerischen Ostsee-bades Ahrenshoop ist für die moderne Frau, die gerne unab-hängig und frei von gesellschaftlichen Zwängen ihre Sommer-frische genießen möchte, genau die richtige Adresse!

Wir sind vier Frauen, die der Lebensreformbewegung nahe-stehen und gemeinsam ein Schneideratelier betreiben. Ein Zim-mer mit Vollpension kostet in der Hauptsaison 5,00 Reichs-mark, in der Vor- und Nachsaison 4,00 Reichsmark. Zu-schriften bitte unter …

Sie fügte ihre Adresse bei.

»Wir sollten die Exemplare für Ahrenshoop am besten an Orten aufhängen, wo viele Urlauber ein und aus gehen«, schlug Frieda vor, was bei den drei anderen auf Zustimmung stieß.

»Also Metzger, Bäcker, Post, Lebensmittelladen, Apo-theke und natürlich die *Bunte Stube*«, zählte Gitta auf.

»Dann schnappt sich jetzt jede ein Blatt und schreibt den Text fein säuberlich ab.«

• • •

Als Gitta am nächsten Morgen mit dem Fahrrad, das Franziska ebenso wie einige Möbel aus dem alten Pfarrhaus mit in ihr neues Domizil genommen hatte, am Hohen Ufer entlangfuhr, war sie mit sich und der Welt im Reinen.

Sie hatte das überbordende Gefühl, dass ihre Entscheidung für das Schneideratelier und ein eigenes selbstbestimmtes Leben genau die richtige gewesen war. Der Mut, den sie hatte aufbringen müssen, um sich zu dem Entschluss durchzuringen, gab ihr im Nachhinein einen ungeheuren Auftrieb.

Hinzu kam noch, dass sie und Franziska sich mit Frieda und Traudel, die vor zwei Wochen bei ihnen eingezogen waren, sehr gut verstanden. Schon jetzt waren sie eine eingeschworene Gemeinschaft, die sowohl im Persönlichen wie auch in puncto Arbeitsteilung perfekt funktionierte.

Während Gitta in die Dorfstraße einbog, stach ihr einmal mehr die im Stil des Expressionismus bemalte Außenfassade der *Bunten Stube* ins Auge, ein Souvenirladen, der auch Bücher und Kunsthandwerk verkaufte. Schon mehrfach war sie in dem Laden gewesen, und ihr gefiel nicht nur das Sortiment, sondern sie fand auch die Inhaber sehr sympathisch.

Vor der Poststube stellte sie ihr Fahrrad ab und ging hinein, um das Paket für ihre Mutter und die beiden Briefe mit dem Anzeigentext aufzugeben. Bei dieser Gelegenheit wollte sie um Erlaubnis fragen, ob sie dort ein Blatt mit dem Inserat aufhängen dürfe.

»Guten Morgen«, grüßte Gitta die ältere matronenhafte Frau hinterm Schalter, die ihren Gruß mit der in Norddeutschland üblichen Grußformel »Moin Moin« erwiderte.

Als die Postangestellte das Päckchen und die Briefe frankierte und ihre Blicke über den Absender schweiften, erkundigte sie sich neugierig, ob Gitta nun in der Bauernkate der Bovenschultes wohne. Nachdem diese das knapp bejaht hatte, wollte die Frau wissen, ob sie das Haus gekauft oder nur gemietet habe.

»Nur gemietet«, entgegnete Gitta geduldig, die es sich mit der Frau, die von ihrem norddeutschen Dialekt her höchstwahrscheinlich eine Einheimische war, nicht verderben wollte.

Die Matrone taxierte Gitta argwöhnisch.

»Und – wohnen Sie dauerhaft hier oder nur über die Sommerfrische, wie die meisten *Forensen* und *Isenbahner*?«, wollte sie wissen.

»Was sind denn *Forensen* und *Isenbahner*?«, quittierte Gitta ihre Frage mit einer Gegenfrage.

»So nennen wir bei uns in Ahrenshoop die Zugereisten«, lautete die prompte Antwort, während sie Gitta keinen Moment aus den Augen ließ.

»Wir wohnen dauerhaft hier«, gab Gitta zur Antwort und zwang sich zu einem freundlichen Lächeln.

»Meine Freundinnen und ich möchten in Ahrenshoop ein Schneideratelier betreiben.«

»Ach, da weiß ich ja jetzt, wo ich hingehen kann, wenn ich was geändert haben will. Mein neues Kostüm ist mir nämlich zu eng geworden, das muss unbedingt weiter gemacht werden«, kam es von der Postangestellten.

»Wir sind eigentlich keine Änderungsschneiderei«, erwiderte Gitta zurückhaltend, »wir fertigen Kleider nach eigenen

Entwürfen aus handgewebten, selbst gefärbten Stoffen ... aber kleinere Änderungsarbeiten können wir gerne übernehmen«, fügte sie entgegenkommend hinzu.

»Gut zu wissen«, entgegnete die Frau, deren Wissbegierde noch lange nicht gestillt schien, und setzte ihre Ausfragerei unverdrossen fort:

»Und was machen Ihre Männer?«, erkundigte sie sich unverfroren.

»Wir sind nicht verheiratet«, erwiderte Gitta selbstbewusst und sah die Frau am Schalter, die daraufhin despektierlich die Mundwinkel verzog, mit einem Anflug von Gereiztheit an.

Dass sie nun in der Schublade »alte Jungfer« gelandet war, in die unverheiratete Frauen mit der üblichen Diskriminierung gesteckt wurden, ärgerte sie.

Umso mehr, da man allgemein den Eindruck gewann, dass das Frauenbild zunehmend vom Muff der Kaiserzeit befreit war und somit der neuen Frau nichts mehr im Wege stand.

Aber das galt wohl nur für eine Minderheit, in weiten Kreisen der Bevölkerung herrschten immer noch die alten verkrusteten Strukturen vor – erst recht in einer so abgelegenen Region wie dem Fischland.

Um das Frage-und-Antwort-Spiel zu unterbrechen, fragte Gitta die Frau hinterm Schalter höflich, ob sie die Seite mit dem Inserat an der Wand befestigen dürfe.

»Wenn's nix Unanständiges ist«, entgegnete die Matrone spitz und überflog das Blatt mit der Anzeige. »Frauenpension mit Seeblick««, mokierte sie sich mit gerunzelter Stirn,

»das ist ja mal was ganz Neues. Ob so was läuft, da hab ich allerdings so meine Zweifel. Denn immer nur unter Weiberleuten, das stelle ich mir auf die Dauer doch ziemlich fade und langweilig vor. Aber das geht mich ja nichts an.«

»So ist es«, kam es von Gitta, der die Frau immer unsympathischer wurde, mit schiefem Lächeln.

»Meinethalben können Sie es da vorne an die Wand hängen«, meinte die Angestellte gönnerhaft und wies in Richtung Eingangstür.

Gitta war gerade dabei, die Reißzwecken aus der Schachtel zu klauben, als die Matrone nachdrücklich in die Hände klatschte und von sich gab, sie habe ja etwas ganz Wichtiges vergessen.

Gitta wandte sich erstaunt zu ihr um.

»Wenn Sie dauerhaft in Ahrenshoop leben und keine Sommerfrischler sind, dann können Sie ja auch hier unterschreiben«, bemerkte die Frau, holte unter der Ladentheke eine Holzkladde hervor, an der eine Unterschriftenliste und ein Bleistift befestigt waren, und legte sie auf den Schaltertisch.

Gitta unterbrach ihr Vorhaben und kehrte an den Schalter zurück, um sich anzusehen, welchem Zweck die Unterschriften dienen sollten.

Am Seitenanfang war in Schreibmaschinenschrift zu lesen:

»Durch meine Unterschrift bekunde ich als Einwohner/in des Ostseebades Ahrenshoop meinen Protest gegen die Verschandelung des Ortes durch die papageifarben gestrichene Fassade der *Bunten Stube*.«

Darunter befanden sich etwa ein halbes Dutzend Unterschriften mit Datum und Adresse.

»Die Liste wollen wir beim Bürgermeister einreichen, damit das Geschmiere endlich übertüncht wird, die grellen Farben tun einem ja in den Augen weh«, ereiferte sich die Postangestellte.

Gitta verzog süffisant die Mundwinkel.

»Die Geschmäcker sind bekanntlich verschieden – und das ist auch gut so. Denn mir gefällt die farbenfrohe Fassade des Ladens, und deswegen, nein danke, werde ich nicht unterschreiben«, erklärte sie unumwunden und schob der Dame wieder die Kladde hin.

»Dann können Sie Ihre Werbeanzeige auch gleich mitnehmen«, erwiderte die Frau schnippisch und machte sich mit beleidigter Miene an einem Karton am Arbeitstresen zu schaffen.

»Das macht gar nichts«, erklärte Gitta leichthin und wünschte der Frau hinterm Schalter noch einen schönen Tag.

»Ebenso«, erklang es gepresst vom Tresen.

Beim Hinausgehen spürte Gitta förmlich ihren hämischen Blick auf dem Rücken.

Die Unterschriftenliste gegen die *Bunte Stube* bereitete ihr erhebliches Unbehagen, war sie doch ein deutliches Zeichen der Intoleranz und Kleingeistigkeit, und sie ahnte, dass auch sie und ihre Freundinnen bei den Alteingesessenen nicht gerade auf Sympathie stoßen würden.

Als Gitta wenig später in die *Bunte Stube* eintrat, erkundigte sich die junge Frau hinterm Tresen, die ungefähr in Gittas Alter sein mochte, freundlich nach ihren Wünschen.

»Wenn Sie gestatten, würde ich mich Ihnen gerne vorstellen«, sagte Gitta und machte sich mit der Inhaberin Juliane Schwarz bekannt, die sogleich ihren Lebensgefährten herbeirief, der aus dem Anbau zu ihnen eilte.

»Das ist mein Freund Hans Etzel, mit dem ich den Laden gemeinsam betreibe«, stellte die junge Frau den hageren Mann mit den schulterlangen braunen Haaren vor und wies anschließend auf Gitta.

»Gitta Mahrenholz, Handarbeitslehrerin aus Bad Nauheim, die mit ihren drei Freundinnen in der Bauernkate am Hohen Ufer ein Schneideratelier ins Leben gerufen hat.«

»Wir stellen expressionistische Gewänder aus handgewebten, naturgefärbten Stoffen her«, erläuterte Gitta.

»Das klingt ja interessant«, sagte der junge Mann und fügte hinzu, dass er sich die Gewänder gerne einmal anschauen würde.

»Wir sind noch ganz am Anfang, aber wenn wir etwas Präsentables haben, gerne«, erwiderte Gitta erfreut.

»Außer den Souvenirs und dem Kunsthandwerk verkaufen wir auch Kunstpostkarten nach Motiven meines Lebensgefährten, der Maler ist, und hochwertige Handarbeiten«, erklärte die Frau mit der blonden Bubikopffrisur, »daher könnte ich mir sehr gut vorstellen, Ihre Kleider in unser Sortiment aufzunehmen.«

Gitta strahlte.

»Das wäre ganz prima. Darauf kommen wir sehr gerne

zurück! Meine Freundin Franziska ist auch Malerin, sie kommt ursprünglich aus Wustrow. Sie entwirft unsere Kleider, im Wesentlichen zumindest, wir anderen bringen nur unsere Ideen mit ein, was allerdings auch riesigen Spaß macht, selbst wenn man wie ich von Kunst wenig Ahnung hat, was die Praxis anbetrifft, meine ich.«

»Schöne Handarbeiten können auch eine Kunst sein«, warf der Maler ein.

»Das sagt meine Freundin auch.«

»Also kein Grund, Ihr Licht unter den Scheffel zu stellen«, erwiderte die Ladeninhaberin lächelnd.

»Sie sind mir übrigens früher schon aufgefallen, als Sie bei uns im Laden waren, weil Sie immer so schick gekleidet sind, wenn ich das mal so sagen darf.«

»Danke für das Kompliment, ich nähe meine Sachen alle selbst, allerdings nicht nach eigenen Entwürfen, wie wir es jetzt bei unserer Kollektion tun.«

»Da bin ich schon sehr gespannt, sie zu sehen, und wenn sie genauso schön sind wie das, was Sie tragen, dann kaufe ich Ihnen sofort eines der Kleider ab«, erklärte Juliane Schwarz prompt.

»Die selbst entworfenen Kleider sind noch viel, viel schöner!«, erwiderte Gitta wie aus der Pistole geschossen und musste über sich selbst lächeln.

Sie ließ ihre Blicke über den liebevoll dekorierten Verkaufsraum schweifen.

»Ich mag Ihr Geschäft und auch den Namen *Bunte Stube*, der passt richtig gut. Wie lange haben Sie den Laden schon?«

»Seit 1922«, erwiderte der Maler, »und es war ein hartes

Stück Arbeit, hier Fuß zu fassen, das kann ich Ihnen verraten.«

Gitta nickte verständig. »Für Zugezogene ist das gewiss nicht leicht, das kann ich mir lebhaft vorstellen. Das wird uns sicherlich genauso gehen, man darf sich eben nicht unterkriegen lassen.«

»Das ist schon ein ganz eigenes Völkchen hier, einmal zugezogen, immer zugezogen. Selbst wenn du schon fünfzig Jahre hier lebst, so bist und bleibst du doch immer ein Fremdling.«

Die junge Frau lächelte grimmig.

Gitta überlegte kurz, ob sie dem netten Paar von der Unterschriftenliste erzählen sollte. Das würde den beiden mit Sicherheit die Stimmung verhageln. Aber es nicht zu sagen wäre hinterhältig.

Etwas holprig berichtete sie den beiden, was sich vorhin in der Post zugetragen hatte, und die entsprechende Reaktion darauf blieb freilich nicht aus.

»Wenn diese Fischköppe glauben, dass ich den Anbau nach ihren Vorgaben überstreiche, dann haben sie sich geschnitten!«, stieß der Künstler erbost hervor.

»Die *Bunte Stube* wird von den Urlaubern gut angenommen, unser Umsatz in der Hauptsaison kann sich durchaus sehen lassen, und wir zahlen ordentlich unsere Steuern. Also haben wir das Recht, die Außenfassade nach unserem Gusto zu gestalten, und wie man anhand unseres Warensortiments sehen kann, haben wir auch einen künstlerischen Anspruch. Deswegen bemale ich den Anbau auch nicht in Marineblau und Weiß, mit Anker und Segelschiffchen, sondern im Stil des Expressionismus. In der *Bunten Stube* finden Kunstausstellungen und kulturelle Veranstaltungen statt, die von den Sommerfrischlern gern wahrgenommen werden. Von den Alteingesessenen eher weniger, wie wir leider feststellen müssen, und jetzt versuchen sie schon wieder, uns das Leben schwer zu machen.«

Juliane Schwarz hatte die Hand ihres Lebensgefährten ergriffen. »Mach dich doch nicht so verrückt, du weißt doch, wie diese Schifferfamilien gestrickt sind. Shantychöre, das traditionelle Tonnenabschlagen und die Zeesbootregatta, das ist das Brauchtum, das denen gefällt. Ich finde das ja auch schön, würde es aber begrüßen, wenn die Fischländer dem Neuen gegenüber nicht ganz so zugeknöpft wären.«

»Das kannst du laut sagen«, entgegnete der Maler und stieß zwischen den Zähnen einen Fluch aus.

»Aber unsere *Bunte Stube* bleibt bunt – ob das denen nun passt oder nicht!«

»Gott sei Dank ist Ortsvorsteher Niemann wenigstens einigermaßen vernünftig. Der Kapitän ist zwar ein sturer Mecklenburger Fischkopf, wie er im Buche steht, aber er bleibt immer auf dem Teppich, wenn die Schiffer mal wieder wegen irgendwas auf die Barrikaden gehen. Der hat die Ruhe weg, das muss man ihm lassen«, richtete sich Juliane Schwarz an Gitta.

»Von dem habe ich schon gehört«, sagte Gitta, die sich noch gut an den Runen-Gymnastiker vom Nacktbadestrand erinnern konnte, der sich beim Ortsvorsteher wegen des Hundestrands beschwert hatte und von diesem rüde hinauskomplimentiert worden war. Aus Rache hatten sie ihm dann den Hundekot vors Haus gekippt, worüber Gitta unwillkürlich grinsen musste.

»Übrigens vielen Dank, dass Sie nicht unterschrieben und uns davon erzählt haben«, wandte sich Hans Etzel an Gitta, »in Anbetracht der Tatsache, dass Sie sich damit bei den Alteingesessenen nicht besonders beliebt gemacht haben, war das sehr mutig von Ihnen.«

»Ich habe nur meine ehrliche Meinung vertreten, nämlich dass mir die Gestaltung der Fassade gut gefällt. Aber auch wenn das nicht der Fall wäre, hätte ich nicht unterschrieben. Denn das gehört sich einfach nicht, wie ich finde, es hat so etwas Heimtückisches, das mag ich nicht.«

Die Inhaber waren von Gittas Standpunkt beeindruckt und dankten ihr noch einmal für ihre Aufrichtigkeit.

Nachdem Gitta das Inserat an der Wand befestigt hatte, wünschte das Paar Gitta und unbekannterweise auch ihren Freundinnen ganz viel Erfolg mit dem Schneideratelier.

Kapitel 13

Um Punkt zehn Uhr an diesem bereits recht herbstlichen Samstagmorgen erklärte der Ortsvorsteher Sören Niemann die Zeesbootregatta am Althäger Hafen für offiziell eröffnet und wünschte allen Teilnehmern viel Erfolg.

Gitta saß mit ihrer Freundin Heidi aus Frankfurt, die auf Gittas Einladung hin für acht Tage zu Besuch gekommen war, an ihrem Verkaufsstand, applaudierte und nickte zustimmend, als Heidi ihr zuraunte, dass der stattliche Mann in der weißen Kapitänsuniform ja umwerfend gut aussehe.

»Er soll aber ein ziemlicher Stockfisch sein, nach allem, was ich so von ihm gehört habe«, fügte Gitta hinzu und zupfte nervös am Faltenwurf des Modells »Isis«, das neben ihr auf einer Schneiderpuppe stand, ehe sie mit fast zärtlicher Geste über den gold schimmernden Seidenstoff strich.

Sie platzte schier vor Anspannung, wie die vier Kleider bei den Festbesuchern ankommen würden, und hoffte ebenso wie ihre Mitstreiterinnen auf ein gutes Geschäft.

Dass sie an diesem Tag überhaupt schon in der Lage waren, vier Modelle zum Verkauf anzubieten, war zu einem großen Teil auch Heidi zu verdanken.

Nachdem sie Gittas ausführlichen Brief erhalten hatte, der sie über alles ins Bild setzte, hatte sich die patente junge Frau von ihrem Geliebten den Mercedes-Benz Cyprus ausgeliehen und war mit zwei Nähmaschinen im Kofferraum nach Ribnitz aufgebrochen.

Bei einer der Nähmaschinen handelte es sich um eine ausrangierte, aber noch gut funktionierende Nähmaschine aus der Maßschneiderei Krantz in der Frankfurter Kaiserstraße, wo Heidi als Herrenschneiderin arbeitete. Die andere Nähmaschine war Gittas alte Singer aus der elterlichen Wohnung in Bad Nauheim, die Heidi nach einem höflichen Telefonat mit Gittas Eltern abgeholt und gemeinsam mit Herrn Mahrenholz ins Auto verfrachtet hatte. Versehen mit einem Dankesbrief von Gittas Mutter für das »wunderhübsche Kleid«, das sie demnächst zum Kurkonzert im Kurhaus anziehen würde.

Außerdem waren 100 Reichsmark beigefügt, für den weiteren Ausbau des Schneiderateliers, verbunden mit den besten Wünschen von Gittas Eltern.

In Ribnitz hatte Heidi die Luxuskarosse auf einem bewachten Parkplatz abgestellt und war mitsamt den Nähmaschinen mit dem Dampferschiff »Gudrun« zum Althäger Hafen gefahren, wo sie Gitta mit einer Pferdekutsche erwartet hatte.

Ausgestattet mit nunmehr drei Nähmaschinen und zwei Webstühlen, den zweiten hatten Frieda und Traudel für kleines Geld der Rostocker Weberei abgekauft, die auf automatische Webstühle umstellte, hatten es die Frauen mit tatkräftiger Unterstützung von Heidi geschafft, vier expressionistische Reformkleider herzustellen – in die sie alle ganz verliebt waren.

Gitta und ihre Freundinnen hingen sehr an den Kleidern, in deren Herstellung sie große Sorgfalt und ihr ganzes Herzblut hatten einfließen lassen, und Franziska hatte recht damit, als sie mit einer gewissen Wehmut gesagt hatte, »sie sind fast ein wenig wie unsere Kinder«.

Bei aller Extravaganz der Stoffe und Farben waren die Kleider doch ganz im Stil der Zeit gerade und formlos gehalten, gemäß der Maxime der Kleidungsreform für die Damenbekleidung:

Die Kleider müssen bequem und praktisch sein, damit die Frau sich frei darin bewegen kann.

Der neuesten Mode entsprechend, die anstelle von Kostümen Jackenkleider bevorzugte, befand sich unter den ersten Modellen auch ein Jackenkleid aus rostfarbenen und braunen Stoffcollagen.

Mit 20 Reichsmark war das Modell »Eisenzeit« das teuerste, die anderen Kleider beliefen sich auf 15 Reichsmark pro Stück.

Gitta und ihre Mitstreiterinnen waren sich sehr wohl bewusst, dass die Preise weit über dem Durchschnitt lagen, den man üblicherweise für ein Kleid bezahlte.

Doch der erhebliche Aufwand bei der Fertigstellung und das hochwertige Material, verbunden mit dem Anspruch, dass es sich bei jedem Kleid um ein künstlerisches Unikat handelte, rechtfertigten nach Ansicht der Herstellerinnen die Höhe des Preises.

»Wenn das die Kundinnen nur auch so sehen, da werden wir einiges zu hören kriegen«, hatten Frieda und Traudel, deren ockerfarbene Reformkleider aus Barnstorf weniger als die Hälfte kosteten, zu bedenken gegeben.

Nach längerer Diskussion hatten sich die Freundinnen schließlich dafür entschieden, keine Preisetiketten an den Kleidern anzubringen, um potenzielle Kundinnen nicht gleich abzuschrecken.

Die Besucherströme, die sich schon am Vormittag um die Stände auf dem Hafenmarkt tummelten, wurden immer dichter. Vor allem die Bierstände mit frisch gezapftem Fassbier und die Fischräuchereien, die Fisch, Ostseekrabben und andere maritime Erzeugnisse anboten, erfreuten sich regen Zulaufs.

Die Rauchschwaden, die der Wind über den Markt wehte und die Gitta in die Nase stiegen, mehrten zunehmend ihre Bedenken, der beißende Geruch könnte in den Kleidern hängen bleiben.

Außerdem erfüllte es sie mit wachsendem Unmut, dass die Leute vor allem ihr leibliches Wohl im Sinn hatten. Noch niemand war bislang an ihrem Stand stehen geblieben oder hatte einen Blick auf die Kleider geworfen, die auf den Holzbügeln am Kleiderständer so exotisch anmuteten wie Gewänder aus den Märchen von Tausendundeiner Nacht.

Gitta war von den Beobachtungen der Festbesucher so in Bann gezogen, dass sie das Paar gar nicht bemerkt hatte, das sich aus der Menge löste und auf ihren Stand zustrebte.

Erst beim Näherkommen erkannte sie, dass es sich um den Bürgermeister in Begleitung einer attraktiven, modisch gekleideten Dame handelte.

Anstatt sich jedoch über das unerwartete und längst überfällige Interesse zu freuen, durchfuhr Gitta ein heftiger Schrecken, gepaart mit einer Beklommenheit, die sie für eine Weile außerstande setzte, etwas Vernünftigeres von sich zu geben als ein wenig geistreiches Stottern.

Zum Glück bewies wenigstens Heidi, im Gegensatz zu ihr, Geistesgegenwart und beschrieb dem Paar eloquent, was es mit den Kleidern auf sich hatte und wer ihre Schöpferinnen waren.

»Auf Mode versteh ich mich nicht besonders, aber nach meinem Dafürhalten sehen die Sachen gut aus«, sagte der Mann mit dem markanten Gesicht und den hellgrauen Augen unter der weißen Kapitänsmütze und stellte sich Gitta und Heidi als Ortsvorsteher Sören Niemann vor.

»Hab schon von Ihnen gehört«, murmelte Gitta geistesabwesend und hätte sich im nächsten Moment für ihre Bemerkung ohrfeigen können.

»Na, da bin ich ja beruhigt«, erwiderte der Bürgermeister mit trockenem Humor, worauf Gitta, der die Schamesröte ins Gesicht gestiegen war, eine Entschuldigung murmelte und sich ihm mit belegter Stimme als Gitta Mahrenholz, eine der vier Inhaberinnen des Schneiderateliers, vorstellte.

»Adelheid Balk aus Frankfurt am Main, ich bin bei meiner Freundin zu Besuch«, machte sich Heidi mit dem Bürgermeister und seiner Begleiterin bekannt, die sich ihnen als Astrid Niemann vorstellte.

Anschließend äußerte Frau Niemann, dass sie sich gerne die Kleider genauer anschauen würde, wenn es gestattet sei.

»Bitte gerne, gnädige Frau«, hörte sich Gitta wie durch Watte sagen, und gleich darauf vernahm sie ein Knacken in den Ohren, wie man es kennt, wenn man vom Gebirge ins Tal fährt, oder umgekehrt, und sie war schlagartig wieder im Hier und Jetzt und Herrin der Lage.

Nach und nach nahm sie die Bügel mit den Kleidern vom Kleiderständer und reichte sie der Dame zur Begutachtung, während sie gleichzeitig Erläuterungen zu dem jeweiligen Modell abgab.

Das Modell »Schilf« schien der jungen Frau besonders zu gefallen, sie hielt es an sich und begutachtete sich damit in dem runden Frisierspiegel, den Gitta ihr in Ermangelung eines größeren hinhielt.

»Es steht Ihnen prächtig, das matte Grün passt sehr gut zu Ihrem hellen Teint und den blonden Haaren«, sagte sie wahrheitsgemäß. Heidi und der Ortsvorsteher stimmten ihr zu.

»Das Kleid ist weit und lose geschnitten, mit weiten Ärmeln, und das Oberteil ist leicht gebauscht, ich denke, es sollte Ihnen passen«, sagte Gitta mit Blick auf die junge Frau, die etwa dieselbe Konfektionsgröße haben mochte wie sie selbst.

»Sie können es auch gerne zu Hause anprobieren, wenn Sie möchten, denn wir haben hier leider keine Umkleidekabine.«

»Das ist sehr freundlich von Ihnen, das Angebot würde ich gerne annehmen«, erwiderte die Frau mit den hellblonden Haaren, die in ihrem altrosa Jackenkleid eine vortreffliche Figur machte, mit charmantem Lächeln.

»Sie brauchen bei mir auch keine Angst zu haben, dass ich das Prachtstück nicht mehr zurückbringe, denn als Schwester des Bürgermeisters kann ich mir so etwas nicht erlauben«, erläuterte sie schalkhaft.

»Und als Gemeindeschwester und stellvertretende Ortsvorsteherin erst recht nicht«, flachste der Kapitän und drängte zum Aufbruch, da nachher noch Steuermannsbesprechung sei, und da müsse er pünktlich sein.

»Einen Augenblick noch, Sören«, bat die junge Frau, »ich habe noch eine Frage an … äh, Fräulein Mahrenholz. Fräulein ist doch richtig, oder?«

Nachdem Gitta das bejaht hatte, bemerkte sie ein wenig betreten, sie habe sich ja noch gar nicht nach dem Preis des Kleides erkundigt.

Gitta lag es schon auf der Zunge, ihr den Preis zu nennen, doch dann kam ihr eine Idee.

»Sie sind unsere allererste Kundin, und ich bin sehr glücklich über Ihr Interesse, deswegen habe ich mir gedacht, Sie sollen das Vorrecht erhalten, den Preis des Kleides selbst zu bestimmen.«

»Wenn du jetzt fünf Groschen sagst, Astrid, kratzt dir das Fräulein die Augen aus«, feixte der Kapitän und zog den Kopf ein, als müsste er vor Gitta in Deckung gehen.

Gitta nahm die Kleiderbürste vom Verkaufstresen und zielte spielerisch nach ihm, was bei ihm Belustigung auslöste.

»Vielen Dank für Ihr Entgegenkommen«, richtete sich die

Schwester des Bürgermeisters an Gitta und betrachtete das Modell »Schilf« eingehend.

»Es ist so außergewöhnlich und einzigartig«, schwärmte sie und ließ den geschmeidigen Leinenstoff durch ihre Finger gleiten, »der Stoff ist handgewebt und mit Naturfarben gefärbt, was das für eine Arbeit macht, vom Nähen einmal ganz zu schweigen. Ich habe so etwas noch nie gesehen, im Grunde genommen ist es unbezahlbar.«

Die junge Frau hielt inne und überlegte kurz.

»Ich würde Ihnen gerne 20 Reichsmark dafür geben, aber das ist wahrscheinlich noch deutlich zu wenig.«

Der Kapitän pfiff durch die Zähne.

»Das ist in etwa ein Viertel deines Monatsgehalts, Astrid!«, entfuhr es ihm, und er konnte seine Empörung nur schwer verhehlen.

Die Angesprochene bedachte ihn mit einem trotzigen Seitenblick. »Sei's drum, das ist es mir wert – und wenn du mir zehn Reichsmark dazugibst, dann habe ich schon mein Geburtstagsgeschenk, denn in zwei Wochen ist es ja so weit.«

Der Mann mit dem gepflegten Vollbart seufzte gutmütig und entnahm seinem Geldbeutel einen Schein, den er seiner Schwester mit den Worten reichte, es komme ihn teuer zu stehen, dass er sich dazu habe überreden lassen, mit ihr über den Hafenmarkt zu schlendern.

Die Schwester des Bürgermeisters entnahm ihrem Portemonnaie einen weiteren Geldschein und wollte Gitta die beiden Scheine übergeben, doch diese bestand darauf, dass die Dame zu Hause erst einmal in Ruhe das Kleid anprobieren solle und ihr das Geld später vorbeibringen könne, wenn sie sich definitiv entschieden habe.

Gitta packte das Kleid sorgsam in eine große Papiertüte, die sie eigens für den Verkauf organisiert hatten, und reichte es der jungen Frau, die es strahlend entgegennahm und sich noch einmal für Gittas Entgegenkommen bedankte.

Der Ortsvorsteher wünschte den Damen noch ein gutes Geschäft und wandte sich gemeinsam mit seiner Schwester zum Gehen.

Gitta und Heidi blickten den beiden staunend hinterher. »Der sieht genauso aus, wie ich mir einen Kapitän zur See immer vorgestellt habe – so stolz und verwegen«, bemerkte Heidi kichernd.

Gitta war viel zu versunken in ihre eigenen Gedanken, um darauf mehr zu entgegnen als ein zustimmendes »Hm, hm!«.

. . .

Als Frieda und Traudel um 12:30 Uhr an den Stand kamen, um Gitta und Heidi abzulösen, berichtete ihnen Gitta von der Schwester des Bürgermeisters und präsentierte frohlockend die 20 Reichsmark in der kleinen Geldkassette, die Astrid Niemann ihnen nach der Anprobe aus freien Stücken für das Kleid bezahlt hatte.

Wenig später stießen Siska und ihre Mutter dazu, die die Malerin zum heutigen Volksfest eingeladen hatte, und zeigten sich ebenfalls begeistert, als Gitta sie darüber informierte.

»Und sonst – wie haben denn die anderen Frauen so auf die Kleider reagiert?«, wollte Siska wissen.

Gitta senkte den Blick.

»Im Grunde genommen immer gleich«, erwiderte sie seufzend.

»Auf den ersten Blick waren sie hellauf begeistert, und wenn sie dann gehört haben, was die Kleider kosten, waren sie schockiert, manche sind sogar richtig patzig geworden, von wegen, für das Geld könnten sie ja im Kaufhaus zehn Kleider kriegen. Eine hat uns sogar an den Kopf geworfen, das sei Wucher.«

Gitta runzelte verdrossen die Stirn.

»Es waren allerdings in der Hauptsache Urlauberinnen, die sich für die Kleider interessiert haben. Die einheimischen Frauen, die man ja größtenteils schon vom Sehen her kennt, waren noch zurückhaltender, um nicht zu sagen, mäkeliger«, schnaubte sie ärgerlich.

»Allen voran natürlich die ›Christel von der Post‹«, erklärte Gitta mit grimmigem Lächeln, die Postangestellte bei dem Spitznamen nennend, den sie und ihre Freundinnen ihr verpasst hatten.

»›Ihr habt sie doch nicht mehr alle‹, hat sie sich echauffiert, als Heidi ihr den Preis für das Jackenkleid genannt hat. Mit so einem Stoff würde sie daheim ihre Teller abtrocknen, hat sie sich sogar noch erdreistet hinzuzufügen und ist lauthals wetternd davongezogen.«

»Am meisten geärgert haben wir uns ja über die dicke Frau mit ihrer Tochter«, klagte Heidi und verzog abfällig die Mundwinkel.

»Die Frau von Metzgermeister Never«, erläuterte Gitta den anderen.

»Ja, die meine ich«, ergriff Heidi wieder das Wort.

»Das ist ja vielleicht ein Drachen, wie er im Buche steht! Die Tochter, ein hübsches junges Mädchen, fand die Kleider jedenfalls ganz toll, wie sie gesagt hat – vom Preis war da noch gar nicht die Rede. Daraufhin hat die Mutter das arme Ding angeschnauzt: ›So ein Harlekin-Kleid ziehst du mir nicht an‹, und hat die Kleine von unserem Stand weggezerrt, als ob wir die Pest hätten.«

»Die ist doch nur wütend auf uns, weil es sich im Dorf inzwischen herumgesprochen hat, dass wir Vegetarier sind und sie als Metzgersfrau nichts an uns verdienen kann. Vegetarier sind für Metzger sowieso ein rotes Tuch und umgekehrt genauso. Über diese Eule sollten wir uns nicht weiter den Kopf zerbrechen, das ist die gar nicht wert«, sagte Frieda resolut und hob stattdessen noch einmal hervor, wie erfreulich es sei, die Schwester des Bürgermeisters als Kundin gewonnen zu haben.

»Und dass sie ganz von sich aus 20 Reichsmark für das ›Schilf‹-Kleid bezahlt hat, verstehe ich im Übrigen auch als Wertschätzung für unsere Arbeit«, endete sie zufrieden.

»Für Frauen wie sie nähen wir unsere Kleider«, fügte Gitta hinzu.

»Sie verkörpert die neue Frau, die auf eigenen Beinen steht und genauso wie wir die Unabhängigkeit schätzt. Astrid Niemann ist nicht nur die Gemeindeschwester von Ahrenshoop, sondern auch die Stellvertreterin ihres Bruders, des Bürgermeisters.«

»Und wie ist der so?«, wollte Traudel wissen und blickte Heidi und Gitta fragend an.

»Sieht blendend aus und hat Humor«, erwiderte Heidi mit Blick auf Gitta süffisant.

Frieda, die zur Feier des Tages einen modischen Hosenanzug mit Nadelstreifen trug und sich als passendes Accessoire ein Monokel in die Augenhöhle geklemmt hatte, was ihre maskulinen Gesichtszüge noch unterstrich, äußerte skeptisch, dass Gitta ihnen aber etwas ganz anderes vom Bürgermeister erzählt habe.

Traudel, die ebenfalls ihren ockerfarbenen Reformkittel gegen ein kariertes Hängekleid getauscht hatte, pflichtete ihrer Lebensgefährtin bei.

»Ein sturer Mecklenburger Fischkopf – genau das waren Gittas Worte.«

»So wurde er mir zumindest beschrieben, doch das muss ich revidieren, denn eigentlich war er ganz nett«, entgegnete Gitta und blickte hinüber zum Hafenkai, wo die ersten Regattateilnehmer an ihren Zeesbooten bereits die rotbraunen Segel hissten.

»›Ganz nett‹ – dass ich nicht lache, du hast wie wild mit ihm geflirtet und findest ihn ›ganz nett‹«, riss sie Heidis Bemerkung unversehens aus ihrer Versunkenheit.

»Spinnst du?«, entfuhr es Gitta eine Spur zu heftig. »Ich soll mit ihm geflirtet haben? Davon kann ja gar nicht die Rede sein!«

Heidi, der es Spaß zu machen schien, die Freundin ein wenig aus der Reserve zu locken, knuffte Gitta übermütig.

»Und was war das mit der Kleiderbürste, die du fast nach ihm geworfen hättest?«

»Ach das … das war doch nur Neckerei«, wiegelte Gitta ab.

»Eben, denn was sich liebt, das neckt sich, lautet ein altes Sprichwort.«

Heidi grinste triumphierend.

»Ich kenne ein anderes – von einem gewissen Fräulein Heidi, das immer das letzte Wort haben muss«, konterte Gitta mit gespielter Strenge und gemahnte die Freundin daran, dass sie aufbrechen müssten, denn in wenigen Minuten starte die Wettfahrt, und die sollten sie nicht verpassen.

»Da wollten wir auch hin«, sagte Franziskas Mutter, die den Wortwechsel der jungen Frauen mit Vergnügen verfolgt hatte.

Die vier verabschiedeten sich von Traudel und Frieda und wünschten ihnen mit gedrückten Daumen viel Glück am Verkaufsstand.

Im dichten Gedränge am Hafenkai war kaum noch ein Durchkommen. Alles, was in Ahrenshoop Rang und Namen hatte, zahlreiche Besucher aus den Nachbarorten und nicht zu vergessen die vielen Urlauber und Kurzurlauber aus Berlin, die allesamt zu der traditionellen Zeesbootregatta am Althäger Hafen gekommen waren, hatten sich hier versammelt.

Gitta stand eingekeilt in der Menge, umweht von den Bierfahnen der Festbesucher, als der Hafenmeister um Punkt 13 Uhr mit heroisch erhobenem Arm den Startschuss gab.

Der erhabene Anblick der prachtvollen Segelboote, die nacheinander aus dem Hafen fuhren, versöhnte Gitta wenigstens ein Stück weit damit, dass sie sich in dem Menschenpulk wie eine Ölsardine fühlte.

Als Heidi, die vor ihr stand, sich zu ihr umwandte und ihr etwas zurief, verstand Gitta in dem lauten Stimmengewirr, das von allen Seiten auf sie eindrang, kein einziges Wort.

Erst als sie ihren Blick wieder auf die vorbeifahrenden Boote richtete und den Ortsvorsteher in seiner Kapitänsuniform am Ruder seines Zeesbootes mit den vom Wind geblähten braunen Segeln stehen sah, ahnte sie, was die Freundin ihr hatte sagen wollen.

Mit hochgerecktem Kopf verfolgte sie das Segelboot, bis es sich in der Ferne unter die anderen Boote mischte und für Gitta nicht mehr auszumachen war.

Gegen 15 Uhr kamen zwei junge Männer an den Stand und bekundeten ihr Interesse an den Kleidern. Ein wenig erstaunt präsentierte ihnen Frieda die einzelnen Stücke und freute sich ebenso wie Traudel darüber, als sie das Jackenkleid favorisierten.

»Es ist mir gleich ins Auge gestochen, als wir am Stand vorbeigegangen sind, denn es hing ja ganz vorne«, erläuterte der junge Mann mit den blonden Haaren und der Nickelbrille enthusiastisch.

»Und beim genaueren Betrachten bin ich mir sicher: Es ist genau das, was wir brauchen. Was meinst du, Walter?«

Er blickte seinen Begleiter, der etwa Anfang dreißig sein musste, wie er selbst, fragend an.

Der Mann mit dem dunklen Oberlippenbart kniff leicht die Augen zusammen.

»Alraune flüchtet aus dem Mädchenpensionat und landet in einem Zirkus, wo sie mit einem Zauberkünstler auftritt – Brigitte in diesem Kleid, das hat fürwahr etwas Magisches!«, rief er begeistert und bat darum, noch einmal das Modell »Isis« anschauen zu dürfen.

»Dieser irisierende Goldton und der fließende Faltenwurf – genau das muss sie tragen, wenn sie im goldenen Käfig bei Professor ten Brinken das Leben eines Luxusweibchens führt«, fantasierte der Mann mit dem Schnurrbart und fing unversehens an, herzerfrischend zu lachen, als er die irritierten Mienen der beiden Frauen gewahrte.

»Sie denken bestimmt, ich habe den Verstand verloren«, prustete er, »und irgendwie stimmt das ja auch, denn wir Leute vom Film haben alle einen Dachschaden, das ist gewissermaßen eine Art Berufskrankheit.«

»Sie sind vom Film?«, erkundigte sich Frieda verblüfft.

»Wir sind natürlich keine Filmstars, wenn Sie das meinen, sondern wir agieren eher im Hintergrund.

Ich bin Filmausstatter, Maler und Raumgestalter, und mein Partner ...« Der blondhaarige Mann mit der Nickelbrille wies auf den Mann mit dem Schnauzbart. »... ist Filmarchitekt und Szenenbildner. Wir haben gemeinsam die Szenenbilder des Stummfilms ›Das Cabinet des Dr. Caligari‹ gestaltet, falls Ihnen der Film etwas sagt?«

Traudel und Frieda waren baff.

»Und ob wir den kennen!«, stieß Traudel hervor. »Wir waren sogar dreimal drinnen, wegen Lil Dagover, für die wir beide so schwärmen.«

Die beiden Szenenbildner lächelten verständnisvoll.

»Wir sind zwar eher Verehrer von Conrad Veidt, aber die Dagover hat durchaus ihre Reize«, räumte der Mann mit der Nickelbrille ein und richtete seine Aufmerksamkeit wieder auf die Kleider.

»Sie weben selbst, Sie färben selbst und schneidern die Kleider nach eigenen Entwürfen, das ist famos«, äußerte er bewundernd.

Frieda und Traudel lächelten geschmeichelt.

»Wir sind vier Frauen und leben in Ahrenshoop in einer Bauernkate. Franziska ist Malerin und ist maßgeblich für die Entwürfe verantwortlich, Gitta ist Handarbeitslehrerin und eine grandiose Schneiderin, und Traudel und ich verstehen uns aufs Weben und Färben. Das sind übrigens unsere ersten Stücke«, erklärte Frieda stolz.

»Sagenhaft, wie schön, dass wir uns kennengelernt haben! Das hätte ich gar nicht für möglich gehalten, dass wir auf diesem Fischmarkt hier auf solche Perlen stoßen«, erklärte der Mann mit dem Schnauzbart und stellte sich als Walter Reimann aus Berlin vor.

»Hermann Warm«, sagte der blondhaarige Mann und erläuterte, dass sie übers Wochenende nach Nienhagen gefahren seien, um sich ein wenig zu erholen. »Wir arbeiten momentan nämlich auf Hochtouren an den Entwürfen für die Szenenbilder von ›Alraune‹, einen Film von Henrik Galeen mit Brigitte Helm in der Hauptrolle.«

Bei der Erwähnung von Letzterer gerieten Frieda und

Traudel erneut außer sich. Frieda konnte es kaum fassen. »Und *die* soll in dem Film unsere Kleider tragen?«, fragte sie mit glänzenden Augen, was die beiden Filmarchitekten bestätigten.

»Ihre expressionistischen Gewänder korrespondieren perfekt mit unseren Szenenbildern. Wir werden die Kleider dem Regisseur präsentieren, und die Helm wird sie dann bei den Proben tragen. Es kann sein, dass wir noch mehr benötigen, wir würden uns dann bei Ihnen melden. Am besten wird es sein, Sie schreiben uns Ihre Adresse auf. Haben Sie etwas zu schreiben?«

Traudel notierte ihre Anschrift emsig auf einem kleinen Notizblock und reichte Herrn Reimann den Zettel.

»Ach ja, und schicken Sie die Rechnung bitte an Herrn Galeen, Moment, ich schreibe Ihnen seine Adresse auf.«

Der Filmarchitekt ließ sich von Traudel Block und Stift geben, kritzelte rasch etwas auf das Papier und gab den Block an Traudel weiter, die begriffsstutzig auf das Geschreibsel starrte.

»Den Namen kann ich gerade noch so entziffern, und auch die Postleitzahl ist einigermaßen zu erkennen, aber der Rest sind alles Hieroglyphen.«

»Berlin-Charlottenburg soll das heißen, Bleibtreustraße dreiunddreißig«, entgegnete der Mann mit dem Schnurrbart, während Traudel mit den Nachbesserungen beschäftigt war.

Frieda, deren Euphorie sichtlich geschwunden und von einem nicht unbeträchtlichen Argwohn abgelöst worden war, traf keine Anstalten, die Kleider einzutüten und den Männern zu übergeben.

Ihr lag es schon auf der Zunge, mit einiger Schärfe von sich zu geben: »Erst das Geld, dann die Ware«, doch sie konnte sich gerade noch zügeln.

Denn eigentlich klang das alles sehr plausibel, und sie hatte nicht den Eindruck, dass die Männer irgendwelche Räuberpistolen erzählten, um ihnen zwei Kleider abzuluchsen.

Sie waren durchaus sympathisch – soweit man das vom männlichen Geschlecht überhaupt sagen konnte, und wenn Traudel und sie sich jetzt kleinlich zeigen und auf Barzahlung bestehen würden, hätten sie es sich möglicherweise mit ihnen verscherzt – und das wäre in Anbetracht der Chance, die sich dem Schneideratelier durch den Kontakt mit der Filmbranche bieten würde, jammerschade!

Auch Traudel schien über die Art der Rechnungsbegleichung irritiert zu sein.

»Äh … interessiert es Sie denn gar nicht, was die Kleider kosten?«

Der große Schlanke mit der Nickelbrille zuckte gleichgültig mit den Achseln.

»Nicht besonders, wir müssen sie ja nicht bezahlen.«

»Doch, doch, das interessiert mich schon«, schaltete sich sein Partner ein.

»Ich schätze mal, die sind gewiss nicht billig, so aufwendig, wie sie hergestellt wurden. Es sind alles Unikate, ganz anders, als man es von der Massenkonfektion her kennt.«

»Da Sie sich für zwei Kleider entschieden haben, überlassen wir Ihnen die beiden Kleider für insgesamt 40 Reichsmark, normalerweise hätten wir 50 genommen. Wir gewähren Ihnen den Rabatt aber auch, weil wir uns über eine weitere Geschäftsbeziehung mit Ihnen sehr freuen würden«, äußerte Frieda geschäftstüchtig und wechselte mit Traudel einen vielsagenden Blick.

»Ein Anliegen haben wir aber noch, vorausgesetzt natürlich, die Kleider werden von Brigitte Helm tatsächlich in dem Film getragen – ich kenne übrigens das Buch ›Alraune‹ von Hanns Heinz Ewers, ich habe es als Jugendliche gelesen und fand es sehr spannend«, sagte Traudel und musterte die beiden Filmarchitekten eindringlich, ehe sie mit bestimmtem Tonfall fortfuhr: »Meine drei Freundinnen und ich werden im Abspann namentlich als Herstellerinnen der beiden Kostüme von Frau Helm genannt und in dieser Eigenschaft auch zur Filmpremiere eingeladen. Können Sie uns das zusagen?«

»Das ist gebongt, Fräulein …?«

»Elfriede Jannsen und Irmtraud Kaiser vom Schneideratelier am Meer«, ergänzte Frieda mit stolzgeschwellter Brust und streckte dem verdutzten jungen Mann ihre Hand hin, der sie ergriff und fest schüttelte.

Kapitel 14

Den Höhepunkt der herbstlichen Zeesbootregatta stellte die Siegerehrung um 18 Uhr dar. Kurioserweise gab es an diesem Abend gleich zwei Sieger, die auf der Bühne des Festzeltes vom Hafenmeister ausgezeichnet wurden, da ihre Zeesboote nach Zurücklegen der vorgeschriebenen Distanz gleichzeitig im Ziel, dem Althäger Hafen, eingetroffen waren.

Bei den Glücklichen handelte es sich um den Ortsvorsteher Sören Niemann und den Schiffer Karsten Käther aus dem Boddendörfchen Born.

Als Preise erhielten die beiden Männer eine vom Seemannsausstatter Poggenpohl aus Wismar gestiftete Regenbekleidung aus besonders stabilem, gewachstem Segeltuch einschließlich Südwester, die man als Schiffer gut brauchen konnte.

Untermalt vom Schifferklavier und den Gesängen des Ahrenshooper Shantychors, wurde anschließend im Festzelt ausgelassen gefeiert.

Anhand der Sitzordnung im Festzelt zeigte sich wieder einmal, dass die alteingesessenen Ahrenshooper unter sich bleiben wollten.

Gitta, ihre drei Mitbewohnerinnen und Heidi saßen mit Juliane Schwarz und Hans Etzel, den Betreibern der *Bunten Stube*, an einem separaten Tisch, in angemessenem Abstand zu den Schifferfamilien, die durch sie hindurchsahen, als wären sie gar nicht vorhanden.

Umso mehr erstaunte es die jungen Leute, die sich angeregt unterhielten und mit ihren Bierkrügen miteinander anstießen, als eine Kellnerin mit einem Tablett gefüllter Schnapsgläser an ihren Tisch trat und sie mit der Bemerkung, das sei vom Bürgermeister, der auf seinen Sieg eine Runde gebe, an die Anwesenden verteilte.

»Darf ich fragen, was das ist?«, erkundigte sich Gitta freundlich bei der Kellnerin.

»Das ist ›Mann un Fru‹, ein Rostocker Doppelkümmel.«

»Ein Teufelszeug – aber die Einheimischen schwören darauf«, bemerkte Juliane schaudernd.

Der Ortsvorsteher, der neben seiner Schwester am Tisch der Dorfprominenz saß, stand von seinem Platz auf und erhob sein Schnapsglas.

»Wat trink wi nu? Mann un Fru!«, lautete sein knapper Trinkspruch, und er leerte sein Glas in einem Zug, was ihm die Festgesellschaft gleichtat.

Gitta, Franziska und Juliane indessen, die nur am Schnapsglas genippt hatten, taten sich schwer damit, die brennende Flüssigkeit herunterzukippen wie die anderen.

»Eure Kleider sind übrigens ein Gedicht, es erstaunt mich nicht, dass ihr heute gleich drei davon verkauft habt«, wandte sich Juliane an die Frauen.

»Na ja, die Gelder für die beiden letzten stehen ja noch

aus«, erwiderte Siska und berichtete dem Paar von den Filmausstattern aus Berlin.

»Das ist ja ein echter Glückstreffer«, bemerkte Hans, »das hätte ich an Friedas und Traudels Stelle genauso gemacht. Sicherlich ist es ein gewisses Wagnis, aber wenn es klappt, ist es eine Riesenchance für euch, mit euren Kreationen im Filmgeschäft Fuß zu fassen.«

»Dann lasst uns mal darauf anstoßen«, schlug Frieda vor.

»Wir Zugezogenen müssen doch zusammenhalten«, sagte Juliane gut gelaunt und bot den Frauen das Du an.

Allmählich war die Dämmerung hereingebrochen, und von der offenen Seite des Festzelteingangs hatte man einen herrlichen Blick auf die im Hafen liegenden beleuchteten Zeesboote unter dem klaren Sternenhimmel.

Begleitet von Akkordeonklängen und dem vielstimmigen Gesang des Shantychors eilten die ersten Paare zum Tanzboden und wiegten sich im Rhythmus der alten Seemannslieder, die von Fernweh, Sehnsucht und dem rauen Seemannsleben kündeten und in Gitta eine gewisse Wehmut aufkommen ließen.

Auch Hans und Juliane mischten sich unter die Tanzenden. Beim Anblick der frohgemuten Männer und Frauen, die Arm in Arm über die Tanzfläche wirbelten, vermisste Gitta nicht zum ersten Mal seit dem Desaster mit Lars schmerzlich einen Gefährten.

Die tiefe Verbundenheit mit Franziska und der gute Zusammenhalt, der zwischen den Bewohnerinnen der Bauernkate herrschte, konnten ihr die leidenschaftliche Liebe nicht ersetzen, nach der sie sich zuweilen unsagbar sehnte.

Sie hatte unlängst mit Franziska darüber gesprochen, von der sie sich wie immer wunderbar verstanden fühlte. Obgleich die Freundin, anders als Gitta, nach der bitteren Enttäuschung mit dem selbst ernannten Propheten mit der Liebe abgeschlossen zu haben schien.

Das schlimme Erlebnis, ihr Frühgeborenes verloren zu haben, hatte eine Wunde in Franziskas Herz gerissen, die einfach nicht heilen mochte, dachte Gitta manches Mal bei sich und empfand großes Mitgefühl für die Freundin, verbunden mit der Ohnmacht, ihr diesen Schmerz nicht nehmen zu können.

»Seemann, deine Heimat ist das Meer,
deine Freunde sind die Sterne,
über Rio und Shanghai,
über Bali und Hawaii ...«,

sang der Shantychor, und die Tanzpaare bewegten sich in einem Langsamen Walzer.

Unter den Paaren konnte Gitta auch Bürgermeister Niemann ausmachen, der mit seiner Schwester tanzte, die zu Gittas Freude das grüne Schilfkleid trug, welches sie sich zu Hause vor der Regatta angezogen hatte.

Inzwischen waren mehr Menschen auf der Tanzfläche als außerhalb. Auch Frieda und Traudel mischten sich unter die Tanzpaare.

Gitta, die neben Franziska und Heidi auf der Bank saß, musste unversehens lachen.

»Wie die Hühner auf der Stange«, scherzte sie.

»Das Blöde ist nur, dass wir nicht zu dritt tanzen können, sonst hätte ich gesagt, auf zur Tanzfläche«, flachste Heidi.

»Wir können ja Ringelreihen tanzen«, kam es von Franziska sarkastisch, worauf Heidi mokant die Brauen hob.

Ihre beiden Freundinnen waren sich nicht ganz grün, das hatte Gitta schon häufiger bemerkt, wenn auch eher unterschwellig. Vor allem Franziska, die sich als Gittas beste Freundin betrachtete, war eifersüchtig auf Heidi, da diese bei jeder Gelegenheit betonte, Gitta am längsten zu kennen.

»Aber nicht unbedingt am besten«, hatte Siska einmal gekontert, als Heidi das wieder einmal hervorgehoben hatte.

»Das sei dahingestellt«, hatte Heidi daraufhin schnippisch erwidert, und Gitta hatte die Freundinnen mit scherzhaft erhobenem Zeigefinger gescholten, doch nicht so kindisch zu sein.

Inzwischen war der Tanz zu Ende, und einige Paare verließen die Tanzfläche, während die meisten dort verharrten. Gitta sah, dass der Bürgermeister seine Schwester zum Tisch zurückbegleitete, und als die Melodie des nächsten Liedes angestimmt wurde, hielt er kurz inne und bewegte sich dann zu Gittas großem Erstaunen energischen Schrittes auf ihren Tisch zu.

Sie hatte unversehens Schmetterlinge im Bauch und spürte wieder eine ähnliche Befangenheit in sich aufsteigen wie am Vormittag, als er in Begleitung seiner Schwester an ihren Stand gekommen war.

Als er an ihrem Tisch stand, schien er nur Augen für Gitta zu haben, die auch ihrerseits den Blick nicht von ihm wenden konnte. Umso mehr fiel sie aus allen Wolken, als er kurzerhand Heidi zum Tanz aufforderte, die darüber ebenfalls irritiert war.

»Meinen Sie mich?«, fragte sie ihn mit großen Augen.

»Wenn's gestattet ist, die Dame«, bestätigte der schlanke, hochgewachsene Mann und bot Heidi, die sich zögerlich erhoben hatte, ritterlich den Arm an.

Zu den melodischen Klängen des alten Seemannsliedes »Winde wehn, Schiffe gehn« strebten sie gemeinsam der Tanzfläche zu. Gitta fühlte sich seltsam gedemütigt und konnte es nicht verhindern, dass sich ein Kloß in ihrem Hals ausdehnte.

»Was war denn das eben?«, wandte sich Franziska mit gerunzelter Stirn an die Freundin. »Starrt dich an wie das Karnickel die Schlange und fordert dann eine andere zum Tanzen auf – begreife einer die Männer!«

»Schon gut, Siska, mir steht sowieso nicht so der Sinn nach Tanzen«, wiegelte Gitta ab und leerte ihren Bierkrug in einem Zug, doch ihre Verstimmung ließ sich nicht so leicht hinunterspülen.

Franziska, die spürte, dass Gitta gekränkter war, als sie zugeben mochte, legte der Freundin begütigend die Hand auf den Arm.

»Lass dir doch davon nicht die Stimmung vermiesen.«

Gittas grüne Augen funkelten trotzig.

»Auf keinen Fall, dafür gibt es gar keinen Grund«, äußerte sie entschieden und summte gemeinsam mit Franziska die Liedstrophe mit:

»Wein doch nicht, lieb Gesicht,
wisch die Tränen ab!
Und denk an mich und die schöne Zeit,
bis ich dich wieder hab.«

Währenddessen waren ihre Blicke unaufhörlich auf die Tanz-fläche gerichtet, wo sich Heidi und der Kapitän, der ein er-staunlich guter Tänzer war, im Foxtrott über den Tanzboden bewegten.

Als das Lied verklungen war, geleitete Sören Niemann seine Tanzpartnerin an den Tisch zurück und bedankte sich bei ihr höflich für den Tanz.

Da Gitta sich die ganze Zeit bemühte, den Ortsvorsteher zu ignorieren, hatte sie gar nicht mitbekommen, dass sein »Darf ich bitten?«, welches er nun schon zum zweiten Mal ausstieß, an sie gerichtet war – erst als Franziska sie antippte, wurde sie sich dessen schlagartig bewusst.

»Nein danke«, brach es aus ihr heraus, und sie verstand selbst nicht, was plötzlich über sie gekommen war.

Doch die Lust am Tanzen war ihr irgendwie abhandenge-kommen.

Der Kapitän war von ihrer Äußerung offenbar so vor den Kopf gestoßen, dass er für den Bruchteil einer Sekunde er-starrte, ehe er sich mit einer gemurmelten plattdeutschen Äußerung, die Gitta nicht verstand, abrupt zum Gehen wandte.

»Was ist denn mit dem los?«, fragte Hans, der mit Julia

ebenfalls an den Tisch zurückgekehrt war, erstaunt und blickte Kapitän Niemann kopfschüttelnd hinterher.

»Nichts weiter, er hat nur einen Korb bekommen«, erklärte Franziska nicht ohne Häme.

»Na, das sollte er aber sportlicher nehmen«, entgegnete der Maler, »anstatt gleich beleidigt zu sein.«

»Wieso, was hat er denn gesagt?«, fragte Gitta angespannt.

»Er hat auf Plattdeutsch gesagt, dass du ihm den Buckel runterrutschen kannst«, erwiderte Hans grinsend und fügte hinzu, dass er als gebürtiger Lübecker Plattdeutsch verstehe.

»Danke, dito!«, entgegnete Gitta und wusste in diesem Moment nicht, ob sie sich mehr über sich selbst oder über den Bürgermeister ärgern sollte.

Wie auch immer, die Stimmung war im Eimer, und nach dem langen, anstrengenden Tag stand ihr mit einem Mal der Sinn nach Ruhe.

Es kostete sie einige Mühe, ihre Freundinnen und Mitbewohnerinnen davon abzubringen, sie zu begleiten, als sie sich wenig später auf den Heimweg machte, doch im Grunde genommen wollte sie nur noch allein sein und sich verkriechen – in das nächstbeste Mauseloch.

Denn sie hatte es so was von vermasselt! – Und das auf der ganzen Linie, wie Gitta sich zerknirscht eingestehen musste.

Kapitel 15

»Guten Tag, mein Name ist Anna Kerner, und ich habe Ihr Inserat in der *Ostseezeitung* gelesen«, erklärte die junge Frau im knöchellangen lila Samtmantel, die draußen vor der Haustür stand und ihren Koffer neben sich abgestellt hatte. »Ich hoffe, Sie haben in Ihrer Frauenpension noch ein Zimmer frei?«

»Ja, sogar zwei!«, erwiderte Franziska erfreut und bat die junge Frau einzutreten. Sie führte sie in die Wohnstube, wo Gitta am Fenster an ihrer alten Singer-Nähmaschine saß und konzentriert nähte.

Als Franziska mit der Besucherin das Zimmer betrat, unterbrach Gitta ihre Arbeit und blickte zu ihnen auf.

Nachdem Siska ihr die junge Frau als Pensionsgast vorgestellt hatte, erkundigte sie sich freundlich bei ihr, wie lange sie denn bleiben wolle.

Die Frau mit dem hennaroten Haar und den schwarz geschminkten Augenlidern über den hypnotischen mokkabraunen Augen verströmte einen so intensiven Patschuliduft, dass es Gitta schier den Atem verschlug.

»Ungefähr drei Wochen habe ich gedacht, denn ich komme aus Berlin und arbeite in der Charité als Krankenschwester. Die Arbeit dort ist dermaßen anstrengend, dass ich unbedingt Erholung brauche.«

»Na wunderbar, die sollen Sie bei uns kriegen«, sagte Gitta vergnügt.

»Im Herbst ist es hier in Ahrenshoop auch angenehm ruhig, und Sie haben fast den ganzen Strand für sich allein. Das Badewetter ist zwar vorbei, aber lange Strandspaziergänge erquicken auch Körper und Seele.«

»Das stimmt, außerdem liebe ich den Herbst, wenn sich die Blätter verfärben und die See von den Herbststürmen aufgewühlt wird.«

Die junge Frau fixierte Gitta und Franziska, ohne ein einziges Mal zu blinzeln. Gitta fiel auf, wie groß ihre Pupillen waren, und sie fragte sich unwillkürlich, ob sie etwa Drogen nahm.

Doch ebenso wie Franziska war auch Gitta außerordentlich froh über die späte Urlauberin, denn nachdem sich weder Ende August noch im September jemand auf ihr Inserat gemeldet hatte, hatten sie Anfang Oktober darauf erst recht nicht mehr zu hoffen gewagt.

Obgleich die junge Frau in dem Samtmantel, der fast wie ein Talar anmutete, gelinde gesagt, einigermaßen exzentrisch wirkte.

Aber das traf ja auch auf sie zu, wie es Gitta durchaus bewusst war, und sie erklärte sich spontan bereit, Fräulein Kerner zu ihrem Zimmer zu begleiten und ihr anschließend das Haus zu zeigen.

»Nenn mich doch Hekate«, sagte die junge Frau mit geheimnisvollem Lächeln, »das ist mein wahrer Name, *Hekate Jezebel Lilith.*«

»Gitta«, stellte sich Gitta vor und ergriff die dargebotene Hand mit den langen, schwarz lackierten Fingernägeln – *und das bei einer Krankenschwester,* wunderte sie sich und sah, dass die junge Frau ein Amulett mit einem Pentagramm am Hals trug.

Obwohl Gitta mit Okkultismus nicht viel zu schaffen hatte, war ihr doch bekannt, dass es sich dabei um ein Symbol handelte, das vor allem in der schwarzen Magie verwendet wurde.

Sie streifte Hekate mit einem verstohlenen Seitenblick und musste unwillkürlich grinsen, da sie von ihrem Äußeren her einer perfekten Verkörperung des Hexenklischees entsprach.

»Wie lautet eigentlich dein vollständiger Name, denn Gitta ist doch bestimmt nur eine Kurzform?«, erkundigte sich Hekate gewichtig.

»Ich heiße eigentlich Brigitta, aber Gitta klingt flotter«, gab Gitta zur Antwort.

»Finde ich nicht«, widersprach ihr Hekate.

»Dein Name hat eine große Bedeutung, er geht zurück auf die irisch-keltische Lichtgöttin Brigid, die Göttin des Frühlings und der drei Feuer – und du bist ihr ähnlich mit deinen rotblonden Haaren und den grünen Augen. Eine Hexe, wie sie im Buche steht.«

Gitta war nicht sicher, ob sie das als Kompliment auffassen sollte, doch so, wie Hekate es ausgesprochen hatte, war es zweifellos als solches gemeint.

Sie ging nicht weiter darauf ein, ergriff zuvorkommend den Koffer der jungen Frau und stieg vor ihr die schmale Treppe zum Dachgeschoss hinauf, wo sich die kleine Mansarde mit Seeblick befand.

Hekate war hingerissen von der Aussicht und öffnete sogleich die Fensterluke, um frische Seeluft hereinzulassen.

»Das ist genau das, was ich jetzt brauche – nach allem, was ich durchgemacht habe«, murmelte sie wie zu sich selbst, und Gitta vermied es, neugierige Fragen zu stellen.

»Pack in aller Ruhe aus, richte dich ein bisschen ein, und dann kannst du gerne auf einen Tee zu uns herunterkommen. Ich zeige dir dann Haus und Hof und mache dich mit Frieda und Traudel, den anderen Bewohnerinnen, bekannt«, schlug Gitta vor und wollte sich schon dezent entfernen, als Hekate ihr um den Hals fiel und sie überschwänglich umarmte.

»Danke, Brigid, du bist eine echte Lichtgestalt! Ich habe mich bei euch auf dem Hof von der ersten Minute an so wohl- und vertraut gefühlt, als wäre ich schon immer hier gewesen«, äußerte sie mit Tränen in den Augen.

»Das freut mich«, erklärte Gitta leicht befangen und entfernte sich.

»Das sind unsere fleißigen Weberinnen Traudel und Frieda, die auch was das Färben der Stoffe anbetrifft, die reinsten Zauberkünstlerinnen sind«, machte Gitta Hekate mit den beiden Frauen bekannt, die hinter ihren Webstühlen in der großen Wohnküche emsig woben.

»Kräuterhexen trifft es eher«, sagte Frieda und kam hinter

ihrem Webstuhl hervor, um der Besucherin die Hand zu schütteln. »Wir verwenden nämlich in der Hauptsache Pflanzenfarben zum Färben, und da muss man sich mit Kräutern schon gut auskennen.«

»Das ist ja interessant!«, erwiderte Hekate mit glänzenden Augen. »Was für ein Zufall, an mir ist nämlich auch eine Kräuterhexe verloren gegangen, vor allem, was Hexen- und Heilkräuter anbetrifft. Ich stelle schon seit Jahren meine eigenen Salben und Tinkturen her.«

»Sagenhaft, da müssen wir unbedingt demnächst mal drüber reden, vielleicht kannst du uns ja noch ein paar Anregungen geben«, schlug Frieda vor, die von Hekate offenbar sehr angetan war.

»Oder ihr mir«, entgegnete Hekate und betrachtete interessiert die farbigen Stoffbahnen, die unter der niedrigen Zimmerdecke auf Wäscheleinen hingen. »Das sieht ja toll aus«, sagte sie bewundernd, »was für intensive Farbtöne, wie habt ihr denn dieses samtige Dunkelrot hingekriegt?«

Frieda freute sich augenscheinlich über Hekates Interesse.

»Rote Bete«, erläuterte sie. »Zur Farbgewinnung müssen die Knollen fein geraspelt und anschließend mit etwas Wasser in ein Baumwolltuch gegeben werden. Dann presst man das Ganze über einem Gefäß aus und verwendet den Saft erst zum Färben, wenn er vollständig erkaltet ist.«

Frieda, die aus Gründen der Bequemlichkeit wieder ihren ockerfarbenen Kittel aus grobem Sackleinen trug, reckte sich und wies auf den leuchtend roten Stoff auf der hinteren Wäscheleine.

»Den haben wir mit den Farbpigmenten von flammend roten Geranien eingefärbt, die wir mit einer Alaunlösung extrahiert haben. Dazu müssen die Blüten etwa 15 bis 20 Minuten in Alaun gekocht und anschließend abgeseiht werden.«

Frieda deutete auf einen anderen Stoff, der neben einem tiefblauen auf der Leine hing.

»Die intensivsten Rottöne erzielt man allerdings mit Färberkrapp«, erklärte sie. »Krapp ist eine der ältesten Färberpflanzen überhaupt. Mit den Wurzeln der Pflanze färbten bereits die Griechen und die Römer, die den roten Farbton ›Rubia‹ nannten. Um die warme rote Farbe zu gewinnen, muss die Krappwurzel zerkleinert und das Pulver anschließend 30 Minuten lang aufgekocht werden. Dann wird eine Alaunlösung dazugegeben, um die Farbstoffe zu gewinnen.«

Hekates Blicke schweiften fasziniert über die farbigen Stoffbahnen.

»Die Stoffe sehen aus wie die Farben des Regenbogens, so bunt und wunderschön«, schwärmte sie und musterte Gitta und ihre Mitbewohnerinnen bewegt.

»Ich glaube, ich bin bei euch in bester Gesellschaft. Da hat mich mein Instinkt nicht getrogen, denn als ich euer Inserat in der *Ostseezeitung* gesehen habe, wusste ich sofort, das ist es, und ich habe mich gar nicht mehr nach anderen Ferienunterkünften umgeschaut.«

»Das ist doch prima«, bekräftigte Franziska enthusiastisch und fügte hinzu, dass Hekate sie auf eine Idee gebracht habe.

»Inwiefern?«, erkundigte sich diese, und auch die anderen blickten die Künstlerin fragend an.

»Wir suchen doch schon die ganze Zeit nach einem passenden Namen für unser Haus – und ich glaube, jetzt habe ich ihn gefunden: Wir nennen es das ›Regenbogenhaus‹«, erklärte Franziska und wollte wissen, was ihre Mitbewohnerinnen davon hielten, die allesamt von ihrer Idee beeindruckt waren.

»Gut, dann mache ich mich jetzt gleich ans Werk«, verkündete die Malerin.

»An was für ein Werk?«, fragte Gitta begriffsstutzig.

»Na, den Namen über die Eingangstür zu pinseln – mit einem entsprechenden Symbol dazu.«

Hekate klatschte in die Hände.

»Da komme ich mit«, rief sie und schloss sich Franziska an, die in ihr Atelier in der alten Scheune ging, um ihre Malutensilien zusammenzusuchen.

»So eine klasse Frau, da haben wir ja richtig Glück gehabt, dass wir so einen netten Pensionsgast haben. Ich glaube, die passt zu uns«, konstatierte Frieda zufrieden, als die beiden gegangen waren.

Traudels Begeisterung über den Neuzuwachs schien sich hingegen in Grenzen zu halten.

»Das wird sich noch zeigen«, bemerkte sie trocken, und Gitta, die fast den Eindruck hatte, dass Traudel ein wenig eifersüchtig auf Hekate war, konnte ihr innerlich nur beipflichten.

»Jedenfalls können wir das Geld gut brauchen«, erklärte sie sachlich. »Hekate hat ja vor, ungefähr drei Wochen zu bleiben, und das rechnet sich für uns. Denn ihr wisst ja selber, wie schlecht sich unsere Kleider in der *Bunten Stube* verkaufen.«

Jetzt, da Nebensaison war, gab es kaum noch Urlauberinnen, die sich dorthin verirrten. »Und von diesen Filmfritzen aus Berlin haben wir ja auch nichts mehr gehört«, äußerte Gitta mit Blick auf Frieda und Traudel vorsichtig.

»Gut, das ist erst vierzehn Tage her, vielleicht kommt da ja noch was.«

Frieda presste ärgerlich die Lippen zusammen.

»Ich warte noch diese Woche ab, und wenn das Geld bis dahin noch immer nicht angewiesen wurde, dann suche ich mir die Telefonnummer von dem Galeen raus und rufe den mal an«, erklärte sie gereizt.

Am frühen Abend, kurz bevor es dämmerte, war Franziska mit ihren Malarbeiten rings um die Eingangstür fertig geworden, wobei sie von Hekate sachkundig unterstützt worden war.

Gemeinsam trommelten sie die anderen zusammen, um ihnen stolz ihr Werk zu präsentieren.

Staunend begutachteten Gitta, Traudel und Frieda den prachtvollen Regenbogen, der in einem weiten Bogen die Eingangstür umgab.

Das gesamte Farbspektrum war darin enthalten, und er wurde oben von einer strahlenden Sonne und dunklen Regenwolken, aus denen sich ein dichter Regenschauer ergoss, geziert. Über allem erhob sich in schwungvollen himmelblauen Buchstaben die Aufschrift »Regenbogenhaus«.

Besonders reizvoll war der Aspekt, dass man unterhalb des Regenbogens ins Haus gelangte.

Die leuchtenden Farben des Regenbogen-Portals gereichten der verwitterten alten Bauernkate, die am Rande der Steilküste im Wechselspiel der Jahreszeiten den Elementen ausgesetzt und dadurch gewissermaßen schon von der Natur gezeichnet war, durchaus zur Zierde.

»Ein schöneres Symbol für unser Haus hätte es gar nicht geben können«, bekannte Gitta überglücklich.

»Es passt zu uns, den Bewohnerinnen, die wir gleich dem Farbspektrum des Regenbogens so unterschiedlich und vielseitig sind wie unsere Werke!«

»Besser hätte man es nicht sagen können«, bekräftigte Traudel und dankte Franziska und Hekate für die fantasievolle Bemalung.

»Und tausend Dank auch an Hekate, denn sie hatte ja die Idee mit dem Regenbogen«, kam es nachdrücklich von Frieda, was ihr einen missmutigen Blick von ihrer Gefährtin eintrug.

»Jetzt überschlag dich bloß nicht«, stichelte Traudel. »Die Idee mit dem Regenbogen hatte Franziska!«

»Aber Hekate hat ihr die Anregung dazu gegeben«, beharrte Frieda störrisch.

»Das ist doch alles Apfel wie Birne«, suchte Franziska zu schlichten.

»Wir haben jetzt unser ›Regenbogenhaus‹, das für Freundschaft, die Schönheit der Natur und Toleranz stehen soll, nur darauf kommt es an.«

»Persephone, große Göttin, große Mutter, schütze dieses

Haus und seine Bewohnerinnen!«, skandierte Hekate weihevoll und verneigte sich tief in alle vier Himmelsrichtungen.

...

Hendrik Fricke, seines Zeichens Förster und Waldaufseher des Vordarß, der an den Ahrenshooper Weststrand grenzte, saß in der Abenddämmerung auf einem Hochsitz im Ahrenshooper Holz, einem Waldareal nordöstlich von Ahrenshoop, um Jagd auf Schwarzwild zu machen, und mochte seinen Augen nicht trauen.

Beim Blick durch sein Fernglas bestätigte sich noch, was er die ganze Zeit mit wachsender Anspannung am Rande des Waldweges beobachtet hatte.

»Die pflückt doch tatsächlich Tollkirschen, die hat sie doch nicht alle«, fluchte er beim Anblick der rothaarigen Frau, die sich schon die ganze Zeit an den meterhohen Nachtschattengewächsen mit den getrockneten Kirschen ähnlichen Beeren zu schaffen machte.

Da musste er unbedingt eingreifen, ehe die blöde Gans noch auf die Idee kam, die schwarzen Kirschen zu essen, denn offensichtlich hatte sie ja nicht den Hauch einer Ahnung, wie giftig die waren.

Der drahtige Mann in der grünen Försteruniform schulterte sein Jagdgewehr, stieg die Sprossen der Holzleiter hinab und befahl seinem deutschen Jagdterrier Rufus, der so gut abgerichtet war, dass er keinen Laut gegeben hatte, unterhalb des Jägerstands Platz zu halten.

In wenigen ausholenden Schritten war der Förster auf

dem Waldweg und näherte sich entschlossen der Beerenpflückerin.

»Hören Sie sofort auf, die Beeren zu pflücken!«, herrschte er die Frau an, die heftig zusammenzuckte, da sie so vertieft in ihre Beschäftigung war, dass sie den Mann in der grünen Uniform gar nicht bemerkt hatte, der vor ihr stand und sie mit strenger Miene fixierte.

»Das sind schwarze Tollkirschen, und die sind sehr giftig, also lassen Sie auf der Stelle Ihre Finger davon!«, bellte er im Befehlston, doch die Frau reagierte nicht auf seine Anweisung und pflückte einfach weiter.

»Ich weiß, dass das Tollkirschen sind, das brauchen Sie mir nicht zu sagen«, erwiderte sie aufmüpfig. »Ich kenne mich mit Pflanzen und Heilkräutern gut aus, und mir ist daher sehr wohl bewusst, dass die Beeren giftig sind.«

»Dann frage ich mich, warum Sie sie trotzdem pflücken?« Der Mittvierziger mit dem Kaiser-Wilhelm-Bart, der wie der von ihm so verehrte abgedankte Monarch auch ein leidenschaftlicher Jäger war, konnte nur argwöhnisch den Kopf schütteln.

»Was haben Sie denn mit den Tollkirschen vor? Wollen Sie am Ende jemanden vergiften?«

Als er zu allem Übel noch gewahrte, dass die Rothaarige mit den schwarz geschminkten Augen auch schwarz lackierte, krallenartige Fingernägel hatte, rundete sich das Bild, das er bereits von ihr hatte, noch ab.

Die Rothaarige gab ein wieherndes Gelächter von sich.

»Da liegste richtig«, krähte sie hämisch.

»Ich will meinen Alten daheim vergiften, was glaubst du denn?«

Der Förster baute sich wütend vor dem unverschämten Frauenzimmer auf.

»Hören Sie gefälligst auf, mich zu duzen. Ich bin eine Amtsperson und darf erwarten, dass man mich respektvoll behandelt.«

»Jawoll, Herr Oberförster!«, schmetterte die Frau hohntriefend und salutierte.

Dem Waldaufseher reichte es allmählich mit der Kanaille. »Wenn Sie jetzt auch noch frech werden, dann konfisziere ich Ihren Korb, und Schluss ist mit den Fisimatenten.« Hendrik Fricke traf tatsächlich Anstalten, ihr den Weidenkorb zu entreißen, doch sie verhinderte den Zugriff, indem sie ins Dickicht zurückwich.

Dabei musste er zu seinem Entsetzen erkennen, dass das garstige Weibsbild mit der Berliner Schnauze auch noch Fliegenpilze im Korb hatte.

»Giftpilze hat sie auch noch dabei, na, das kann ja heiter werden«, äußerte er fassungslos.

»Ich bin ausgebildete Krankenschwester und Heilerin und weiß genau, was ich tue«, schnitt ihm die Rothaarige das Wort ab.

»Durch Verdünnung entsteht aus dem Fliegenpilz das homöopathische Medikament ›Agaricus muscarius‹. Es wirkt gegen Unruhe und Gliederzucken«, dozierte sie so oberlehrerhaft, als wäre er ein dummer Pennäler. »Und das aus der Tollkirsche gewonnene Belladonna wird in der Naturheilkunde vorwiegend bei akuten, plötzlich beginnenden Krankheiten mit hohem Fieber und starken Schmerzen eingesetzt. Es hilft außerdem bei Erkältungen, Hals- und Ohrenentzündungen oder Husten. Auch bei Sonnenstich und Hitzschlag verschafft es Linderung …«

»Na, dann kann ja nichts mehr schiefgehen«, kam es vom Förster mit trockenem nordischem Humor, der ihm aber gleich darauf wieder abhandenkam, als das Weibsbild »Eben« sagte, ihm noch einen schönen Abend wünschte und es mit einem Mal eilig zu haben schien, das Weite zu suchen.

»Moment!«, protestierte der Förster nachdrücklich, eilte hinter ihr her und stellte sich ihr in den Weg. »Ich nehme jetzt Ihre Personalien auf und leere den Inhalt des Korbs ins Gebüsch, dann werde ich es bei einer einstweiligen Verwarnung bewenden lassen.«

»Du kannst mich mal, du aufgeblasener Wichtigtuer«, schrie die Frau mit sich überschlagender Stimme, zückte kurzerhand eine Glasphiole aus der Manteltasche, sprühte dem Forstbeamten eine modrig-erdig riechende Flüssigkeit ins Gesicht und die Augen und rannte, so schnell es der knöchellange, schwere Samtmantel zuließ, über den Waldweg davon.

Kapitel 16

»Wir haben Post von einem Herrn Hendrik Galeen aus Berlin«, rief Gitta aufgeregt, als sie vom Briefkasten in die Küche eilte. Sie hatte Heidi vorhin zum Althäger Hafen gebracht und war noch ganz durchgefroren von dem langen Fußmarsch entlang der stürmischen Steilküste.

»Ist das nicht der Regisseur, an den ihr die Rechnung geschickt habt?«, fragte sie Traudel, die gerade am Färben war, während Franziska und Hekate am Küchentisch Brotteig kneteten.

»Ja, das ist er«, bestätigte Traudel und blickte erwartungsvoll zu Gitta, die das Kuvert öffnete.

Als Gitta den beigefügten Scheck gewahrte, pfiff sie anerkennend durch die Zähne.

»Ein Scheck von sage und schreibe 100 Reichsmark, das ist ja viel mehr, als wir für die zwei Kleider in Rechnung gestellt hatten«, äußerte sie hocherfreut, entfaltete den Briefbogen und fing an vorzulesen:

Sehr geehrtes Fräulein Jannsen,
sehr geehrtes Fräulein Kaiser!
Ihre hochwertigen handgewebten Gewänder haben mir und
meiner Filmcrew außerordentlich gut gefallen! Vor allem Frau
Helm war von den Kostümen sehr angetan. Sie kleiden sie vor-
trefflich, und sie wird sogar eines der Kleider auf dem Filmpla-
kat tragen, wie mein Plakatmaler Josef Fenneker und ich un-
längst beschlossen haben.

Frau Helm bat mich, für sie privat noch drei weitere Klei-
der bei Ihnen in Auftrag zu geben, wobei eines davon ein Ge-
schenk für ihre Freundin Louise Brooks sein soll.

Sie hat dazu keinerlei Vorgaben gemacht, sondern
möchte es Ihnen und Ihrer künstlerischen Fantasie überlassen,
welche Kreationen Sie für sie erschaffen werden. Lediglich um
Sie dabei zu inspirieren, lässt sie Ihnen ausrichten, dass Blau
ihre Lieblingsfarbe ist, während die von Frau Brooks Flieder
ist.

Da Frau Brooks am 14. November Geburtstag hat, käme
es Frau Helm sehr entgegen, wenn die Kleider bis dahin fertig
sein könnten.

Ich hoffe, das kommt Ihnen nicht ungelegen, und verbleibe mit
den besten Grüßen aus Berlin!

Hochachtungsvoll
Ihr
Hendrik Galeen
(Filmregisseur)

Als Gitta fertiggelesen hatte, stimmte sie in die Jubelrufe mit ein, die durch den niedrigen Raum hallten, ergriff Franziskas teigige Hände und tanzte übermütig mit ihr um den Küchentisch.

Auch Traudel war vor Freude aus dem Häuschen.

»Louise Brooks und Brigitte Helm tragen unsere Kleider! Das hätte ich ja in meinen kühnsten Träumen nicht zu hoffen gewagt. Wir werden noch reich und berühmt, ihr werdet sehen …«

Traudel hüpfte jauchzend in der Küche herum und hatte ganz rote Wangen bekommen, als plötzlich die Tür aufging und Frieda hereinkam.

»Was ist denn hier los?«, raunzte sie missgelaunt und zog eine Leichenbittermiene.

Traudel musterte die Freundin irritiert.

»Wir freuen uns über die Post aus Berlin, es gibt gute Nachrichten, aber welche Laus ist dir denn über die Leber gelaufen?«

»Dieser Arsch von Apotheker war eben so was von unverschämt, dass nicht viel gefehlt hat, und ich hätte dem eine runtergehauen«, wetterte Frieda und knallte aufgebracht die Dose mit dem Alaunsalz auf den Tisch.

»Der Neuhaus?«, erkundigte sich Gitta mit gerunzelter Stirn, die sich über den unfreundlichen Apotheker ebenfalls schon geärgert hatte.

»Genau der«, schnaubte Frieda, der vor Wut und Demütigung die Tränen in die Augen getreten waren.

»In der Apotheke wäre ich eigentlich an der Reihe gewesen, und da hat sich doch so ein alter Drachen einfach vorgedrängelt, und als ich dann protestiert und zu ihr gesagt habe, sie sei doch erst nach mir reingekommen, hat sie mich nur frech angegrinst und gemeint, Alter käme vor Schönheit. Außerdem wären erst einmal die Einheimischen dran, bevor die Zugereisten zu Potte kämen. Daraufhin habe ich zu ihr gemeint, sie hätte wohl einen Schatten weg, und bestellte beim Apotheker ein Kilo Färbersalz, und als er mir das hinstellt und ich bezahlen will, da sagt der doch tatsächlich zu mir: ›Ich weiß ja nicht, was in eurem Weiberzirkus für Sitten herrschen, aber bei uns in Ahrenshoop benimmt man sich anständig und gewährt älteren Leuten den Vortritt, anstatt ihnen ein freches Maul anzuhängen‹«, äffte sie den Apotheker in hämischem Tonfall nach, »›und man geht auch nicht im Nachthemd in die Geschäfte, sondern zieht sich was Manierliches an, wenn man vor die Tür muss‹ – das hat dieser Depp doch tatsächlich zu mir gesagt, ich dachte schon, ich hör nicht recht. Der Drachen hat sich vor Lachen gar nicht mehr eingekriegt und gelästert, das mit dem Nachthemd wäre ja noch geschmeichelt, mein Kleid würde eher wie ein alter Kartoffelsack aussehen, den ich mir übergezogen hätte. Darüber haben sich die beiden kaputtgelacht, und ich hab mich schnell vom Acker gemacht, ehe ich noch anfing, um mich zu schlagen.«

Franziska seufzte gequält. »Das war auch gut so. Wenn man ausfallend wird, ist das doch nur Wasser auf deren Mühlen und bestätigt sie noch in ihren Vorurteilen gegen uns. Die Ahrenshooper haben sich eh schon genug auf uns eingeschossen, und da sollte man es unbedingt vermeiden, noch weiter Öl ins Feuer zu gießen. Ich kenne die Leute hier draußen. Die sind stur und verschlossen und sperren sich gegen alles, was fremd ist, getreu dem Motto ›Was der Bauer nicht kennt, frisst er nicht‹.«

»Was heißt hier Öl ins Feuer gießen?«, empörte sich Frieda. »Ich hab mir da gar nichts vorzuwerfen, gestänkert haben die anderen und nicht ich.«

Traudel ging zu ihrer Freundin und legte tröstend den Arm um sie.

»Aber alles gefallen lassen braucht man sich ja auch nicht«, richtete sich Frieda an Franziska, womit sie bei Hekate regen Beifall erntete.

»Ich muss morgen in die Apotheke, um das Wollwachs abzuholen, das ich bestellt habe, und da werde ich mir den Herrn Apotheker noch mal vorknöpfen. So geht das nämlich nicht, dass der alte Sack so mit Frieda umspringt. Das kriegt der gleich dreifach heimgezahlt, nach altbewährter Hexenmanier«, äußerte Hekate rachsüchtig.

»Mach das bitte nicht«, beschwor Gitta die Frau mit den leuchtend roten Haaren und mühte sich, die Schärfe aus ihrem Tonfall zu nehmen, um Hekate, die sich in der kurzen Zeit, die sie hier war, schon bei allen durch ihre Hilfsbereitschaft sehr beliebt gemacht hatte, nicht zu verletzen. »So weit kommt es noch, dass du dich als Urlauberin mit den einheimischen Muffelköpfen herumärgern musst. Ich werde mit der stellvertretenden Ortsvorsteherin Astrid Niemann mal unter vier Augen reden und ihren Rat einholen, was man da am besten machen kann, um mit den Einheimischen nicht ständig auf Kriegsfuß zu stehen, denn das wollen wir ja alle nicht. Fräulein Niemann ist eine moderne, aufgeschlossene junge Frau und hat vielleicht eine Idee, wie man sich in Zukunft besser miteinander arrangieren kann. Ich habe sie ja auf dem Hafenmarkt persönlich kennengelernt, und sie war mir auf Anhieb sympathisch.«

»Das ist doch eine sehr gute Idee«, pflichtete Franziska der Freundin bei, und auch die anderen bekundeten ihre Zustimmung. Lediglich Hekate, die normalerweise mit ihrer Meinung nicht hinterm Berg hielt, zeigte sich ungewohnt zurückhaltend.

. . .

Es war ein trüber, regnerischer Vormittag, und die heftigen Windböen, erste Vorboten der nahenden Herbststürme, ließen es ratsam erscheinen, besser auf einen Schirm zu verzichten und sich mit Regenmantel und einer wasserdichten Kopfbedeckung gegen die Niederschläge zu schützen.

In Anbetracht der Tatsache, dass sie nun an der Ostseeküste lebte, wo es witterungsbedingt deutlich rauer zuging als im Herz-Heilbad Bad Nauheim, hatte sich Gitta in Ribnitz in einem Geschäft für wetterfeste Damenmode mit einem Trenchcoat aus braun-orange kariertem Wachstuch und einem dazu passenden Topfhut mit breiter Krempe eingedeckt, was bei aller Funktionalität auch modisch war.

An den Füßen trug sie schwarze Latexstiefeletten, die beim Laufen quietschende Geräusche von sich gaben, wenn die Kautschukoberflächen aneinanderrieben, was Gitta irgendwie belustigend fand. Und ein wenig Aufmunterung konnte sie an diesem grauen Tag fürwahr gut brauchen.

Zum einen bereitete ihr die Feindseligkeit und das abweisende Verhalten gewisser alteingesessener Ahrenshooper Verdruss, die ihr und den anderen Bewohnerinnen des Regenbogenhauses das unangenehme Gefühl vermittelten, in Ahrenshoop nicht willkommen zu sein, zum anderen waren es sozusagen »hausgemachte« Probleme, die ihr auf die Stimmung schlugen.

Das Problem hatte einen Namen und hieß Hekate.

Zwar hatte Hekate sich von Anfang an große Mühe gegeben, sich im Regenbogenhaus zu integrieren und alle Aktivitäten von Gitta und ihren Mitbewohnerinnen tatkräftig zu unterstützen.

Sie hatte beim Färben und beim Weben geholfen und war sich auch nicht zu fein, bei der täglich anfallenden Hausarbeit mitzuhelfen. Selbst bei den Kleiderskizzen und -entwürfen stand sie mit Rat und Tat zur Seite – zuweilen mehr, als Siska und Gitta lieb war.

Obgleich sie wenig Ahnung von Mode und Design hatte, hatte sie doch stets ihre klare Meinung zu den Skizzen, an der sie auch selbstbewusst festhielt – und wenn diese nicht die nach ihrem Dafürhalten wohlverdiente Berücksichtigung fand, konnte sie mitunter auch recht ungehalten sein.

»Wenn es nach ihr ginge, würden wir nur noch schwarze oder lila Hexenkleider nähen, am besten noch mit einem spitzen Hexenhut dazu«, hatte Franziska gewitzelt, als sie unlängst mit Gitta einen Abendspaziergang entlang der Steilküste unternommen hatte.

»Du sprichst mir aus dem Herzen«, hatte Gitta geseufzt

und es sehr genossen, endlich einmal mit der Freundin alleine zu sein, da dies nur noch selten der Fall war.

»Noch anderthalb Wochen, und dann sind wir sie los«, hatte Siska darauf erwidert, und Gitta hatte gespöttelt, dass Traudel sicher vor Freude Purzelbäume schlagen würde.

Denn seit Hekate unter ihnen weilte, hing zwischen Frieda und ihrer Gefährtin der Haussegen schief.

Im Gegensatz zu Frieda, die augenscheinlich einen Narren an Hekate gefressen hatte, sich von ihr die Karten legen ließ und sich auch bei anderen okkulten Ritualen als gelehrige Schülerin erwies, konnte Traudel die Krankenschwester aus der Charité nicht ausstehen.

Sie schäumte zuweilen vor Eifersucht, wenn Frieda einmal mehr an Hekates Lippen hing und kaum noch einen Blick für sie hatte.

»Stehst du eigentlich auf Frauen?«, hatte Traudel Hekate einmal unumwunden gefragt und von ihr die verblüffende Antwort erhalten, dass dies selbstverständlich der Fall sei.

»Ich bin selbst eine Frau und verehre Mutter Erde, die große Göttin aus der Frühzeit der Menschheitsgeschichte, als noch alle Gottheiten weiblich waren, wie könnte ich da nicht auf Frauen stehen?«, hatte sie entwaffnend hinzugefügt und Frieda damit den Wind aus den Segeln genommen, die es vermieden hatte, die Dinge noch deutlicher beim Namen zu nennen.

»Würde die große Mystikerin uns nur pekuniär ein wenig mehr unterstützen«, gingen Gitta Franziskas Worte durch den Sinn, und ihr wurde mit einiger Erbitterung bewusst, dass Hekate bislang noch keinerlei Anzahlung auf die für drei

Wochen vereinbarte Zimmermiete geleistet hatte, obgleich sie mit einem Appetit aß und trank, als wäre sie am Verhungern und Verdursten.

Es hätte Hekate nach Gittas Ansicht gut zu Gesicht gestanden, wenn sie auch mal eine Kleinigkeit spendiert hätte, anstatt sich bei ihren Gastgeberinnen, die finanziell weiß Gott nicht gerade auf Rosen gebettet waren, hemmungslos den Bauch vollzuschlagen.

»Das ist die gute Seeluft«, pflegte Hekate stets frohgemut zu äußern, wenn sie sich, wie so häufig, das letzte Stück Kuchen oder die letzte Kelle Eintopf aus der Schüssel nahm.

Keine von den vieren hatte sich bislang getraut, Hekate auf die noch offene Zimmermiete anzusprechen, und Gitta nahm sich vor, das bei passender Gelegenheit zu tun.

Auch wenn der Wind – von der See kommend – Gitta auf ihrem Weg entlang des Hohen Ufers gehörig um die Ohren fegte, so war doch der Anblick des Meeres, das heute eine schiefergraue Farbe hatte, wie immer Seelenbalsam für Gitta, und sie hätte in jenem Moment nirgendwo anders sein mögen als hier, an diesem rauen, wildromantischen Ort.

Sie hatte das erhabene Gefühl, dass die Urgewalt der See sie erdete und auch die Beklommenheit vertrieb, die sie beim Gedanken überkam, dass sie sehr wahrscheinlich dem Kapitän über den Weg laufen würde, wenn sie seine Schwester aufsuchen würde.

Ist mir egal, dann sage ich höflich guten Tag, und gut ist, versicherte sie sich trotzig, als sie den Anfang der Althäger Straße erreicht hatte, wo sich unweit des Hafens das Wohnhaus des Kapitäns und seiner Schwester befand.

Ihre Beherztheit schwand jedoch merklich, je näher sie der Behausung der Niemanns kam, die ihr aus früheren Ortserkundungen bereits bekannt war.

Sie sah es schon von Weitem, das Haus mit dem sogenannten Kapitänsgiebel an der Frontseite, die das rote Backsteinhaus unverwechselbar machte und von den anderen Gebäuden hervorstechen ließ.

Vor der blau gestrichenen Haustür mit dem polierten Messinganker als Türklopfer zögerte sie und konnte sich nicht überwinden, ihn zu betätigen, als im nächsten Moment die Tür geöffnet wurde und ein stattlicher Mann in grüner Försteruniform herauskam. Verdattert erwiderte sie seinen Gruß und dankte ihm, als er ihr höflich die Tür aufhielt und sie in den Flur trat. Das Herz schlug ihr bis zum Halse, während sie auf die Glastür zuging und zaghaft anklopfte.

»Herein«, vernahm sie eine männliche Stimme – die Stimme des Ortsvorstehers, die leicht gereizt klang, oder bildete sie sich das nur ein?

Sie drückte die Türklinke herunter, gelangte in die Diele und fand sich Auge in Auge mit Sören Niemann.

Auf seinem markanten wettergegerbten Gesicht zeigte sich Erstaunen, als er Gitta gewahrte.

Nach einem knappen Gruß erkundigte er sich nach ihrem Begehr.

»Ich möchte bitte Ihre Schwester sprechen, wenn es möglich ist«, erwiderte Gitta, die sich über seinen barschen Tonfall ärgerte, mit einer Spur von Hochnäsigkeit.

»Tut mir leid, aber die ist nicht da.«

In den hellgrauen Augen vermeinte Gitta Eiskristalle glitzern zu sehen, und sie wollte sich schon mit einem kühlen Gruß wieder entfernen, als er sie mit einem gewissen Unwillen fragte, ob er ihr vielleicht helfen könne.

Die Stimmung zwischen ihnen war bereits derart aufgeladen, dass die Luft förmlich knisterte, und Gitta war schon drauf und dran, den gleichen Fehler zu machen wie seinerzeit im Festzelt.

Gerade noch im letzten Moment verkniff sie sich ihr »Nein danke« und entgegnete stattdessen: »Vielleicht schon.«

»Dann kommen Sie doch bitte rein, ich hätte nämlich auch eine Frage an Sie«, schien er sich kurzerhand zu besinnen, geleitete Gitta in seine Amtsstube und bot ihr einen Stuhl vor seinem Schreibtisch an.

An der Wand über dem Schreibtisch hing ein großes Aquarell, das mit düsteren Pinselstrichen die aufgewühlte See unter einem purpurroten Himmel darstellte.

Zweifellos ein Meisterwerk, wie es Gitta beim Betrachten bewusst wurde.

»Emil Nolde, ›Meer mit rotem Himmel‹«, erläuterte der Kapitän, der Gittas Blick gefolgt war, stolz.

»Fantastisch, diese Farben«, äußerte sie bewundernd und stand noch ganz im Bann der Farbenpracht, als die Stimme des Kapitäns sie aus ihrer Versunkenheit riss.

»Eben war der Oberförster hier und hat mir von einem Vorfall im Ahrenshooper Holz berichtet, den er auch schon der Polizeibehörde in Ribnitz gemeldet hat, die der Sache nachgehen wird. Es ist zwar nicht gesagt, dass die Täterin aus Ahrenshoop stammt, denn der Förster, der ebenfalls hier wohnt, hat sie hier noch nie gesehen, und Feriengäste haben wir zurzeit ja so gut wie keine, aber ich habe dem Förster versprochen, mich bei den Einwohnern zu erkundigen, ob sie die Person vielleicht schon einmal gesehen haben.«

Gitta musterte ihn verstört.

»Worum geht es denn?«, wollte sie wissen.

»Der Förster hat im Ahrenshooper Holz eine Frau dabei beobachtet, wie sie Tollkirschen und Fliegenpilze gepflückt hat, und als er sie zur Rede gestellt hat, was sie denn mit dem giftigen Zeug vorhat, hat sie ihm eine stinkende Flüssigkeit in die Augen gesprüht, die so höllisch gebrannt hat, dass er nichts mehr sehen konnte. ›Die Brühe hat so modrig gerochen, als käme sie aus einer Gruft‹, hat der Waldaufseher gesagt. Seine Augen hat er sich anschließend mit Wasser ausgewaschen, und er kann Gott sei Dank wieder normal sehen und hat keinen bleibenden Schaden davongetragen. Trotzdem muss das gemeingefährliche Frauenzimmer, das ihm das angetan hat und das außerdem bestimmt nichts Gutes im Schilde führt, unbedingt gefunden werden!«, erklärte Sören Niemann entschlossen und ging gleich dazu über, Gitta die Personenbeschreibung vorzulesen, die der Förster hinterlassen hatte.

Waren es eben noch düstere Vorahnungen, die Gitta bei der Schilderung des Ortsvorstehers überkamen, so wurde es ihr bereits nach den ersten Sätzen zur siedend heißen Gewissheit, dass es sich bei der Übeltäterin um Hekate handelte.

Gleichzeitig fragte sie sich in tiefer Verzweiflung, wie sie sich nun verhalten sollte, und ihre Gedanken überschlugen sich.

Es widerstrebte ihr, Hekate zu verraten und sie dadurch gewissermaßen ans Messer zu liefern.

Nicht weniger verhasst war es ihr allerdings, dem Bürgermeister frech ins Gesicht zu lügen und zu behaupten, sie kenne die besagte Frau nicht. Von daher befand sich Gitta in einem echten Dilemma.

Der Bürgermeister musste wohl bemerkt haben, wie sehr ihr die Sache zusetzte.

»Waren Sie das am Ende, denn Sie haben ja auch rote Haare?«, fragte er scherzhaft.

»Ich muss doch sehr bitten«, erwiderte Gitta empört und war eigentlich ganz froh, da es ihm mit seiner Spöttelei offenbar gelungen war, ihre Anspannung ein Stück weit zu lockern, denn mit der lapidaren Äußerung, sie werde demnächst mal die Augen offen halten, war sie zumindest fürs Erste aus der Bredouille.

Umso dankbarer war sie, dass damit auch für den Ortsvorsteher die Angelegenheit erledigt zu sein schien, denn er fragte sie, was er für sie tun könne.

Gitta holte tief Luft und berichtete ihm von der Feindseligkeit, die ihr und ihren Mitbewohnerinnen, seit sie hier lebten, des Öfteren von den Alteingesessenen entgegengebracht wurde.

Sie nannte einige Beispiele, und seine Miene wurde immer finsterer.

Als sie geendet hatte und ihn abwartend anblickte, erwiderte er barsch, dass ihn das nichts angehe.

»Und ich bin auch nicht bereit, mich auf irgendeine Weise einzumischen«, fügte er hinzu. »Da sind Sie doch Manns genug, oder besser: Fraus genug, um das selber geradezubie-gen.«

Gitta spürte, dass ihr vor Verärgerung das Blut in den Kopf schoss.

Sie richtete sich jäh von ihrem Stuhl auf und maß ihn mit einem vernichtenden Blick.

»Alle Achtung, Sie sind ja ein fähiger Ortsvorsteher!«, schnaubte sie abfällig und wandte sich abrupt zum Gehen.

»Ach, goh mi doch vun de Rake!«, vernahm sie hinter sich wieder die plattdeutsche Verwünschung, deren Bedeutung ihr noch von dem unerfreulichen Abend im Festzelt im Gedächtnis geblieben war.

»Sie mich auch!«, blaffte sie zurück und warf ihm einen abschätzigen Schulterblick zu, ehe sie die Tür unsanft ins Schloss fallen ließ.

Kapitel 17

»Was hast du ihm denn eigentlich ins Gesicht gesprüht?«, wandte sich Franziska an Hekate, die Thema der Krisensitzung war, zu der sich die Bewohnerinnen des Regenbogenhauses und ihr Pensionsgast am Abend am großen Tisch im Wohnzimmer versammelt hatten.

»Ach, das war doch nur Patschuli«, erwiderte Hekate mit breitem Grinsen und winkte ab, was Traudel in Anbetracht der ernsten Lage, in der sich nun alle wegen Hekates Kapriolen befanden, wenig amüsant fand.

»Selbst wenn es bloß Zuckerwasser gewesen wäre, es ist und bleibt ein tätlicher Angriff«, schimpfte sie erbittert, »und wir dürfen deinen Übergriff jetzt mit ausbaden.«

Gitta konnte ihr nur zustimmen.

»Das war eine Tätlichkeit gegen eine Amtsperson, da beißt die Maus keinen Faden ab, und darauf steht mit Sicherheit eine Strafe, wie hoch die ist, das liegt wohl an der Schwere des Falls, ich bin ja keine Juristin.«

»Am Ende komme ich noch ins Zuchthaus«, mokierte sich Hekate. »Mensch, hör doch auf, den Teufel an die Wand zu malen, das war doch alles ganz harmlos!« Außer bei

Frieda, die sich die ganze Zeit eher zurückgehalten hatte, regte sich unter den Bewohnerinnen harscher Protest.

»Wir haben in Ahrenshoop sowieso keinen leichten Stand, und wenn jetzt noch ruchbar wird, dass wir jemanden beherbergen, der Tollkirschen und Fliegenpilze sammelt und dem Förster Parfüm in die Augen sprüht, dann können wir hier ganz einpacken und uns woanders eine Bleibe suchen«, hielt Franziska dagegen.

Hekate musterte sie konsterniert.

»Was erwartet ihr denn jetzt von mir, soll ich vielleicht zur Polizei gehen und mich selbst anzeigen?«

Traudel nickte knapp. »Das wäre nicht das Verkehrteste.«

»Möglicherweise reicht ja auch eine Entschuldigung«, äußerte Gitta nachdenklich, worauf Hekate vollends der Kragen platzte.

»Da hab ich eine bessere Idee«, herrschte sie Gitta an. »Ich pack jetzt meine Siebensachen zusammen, und dann seid ihr mich los. Dann braucht ihr auch keine Angst mehr zu haben, dass euer Ansehen Schaden nimmt.«

Sie hatte sich erhoben und strebte zur Tür, gemessenen Schritts, als ob sie darauf hoffte, zurückgehalten zu werden.

Stattdessen kam es lapidar von Gitta, dann solle sie aber vorher noch die Übernachtungskosten bezahlen, worauf ihr Hekate erbost an den Kopf warf, sie sei ja die reinste Krämerseele.

»Und du hast die Sensibilität eines Hackklotzes, sonst wärst du schon selbst darauf gekommen, und man müsste sich nicht dazu entblöden, dich daran zu erinnern«, gab Gitta zurück.

»Ich bin bitter enttäuscht von euch, ich habe euch immer für Freundinnen gehalten, doch jetzt zeigt ihr endlich euer wahres Gesicht. Ihr seid keinen Deut besser als die Ahrenshooper Spießbürger, über die ihr euch immer aufregt!«

Hekate hastete wutentbrannt hinaus, und zum Erstaunen aller rannte Frieda hinter ihr her.

»Wenn du der jetzt nachläufst, brauchst du zu mir nicht mehr zu kommen«, schrie Traudel zornig und war augenscheinlich den Tränen nah.

Frieda hielt inne und wandte sich zu ihr um.

»Wir können doch Hekate nicht hängen lassen, wo diese Kerle hinter ihr her sind, da müssen wir Frauen doch zusammenhalten!«

»Das sehe ich anders, sie hat sich die Suppe doch selber eingebrockt, dann soll sie sie gefälligst auch auslöffeln, ohne uns damit in Schwierigkeiten zu bringen.«

• • •

Gitta rauchte von der Besprechung und den zermürbenden Streitereien regelrecht der Schädel, daher hatte sie sich deutlich früher als sonst in ihr Zimmer zurückgezogen, um noch ein wenig zu lesen.

Sie hatte sich eine Kanne Eisenkrauttee aufgebrüht, und nach dem anstrengenden Tag, der ihr so viel Verdruss bereitet hatte, das Zerwürfnis mit dem Ortsvorsteher und die nervenaufreibenden Wortgefechte mit Hekate, stand ihr nur noch der Sinn nach Ruhe und Entspannung.

Gemütlich in den Ohrensessel gekuschelt, eine Wolldecke über sich ausgebreitet, hatte sie sich gerade erst in das Buch eingelesen, die famose Erzählung »Siddhartha« von ihrem Lieblingsschriftsteller Hermann Hesse, als unten die Türglocke läutete.

Gitta schreckte zusammen und sah auf die Uhr:

Es war schon kurz vor acht, wer konnte denn das nur sein, fragte sie sich, denn eigentlich erhielten sie nur selten Besuch, und der kam in der Regel nicht unangekündigt.

Unten hörte sie Stimmen, auch eine männliche war zu vernehmen, und Gitta ging sofort in Alarmbereitschaft. Hatten der Förster und der Ortsvorsteher am Ende schon herausgefunden, dass Hekate bei ihnen wohnte?

Sie stand auf und eilte zur Tür, die sie einen Spalt öffnete, um besser mitzukriegen, was los war.

Da hallten Schritte auf der Treppe zu ihr herauf, und Gitta rechnete mit dem Schlimmsten. Man würde sie als Lügnerin überführen – und das war noch längst nicht alles …!

Während Gittas Blicke beklommen durch den Türspalt schweiften, mochte sie ihren Augen nicht trauen, als sie Franziska in Begleitung eines bärtigen Mannes mit schulterlangen Haaren entdeckte, die sich Gittas Zimmertür näherten.

Gitta, die Lars von Löwenstern auf den ersten Blick erkannt hatte, schob den Türflügel beiseite und musterte ihn mit ungläubigem Erstaunen.

»Was willst du denn hier?«, brach es aus ihr heraus, und als ihr bewusst wurde, wie unhöflich das war, schob sie eine rasche Begrüßung hinterher.

Lars eilte zu ihr hin, und ehe sie sichs versah, umarmte er sie mit einer Intensität, die Gitta befremdete.

»Grüß dich, meine Liebe«, sagte er warmherzig, und der Klang seiner Stimme verriet ihr, wie bewegt er war.

»Ich bin erst vor Kurzem nach Ahrenshoop zurückgekehrt und lebe wieder im Kunstkaten.«

Er lächelte unsicher.

»Bitte entschuldige, dass ich so spät noch vorbeikomme, aber es hat mir so auf der Seele gebrannt, dich wiederzusehen, dass ich es einfach nicht mehr ausgehalten habe.«

Gitta widerstrebte es, den Maler, der sie seinerzeit so schmerzlich enttäuscht hatte, mit offenen Armen aufzunehmen.

Daher konnte sie sich auch nicht dazu überwinden, ihn hereinzubitten.

So standen sie sich im Flur gegenüber und schwiegen angespannt.

»Äh, ich geh dann mal wieder runter«, bemerkte Franziska, die sich dezent im Hintergrund gehalten hatte, und wandte sich der Treppe zu.

»Ich … ich möchte auch nicht so einfach mit der Tür ins Haus fallen«, erklärte Lars verlegen. »Mir wäre nur sehr daran gelegen, wenn wir vielleicht einmal in Ruhe über alles sprechen könnten. Es würde mich daher sehr freuen, wenn du mich demnächst im Kunstkaten besuchen kommen würdest.«

Er schaute Gitta eindringlich an. In seinen hellen Augen lag ein warmer Glanz, der Gitta trotz aller Ressentiments, die sie gegen ihn hegte, berührte.

Eine Aussprache kann ja nichts schaden, dachte sie bei sich, das konnte ja schließlich auch in ihrem Sinne sein, um gewisse Dinge geradezurücken.

»Gut, dann komme ich morgen Abend gegen 18 Uhr vorbei«, erwiderte sie resolut, da sie keinen Grund für sich sah, die Unterredung noch unnötig lange aufzuschieben.

Lars strahlte.

»Du glaubst gar nicht, wie sehr ich mich freue.«

Dennoch vermied er es dieses Mal, Gitta zum Abschied zu umarmen, da ihm ihre Haltung und ihr Tonfall signalisierten, dass ihr an Distanz gelegen war.

Er drückte ihr stattdessen herzlich die Hand und wünschte ihr noch eine gute Nacht.

…

Alle Menschen in dem festlich erleuchteten Saal tanzten. Musikanten spielten auf, und der weitläufige Tanzboden war voller Paare.

Mal tanzten sie einen Shimmy, dann wechselte der Rhythmus in atemberaubendem Tempo zu einem Quickstep, aus dem schon in nächster Minute wieder ein Slowfox wurde, der in einen Schieber überging.

»Raus mit 'n Männern aus'm Reichstag«, krähte eine kehlige Stimme, und Gitta gewahrte auf einem Podest am Rande der Tanzfläche die Ausdruckstänzerin Anita Berber, die in ihrer klapprigen Nacktheit anmutete wie ein Totenskelett.

Gitta saß ganz allein an einem Tisch in der Ecke und fühlte sich überaus verloren unter den vielen Leuten, die förmlich vor guter Laune sprühten.

Da wandelte sich die Tanzkapelle mit einem Mal zu einem Balalaika-Orchester und stimmte eine Melodie an, die so abgrundtief traurig und gleichzeitig auch voller Leidenschaft war und Gitta so berührte, dass sie gleichzeitig lachen und weinen musste.

Es war das alte russische Volkslied »Ochi Chernye – Schwarze Augen«, das Gitta ganz besonders liebte.

Es war ihr, als sei es ihr aus dem Herzen geschrieben, und sie erhob sich wie eine Traumwandlerin und wiegte sich im Takt.

Da näherte sich ihr plötzlich aus der Ferne eine Gestalt wie eine Fata Morgana in der Wüste, wurde immer schneller und flog förmlich auf sie zu.

Vor ihr stand Sören Niemann in seiner weißen Kapitänsuniform und forderte sie mit höflicher Verbeugung zum Tanzen auf.

Gitta zögerte, und vor Schüchternheit errötend stammelte sie:

»Ich kann gar nicht tanzen.«

»Das ist doch kein Problem«, entgegnete der Kapitän. »Vertraue dich einfach meiner Führung an.«

Schon nach den ersten Schritten erwies es sich indessen, dass nicht nur ihr Partner ein grandioser Tänzer war, sondern dass Gitta in jeder Hinsicht mit ihm mithalten konnte.

Sie wirbelten schwungvoll über die Tanzfläche und tanzten sich regelrecht in einen Rausch.

Gitta und Sören hatten die Tanzfläche ganz für sich alleine, die anderen Paare waren ehrfürchtig an den Rand zurückgewichen und streiften sie mit bewundernden Blicken.

Gitta hatte das unvergleichliche Gefühl, ganz in ihrem Element zu sein, sie hatte nur noch den Wunsch, dass dieser zauberhafte Tanz niemals enden möge.

Wie aus dem Nichts hatte sich plötzlich ein Stehgeiger zu ihnen gesellt und spielte zum Tanz auf.

»Ochi Chernye – Schwarze Augen,
Ich sehe in euch die Trauer über meine Seele,
ich sehe in euch das unbezwingbare Feuer,
in dem mein armes Herz verbrennt ...«

Gitta schmiegte sich eng an ihren Tanzpartner, der seinen Kopf zu ihr herunterbeugte und sie mit einer Leidenschaft küsste, dass ihr die Sinne schwanden.

Sie hatte das Gefühl, vor Lust zu vergehen, als der Stehgeiger ihr keck auf die Schulter tippte.

Wie aus einem schönen Traum gerissen, wandte sie sich jäh zu ihm um und erkannte in dem Geiger Lars von Löwenstern.

»Darf ich bitten«, forderte er sie zum Tanz auf, und Gitta erwachte.

Schlaftrunken knipste sie das Licht an und sah, dass es erst sechs Uhr in der Früh war, genügend Zeit also, um noch ein Weilchen zu schlafen, denn für gewöhnlich stand sie nie vor acht Uhr auf.

Sie schaltete die Nachttischlampe aus und ließ sich zurück ins Kissen sinken.

Der Traum war ihr noch sehr präsent, sie konnte sich genau an alles erinnern. Die melancholische Musik, die Ekstase beim Tanzen und das Gefühl zu vergehen, als Sören sie küsste, und dann der Störenfried in Gestalt von Lars von Löwenstern, der alles zunichtegemacht hatte.

Dass ihm in dem Traum eine solche Rolle zukam, war für Gitta durchaus nachvollziehbar.

Er kam zu spät, als sie bereits einem anderen ihr Herz geschenkt hatte, aber dass dieser andere ausgerechnet Sören Niemann sein musste, der ihr in der kurzen Zeit ihrer Bekanntschaft nur Verdruss bereitet hatte, war für Gitta unbegreiflich.

Mach dir mal bloß nichts vor, du weißt sehr genau, wie gut er dir von Anfang an gefallen hat.

Da wusste ich aber noch nicht, was für ein unfreundlicher Hagestolz er ist, gab Gitta sich selbst in einem inneren Monolog Paroli.

Von wegen Hagestolz, du bist doch selbst mit sechsundzwanzig Jahren noch unverheiratet.

Hagestolz trifft alte Jungfer, hihi.

Na ja, das kann man nicht so ganz vergleichen.

Für mich ist der Richtige halt noch nicht gekommen, und mit dem hält es eben keine aus, das ist ein feiner Unterschied.

Vor allen Dingen »fein«.

Fein ist da gar nichts, weder was von ihm gekommen ist noch von dir.

»Stimmt«, flüsterte Gitta, »aber küssen kann er jedenfalls, zumindest im Traum.«

In wenigen Sekunden war sie wieder eingeschlafen.

. . .

Nachdem sich Hekate den gesamten vergangenen Abend beleidigt in ihrem Zimmer verschanzt hatte, war sie am darauffolgenden Morgen reumütig in die Küche gekommen und hatte sich bei allen entschuldigt. Sie erklärte sich außerdem bereit, beim Waldaufseher Abbitte zu leisten und die Sache in Ordnung zu bringen.

Erfreut kamen ihr die Regenbogenfrauen entgegen und waren ihr bei den Vorbereitungen für den Besuch behilflich.

Für die anstehende Konsultation hatte Hekate bewusst auf jedwede Schminke verzichtet und die roten Haare zu einem biederen Knoten hochgesteckt. Schweren Herzens hatte sie auch ihr Pentagramm abgelegt, den schwarzen Nagellack entfernt und ein hellbraunes Jackenkleid von Gitta angezogen, das diese gern zum Unterricht getragen hatte.

»Kleider machen Leute«, sagte sie gut gelaunt, als sie durch die Küche stolzierte, um für die vier am Frühstückstisch eine Modenschau abzuhalten.

»So sehe ich doch ganz brav aus, wie eine Tippmamsell oder das Fräulein vom Amt. Mit einem freundlichen Lächeln und einer netten Entschuldigung wird dieser Grünrock doch hoffentlich seine Anzeige zurückziehen.«

»Wir werden sehen, am besten hältst du dich erst einmal zurück und lässt mich reden«, sagte Franziska, die bereits ausgehfertig am Tisch saß, Tee trank und ein Brot mit selbst gemachtem Quittengelee aß.

Als sich Franziska und Hekate wenig später mit Hüten und Mänteln hinausbegaben, um sich auf den Weg zum Haus des Oberförsters zu machen, wünschten ihnen Gitta, Traudel und Frieda viel Glück und machten sich ans Werk.

Denn die drei Kleider für die Filmschauspielerinnen Brigitte Helm und Louise Brooks sollten nicht nur bis Ende Oktober fertig, sondern auch besonders gelungen sein.

Die verschiedenen Baumwollstoffe waren bereits gefärbt und mussten jetzt von Gitta noch zugeschnitten und von Traudel und Frieda gereiht werden.

Franziska hatte sich mit den Entwürfen größte Mühe gegeben, und die Ergebnisse waren atemberaubend schön:

Das Modell »Blaue Blume« bestand aus spitz zulaufenden Stoffbahnen in tiefem Indigoblau, die an die Blütenblätter einer Glockenblume erinnerten. Ein überlebensgroßer, aus hauchdünner Seide gefertigter Zitronenfalter, der auf der linken Schulter thronte, bildete das i-Tüpfelchen.

Der zweite Entwurf war ein Cocktailkleid mit dem Namen »Eiskristall«.

Der Stoff war pastellblaue Naturseide, die mit kleinen Kristallperlen bestickt war, und der vor allem durch seine schlichte Eleganz bestach.

Das Modell »LouLila« war ein klassisches Charlestonkleid aus fließenden zartlila Stoffbahnen, mit großen Seidenschleifen rechts und links der Hüften.

Während die drei Frauen konzentriert ihrer Arbeit nachgingen, war es im Wohnzimmer so still, dass man eine Nähnadel hätte fallen hören können.

Die Stimmung im Regenbogenhaus hatte sich deutlich gebessert, seit Hekate sich am Morgen bei allen entschuldigt und bereit erklärt hatte, die Sache in Ordnung zu bringen.

Franziska hatte sich spontan erboten, Hekate als eine Art Schlichterin zu begleiten, da sie sich diesbezüglich als gebür-

tige Wustrowerin und Pastorentochter gute Chancen aus-
rechnete.

Wollen wir mal das Beste hoffen, ging es Gitta durch den
Kopf, und nicht zum ersten Mal an diesem Tag musste sie an
ihren seltsamen Traum denken – und dass sie am Abend eine
Verabredung mit Lars von Löwenstern im Kunstkaten hatte.

Gemischte Gefühle beschlichen sie, wenn sie daran
dachte. Doch in einem Punkt war sie sich sicher:

Sie wollte keine Liebesbeziehung mehr mit ihm haben.
Dieser Zug war längst abgefahren, so viel stand fest.

Kapitel 18

»Ich möchte noch einmal betonen: Fräulein Kerner ist eine absolut integre Person«, beteuerte Franziska gegenüber dem Waldaufseher, der sie nach der viertelstündigen Unterredung aus seiner Amtsstube hinausbegleitete, ohne eine verbindliche Zusage gemacht zu haben.

Nach Hekates ausdrücklicher Entschuldigung und nachdem sich erwiesen hatte, dass es sich bei der modrig riechenden Flüssigkeit, mit der sie ihn besprüht hatte, lediglich um ein Parfüm handelte, hatte er sich immerhin zu der Aussage herabgelassen, dass er sich die Sache noch mal überlegen werde.

Seine Miene und sein Tonfall verrieten jedoch nur allzu deutlich, dass er Hekate nach wie vor alles andere als gewogen war.

Daran konnte auch Franziskas Gegenwart nichts ändern, wenngleich sie im Nachbarort Wustrow geboren und die Tochter des angesehenen Pastors Eichenlaub war.

Er kann Hekate einfach nicht ausstehen, wurde es Franziska in der kurzen Zeit bewusst, die sie im Forsthaus zugebracht hatten – sie war genau der Typ Frau, der für Männer, die noch mit dem Geist des Kaiserreichs verbunden waren, ein rotes Tuch darstellte.

Wahrscheinlich war das auch der Grund, warum Franziska sich in einer Art Torschlusspanik dazu hinreißen ließ anzumerken, dass Fräulein Kerner als Krankenschwester in der Berliner Charité arbeite, obwohl Hekate sie unterwegs mit einer gewissen Verlegenheit gebeten hatte, das nicht an die große Glocke zu hängen.

Kaum dass Franziska es ausgesprochen hatte, wurde ihr auch schon bewusst, dass es ein Fehler war.

Der bislang eher stumpf und teilnahmslos anmutende Waldaufseher war nämlich schlagartig wach geworden.

»In der Berliner Charité … als Krankenschwester?«, brach es bass erstaunt aus ihm heraus – genauso gut hätte Franziska sagen können, Hekate sei die fromme Helene.

Er musterte die Frau mit den hochgesteckten roten Haaren ungläubig, auch wenn sie heute manierlich gekleidet war und nach Kölnischwasser roch, war sie ihm doch immer noch viel zu suspekt, als dass er sich bei ihr hätte vorstellen können, dass sie eine aufopferungsvolle und pflichtbewusste Krankenschwester sei.

»Auf welcher Station arbeiten Sie denn?«, fragte er argwöhnisch.

»Auf der Inneren«, lautete Hekates kurze Antwort.

Er musterte sie lauernd.

»Weiß denn Ihr Chef, was Sie hier treiben? Ich meine, Tollkirschen und Fliegenpilze sammeln?«

Hekate runzelte unbehaglich die Stirn.

»Warum sollte er? Das ist doch privat, was ich hier ma-che, ich bin ja im Urlaub«, murmelte sie unsicher.

Da Franziska dem Waldaufseher keine weitere Gelegen-heit mehr bieten mochte, unangenehme Fragen zu stellen, verabschiedete sie sich förmlich und dankte Hendrik Fricke, dass er sich die Zeit für sie genommen habe.

»Mohltied«, verabschiedete er sich nordisch unterkühlt von den Besucherinnen, ohne ihnen zum Abschied die Hand zu reichen.

Als sie draußen waren und die Dorfstraße entlangliefen, ent-schuldigte sich Franziska bei Hekate, dass sie dem Förster ge-sagt hatte, dass Hekate in der Charité als Krankenschwester arbeite.

»Schon gut«, erwiderte diese leicht unwillig und fügte spöttisch hinzu, dass er ihr ja daraus schwerlich einen Strick drehen könne.

»Wie meinst du das?«, fragte Franziska nachdenklich.

»Na ja, falls er auf die Idee kommen sollte, meinem Chef einen Beschwerdebrief zu schicken, denn er kennt ja noch nicht mal seinen Namen.«

Aber deinen, dachte Franziska bei sich und unterließ es ge-flissentlich, den Gedanken laut auszusprechen.

»Wirklich gut gelaufen ist es nicht, er ist halt auch ein stu-rer Hund«, murrte Hekate. »Da werde ich wohl noch ein biss-chen nachhelfen müssen«, meinte sie mit sinisterem Lächeln.

Franziska musterte sie verständnislos.

»Was soll denn das heißen?«

Hekate öffnete die Hand. Sie enthielt einen Hirschhornknopf.

»Den habe ich vorhin, als wir im Flur standen, von seinem Lodenmantel abgerissen«, erklärte sie kichernd. »Ein Souvenir, das ich jetzt gut brauchen kann.«

Franziska war außer sich.

»Du machst vielleicht Sachen, was, wenn er das gemerkt hätte? Der hätte doch Zeter und Mordio geschrien ... ich darf gar nicht daran denken«, stammelte sie händeringend und sehnte mehr denn je den Moment von Hekates Abreise herbei, als ihr ein düsterer Gedanke kam.

»Wie meinst du das denn, dass du den Knopf jetzt gut brauchen kannst?«, erkundigte sie sich bestürzt.

Hekate grinste triumphierend.

»Für den Bannzauber, den ich heute Nacht am Menhir an der Steilküste vornehmen werde.«

Franziska konnte nur noch den Kopf schütteln.

»Du bist doch nicht mehr zu retten«, murmelte sie konsterniert, und als Hekate ihr daraufhin genauer erläutern wollte, was es mit einem Bannzauber auf sich habe, ließ Franziska sie unumwunden wissen, das interessiere sie nicht.

• • •

Als Gitta gegen sieben Uhr abends vor dem Kunstkaten angelangt war und die Klingel betätigte, ärgerte sie sich einmal mehr über ihre Aufgeregtheit, die ihr seit geraumer Zeit in den Gliedern steckte – im Grunde genommen schon den ganzen Tag, wenn sie nur daran dachte, was ihr am Abend bevorstand.

»Und, wird das wieder was mit euch?«, hatte Frieda sie gefoppt, und Gitta hatte gereizt geantwortet, sie möge keine aufgewärmten Sachen.

Franziska hingegen schien den Ernst der Lage richtig einzuschätzen.

»Lass dich bloß nicht wieder von ihm einwickeln«, hatte sie der Freundin vorhin zugeraunt, als sie sie zur Haustür begleitet hatte, worauf Gitta trotzig erwidert hatte: »Nie und nimmer!« Nie und nimmer, sagte sie sich auch jetzt, als sie hinter der Tür Schritte vernahm.

Ein strahlender Lars öffnete ihr die Tür und hieß sie herzlich willkommen.

Zu Gittas Erleichterung verzichtete er auf die in Künstlerkreisen übliche Umarmung und begnügte sich stattdessen mit einem altmodischen Handkuss, was Gitta zum Grinsen brachte.

Er hatte außerdem seinen Vollbart abgenommen, und Gitta musste sich eingestehen, dass er fabelhaft aussah.

Ein Bild von einem Mann, ging ihr plötzlich Heidis Bemerkung durch den Sinn, als Lars an dem Schönheitsabend in Frankfurt seinen Lichtbildvortrag gehalten hatte.

So etwas in der Art hat sie auch von Kapitän Niemann gesagt.

Sieht blendend aus und hat Humor, erinnerte sich Gitta an die Worte der Freundin, was sie als Beleg dafür erachtete, dass man auf Heidis Geplapper nicht allzu viel geben dürfe, zumindest nicht, was gewisse Männer anbetraf.

»Tritt ein, bring Glück herein«, forderte Lars sie auf, half Gitta formvollendet aus dem Mantel und führte sie in die Wohnstube, wo im Kamin ein behagliches Feuer brannte.

Er bot Gitta an, auf einem der beiden Lehnstühle Platz zu nehmen, die neben einem kleinen Beistelltisch vor dem Kamin standen.

Da es abends bereits empfindlich kühl wurde, kam dies Gitta, die es ohnehin etwas fröstelte, sehr gelegen, und sie rieb sich wohlig die klammen Hände.

Auf dem Tischchen standen ein Holzbrett mit mundgerecht zerteilten Käse- und Weißbrotstücken sowie eine bereits entkorkte Flasche Rotwein und zwei Gläser.

Lars erwies sich als perfekter Sommelier, der den ersten Schluck der Flasche ins Feuer goss, ehe er Gitta einschenkte.

»Für die Götter«, fügte er mit dem für ihn so typischen Lächeln hinzu, das Gitta einst so unwiderstehlich gefunden hatte.

Sie prosteten einander zu.

»Auf unser Wiedersehen«, sagte Lars mit einem tiefen Blick in Gittas Augen.

»Auf den Abend«, lautete Gittas unverfänglicher Trinkspruch, sie vermied den Augenkontakt und ließ ihre Blicke durch den Raum schweifen.

»Gemütlich hast du es hier«, stellte sie fest, »und deutlich komfortabler als auf dem *Sonnenhof*.«

Lars gab ein grimmiges Lachen von sich.

»Im Vergleich zu dem Verschlag, in dem wir in der sogenannten Naturheilanstalt am Monte Verità gehaust haben, war der *Sonnenhof* noch das reinste Luxushotel.«

Gitta musste lachen.

»Ich habe schon davon gehört, Hermann Hesse und Erich Mühsam haben ja ebenfalls eine Kur in dieser Aussteiger-Siedlung für zahlende Gäste absolviert. Hesse musste sich sein Wasser aus einem Tümpel holen und sich von dem ernähren, was die Natur so bietet, natürlich alles streng vegetarisch. Als Matratze in seiner Licht-Luft-Hütte dienten ihm Blätter und Zweige. Nach einer Woche träumte er von Wannenbädern, frisch bezogenen Betten und fetttriefendem Essen, einer Zigarre und einer Flasche kühlem Moselwein.«

»Wie aus Erich Mühsams Abhandlungen über den heiligen Berg hervorgeht, war er mit seiner Kritik am Natursanatorium noch um einiges radikaler. Er behauptete sogar, der Vegetarismus mache impotent, und brach seine Rohkosttherapie mit einem Fress- und Saufgelage ab. Der Freigeist schrieb sogar ein Spottgedicht auf das ›Salatorium‹, wie er die Naturheilanstalt nannte«, erklärte Lars mit breitem Grinsen. »Er vermisste dort Sinn und Sinnlichkeit, und das ging mir im Übrigen genauso.«

Als ob er dies noch untermauern wolle, streifte er Gitta mit einem lüsternen Blick.

Wenn du jetzt zudringlich wirst, bin ich schneller weg, als du denken kannst, ging es ihr durch den Sinn, und ihre Mimik erstarrte unwillkürlich, was Lars offenbar bemerkte, denn auch seine Züge wurden ernst.

»Mir ist wichtig, dir noch einmal zu sagen, wie sehr ich es bedauere, dich so verletzt zu haben«, äußerte er aufrichtig und ergriff Gittas Hand, die ihm diese nicht entziehen mochte.

»Bitte verzeih mir«, fügte er schuldbewusst hinzu.

»Das ist längst kein Thema mehr«, sagte sie leichthin. »Ich fühle mich im Regenbogenhaus so wohl wie ein Fisch im Wasser, und wir haben so viel zu tun, dass man gar keine Zeit hat, lange über etwas nachzugrübeln, das außerdem schon längst vorbei und vergessen ist.«

Es war offensichtlich, dass Lars gekränkt war über Gittas Worte, obgleich er bemüht war, sich dies nicht anmerken zu lassen, indem er Gitta wissen ließ, dass er vom Regenbogenhaus und den von Gitta und ihren Mitbewohnerinnen gefertigten expressionistischen Gewändern sehr angetan sei.

»Ich habe eure Kleider letztens in der *Bunten Stube* gesehen und kann nur sagen: Hut ab!«

Gitta freute sich über seine Anerkennung.

»Das Schönste daran ist, dass wir alle unsere Arbeit so lieben. Ich habe schon immer gerne genäht, aber noch nie mit einer solchen Begeisterung wie jetzt«, bekundete sie glücklich. »In Franziska habe ich eine echte Seelenverwandte gefunden, wir haben uns von Anfang an so gut verstanden, als würden wir uns schon ein Leben lang kennen. Und auch mit Frieda und Traudel komme ich bestens aus. Wir vier sind eine richtig eingeschworene Gemeinschaft und halten zusammen wie Pech und Schwefel. Natürlich vermisse ich manchmal meine Eltern, aber dann sage ich mir, im Regenbogenhaus habe ich eine neue Familie gefunden, in der ich ganz und gar ich selbst sein kann, und das weiß ich sehr zu schätzen.«

»Das freut mich für dich, Gitta, und man sieht es dir auch an, wie gut es dir geht. Du warst auch früher schon eine schöne Frau, aber in den drei Monaten, die wir uns nicht mehr gesehen haben, bist du richtig aufgeblüht.«

Gitta errötete leicht.

»Jetzt übertreib mal nicht, das wird die gute Seeluft sein«, wiegelte sie ab, doch Lars bekräftigte noch einmal seinen Eindruck.

Dann berichtete er Gitta von seiner kurzen, unglücklichen Liebe zu Lore, der verwöhnten Tochter eines reichen Hamburger Reeders.

»Bei der Landkommune in Barnstorf ist es Lore mit der Zeit zu eintönig geworden, und dann hat sie mich überredet, mit ihr in die Naturkolonie Monte Verità im schweizerischen Ascona einzutreten. Es musste ja immer alles nach ihrem Kopf gehen, anders kannte sie es nicht, und ich blöder Depp habe den ganzen faulen Zauber mitgemacht. Wenn Lore gesagt hätte, wir wandern auf die Osterinseln aus, dann hätte ich mich dem auch gefügt. Sie konnte sehr aufbrausend sein, und ich wollte es ihr halt immer recht machen. Zum Dank hat sie sich dann in Ascona in einen gewissen Karl Ritter verliebt, einen religiösen Eiferer in Jesussandalen, und ist mit ihm auf die Galapagosinseln emigriert.«

Er seufzte gequält.

»Ich habe gelitten wie ein Tier, doch inzwischen bin ich Gott sei Dank darüber weg und denke mir, was für ein Glück, dass ich dieses kaltherzige, selbstverliebte Geschöpf endlich los bin. Letztendlich bin ich ja selber schuld, denn mit Lore habe ich wohl aufs falsche Pferd gesetzt.«

»So kann es gehen«, gab Gitta mit neutraler Miene von

sich und machte sich bewusst, dass sie in Bezug auf Lars zuweilen ähnliche Gedanken gehegt hatte.

Doch sie vermied es, darüber zu reden, da sie keine Lust auf Grundsatzdiskussionen hatte.

Umso erstaunter war sie, als Lars dies von sich aus ansprach.

»Na ja, ich war schon ziemlich enttäuscht«, erwiderte sie zurückhaltend.

»Ich habe alles kaputtgemacht, ich könnte mich ohrfeigen!«, stieß er hervor und schien nicht weit davon entfernt, es in die Tat umzusetzen.

In seinen hellen Augen schimmerten Tränen, als er Gitta die Hand auf den Arm legte und inbrünstig bekannte, dass er es zutiefst bereut habe, Gitta so vor den Kopf gestoßen zu haben.

»Ich würde alles darum geben, wenn ich das wiedergutmachen könnte.«

Er ergriff Gittas Hand und küsste sie.

Gitta spürte seine heißen Lippen auf ihrem Handrücken, und ein Schauder breitete sich über ihren ganzen Körper.

»Gitta, bitte glaube mir, meine Gefühle für dich sind nie erloschen, und das trifft auch heute noch zu«, äußerte er mit kehliger Stimme, und in seinen Augen loderte eindeutiges Begehren.

Und dann ging plötzlich alles so schnell, und Gitta wusste gar nicht, wie ihr geschah, als Lars sie an sich zog und mit einer Leidenschaft küsste, dass ihr regelrecht die Luft wegblieb.

Für einen flüchtigen Moment ergab sich Gitta der Woge

der Lust, die sich in ihrem Innern ausbreitete, und erwiderte den Kuss mit einer ungeahnten Sinnlichkeit.

Sie war schon drauf und dran, mit Leib und Seele einzutauchen in den Rausch der Wollust, als eine innere Stimme sie unsanft auf den Boden der Tatsachen zurückholte.

Sie lautete: *Lass dich bloß nicht wieder von ihm einwickeln!*

Zweifellos die Stimme der Vernunft.

Gitta löste sich so jäh aus der Umarmung, dass Lars viel zu fassungslos war, um darauf auf irgendeine andere Weise zu reagieren, als sie verstört anzustarren.

Er hatte sie überrumpelt, und sie war viel zu perplex, um den Kuss abzuwehren. Gleichzeitig bereute sie es jedoch, schwach geworden zu sein, und ärgerte sich maßlos über sich selbst.

»Mach so etwas bitte nie wieder!«, herrschte sie ihn mit einer Heftigkeit an, vor der sie selbst erschrak. »Ich war damals total verliebt in dich, und du hast alles zunichtegemacht. Doch das ist lange vorbei, und ich möchte mit dir keine Liebesbeziehung mehr haben, und du solltest dir auch keine falschen Hoffnungen machen. Vorbei ist vorbei, und je eher du das akzeptierst, desto besser. Damit ersparst du dir eine unnötige Quälerei.«

Als sie sah, wie verletzt Lars war und er sich die Tränen aus den Augenwinkeln wischte, hielt sie inne und bereute ihre Härte fast.

»Sei doch bitte nicht so niedergeschlagen«, sagte sie und legte ihm die Hand auf die Schulter. »Dafür gibt es doch gar keinen Grund. Ich trage dir nichts nach. Es hat halt nicht sollen sein mit uns. Das ist zwar schade, aber so ist das nun mal.

Gegen eine freundschaftliche Verbindung mit dir habe ich allerdings nichts einzuwenden.«

Gitta musterte Lars eindringlich und hielt ihm ihre Hand hin.

»Lass uns doch Freunde sein. Einen guten Freund kann man immer brauchen.«

Er ergriff die dargebotene Hand, und ein Lächeln glitt über seine betrübten Züge.

»Dich als Freundin zu haben ist immer noch besser als gar nichts«, räumte er mit einem gewissen Galgenhumor ein und bat darum, von Gitta eine Porträtskizze anfertigen zu dürfen, da ihm das helfe, seine Schwermut zu zerstreuen, was Gitta ihm nicht abschlagen mochte.

Lars füllte ihre Gläser auf, holte Zeichenblock und Rötelstift herbei, setzte sich in Position und fing mit flinken Strichen an zu zeichnen.

Nach wenigen Minuten war er fertig, und Gitta war beeindruckt, wie treffend er sie mit wenigen Linien und Schattierungen eingefangen hatte.

Sie wirkte auf der Zeichnung so filigran und verletzlich, blickte aber dem Betrachter mit kühnem Blick entgegen. Das Porträt gefiel Gitta. Lars datierte und signierte es und schenkte es ihr als Erinnerung an den Abend.

Er fertigte noch zwei weitere Zeichnungen von ihr an, und das Zusammensein verlief angenehm und harmonisch.

Lars bekundete Gitta, wo immer er konnte, sein Entgegenkommen, und als er sie um elf Uhr nach Hause begleitete, trotz Gittas Aufbegehren hatte er darauf bestanden, sie wenigstens bis zum Hohen Ufer zu bringen, schien er sich bereits gut mit der neuen Situation arrangiert zu haben.

Ihre Umarmung war freundschaftlich, und sie verabredeten unverbindlich, sich bald wiederzusehen.

Kapitel 19

Als Hekate gegen zehn Uhr nachts das Regenbogenhaus verließ, warf sie noch einmal einen prüfenden Blick auf den Mond, der über dem Salzhaff aufgegangen war.

Er war abnehmend, genau wie sie gedacht hatte, was ihrem Vorhaben sehr dienlich war.

Der fast volle Mond tauchte die Steilküste in ein gespenstisches Licht, und Hekate schlug zielstrebig den Weg nach Wustrow ein.

In einem Korb hatte sie alle Utensilien verwahrt, die sie für den Bannzauber brauchte, und sie hatte auch die aus den Auszügen der Tollkirsche und Fliegenpilze hergestellte Hexensalbe dabei, mit der sie vor dem Ritual ihre Pulsadern bestreichen würde, um sich auf der anderen Seite des Zauns mit der Göttin zu vereinigen.

Der mittelgroße Findling, den sie kurze Zeit nach ihrer Ankunft im Regenbogenhaus entdeckt hatte, befand sich kurz hinter Wustrow, an der Stelle, wo die Landzunge der Halbinsel Fischland am schmalsten war.

Zwischen dem Ostseestrand und dem »Permin«, einer Bucht des Saaler Boddens, waren es kaum 400 Meter.

Hekate liebte diesen Ort und war schon oft zu dem Stein gewandert, um sich zu erden.

Aus Büchern über den Hexenkult hatte sie in Erfahrung gebracht, dass die Region um den Menhir ein alter Kraftplatz war, der schon den Germanen heilig war.

Als sie sich dem Stein näherte, nahm sie in der Dunkelheit eine Bewegung wahr.

Wer kann denn das so spät noch sein?, dachte sie verärgert, da es ihr wenig gelegen kam, auf Leute zu treffen.

»Ist da jemand?«, rief sie energisch. Es dauerte eine Weile, bis ein furchtsames Stimmchen erwiderte:

»Ich bin es nur.«

Die kleine Gestalt, die sich hinter dem Menhir versteckt hatte, trat scheu nach vorne. Zu Hekates heillosem Erstaunen handelte es sich um ein in Tränen aufgelöstes junges Mädchen.

»Was machst du denn hier draußen im Dunkeln?«, fragte sie verwundert. Da das Mädchen vor lauter Kummer kaum in der Lage war zu antworten, legte Hekate den Arm um die Schluchzende und fragte sie, was geschehen sei und ob sie helfen könne.

Das Weinen wurde noch heftiger, bis sich das Mädchen nach einer Weile etwas beruhigte und stammelnd berichtete, dass sie sich hier immer mit ihrem Freund getroffen habe, der aus Wustrow sei.

Der Ort sei ein beliebter Treffpunkt für junge Liebespaare, da man sich im Volksmund erzähle, der Stein bringe Glück.

»Und in letzter Zeit ist Claas oft so komisch gewesen und

hat sich immer seltener mit mir getroffen. Da hab ich angefangen, ihm ein bisschen hinterherzuspionieren, weil ich mir gedacht habe, dass er vielleicht eine andere hat … und das hat sich heute auch bestätigt, denn ich habe vorhin, als es noch heller war, gesehen, wie er hier mit einer anderen rumgeknutscht hat, mit so einer blöden Gans aus Niehagen, die in der Berufsschule in Ribnitz eine Klasse über mir ist.«

Das hübsche, leicht pummelige Mädchen fing erneut an zu weinen. Im weiteren Gespräch erwies es sich, dass sie Sonja hieß, siebzehn Jahre alt und die Tochter von Metzgermeister Never aus Ahrenshoop war.

Auf die Frage, ob sie daheim nicht vermisst werde, entgegnete das Mädchen, dass ihre Eltern zu einem Schlachtfest im benachbarten Born eingeladen seien und vor Mitternacht nicht nach Hause kämen.

Sonja berichtete weiter, dass sie sich die ganze Zeit hinter der Sanddornhecke versteckt habe, um von Claas und seiner neuen Flamme nicht gesehen zu werden, und vorhin, als sie gegangen seien, habe sie Zuflucht bei dem Stein gesucht. Immer wieder habe sie Stoßgebete an ihn gesandt, dass er ihr doch ihren Freund, der ihre erste große Liebe sei, wieder zurückbringen möge.

Unter Tränen beteuerte sie, sie würde alles dafür geben, dass dies geschehe und er wieder so verliebt in sie sei wie früher.

Hekate, die selbst schon genug bittere Erfahrungen mit Männern gesammelt und Sonja aufmerksam zugehört hatte, ließ das Mädchen wissen, dass es Mittel und Wege gebe, diesen Zustand bei ihrem Liebsten wieder zurückzurufen.

Sonja blickte sie aus großen tränenumflorten Augen an und ergriff Hekates Hand.

»Bitte, bitte, machen Sie das, das ist mein größter Herzenswunsch«, flehte sie inständig.

»Wenn Sie das hinkriegen, dass Claas wieder zu mir zurückkommt und alles wieder so wird wie früher, werde ich Ihnen auf ewig dankbar sein!«

Sie umklammerte förmlich Hekates Hand und versuchte, sie zu küssen, doch Hekate entwand sie ihr abrupt und fixierte das Mädchen streng.

»Ich kann dir helfen, unter einer Voraussetzung: Du musst mir schwören, dass du alles, was ich dir sage, unbedingt für dich behältst. Du hast mich nie getroffen, und zu niemandem ein Wort, hast du verstanden?«

Sonja hob die Hand zum Schwur.

»Das schwöre ich bei allem, was mir heilig ist«, gelobte sie feierlich.

»Gut, dann hör mir jetzt genau zu«, sagte Hekate herrisch, »denn dadurch, dass er eine andere hat, wird es kompliziert. Bevor wir mit dem Liebeszauber beginnen können, müssen wir erst einen Bannzauber gegen seine Untreue vollziehen. Dazu ist es nötig, dass du aus Wachs eine kleine Puppe formst, die Claas verkörpern soll. Am wirksamsten wirkt der Bannzauber, wenn du Haare oder einen persönlichen Gegenstand von deinem Freund in das Wachs knetest. Hast du so was zufällig dabei?«

Das Mädchen mit dem hübschen pausbäckigen Gesicht nickte eifrig und zog ein zusammengefaltetes Taschentuch aus der Manteltasche.

»Das hat Claas mir gegeben, als ich mich auf dem Hafenmarkt mit Limonade vollgekleckert habe. Mama hat es gewaschen und gebügelt, und ich wollte es ihm eigentlich schon zurückgeben, aber das hat sich leider nicht mehr ergeben, und jetzt ist es ein Talisman von ihm, den ich immer bei mir trage.«

»Sehr gut, dann reiß mal einen Fetzen ab, ein kleines Stück genügt schon.«

Hekate, die sich neben Sonja auf den Boden gekauert hatte, holte aus ihrem Korb verschiedene Tiegel und Ingredienzen, die sie vor sich hinstellte. Einer Dose mit Wollwachs entnahm sie eine kleine Menge, die sie Sonja mit der Aufforderung reichte, den Stofffetzen hineinzukneten und anschließend daraus eine Puppe zu formen.

Währenddessen zog Hekate auf dem Boden vor dem Findling einen weißen Kreidekreis, in welchen sie eine schwarze Kerze und eine Schale mit Weihrauch platzierte. Sie erkundigte sich bei Sonja nach dem vollständigen Namen ihres Freundes.

»Claas Fahrensbach«, gab das Mädchen zur Antwort.

Nachdem das Wachspüppchen fertig war, ergriff Hekate die Puppe, legte sie zu der schwarzen Kerze in den magischen Zirkel und entzündete Kerze und Räucherwerk.

Während sie die Puppe mit Salzwasser besprengte, sprach sie die Zauberformel:

»Sei gesegnet, du künstliches Geschöpf. Künstlich gebildet, künstlich verwandelt. Du bist nicht Wachs, sondern Fleisch und Blut. Ich nenne dich Claas Fahrensbach. Du bist er, zwischen den Welten, in allen Welten. So sei es!«

Danach nahm Hekate die Puppe wieder an sich und verschnürte Mund und Hände der Puppe mit einem roten Band.

»Durch Luft und Erde, Wasser und Feuer seist du gebannt. Da ich es will. Durch Sonne und Mond geschieht mein Wille. Himmel und Meer halten Untreue fern. Schnur umwinde, Kräfte binde, Licht gespiegelt, sei versiegelt!«

Nach vollzogenem Ritual legte Hekate beide Handflächen flach auf den Boden innerhalb des Kreidekreises und verharrte so eine ganze Weile, ehe sie sich erhob und Sonja, die ihr die ganze Zeit gebannt zugeschaut hatte, erklärte, sie werde nun den magischen Kreis öffnen.

Sie übergab Sonja die Wachspuppe.

»Die musst du auf dem Heimweg unter einem schweren Stein begraben, das ist ganz wichtig«, ermahnte sie das Mädchen. »Ich erkläre dir jetzt, wie du den Liebeszauber anwendest, und dann machst du dich auf nach Hause. Also, du organisierst dir eine rote Kerze und ritzt in die Kerze ein: ›Ich ziehe an, die Liebe von Claas.‹ Dann nimmst du die Kerze noch einmal in die Hände und denkst ganz intensiv an deinen Wunsch. Brenne sie ab morgen bis zum nächsten Vollmond ab. Am besten abends, wenn du ungestört in deinem Zimmer bist, und stell dir dabei vor, wie Claas wieder zu dir zurückkommt, wie er dich küsst und seine Hände dich liebkosen und seine Blicke dir verraten, wie verliebt er in dich ist.«

Sonja, die ihr mit großen glänzenden Augen zugehört hatte, versprach mit hoffnungsvollem Lächeln, sich an alles zu halten.

»Darf ich Sie noch etwas fragen?«, erkundigte sie sich verschüchtert. Als Hekate das bejahte, fragte sie mit bebender Stimme, ob Hekate eine Hexe sei.

»Das trifft zu, aber behalte das unbedingt für dich«, antwortete Hekate mit schiefem Lächeln.

»Sie sehen auch aus wie eine ganz mächtige Hexe«, äußerte das Mädchen furchtsam.

»Eine mächtige-ohnmächtige Hexe«, sagte die Frau mit den roten Haaren sarkastisch. »Aber zu keinem ein Wort«, erinnerte sie Sonja noch einmal an ihr Versprechen.

»Zu keinem ein Wort«, bekräftigte diese, dankte Hekate noch einmal für ihre Hilfe und machte sich auf den Weg.

Als sie gegangen war, begann Hekate mit den Vorbereitungen für ihr eigenes Bannritual. Anschließend legte sie ihre Stirn an den Menhir, um Kraft zu tanken und sich zu erden.

Bevor sie mit dem Ritual anfing, bestrich sie ihre Pulsadern und Schläfen mit der Hexensalbe und sprach das Gebet der Großen Mutter.

. . .

Nachdem Lars die Porträtskizze von Gitta mit einer dünnen Schicht Klarlack fixiert, im Anschluss mit einem Passepartout bedeckt und in einen Glasrahmen gespannt hatte, betrachtete er zufrieden sein Werk.

Gitta, wie sie leibt und lebt, dachte er versonnen und ließ noch einmal den gestrigen Abend Revue passieren.

Sie hatte ihm zwar deutlich zu verstehen gegeben, dass sie keine Liebesbeziehung mehr mit ihm eingehen wolle, gegen eine freundschaftliche Verbindung aber nichts einzuwenden habe. *Da kann ich noch von Glück sagen, dass sie mir nicht ganz die kalte Schulter zeigt,* ging es Lars durch den Sinn.

Das sprach für Gittas Großmut und … und vielleicht auch dafür, dass sie doch noch Gefühle für ihn hegte.

Aus einer guten Freundschaft kann auch Liebe werden, in jedem Fall ist das eine Chance, Gitta wieder zurückzugewinnen …!

Lars zog es ernsthaft in Erwägung, Gitta die gerahmte Zeichnung heute noch vorbeizubringen. Die Uhr verriet ihm, dass es gleich 15 Uhr war. Da würde er vorher noch beim Bäcker vorbeigehen und etwas Gebäck holen, denn bei Kaffee und Kuchen würde sich sein Besuch sicher noch etwas ausdehnen lassen.

Mit der gerahmten Zeichnung im Tornister machte er sich auf den Weg, nicht ohne vorher noch einen prüfenden Blick in den Flurspiegel zu werfen.

Lars, der wusste, dass er attraktiv war und beim weiblichen Geschlecht gut ankam, fuhr sich noch einmal mit der Hand durch die blonde Mähne und ermahnte sich, locker zu bleiben, da ihn beim Gedanken an Gitta ein gewisses Lampenfieber überkam.

»Moin«, sagte er in aufgeräumter Stimmung zu der Frau mit den dunklen kajalgeschwärzten Augen, die in der offenen Tür stand und ihn fragend anblickte.

»Ich bin Lars von Löwenstern, ein Freund von Gitta, und wollte ihr etwas bringen«, erläuterte er.

Die rothaarige Frau im schwarzen Satinkleid, die einen starken Patschuligeruch verströmte, ließ ihn wissen, dass

Gitta leider nicht da sei, aber bestimmt bald zurückkomme. Sie forderte ihn freundlich auf, einzutreten und auf sie zu warten.

»Ich nenne mich Hekate und habe gerade einen Früchtetee aufgebrüht. Ich kann dir gerne eine Tasse anbieten, wenn du möchtest.«

»Sehr gerne«, erwiderte Lars erfreut, stellte sich Hekate als der Maler Lars von Löwenstern vor und nahm das Angebot dankbar an.

Die Frau mit den hypnotischen Kohleaugen umgab eine geheimnisvolle düstere Aura, die den Künstler auf Anhieb faszinierte.

Sie führte ihn in die Wohnstube, wo sie ihm am großen Tisch einen Platz anbot, ihm Tee einschenkte und sich ihm gegenüber niederließ. Sie erläuterte, dass sie aus Berlin komme und sich im Regenbogenhaus ein wenig von den Strapazen ihrer Arbeit erhole.

Ganz zwanglos entspann sich zwischen Lars und Hekate eine angeregte Unterhaltung, in deren Verlauf sie sich über alles austauschten, was für sie von Interesse war; mit erstaunlicher Offenheit sprachen sie auch über persönliche Belange und ließen dabei selbst ihr Liebesleben nicht außen vor.

Hekate äußerte sich abfällig über gewisse Ärzte aus der Charité, mit denen sie verschiedene Affären gehabt hatte.

»In der Hauptsache waren das nur Bettgeschichten, und wenn man einander überdrüssig geworden war, wischte man sich den Mund ab und ging wieder«, bemerkte sie unverblümt. »Aber so was kann ja auch sehr heiß sein, wenn man sich darauf einigen kann, dass es einem in erster Linie ums

Körperliche geht«, sagte sie mit laszivem Augenaufschlag, von dem es dem Künstler ganz schummrig wurde.

»Hast du eigentlich auch schon mit Gitta geschlafen?«, fragte sie den Maler neugierig.

»Leider noch nicht, aber ich würde gerne«, gestand Lars offen, bat Hekate aber sogleich, das bitte für sich zu behalten. Sein Blick fiel auf die Tarotkarten, die auf dem Tisch lagen.

»Ich kann sie dir legen, wenn du möchtest«, erbot sich Hekate und ergriff das Kartenspiel.

»Du musst dir nur überlegen, was du wissen möchtest, und dann mischst du die Karten und konzentrierst dich auf deine Frage.«

Lars musste gar nicht lange nachdenken, was ihm auf der Seele brannte. Hekate reichte ihm die Karten.

»Du musst mir auch gar nicht verraten, wie deine Frage lautet«, bemerkte sie mit anzüglichem Kichern. »Ich kann es mir schon denken.«

»Schweig still«, erwiderte er mit gespielter Empörung und knuffte sie scherzhaft in die Seite, worauf Hekate ihm neckisch auf die Finger schlug und meinte, er solle achtgeben, dass er sich diese nicht verbrenne.

»Autsch!«, rief er mit schmerzverzerrter Grimasse und erkundigte sich ausgelassen, ob er sie »Kati« nennen dürfe, denn Hekate erinnere ihn irgendwie an »Kate«, wie man in Norddeutschland eine Art Hütte bezeichnete.

Hekate gab ein herzhaftes Lachen von sich.

»Du darfst das, Lars von Löwenstern – aber nur, wenn ich ›Sternchen‹ zu dir sagen darf.«

»Na gut, aber bloß nicht weitersagen«, raunte er ihr zu und machte sich ans Kartenmischen.

Als Gitta von Ahrenshoop zurückkehrte und vor der Haustür stand, schnäuzte sie sich erst einmal ausgiebig die Nase und tupfte sich die Tränen von den Wangen, ehe sie den Schlüssel ins Schloss steckte und umdrehte.

Es brauchte ja niemand zu sehen, dass sie geweint hatte, fast den ganzen Heimweg entlang der Steilküste, da sie sich dort unbeobachtet gefühlt und ihren Tränen freien Lauf gelassen hatte.

Denn das Telefonat mit ihren Eltern, das sie soeben in der Fernsprechkabine der Post geführt hatte, um ihrer Mutter zum Geburtstag zu gratulieren, hatte Gitta sehr aufgewühlt.

Einerseits war sie froh, dass die Eltern das Kriegsbeil so weit begraben hatten, dass man sich regelmäßig Briefe schrieb und hin und wieder, da es im Regenbogenhaus kein Telefon gab, ein Telefonat miteinander führte.

Außerdem kamen regelmäßige Geldanweisungen auf Gittas Bankkonto bei der Sparkasse in Ribnitz, das sie kurz vor ihrem Einzug ins Regenbogenhaus eröffnet hatte.

Das Geld sollte ihr über die Durststrecke hinweghelfen, bis das Schneidern sie ernähren konnte, und Gitta war sehr dankbar für die Hilfe, die sie alle gut brauchen konnten.

Durch die Unterstützungen ihrer Angehörigen, die die Frauen alle in einen Topf warfen, und den Scheck des Filmregisseurs aus Berlin war glücklicherweise das Gröbste abgewendet, und sie würden den langen Winter ohne Sommerfrischlerinnen, die als potenzielle Kundinnen für die Kleider infrage kämen, einigermaßen überstehen.

Neben den üblichen besorgten Fragen, wie Gitta denn in der Fremde ohne sicheres Einkommen so zurechtkomme, waren auch die mehr oder weniger versteckten Vorwürfe der Eltern ein häufiges Thema der Telefongespräche.

Und heute, an Mutters Geburtstag, der überdies der erste war, an dem Gitta nicht anwesend war, waren die Schuldgefühle, die die Mutter durch ihr Weinen und Wehklagen bei der Tochter hervorrief, besonders belastend.

Äußerungen wie »Das ist der traurigste Geburtstag meines Lebens« oder »Seitdem du nicht mehr bei uns bist, kann ich mich an gar nichts mehr richtig freuen« trafen Gitta mitten ins Herz, obgleich sie das Selbstmitleid der Mutter auch gehörig ärgerte.

Um die Gute etwas aufzumuntern, hatte Gitta sich zu dem Versprechen hinreißen lassen, das Weihnachtsfest und den Jahreswechsel, an dem überdies Gittas Geburtstag stattfand, bei ihren Eltern zu verbringen, was sowohl bei Hulda als auch bei Karl Mahrenholz Freudentränen ausgelöst hatte, wenngleich es bis dahin noch gute zwei Monate waren.

Da Gitta die ohnehin schon genug Gebeutelten nicht noch mehr in Sorge versetzen wollte, hatte sie weder die Anfeindungen der Einheimischen erwähnt noch die häuslichen Zerwürfnisse mit Hekate – und erst recht nicht, dass sie mit dem Ortsvorsteher nun schon zum wiederholten Mal aneinandergerasselt war.

Erfüllt von der tiefen Sehnsucht, sich wie ein kleines Mädchen in den Armen der Mutter oder des Vaters die Last von der Seele weinen zu können, waren bei Gitta alle Dämme gebrochen, gottlob erst nach dem Telefonat, an der menschenleeren Steilküste, wo sie mit sich ganz allein war.

Als Gitta im Flur stand und die fröhlichen Stimmen aus der Wohnstube vernahm, von denen sie eine unschwer als die Stimme von Lars erkannte, zog sie es schon in Erwägung, auf ihr Zimmer zu gehen.

Der einzige Mensch, den sie momentan ertragen konnte, war Franziska, der Gitta sich mit allem anvertrauen konnte und von der sie sich verstanden fühlte wie von keinem anderen Menschen.

Doch sie mochte auch die Freundin nicht belasten und wollte vermeiden, dass sie sich wie Gittas Seelentrösterin vorkam.

Während Gitta noch zauderte, wurde plötzlich die Wohnzimmertür aufgerissen, und Frieda kam ihr mit der großen Schneiderschere in der Hand entgegen. Sie begrüßten einander, und Frieda erkundigte sich, wie Gittas Telefonat mit den Eltern verlaufen sei.

Gitta gab ein tiefes Seufzen von sich.

»Tränenreich wie immer, und dann habe ich mich auch noch breitschlagen lassen, über Weihnachten und Silvester nach Bad Nauheim zu kommen, obwohl ich die Feiertage gerne mit euch verbracht hätte.«

»Tröste dich, Traudel und ich fahren auch zu unseren Eltern, das hat bei uns schon Tradition. Zuerst zu meinen alten Herrschaften in die Lüneburger Heide und dann zu Traudels Eltern in den Harz, nach Hahnenklee-Bockswiese«, erklärte

Frieda und ließ Gitta mit verschwörerischer Miene wissen, sie habe Besuch, Lars erwarte sie im Wohnzimmer.

Als Gitta in die Stube kam, wandten sich ihr zwar die Blicke von Lars und Hekate zu, die am Tisch saßen und Tarotkarten vor sich ausgebreitet hatten, aber sie hatte dennoch das Gefühl, die Anwesenden in ihrer Konzentration zu stören.

»Moin, Gitta, ich hab dir was mitgebracht … und bin auch gleich so weit«, wandte sich Lars etwas verlegen in Gittas Richtung, ehe er seine Aufmerksamkeit wieder auf die Karten und Hekate richtete, die auch prompt das Wort ergriff.

»Auf dieser Karte, der Karte 15, ›Der Teufel‹, sieht man Satan, den Allmächtigen, vor dem ein durch Ketten aneinandergefesseltes nacktes Paar steht. Das bedeutet sexuelle Hörigkeit, die Kette symbolisiert Knechtschaft, sie kommen einfach nicht voneinander los. Die leiblichen Exzesse sind stärker als jeglicher Wille«, sie streifte Lars mit einem lasziven Blick und fuhr sich mit der Zunge lüstern über die Lippen.

Gitta hatte sich auf dem Sofa niedergelassen, schaute etwas gelangweilt aus dem Fenster und kam sich reichlich fehl am Platze vor.

»Ach so«, erwiderte Lars kurzatmig, »ich dachte schon, der Teufel ist eher etwas Schlechtes …«

»Nicht unbedingt«, sagte Hekate mit vielsagendem Lächeln, »wenn es einem gelingt, sich aus ihr zu lösen …«

»Aus *wem* zu lösen?«, fragte der Maler begriffsstutzig.

»Na, aus der sexuellen Hörigkeit«, entgegnete Hekate und verschlang Lars förmlich mit den Augen.

Es ärgerte Gitta, wie ungeniert sie mit ihm flirtete, und ein Blick auf Lars verriet ihr, dass er dies offensichtlich auch genoss.

Da sie ihm gestern Abend von den Konflikten mit Hekate berichtet hatte, hätte sich Gitta von Lars mehr Loyalität gewünscht, was sie in ihren Vorbehalten, mit ihm ein Liebesverhältnis einzugehen, nur bestärkte.

Hekate drehte die nächste verdeckte Karte um und gab ein unheilvolles »Oh Gott!« von sich.

»Das ist die Nummer 16, ›Der Turm‹ – das verheißt nichts Gutes«, äußerte sie betroffen und legte Lars mitfühlend die Hand auf den Unterarm.

»Wieso denn? Na los, sag schon«, stieß Lars mit einem verstohlenen Blick auf Gitta hervor.

»Das bedeutet Streit, Widerwärtigkeit, Schande und Ruin. Man sieht ein Paar, das kopfüber vom Turm herunterfällt. Das Ende einer Liebe mit Pauken und Trompeten. Tut mir leid, Sternchen, aber anders kann ich es nicht sagen.«

Lars zuckte bekümmert die Achseln.

»Na, das sind ja weiß Gott keine guten Aussichten. Erst die sexuelle Abhängigkeit und dann auch noch ein Ende mit Schrecken …«

»Besser ein Ende mit Schrecken als ein Schrecken ohne Ende«, erwiderte Hekate und richtete plötzlich ihren Blick auf Gitta. »Nicht wahr, Brigid?«, fragte sie spöttisch.

Gitta musterte sie mit hochgezogenen Brauen.

»Von mir aus auch das«, entgegnete sie gleichgültig und zog es vor, die beiden allein zu lassen und hinauszugehen.

»Sag doch so was nicht, das bringt Unglück«, rief Hekate gewichtig und runzelte ungehalten die Stirn, als Lars aufsprang und sich Gitta in den Weg stellte.

»Äh …, warte doch bitte, Gitta, ich habe dir etwas mitgebracht und bin extra deswegen hierhergekommen«, brach es hektisch aus ihm heraus.

»Warum denn das?«, entfuhr es Gitta unwirsch. »Du kannst es mir ja vielleicht ein anderes Mal geben«, fügte sie hinzu und eilte mit der Erklärung, sie habe Kopfschmerzen und wolle sich ein wenig hinlegen, hinaus.

Kapitel 20

Um sich Mut anzutrinken, hatte Sonja heimlich eine Flasche »Mann un Fru« aus dem Vorratskeller der Eltern entwendet, sie in ihrer Schultasche verwahrt und sich um 18 Uhr mit der Erklärung, sie gehe noch ein Stündchen zu ihrer Schulkameradin Swantje Fröder kaufmännisches Rechnen üben, davongestohlen.

Die Siebzehnjährige eilte den menschenleeren Weststrand entlang bis zu der abgelegenen Region, wo der düstere Darßwald an die Dünen grenzte, und je weiter sie sich von ihrem Heimatort entfernte, desto lauter und verzweifelter wurde ihr Schluchzen.

Sie hatte Claas heute nach Unterrichtsende in der Berufsschule abgepasst, um mit ihm zu reden, wie sie bemüht unverfänglich erklärt hatte.

Sie waren runter zum Bodden gegangen und hatten sich auf eine Bank gesetzt.

Ein kalter Wind hatte ihnen um die Nase geweht, und am Ufer war kaum noch jemand zu sehen. Dann hatte Sonja Claas gefragt, ob er sie noch liebe.

Da hatte er vor Verlegenheit husten müssen und nur gemeint: »Schon«.

Daraufhin hatten sie geknutscht, was das Zeug hielt. Sie hatte ihm auch erlaubt, ihren Busen anzufassen, und das hatte ihn so heißgemacht, dass er ihr förmlich den Schlüpfer heruntergerissen hatte.

Sonja hatte erschrocken die Beine zusammengekniffen.

»Das lasse ich nur zu, wenn du mit der anderen Schluss machst und wir uns verloben«, hatte sie gesagt.

Da hatte Claas Sonja angefahren, was sie sich denn einbilde. Er hätte Besseres zu tun, als sich mit einem hässlichen Pummel wie ihr zu verloben.

Außerdem mache er sich schon lange nichts mehr aus ihr, er habe sich eine Hübschere angelacht, und Sonja solle ihn doch endlich in Ruhe lassen.

Er liebe sie nicht, habe sie nie geliebt, liebe eine andere und fertig!

Sonja hatten die gemeinen Worte von Claas bis ins Mark getroffen und sie schlagartig jeglicher Hoffnung beraubt, die sie bis vor Kurzem noch wie einen wertvollen Schatz in sich gehegt hatte.

Die mächtige Hexe, die mit ihrem Bannzauber Sonjas Glauben so gestärkt hatte, dass diese überzeugt war, Claas wieder zurückzugewinnen, hatte sich als Betrügerin erwiesen, die sie mit einem miesen Taschenspielertrick geblendet hatte.

Jetzt glaubte sie an gar nichts mehr, an nichts und niemanden und wollte einfach nur noch sterben!

Weinend sank Sonja auf den Sandstrand und holte die Schnapsflasche aus ihrer Schultasche. Sie öffnete den Verschluss und trank, so viel sie konnte. Viel war das nicht, denn der hochprozentige Alkohol brannte höllisch in der Kehle, und es fiel ihr schwer, das Teufelszeug nicht wieder herauszuwürgen.

Andererseits musste sie gegen die lähmende Angst antrinken, wenn sie nur daran dachte, ihr Vorhaben in die Tat umzusetzen.

Das eisige Meer, die schiefergrauen Wellen, die sie unter sich begraben würden – wo sie doch von Haus aus eher wasserscheu war.

Sonja nahm noch einen tiefen Schluck aus der Flasche und stellte fest, dass ihr das ekelhafte Zeug eine wohlige Wärme im Bauch bereitete, und mit jedem Schluck wurde er kürzer, der Weg zum Wasser.

· · ·

Sören Niemann lag bereits im Bett und las gerade einen spannenden Roman seines Lieblingsschriftstellers Joseph Conrad, als es an der Tür läutete.

Verärgert über die späte Störung, es ging schon auf Mitternacht zu, sprang er auf und hastete die Treppe hinunter zur Haustür.

Auch Astrid war aus ihrem Zimmer gekommen und stand im Morgenmantel am Treppengeländer.

»Ist wahrscheinlich für mich«, rief sie ihm zu. »Da wird jemand krank geworden sein.«

Sie wusste zwar aus Erfahrung, dass nicht wenige Ahrenshooper lieber die hiesige Gemeindeschwester konsultierten, als Doktor Lammers im benachbarten Wustrow aufzusuchen. Doch zur Schlafenszeit geschah dies nur im äußersten Notfall.

Um einen solchen schien es sich indessen auch zu handeln, denn die bebende Stimme an der Tür verhieß nichts Gutes.

»Entschuldige die Störung, Sören«, sagte Metzgermeister Never, den der Ortsvorsteher schon aus Kindertagen kannte und den er noch nie so aufgeregt erlebt hatte. Zumal der beleibte Gemütsmensch sowieso nicht so leicht aus der Ruhe zu bringen war.

»Ein schlimmes Unglück ist passiert …« Never stockte, da er derart außer Atem war, dass ihm das Sprechen schwerfiel.

Da meldete sich sein Begleiter, der Waldaufseher, an seiner statt zu Wort:

»Sonja hat versucht, sich umzubringen. Sie trieb schon bewusstlos im Meer und ist in letzter Sekunde von einem Rostocker Fischerboot gerettet worden. Ich war im Vordarß auf der Pirsch und habe die lauten Rufe der Fischer gehört. Dann habe ich denen mit meiner Taschenlampe ein Zeichen gegeben und meine Hilfe angeboten. Einer der Männer ist danach mit der Deern im Beiboot an Land gerudert, und wir haben es durch Mund-zu-Mund-Beatmung und Herzdruckmassage geschafft, dass Sonja einen Schub Wasser erbrochen hat und langsam wieder zu sich kam. Sie hat nach Schnaps gerochen und war ziemlich betrunken. Hat zugegeben, dass sie sich Mut angetrunken hat, bevor sie ins Wasser gegangen ist. Als ich sie dann gefragt habe, warum sie das gemacht hat, hat sie geheult und gesagt, weil ihr Freund, der Claas, Schluss mit ihr gemacht habe. Wir haben sie dann nach Hause gebracht. Sie liegt jetzt mit einer Wärmflasche im Bett und schläft. Ihre Mutter hat ihr ein paar Beruhigungstropfen in den Tee getan.«

»Ich zieh mir nur schnell was über, und dann bin ich so weit«, erbot sich Astrid, die gleich, als sie vernommen hatte, was passiert war, die Treppe hinuntergeeilt war und neben ihrem Bruder in der Diele stand.

»Danke, aber ich glaube, das ist nicht nötig. Sonja schläft, und das ist auch das Beste für sie«, richtete der Metzgermeister das Wort an die junge Gemeindeschwester.

Astrid schüttelte verständnislos den Kopf.

»Warum seid ihr denn dann gekommen?«, fragte sie irritiert.

»Weil wir über das, was wir inzwischen herausgefunden haben, unbedingt mit Sören reden müssen«, äußerte der Waldaufseher in amtlichem Tonfall, worauf der Ortsvorsteher die Herren aufforderte, doch hereinzukommen.

Bei einem Grog mit Kandiszucker berichtete der Metzgermeister mit wachsender Empörung, was Sonja unter Tränen von sich gegeben hatte.

Sören und Astrid standen bei seiner Schilderung förmlich die Haare zu Berge.

»Zuerst habe ich noch gedacht, sie fantasiert sich im Suff was zusammen, als sie von einer Hexe gesprochen hat, die einen Zauber angewendet hat, damit Claas wieder zu ihr zurückkommt. Aber dann habe ich gemerkt, dass sie uns die Wahrheit erzählt hat.«

Der korpulente Mann schüttelte fassungslos den Kopf.

»Als die Deern von einer Hexe gesprochen hat, bin ich gleich hellhörig geworden«, bemerkte der Waldaufseher unheilvoll.

»Du weißt ja, Sören, was mir unlängst im Ahrenshooper Holz passiert ist, und ich habe dir auch gesagt, dass die Kanaille letztens mit der Pastorentochter aus Wustrow bei mir war und schön Wetter machen wollte. Ich habe das ja alles zu Protokoll genommen, jedenfalls heißt die Anna Kerner, arbeitet als Krankenschwester in der Berliner Charité und hat bei den Weibsleuten, die sich in der Bauernkate der Bovenschultes eingenistet haben, ein Zimmer gemietet …«

»Und so, wie Sonja diese vermaledeite Hexe beschrieben hat, muss es sich bei ihr um dasselbe Frauenzimmer handeln, das auch den Hendrik im Ahrenshooper Holz attackiert hat«, meldete sich der Metzgermeister wieder zu Wort, dessen feistes Gesicht vor Zorn gerötet war.

»Ich werde gleich morgen bei der Polizei in Ribnitz eine Anzeige gegen das Luder erstatten, das mein Kind ins Unglück gestürzt hat«, schnaubte er wutentbrannt. »Und ich werde alles daransetzen, dass auch die anderen Wetterhexen aus dem Ort gewiesen werden.«

Er warf dem Ortsvorsteher einen eindringlichen Blick zu. »Kann ich diesbezüglich auf deine Hilfe zählen, Sören?«

Der Kapitän sog vernehmlich die Luft ein.

»Du kannst immer auf mich zählen, Sven. Aber in erster Linie geht es doch um diese sonderbare Frau, die Hendrik im Ahrenshooper Holz angegriffen und Sonja mit ihrem Hokuspokus falsche Hoffnungen gemacht hat. Die sollte sich die Polizei unbedingt mal vorknöpfen – und was die anderen anbetrifft, haben die ja mit alledem nichts zu tun.«

»Da kann ich dir nur zustimmen, Sören«, pflichtete Astrid ihrem Bruder bei. »Zumal die Frauen aus der Bauernkate auf mich einen ganz vernünftigen Eindruck machen«, richtete sie sich an den Förster und den Metzgermeister.

»Die betreiben dort ein Schneideratelier und stellen Kleider aus handgewebten, selbst gefärbten Stoffen her. Ich habe mir auf dem Hafenmarkt ein Kleid von ihnen gekauft, eine der Frauen ist übrigens ausgebildete Handarbeitslehrerin, so eine Hübsche mit rotblonden Haaren, du weißt schon, wen ich meine«, wandte sie sich an ihren Bruder, der ein unbeteiligtes Gesicht machte, »und dass das Hexen sein sollen, kann ich mir beim besten Willen nicht vorstellen. Man kann sie doch nicht dafür verantwortlich machen, was diese Krankenschwester aus Berlin verzapft hat, nur weil sie bei denen Urlaub macht.«

»Das wird sich noch zeigen«, erwiderte der Waldaufseher mit skeptischer Miene. »Nach meinem Dafürhalten sind das nämlich auch keine Unschuldslämmer. Da sind zwei Lesbierinnen dabei, und wie die einen angucken, wenn man ihnen im Ort begegnet, das ist nicht unbedingt freundlich.«

»›Das sind die reinsten Männerhasserinnen‹, sagt meine Frau immer, wenn die an unserem Laden vorbeilaufen, und das kann ich nur bestätigen. Mir wäre es jedenfalls wohler, wenn wir diesen Weiberzirkus endlich los wären, und da bin ich in Ahrenshoop beileibe nicht der Einzige, der das denkt, Sören, das kann ich dir versichern!«

»So einfach wird das nicht gehen, Sven. So was greift erst im Falle einer Rechtswidrigkeit«, versuchte der Ortsvorsteher den Wüterich zu beschwichtigen.

»Und so was haben wir ja jetzt vorliegen, oder ist das etwa kein Vergehen, ein Kind in den Tod zu treiben?«, schnaubte der Metzgermeister.

»Das hat ein Pensionsgast von den Frauensleuten gemacht, dafür kann man sie ja nicht verantwortlich machen.«

»Auf wessen Seite stehst du eigentlich, Sören?«, fuhr Never den Kapitän an, der eine Antwort schuldig blieb und nur resigniert den Kopf schüttelte.

»Sören gibt immer sein Bestes für euch und den Ort, Sven, das weißt du genau. Es ist schon spät, und heute war ein schlimmer Tag. Deswegen meine ich, wir sollten langsam zu Bett gehen und alles Weitere morgen besprechen«, sprach nun Astrid ein sanftes Machtwort, und man trennte sich mit der Verabredung für den morgigen Vormittag.

• • •

Morgens um acht waren Franziska und Gitta gerade in die Küche heruntergekommen, um den Herd anzuzünden und Zichorienkaffee aufzusetzen, als es an der Tür läutete.

Unwirsch schlurfte Franziska, die genau wie Gitta noch in Schlafanzug und Morgenmantel war, zur Haustür.

Beim Anblick der beiden Polizisten war die Malerin alarmiert.

»Was ist denn passiert?«, stieß sie erschrocken aus.

»Wir suchen eine gewisse Anna Kerner und haben Kenntnis darüber, dass sie sich bei Ihnen als Pensionsgast aufhalten soll«, erwiderte einer der Beamten mit einer metallischen Stimme, die Franziska an den Klang von Gewehrsalven erinnerte.

»Trifft das zu?«, blaffte der andere Polizeibeamte, da die Malerin anstelle einer Antwort nur erstarrt ins Leere blickte.

Franziska fuhr zusammen wie vom Donner gerührt.

»Ja«, erwiderte sie fahrig und warf Gitta, die nun ebenfalls herbeieilte, einen unheilvollen Blick zu.

»Sind Sie das Fräulein Anna Kerner?«, bellte der erste Polizist, als er Gitta gewahrte.

»Nein, mein Name ist Gitta Mahrenholz, und ich möchte gerne wissen, was passiert ist?«, fragte Gitta bestimmt.

»Das tut jetzt nichts zur Sache«, schmetterte der Beamte die Frage ab und befahl Gitta und Franziska, die Besagte auf der Stelle herbeizuzitieren.

»Sie liegt noch im Bett, ich habe ihr Bescheid gesagt. Sie zieht sich an und kommt runter«, teilte Gitta den noch immer vor der Tür wartenden Beamten mit und bot ihnen höflich an, doch hereinzukommen und drinnen auf Anna zu warten.

In Anbetracht des Regens, der immer stärker geworden war, und der rauen Windböen nahmen die Polizisten das Angebot bereitwillig an.

Gitta führte die Herren in die Küche, wo Frieda im Herd bereits ein Feuer entfacht hatte und Traudel gerade dabei war, den »Muckefuck« aufzubrühen. So nannte man im Volksmund den aus Malz und Zichorien hergestellten Ersatzkaffee, den die einen aus Geldmangel, andere hingegen der Gesundheit zuliebe konsumierten.

»Die Herren sind wegen Anna gekommen«, erläuterte Gitta ihren erschrocken dreinblickenden Mitbewohnerinnen und rückte den Beamten zwei Stühle zurecht.

»Anna?«, murmelte Traudel begriffsstutzig.

»Hekate«, zischte Frieda der Freundin zu, was die Beamten zu der Frage animierte, ob die betreffende Person noch andere Namen habe.

»Nein, nein, Anna Kerner ist schon richtig«, fühlte Franziska sich bemüßigt zu antworten.

Die Polizisten hatten schon die zweite Tasse Zichorienkaffee getrunken, und das bleierne Schweigen in der Wohnküche, da jegliche Gespräche der Bewohnerinnen durch die Anwesenheit der Gesetzeshüter ins Stocken geraten waren, trug nicht gerade dazu bei, die allgemeine Stimmung zu heben.

So war die Geduld aller Anwesenden bereits erheblich auf die Probe gestellt worden, als Hekate endlich die Güte hatte, in die Küche zu rauschen, perfekt frisiert und geschminkt, von den unvermeidlichen Patschulischwaden umnebelt.

»Guten Morgen«, flötete sie in den Raum wie eine Diva, die von ihren Fans bereits sehnsüchtig erwartet wird.

Doch das engstirnige Gebaren der Beamten machte ihrer Nonchalance einen Strich durch die Rechnung.

»Fräulein Anna Kerner«, bellte einer der Polizisten in ihre Richtung. »Wir fordern Sie hiermit auf, uns zur Polizeiwache nach Ribnitz zu begleiten, um Ihre Aussage zu Protokoll zu nehmen. Haben Sie etwas dabei, um sich ausweisen zu können?«

Hekate alias Anna bemühte sich um eine gewisse Nachsicht mit den Angehörigen einer Berufsgruppe, die nach ihrem Dafürhalten nicht gerade als Intelligenzbestien bekannt waren; es konnte sich also nur um ein Missverständnis handeln.

»Wieso denn das?«, fragte sie mit verwundertem Lächeln. »Ich habe mich doch erst kürzlich bei Herrn Fricke entschuldigt und bin eigentlich davon ausgegangen, dass die Angelegenheit damit erledigt ist.«

»Wir sind auch nicht in erster Linie wegen des Vorkommnisses im Ahrenshooper Holz hier, aufgrund dessen der Oberförster Anzeige erstattet hat«, beschied sie einer der Gesetzeshüter trocken und verzog verächtlich die Mundwinkel. »Da ist noch ein anderer Vorfall hinzugekommen, der momentan Vorrang hat. Es geht um den Selbstmordversuch eines jungen Mädchens aus Ahrenshoop von gestern Abend, in den Sie laut Aussage des Mädchens und seiner Eltern verwickelt sind. Wir haben dazu ein paar Fragen an Sie und fordern Sie deswegen auf, unserer Aufforderung Folge zu leisten und mit aufs Revier zu kommen.«

Hekate war unter ihrer goldbronzenen Puderschicht unversehens ganz blass geworden.

»Ich soll in einen Selbstmordversuch verwickelt sein?«

»So wurde uns der Sachverhalt geschildert«, erwiderte einer der Polizisten ungerührt.

»Zumindest haben Sie dem Mädchen mit Ihren Zaubertricks falsche Hoffnungen gemacht, und als sich diese nicht erfüllt haben, hat sie in ihrer Verzweiflung versucht, sich im Meer zu ersäufen, und konnte glücklicherweise gerettet werden.«

Der Beamte musterte Hekate so vernichtend, als hätte er eine potenzielle Mörderin vor sich.

»Auf jetzt, wir haben schon lange genug gewartet, und die Angelegenheit duldet keinen Aufschub«, mahnte sein Kollege und fasste Hekate am Oberarm.

»Fassen Sie mich nicht an!«, fauchte sie erbost und entwand sich jäh seinem Griff. »Ich bin doch keine Verbrecherin.«

»Das wird sich noch erweisen. Sie kommen jetzt erst mal mit aufs Revier.«

»Und ob sich das erweisen wird«, trumpfte Hekate auf und folgte den Polizisten hinaus. Kurz vor der Tür drehte sie sich noch einmal um.

»Bis später«, rief sie den vier Frauen zu, die ihr bestürzt hinterherblickten.

...

Angeführt von Metzgermeister Never, eilte um zehn Uhr morgens eine Prozession von elf Altbürgern im Stechschritt zum Kapitänshaus, was den Neugierigen an den Fenstern vorkam wie ein Parademarsch aus guten alten Zeiten.

Bei Kaiser Wilhelm hätte es so was nicht gegeben, dass diese Wetterhexen in unserem schönen Ahrenshoop ihr Unwesen treiben, ging es dem einen oder anderen Schiffer durch den Sinn, der über die Mission der Abordnung Bescheid wusste.

Sven Never wollte gerade den Türklopfer betätigen, als der Ortsvorsteher ihm die Tür öffnete.

»Moin, Sören – wir haben eine Unterschriftenliste dabei«, erklärte der Metzgermeister und schwenkte triumphierend ein Briefkuvert.

»Kommt rein, ich hab mir schon so was gedacht«, erwiderte der Kapitän gelassen, der sich nach altbewährter Seemannsmanier mühte, einen kühlen Kopf zu bewahren, wenn die Wellen hochschlugen.

»Ahrenshoop hat zurzeit 204 Einwohner, und ich kann 98 Unterschriften vorlegen, die in noch nicht mal drei Stunden zusammengekommen sind. Das heißt, jeder zweite Ahrenshooper, Kinder und Greise nicht mitgezählt, hat mit seiner Unterschrift bekundet, dass er unbedingt dafür ist, dass dem Weiberzirkus von der Bauernkate endlich der Garaus bereitet wird«, verkündete Sven Never mit vor Aufregung gerötetem Gesicht und übergab dem Ortsvorsteher den Briefumschlag, ehe er sich vernehmlich schnaufend auf dem Wohnzimmersofa niederließ.

»Es wird höchste Zeit, diese Kanaillen aus dem Ort zu vertreiben«, tönte noch um einige Oktaven schriller Svens bessere Hälfte, welche sich, ähnlich wohlbeleibt wie ihr Gatte, an seine Seite sinken ließ, sodass auf der englischen Chesterfield Couch aus dunkelgrünem Leder kaum noch Platz war.

Der Apotheker Bruno Knipper, die Postangestellte Irmgard Päffken, die Bäckersfrau Roswitha Schwind und der

Schiffer Hein Neuhaus – um die Prominentesten der Delegation zu nennen, echoten gewichtig im Chor:

»Fort mit dem Weiberzirkus!«

Sören Niemann beäugte seine Schäfchen nachsichtig. Er wusste genau, wie dickschädelig sie sein konnten, wenn sie sich etwas in den Kopf gesetzt hatten – aber das traf schließlich auch auf ihn zu.

»Mit der Urlauberin ist momentan die Polizei befasst, und die vier von der Schneiderwerkstatt haben sich ja nichts zuschulden kommen lassen, außer dass sie diese Anna Kerner bei sich beherbergt haben, und das ist ja nicht strafbar.«

»Trotzdem, diese sonderbaren Frauenzimmer passen einfach nicht hierher«, nörgelte der Apotheker unwirsch.

»Und besonders umgänglich sind die auch nicht. Vor allem diese Rotblonde mit dem Bubikopf scheint sich ja für was Besseres zu halten. Wir Norddeutschen sind ja auch nicht gerade für unsere Redseligkeit bekannt, aber die ist ja so was von zugeknöpft, da kommt ja überhaupt kein Gespräch auf. Sagt nur Guten Tag und Auf Wiedersehen, wenn sie in die Post kommt, und kriegt ansonsten kaum das Maul auf. Letztens war sie in der Telefonkabine und hat länger telefoniert, und als sie rausgekommen ist, hat sie geheult. Da wollte ich ihr in meiner Gutmütigkeit helfen, und da ist sie ganz schnippisch geworden und hat doch glatt gesagt, sie brauche keine Hilfe, da komme sie schon allein mit klar. So ein arrogantes Frauenzimmer, was bildet die sich denn ein«, echauffierte sich die Postangestellte, worauf Sören Niemann nur eine reservierte Miene aufsetzte und meinte, wie man in den Wald hineinrufe, so komme es zurück.

Als daraufhin von allen Seiten entrüstete Protestrufe auf ihn einprasselten, nahm der Kapitän diese zum Anlass, den Altvorderen in ruhigem Tonfall und in aller Ausführlichkeit von den Beschwerden zu berichten, die seitens der Regenbogenfrauen an ihn herangetragen worden seien.

Nicht zuletzt auch, weil ihm Gittas Vorwurf, was er denn für ein Ortsvorsteher sei, schwer zu denken gegeben und ihn nicht unbeträchtlich in seiner Berufsehre gekränkt hatte.

Selbstredend trafen die Klagen der zugezogenen Frauenzimmer, von denen man sich deutlich mehr Fingerspitzengefühl und Zurückhaltung gewünscht hätte, bei den Altbürgern keineswegs auf offene Ohren.

»Können ja gehen, wenn es ihnen hier nicht passt«, brachte es der Schiffer Hein Neuhaus kurz und bündig auf den Punkt und traf damit, Sören Niemann ausgenommen, auf breite Zustimmung.

»Jetzt warten wir erst mal ab, was die polizeilichen Befragungen dieser selbst ernannten Hexe so ergeben, und dann sehen wir weiter«, versuchte der Kapitän die Wogen zu glätten und ahnte nicht, dass er mit seinen Beschwichtigungsversuchen die Gemüter nur noch mehr erhitzte.

»Wenn du da jetzt nix unternimmst, Sören, dann mache ich denen selber Feuer unterm Hintern, das kann ich dir versprechen«, schnaubte Metzgermeister Never mit glasigen, blutunterlaufenen Augen wie ein gereizter Stier und schwang sich ächzend vom Sofa hoch, um in den Kampf zu ziehen.

Kapitel 21

Um die Mittagszeit, kurz nachdem Hekate ins Regenbogenhaus zurückgekehrt war, war zwischen ihr und den Bewohnerinnen eine hitzige Diskussion entbrannt.

Alle vier, Frieda nicht ausgenommen, die bekanntlich einen Narren an Hekate gefressen hatte und sie häufig in Schutz nahm, machten ihr wegen des Vorfalls, der die Regenbogenfrauen allesamt in ein schlechtes Licht rückte, bittere Vorwürfe.

Doch bar eines jeglichen Schuldgefühls wähnte sich Hekate im Recht und wies die Vorhaltungen entschieden von sich.

»Das ist doch lächerlich«, schnaubte sie. »Glaubt ihr denn im Ernst, die Polente hätte mich so rasch wieder laufen lassen, wenn ich mich wirklich einer Straftat schuldig gemacht hätte? Ich habe das Mädel in der Nacht an dem Findling getroffen, wo ich immer so gerne hingehe, und die war total in Tränen aufgelöst, weil ihr Freund mit einer anderen rummacht. Da habe ich dem armen Ding helfen wollen und ein Bannritual vollzogen, damit der Kerl aufhört, sie mit einer anderen zu betrügen, und ich habe ihr auch noch erklärt, wie sie zu Hause einen Liebeszauber anwenden kann, damit er wieder genauso in sie verliebt ist wie früher, und mehr war das nicht. Ich konnte ja nicht riechen, dass die Kleine versucht, sich umzubringen, weil dieser Arsch Schluss mit ihr gemacht hat! Nein, da bin ich völlig aus dem Schneider, das haben auch die Polypen einsehen müssen, auch wenn ihnen das überhaupt nicht in den Kram gepasst hat.«

Hekate blickte lächelnd in die angespannten Gesichter ihrer Vermieterinnen und forderte sie auf, doch wieder auf den Teppich zu kommen und sich nicht über solche Lappalien aufzuregen.

»Das sind keine Lappalien, das Mädchen hätte tot sein können! Wie stehen wir denn jetzt da?«, erwiderte Franziska aufgebracht.

»Wir sind doch jetzt völlig unten durch bei den Einheimischen und können einpacken«, schimpfte Gitta erbost, die Hekates Gleichgültigkeit und Ignoranz wütend machten. »Man traut sich ja kaum noch auf die Straße nach dem, was passiert ist.«

»Du redest wie eine Spießerin«, fuhr Hekate sie an. »Ich weiß ehrlich gesagt nicht, ob ich mir so einen Unsinn noch länger anhören will.«

»Und ich will mir deinen schon lange nicht mehr anhören«, konterte Gitta gereizt. »Wenn es nach mir ginge, kannst du heute noch deine Sachen packen und verschwinden, aber vorher zahlst du uns gefälligst die Miete, die du uns schuldest!«

»Da bin ich ganz deiner Meinung«, kam es von Franziska. »Mir hängen dein abergläubisches Brimborium und der ganze magische Zinnober nämlich schon längst zum Hals heraus.«

»Du sprichst mir aus dem Herzen«, stieß Traudel hervor. »Je eher du gehst, desto besser – und wenn du es genau wissen willst, das hab ich schon von Anfang an gedacht, als ich dich zum ersten Mal gesehen habe. Du hast nur Unfrieden hier reingebracht. Mir reicht es schon lange mit dir!«

»Ich finde es auch nicht gut, wie du dich verhältst. Ein bisschen mehr Mitgefühl für das Mädchen wäre schon angebracht«, meldete sich Frieda als Letzte zu Wort. »Aber ich bin der Meinung, dass wir Hekate auch nicht einfach auf die Straße setzen können. Wir sollten ihr eine Frist von ein, zwei Tagen einräumen …«

»Danke für das großzügige Angebot«, schnitt Hekate Frieda mit einer hämischen Grimasse das Wort ab. »Aber ich bleibe keine Minute mehr länger in dieser Schlangengrube«, stieß sie mit vernichtender Miene hervor und verließ fluchtartig den Raum.

Die Zurückbleibenden schwiegen betreten, bis Gitta die Stille unterbrach.

»Eine Entschuldigung wäre das Mindeste. Sie weiß einfach nicht, was sich gehört.«

»Dafür ist in Hekates Universum kein Platz, sie kreist immerzu um sich selbst, alles andere interessiert sie nicht«, erwiderte Franziska sarkastisch.

»Ein Besuch bei dem armen Mädchen mit einem Präsent und einer aufrichtigen Entschuldigung wäre mehr als angemessen«, äußerte Frieda mitfühlend.

»Da hast du allerdings recht, aber auf so eine Idee wird Hekate nie kommen«, bemerkte die Malerin.

Währenddessen waren polternde Schritte aus dem Treppenhaus zu vernehmen, und gleich darauf wurde die Haustür mit einem lauten Schlag zugeknallt.

Hekate hastete mit einem Koffer am Küchenfenster vorbei, ohne auch nur einen Blick an die vier Frauen zu verschwenden, die ihr fast einen Monat Gastfreundschaft gewährt hatten.

»Gut, dass sie weg ist«, sagte Gitta erleichtert.

»Ich für meinen Teil weine ihr jedenfalls keine Träne nach!«

»Und ich erst recht nicht«, erklärte Traudel mit breitem Grinsen und erhob sich mit der Bemerkung, sie würde jetzt zur Feier des Tages einen Gugelhupf backen.

. . .

Am Nachmittag nach dem Kaffeetrinken verstauten Gitta und ihre Mitbewohnerinnen die Hälfte des Kuchens, ein Glas Quittengelee, eine Tüte Äpfel sowie ein handgewebtes Halstuch aus mauvefarbener Naturseide, alles hübsch in Seidenpapier verpackt und mit Schleifen dekoriert, in einem Korb und machten sich auf den Weg.

Auch eine Kunstpostkarte von Ahrenshoop, die Gitta unlängst in der *Bunten Stube* gekauft hatte, versehen mit den besten Genesungswünschen für Sonja Never, auf der sie alle unterschrieben hatten, war dem Präsentkorb beigefügt.

Obgleich ihnen die Aufregung vom Morgen und der

Eklat wegen Hekate noch gehörig im Nacken saßen, waren sie doch guten Mutes und überzeugt davon, dass ihr Vorhaben richtig war.

Sie waren gerade ein Stück am Hohen Ufer entlanggelaufen, mit Strickmützen und Kopftüchern vor dem rauen Herbstwind geschützt, als ihnen aus Richtung Ahrenshoop ein hochgewachsener Mann entgegenkam.

Er trug einen hellgrauen Trenchcoat und hatte die Schiffermütze tief ins Gesicht gezogen.

Daher erkannte ihn auch keine der Frauen, außer Gitta.

»Da kommt ja der Ortsvorsteher«, bemerkte sie mit belegter Stimme und presste angespannt die Lippen zusammen.

Nach höflichen Grüßen, als sie auf gleicher Höhe waren, eröffnete Sören Niemann den erstaunten Regenbogenfrauen, dass er zu ihnen wolle.

»Ich habe etwas mit Ihnen zu besprechen«, fügte er in bemüht neutralem Tonfall hinzu und streifte Gitta mit einem Blick, der ihr durch Mark und Bein ging.

»Gut, dann gehen wir am besten wieder nach Hause, denn wir wollten eigentlich zur Familie Never, um Sonja ein kleines Präsent vorbeizubringen«, erklärte Franziska leicht verlegen.

»Ja, ich glaube fast, das wird das Klügste sein«, erwiderte Sören Niemann und blickte einigermaßen betreten drein, als er den vier Frauen zum Regenbogenhaus folgte.

»Fräulein Kerner ist übrigens vorhin gegangen und wohnt nicht mehr bei uns, falls es das ist, worüber Sie mit uns sprechen wollten«, richtete Traudel das Wort an den Ortsvorsteher.

»Gut zu wissen, dann sieht die Sache doch gleich ganz anders aus«, entgegnete der Kapitän nachdenklich und räusperte sich, als er unversehens zu der vor ihm gehenden Gitta aufschloss.

»Ich … ich möchte mich noch bei Ihnen entschuldigen … äh, für meine abweisende Art, als Sie letztens bei mir waren und sich über die Unfreundlichkeit der Einheimischen beschwert haben«, äußerte er und blickte befangen zu Boden.

Gitta mochte ihren Ohren nicht trauen und sah den Kapitän aus großen Augen an, ehe sie ein reichlich gepresstes »Danke schön« hervorbrachte und ihr trotz der mehr als frischen Meeresbrise ganz heiß wurde – ein untrügliches Zeichen dafür, dass sie errötete.

Dennoch brach es aus ihr heraus, dass es auch ihr leidtue, derart aus der Haut gefahren zu sein.

Beklommen setzten sie ihren Weg fort und erreichten wenige Minuten später das Regenbogenhaus.

Sören Niemann blieb vor der Eingangstür stehen und betrachtete die kunstvolle Fassadenmalerei.

»Haben Sie gut hingekriegt«, äußerte er anerkennend, ehe er eintrat und von den Bewohnerinnen ins Wohnzimmer geführt wurde.

Der Kuchen, der ihm angeboten wurde und den er höflichkeitshalber nicht abschlagen mochte, schmeckte wie Sägespäne, was auch der Blümchenkaffee nicht zu ändern vermochte.

Es fiel dem Kapitän beileibe nicht leicht, bei den Gastgeberinnen mit schlechten Neuigkeiten aufwarten zu müssen, vor allem, da er das Vorhaben der Frauen geradezu rührend fand, Sonja einen Genesungsbesuch abzustatten und ihr Präsente mitzubringen.

Wo doch die Eltern des Mädchens für die Unterschriftenliste verantwortlich waren, und er war jetzt derjenige, der ihnen das hinterbringen musste.

Mach's kurz und schmerzlos, suchte er sich zu ermutigen und stieß einen Seufzer aus.

»Es tut mir leid, Ihnen das sagen zu müssen, aber Metzgermeister Never, der Vater des Mädchens, das den Selbstmordversuch unternommen hat, hat mir heute Vormittag diese Unterschriftenliste vorgelegt.«

Er zog ein Kuvert aus der Manteltasche, nahm die Listen heraus und legte sie vor die Frauen auf den Tisch.

Als er die entsetzten Blicke gewahrte, äußerte er die Hoffnung, dass sich nun, da die Übeltäterin nicht mehr unter ihnen weile, die Gemüter bestimmt wieder beruhigen würden.

Doch die tiefe Niedergeschlagenheit von Gitta und ihren Mitstreiterinnen angesichts der geballten Ablehnung, die ihnen aus den Dutzenden von Unterschriften entgegenschlug, ließ sich nicht so leicht besänftigen.

»Sie haben uns schon vorher nicht sonderlich gemocht, aber jetzt, wo das mit Hekate passiert ist, sind wir für die Ahrenshooper allesamt Hexen, die man hier nicht länger haben will«, erklärte Franziska, die ebenso wie die drei anderen den Tränen nahe war.

Gitta, die die ganze Zeit nur betrübt und schweigsam vor sich hin gestiert hatte, schlug plötzlich die Hände zusammen. »Ich liebe diesen Ort, und ich möchte nirgendwo anders leben als hier, und ich weiß, dass es euch genauso geht«, richtete sie sich mit funkelnden Augen an ihre Mitbewohnerinnen. »Deswegen denke ich auch, wir sollten uns nicht so leicht vertreiben lassen!«

Die Blicke aller, auch der des Kapitäns, waren auf Gitta gerichtet.

»Hört sich vernünftig an«, grummelte er.

»So leicht nicht, aber irgendwann halt doch, wenn man nur noch überall angefeindet wird«, sagte Franziska bitter. Frieda und Traudel bekundeten ihre Zustimmung.

»Ich habe keine Lust, mich ständig ärgern zu müssen, wenn ich in Ahrenshoop in irgendeinen Laden gehe, und man kann sich ja auch nicht total abschotten«, murrte Frieda.

»Das soll man auch nicht, ganz im Gegenteil. Angriff ist die beste Verteidigung«, stieß Gitta mit spitzbübischem Lächeln hervor, während der Ortsvorsteher und die anderen Frauen sie bestürzt anschauten.

»Das klingt ja wie eine Kriegserklärung«, konstatierte Sören Niemann stirnrunzelnd.

Gitta schüttelte nachdrücklich den Kopf.

»Ein Friedensangebot trifft eher zu«, belehrte sie ihn eines Besseren.

»Ich denke, wir sollten unser ursprüngliches Vorhaben, Sonja Never einen Besuch abzustatten, trotzdem oder – besser gesagt – jetzt erst recht nicht ins Wasser fallen lassen.«

Alle Anwesenden zogen skeptische Mienen.

»Die lassen uns doch gar nicht erst rein, wenn wir bei denen vor der Tür stehen«, gab Franziska zu bedenken. Sören Niemann musterte sie nachdenklich.

»Davon ist auszugehen«, sagte er, »aber wenn ich dabei

bin, sieht die Sache ganz anders aus. Ich kenne Sven Never schon aus der Zeit, als wir noch kleine Knirpse waren, und ich denke, als Ortsvorsteher bin ich für ihn so was wie eine Respektsperson. Ich könnte in der Angelegenheit als Vermittler fungieren.«

»Das halte ich für eine sehr gute Idee, finde ich prima, dass Sie das machen wollen«, pflichtete Frieda ihm bei, und auch ihre Mitbewohnerinnen waren von dem Vorschlag des Ortsvorstehers sehr angetan.

»Ich weiß nur nicht, ob es so gut ankommt, wenn Sie alle vier mitkommen, das ist vielleicht ein bisschen zu viel für die Leutchen«, gab Sören zu bedenken und blickte in die Runde.

»Deswegen würde ich vorschlagen, dass Sie mich begleiten, Sie waren ja auch diejenige, von der die Idee kam, den Nevers trotzdem einen Besuch abzustatten«, schlug Sören vor, dessen helle Augen eindeutig auf Gitta gerichtet waren. »Außerdem habe ich gehört, dass Sie Handarbeitslehrerin waren, und da haben Sie ja Erfahrung im Umgang mit Kindern und Jugendlichen, auch mit so problembeladenen wie Sonja«, fügte er hinzu und lächelte Gitta mit unverhohlenem Wohlwollen an, die zaudernd erklärte, da solle sie aber besser noch eine von ihren Freundinnen begleiten, sonst wäre sie ja ganz allein.

»Sie sind ja nicht allein, denn ich bin doch bei Ihnen«, äußerte der Ortsvorsteher mit verschmitztem Grinsen, »oder reicht Ihnen das etwa nicht?«

»Doch, doch«, murmelte Gitta unsicher, »aber …«

Franziska knuffte die Freundin in die Seite.

»Es gibt kein Aber, du gehst jetzt mit dem Herrn Ortsvorsteher mit und fertig! Du vertrittst unser Regenbogenhaus, du siehst gut aus und weißt dich zu benehmen, eine bessere Abgesandte als dich hätten wir gar nicht finden können!«

»So ist es!«, kam es von Frieda im Brustton der Überzeugung, und die Sache war entschieden.

Kapitel 22

Obgleich Gitta sich davor gefürchtet hatte, mit Sören Niemann allein unterwegs zu sein, schien doch das Eis zwischen ihnen gebrochen; ein Stück weit war es das ja schon nach der entwaffnenden Entschuldigung des Kapitäns, und sie unterhielten sich angeregt, als sie am Hohen Ufer in Richtung Ortskern liefen.

»Wo kommen Sie eigentlich her, wenn ich fragen darf?«, erkundigte sich der Kapitän, der ritterlich den Geschenkkorb trug, bei Gitta.

Sie berichtete ihm von ihrem Elternhaus in Bad Nauheim, wo sie geboren und aufgewachsen war und am Institut Sankt Lioba als Handarbeitslehrerin unterrichtet hatte.

»Ein schöner Beruf, in dessen weiterem Umfeld Sie ja auch heute noch arbeiten. An Ihren Kleidern kann man jedenfalls erkennen, dass Sie das Nähen meisterlich beherrschen«, bekundete Sören seine Anerkennung.

Gitta bedankte sich bei ihm und fragte ihn nach seinem Werdegang.

»Die Niemanns sind schon seit Generationen eng mit der Seefahrt verbunden. Auch mein Vater war Kapitän, er war im

Großen Krieg bei der Marine und fiel 1916 bei der Skagerrakschlacht in den Gewässern von Jütland. Da unsere liebe Mutter bereits 1912 im Kindbett gestorben ist, hat uns der Tod unseres Vaters zu Waisen gemacht. Astrid war damals erst fünfzehn und musste zu Verwandten auf Fehmarn ziehen, denn ich war damals als Marineoffizier auf dem Flaggschiff Scharnhorst im Ostasiengeschwader, fernab von der Heimat. Zum Glück habe ich den Seekrieg unbeschadet überstanden, bin in unser Elternhaus nach Ahrenshoop zurückgekehrt und konnte mich um meine Schwester kümmern, die froh war, endlich wieder zu Hause zu sein. Astrid hatte in der Inselklinik auf Fehmarn eine Ausbildung als Krankenschwester gemacht. Als sie wieder hier war, hat sie im Krankenhaus in Ribnitz eine Anstellung gefunden, und ich bin von meiner Reederei in Rostock, für die ich vor dem Krieg zwei Jahre als Offizier gefahren bin, zum Kapitän ernannt worden«, erklärte Sören mit stolzem Lächeln.

»Wie wird man denn Kapitän, ich meine, welche Ausbildung muss man dafür machen?«, fragte Gitta interessiert.

»Ich habe vier Jahre Nautik in der Seefahrtschule in Wustrow studiert, und dann habe ich ein halbes Jahr auf dem Schiff, auf dem mein Vater Kapitän war, ein Bordpraktikum absolviert. Dazu gehörten Dienste im Maschinenraum, Arbeiten an Deck und mit dem Kapitän auf der Brücke Wache halten. Zum Kapitän wird man vor allem durch Erfahrung und Bewährung. Außerdem wird geprüft, ob ein Kapitänsanwärter seediensttauglich ist, das macht ein Arzt der See-Berufsgenossenschaft«, erläuterte Sören und fragte Gitta, was sie dazu bewogen hatte, nach Ahrenshoop zu kommen.

Gitta zögerte mit der Antwort, da es ihr intuitiv widerstrebte, Lars von Löwenstern als Grund für ihre Reise anzugeben. Daher entschied sie sich für eine unverfänglichere Version.

»Ich wollte ursprünglich in Ahrenshoop einen Zeichenkurs machen, doch dann habe ich am Strand meine Freundin Franziska Eichenlaub aus Wustrow kennengelernt, und alles ist anders gekommen. Franziska war auch diejenige, die mich überredet hat, hierzubleiben und gemeinsam mit ihr, Frieda und Traudel in der Bauernkate ein Schneideratelier zu betreiben. Es war die schwerste Entscheidung meines Lebens, weil meine Eltern und ich sehr aneinander hängen, aber es war auch die beste, wie ich inzwischen weiß«, berichtete Gitta mit vom Seewind geröteten Wangen und fühlte sich an der Seite von Sören so aufgekratzt und beschwingt, als hätte sie Champagner getrunken.

»Das will ich doch meinen«, pflichtete Sören ihr bei.

Die Zeit flog nur so dahin, und Gitta mochte es kaum glauben, dass der ehedem so bärbeißige Mann und der sympathische Kapitän mit seiner offenen, humorvollen Art ein und derselbe waren.

Niemals hätte Gitta es für möglich gehalten, dass ein sturer Mecklenburger Fischkopf, für den sie Sören bislang immer gehalten hatte, so reizend und charmant sein konnte – und je öfter sie ihn anschaute, in sein markantes Gesicht mit den klugen hellgrauen Augen blickte, desto verzauberter war sie von dem Mann mit der dunkelblauen Schiffermütze.

Der sieht ja noch viel besser aus, als ich am Anfang gedacht habe, kam es ihr in den Sinn, und sie musste unwillkürlich an ihren

Traum denken, als sie mit ihm über die Tanzfläche gewirbelt war und er sie so leidenschaftlich geküsst hatte.

Genau wie sie sich in ihrem Traum gewünscht hatte, dass der zauberhafte Tanz niemals enden möge, hätte sie auch jetzt noch ewig mit Sören an der menschenleeren Steilküste entlanglaufen können, mit der aufgewühlten See unterhalb des Hohen Ufers, die sich in weiter Ferne mit dem Horizont vereinte.

Doch die Erkenntnis, dass sie die Dorfstraße erreicht hatten, wo sich das Haus der Familie Never mit der Metzgerei befand, riss sie jäh aus ihren Tagträumen.

»Hoffentlich geht alles gut«, sagte sie zu Sören, als sie vor der Eingangstür standen, und plötzlich überkamen Gitta Zweifel, ob sich ihre Idee mit dem Besuch bei den Nevers nicht noch am Ende als Schnapsidee erweisen würde.

Nix da, jetzt wird nicht gekniffen, ermahnte sie sich selbst und drückte auf die Klingel.

»Wir machen es so wie ausgemacht, Sie sind der Vermittler, und ich halte mich erst mal im Hintergrund«, raunte sie Sören zu und kam ihm dabei so nah, dass sie den Duft seines Haars wahrnahm. Es überlief sie ein wohliger Schauder, als schon im nächsten Moment die Tür geöffnet wurde.

Die korpulente Frau mit dem pausbackigen Gesicht, die im Türrahmen stand, schaute den Ortsvorsteher und seine Begleiterin verwundert an.

»Moin, Jutta«, grüßte sie Sören munter und wies auf Gitta. »Fräulein Mahrenholz und ich möchten gerne mal nach Sonja schauen, und das Fräulein hat sogar ein paar Präsente für die Deern eingepackt«, erläuterte er aufgeräumt und präsentierte den Geschenkkorb.

Die Frau des Metzgermeisters lächelte gerührt.

»Das ist ja nett«, sagte sie und fixierte Gitta so neugierig, dass ihr sprichwörtlich fast die Augen aus dem Kopf fielen.

Offenbar hatte sie Gitta mit ihrem karierten Wachstuchhut, dessen Krempe tief in die Stirn gezogen war, zunächst nicht erkannt.

Erst jetzt schien es ihr allmählich zu dämmern, wen sie vor sich hatte, und sie wandte sich empört an den Ortsvorsteher.

»Das ist ja eine von diesen Wetterhexen!«, rief sie aus. »Und so was schleppst du uns hier an, Sören, ich glaube fast, du bist nicht ganz bei Trost.«

Sören, der wusste, dass mit der Metzgersgattin gemeinhin nicht gut Kirschen essen war, ahnte, dass Flötentöne hier fehl am Platz waren.

»Jetzt mach aber mal halblang, Jutta!«, rief er die Aufgebrachte wenig zimperlich zur Räson. »Fräulein Mahrenholz ist mit mir gekommen, um Sonja und euch ihr Bedauern wegen des Vorfalls mit Fräulein Kerner, die bei ihnen zur Pension gewohnt hat und inzwischen ausgezogen ist, auszusprechen. Das finde ich sehr anständig, auch, dass die Frauen als Zeichen ihres guten Willens Präsente für Sonja eingepackt haben. Ich habe mich erboten, Fräulein Mahrenholz zu euch zu begleiten und als Vermittler zu fungieren. Deswegen würde ich auch vorschlagen, ihr hört euch jetzt mal ganz in Ruhe an, was das Fräulein euch zu sagen hat, und sie möchte auch gerne ein paar Worte an Sonja richten.«

Ehe Jutta Never noch dazu kam, auf sein Ansinnen zu reagieren, erklang hinter ihr die aufgebrachte Stimme ihres Mannes. Sven Never zwängte sich in all seiner Leibesfülle an ihr vorbei aus dem Türrahmen und baute sich vor den Besuchern auf.

»Das ist ja ein dicker Hund, Sören!«, rief er aus und schlug sich fassungslos an die Stirn. »Nie und nimmer hätte ich gedacht, dass du die Dreistigkeit besitzt, mit einer von denen bei uns reinzuschneien.«

Er streifte Gitta mit einem vernichtenden Blick.

»Die feine Dame ist hier unerwünscht«, zischte er mit Zornesröte auf dem fleischigen Gesicht. »Das solltest du eigentlich auch wissen, Sören, oder warum sonst glaubst du, habe ich dir heute Morgen die Unterschriftenliste vorbeigebracht? Schleppt eine von diesen Wetterhexen an, das kann doch wohl nicht dein Ernst sein!«

Während Gitta nur dastand wie ein begossener Pudel und die Beleidigungen über sich ergehen ließ, war Sören weit davon entfernt, sich ein solches Benehmen bieten zu lassen.

»Das sind ja üble Verleumdungen, die du da ausstößt, Sven«, maßregelte der Kapitän den Metzgermeister scharf. »Nur weil ein Pensionsgast von Fräulein Mahrenholz und ihren Mitbewohnerinnen mit Sonja diesen ganzen Hokuspokus veranstaltet hat, kannst du doch nicht die Frauen vom Schneideratelier als Hexen denunzieren. Diese Anna Kerner ist übrigens heute ausgezogen, das nur zu deiner Information. Zudem ist Fräulein Mahrenholz ausgebildete Handarbeitslehrerin und hat mit Hexerei nicht das Geringste zu tun!«

Sören musterte die beiden Streithähne herausfordernd.

Da nun alle kurzzeitig schwiegen, hielt Gitta, die sich die ganze Zeit zurückgehalten hatte, es für angemessen, sich auch endlich zu Wort zu melden.

»Ich bin eigentlich gekommen, um mich bei Sonja und Ihnen für das Ungemach zu entschuldigen, das unser Pensionsgast Anna Kerner Ihnen allen bereitet hat«, erklärte sie in Erwartung einer erneuten Schimpftirade verhalten. »Bitte lassen Sie mich Ihnen versichern, dass es mir und meinen Mitbewohnerinnen sehr leidtut, was Ihre Tochter und Sie alles durchmachen mussten. Wir bedauern es zutiefst, auch wenn wir nichts dafür können, dass Anna bei Sonja mit ihrem magischen Zinnober falsche Hoffnungen geweckt hat. Im Gegenteil, wir sind alles vernünftige, aufgeklärte Leute, die sich von dem ganzen magischen Brimborium mit allem Nachdruck distanzieren möchten. Bitte glauben Sie mir das«, beteuerte Gitta aufrichtig. »Und bitte entschuldigen Sie die Störung, ich kann Ihr Verhalten sogar ein Stück weit verstehen, aber erlauben Sie mir vielleicht trotzdem, Ihnen den kleinen Präsentkorb für Sonja, verbunden mit unseren besten Genesungswünschen, zu übergeben.«

Sie blickte das Ehepaar Never fragend an, die ihr mit betroffenen Mienen zugehört hatten.

Bildete sie es sich nur ein, oder waren ihre Mienen längst nicht mehr ganz so abweisend und verhärtet wie am Anfang?

Der Metzgermeister war der Erste, der seine Sprache wiederfand.

»Wir akzeptieren Ihre Entschuldigung, den Präsentkorb nehmen Sie aber bitte wieder mit. Sonja hat alles, was sie braucht, und wir werden ihr die Genesungswünsche von Ihnen ausrichten«, erwiderte er unterkühlt, da seine schäumende Wut offenbar einer kalten Höflichkeit gewichen war, und wünschte Gitta und dem Ortsvorsteher noch einen guten Abend.

Sören und Gitta wollten sich schon mit bedrückten Mienen empfehlen, als zu ihrer großen Überraschung Sonja herbeigeeilt kam und an ihrer Mutter vorbei durch die Tür schlüpfte.

»Bitte, Papa, schick sie nicht weg!«, bat sie ihren Vater nachdrücklich. »Fräulein Mahrenholz ist ja hauptsächlich wegen mir gekommen und hat mir sogar Geschenke mitgebracht. Ich kriege so selten Geschenke und finde das sehr nett. Deswegen möchte ich die Entschuldigung und die Präsente gerne annehmen. Auch das, was sie gesagt hat, hat mir gut gefallen.« Sie beäugte Gitta verlegen. »Das Fräulein ist auch ganz anders als diese Hexe und kann ja wirklich nichts dafür, dass ich ins Wasser gehen wollte.«

Gitta sah das pummelige Mädchen mit den hübschen Grübchen auf den rosigen Wangen eindringlich an, und es überkam sie ein tiefes Mitgefühl, da ihr ein Blick in Sonjas tränengerötete Augen verriet, wie unglücklich das Mädchen war.

Ehe die Eltern noch etwas entgegnen konnten, wandte sie sich in ruhigem Tonfall an Sonja.

»Ich bedauere es unendlich, dass du so viel Leid erfahren hast«, sagte Gitta und legte ihr mitfühlend die Hand auf die Schulter.

»Fassen Sie mein Kind nicht an!«, fuhr Frau Never Gitta an, als wäre sie der Leibhaftige persönlich.

Gitta zuckte zusammen. Sie hatte das Gefühl, in ein Wespennest gegriffen zu haben, doch auch jetzt schaltete sich Sonja ein und wies die Mutter harsch in ihre Grenzen.

»Lass sie in Ruhe, Mama!«, begehrte sie auf. »Fräulein Mahrenholz meint es doch nur gut, und dass ich ins Wasser gegangen bin, das habe ich ja auch nur gemacht, weil der Claas so gemein zu mir war und gesagt hat, dass ich dick und hässlich bin und er jetzt in eine andere verliebt ist, die viel hübscher ist als ich …«

Das junge Mädchen endete abrupt und brach unversehens in Schluchzen aus.

»Dem verdammten Kerl zieh ich die Hammelbeine lang, so was sagt keiner zu meinem Mädchen«, stieß Sven Never wütend aus und wischte sich verstohlen eine Träne aus dem Augenwinkel.

»Diesen Drecskerl soll der Schlag treffen!«, schrie Jutta Never zornig. »Wenn der mir mal wieder übern Weg läuft, kriegt der eine Backpfeife verpasst!«

»Sonja, manchmal bekommt man nicht das, was man will, weil man etwas Besseres verdient hat«, sagte Gitta liebevoll zu dem Mädchen, das sie aus tränenumflorten Augen anblickte. »Und du hast fürwahr einen besseren Freund verdient als diesen Mistkerl, der dich gar nicht zu schätzen weiß. Glaub mir, Sonja, der Richtige wird noch kommen, da bin ich mir ganz sicher. Außerdem stimmt das gar nicht, was er zu dir gesagt hat, du bist überhaupt nicht hässlich. Ganz im Gegenteil, du bist so ein hübsches Mädchen, und du wirst dein Glück noch finden, ganz bestimmt.«

Gitta lächelte Sonja zuversichtlich an und strich ihr über das goldblonde Haar, während Jutta Never, die von Gittas Worten ergriffen war, sich vernehmlich in ein Taschentuch schnäuzte.

Auch Sven Never räusperte sich gerührt.

»Das haben Sie schön gesagt, ›manchmal bekommt man nicht das, was man will, weil man etwas Besseres verdient hat‹, den Spruch muss ich mir merken.«

Nun trat auch Sören an Sonja heran und legte ihr tröstend den Arm um die Schulter.

»Das wird schon wieder, min Deern, und denk immer an den Schlager von der Waldoff. Weißt du noch, wie der geht?«

Er lächelte Sonja aufmunternd an, ehe er die Liedstrophe anstimmte:

»Wer wird denn weinen, wenn man auseinandergeht, wenn an der nächsten Ecke schon ein andrer steht …«

Sörens charmante Art und die Gesangseinlage waren so unwiderstehlich, dass ein Lächeln über Sonjas verweintes Gesicht glitt.

Inzwischen war es dunkel geworden, und es hatte zu regnen angefangen.

Man sah es dem Metzgermeister förmlich an, wie sehr er mit sich rang, die Besucher ins Haus zu bitten, was ohnehin längst überfällig gewesen wäre.

Doch die neugierigen Blicke aus den Nachbarhäusern ließen ihn zögern, er hätte ja sein Gesicht verloren, wenn er eine von denjenigen bei sich willkommen geheißen hätte, gegen die er eine Unterschriftenliste veranlasst hatte.

Sonja indessen, die wesentlich unbelasteter von derlei Überlegungen war, entschloss sich für das Naheliegende und forderte Sören und Gitta auf, doch hereinzukommen.

Sören, dem die Zwickmühle des Metzgermeisters sehr wohl bewusst war, bewies erstaunliches Fingerspitzengefühl.

»Das ist lieb gemeint, Sonja, aber es ist schon spät geworden, und wir machen uns jetzt auf den Weg, ehe der Regen noch stärker wird«, erwiderte er leichthin.

»Aber was dein Angebot anbetrifft, da hätte ich noch einen anderen Vorschlag. Was haltet ihr davon, wenn ihr alle drei am Sonntag zu uns zum Kaffeetrinken kommt? Da lade ich auch den ›Weiberzirkus‹ vom Hohen Ufer mit ein, und dann können wir noch mal ganz in Ruhe über alles reden.«

Er knuffte Sven Never, der sich mit einer Antwort noch zurückhielt, kumpelhaft in die Seite.

»Komm, alter Knabe, sei kein Frosch!«

»Ist gut, Sören«, meldete sich überraschend Jutta Never zu Wort, »wir kommen am Sonntag und bringen Kuchen mit.«

»Wir können auch Kuchen mitbringen«, kam es von Gitta erfreut, und man verabschiedete sich voneinander.

Sonja bedankte sich bei Gitta noch einmal für die Geschenke, worauf diese erklärte, sie kämen von Herzen, und dem Mädchen alles Gute wünschte.

Kapitel 23

Der Regen war so stark geworden, dass Sören vorschlug, Gitta möge doch mit ins Kapitänshaus kommen und sich erst einmal aufwärmen.

Er erbot sich, sie später, wenn der Regen nachgelassen habe, nach Hause zu begleiten.

Gitta nahm das Angebot mit dem Aufwärmen gerne an, betonte aber, es sei nicht nötig, dass er sie nach Hause bringe.

»Den Weg kenne ich im Schlaf, und was soll mir hier draußen schon passieren, wo sich Fuchs und Hase Gute Nacht sagen«, ergänzte sie launig und lächelte den Kapitän freundlich an.

Ihre Blicke trafen sich, und Gitta hatte kurzzeitig den Eindruck, dass der Ortsvorsteher, den sie soeben als überaus weltgewandt und keineswegs provinziell erlebt hatte, Gefallen an ihr gefunden hatte.

Aber vielleicht bildete sie sich das ja auch nur ein, weil sie von dem gut aussehenden Kapitän und seiner offenen Art sehr angetan war, und das war noch deutlich untertrieben, wie sie nur allzu gut wusste.

Als sie an Sörens Seite der Althäger Straße zustrebte,

spürte sie gewaltige Schmetterlinge im Bauch, die selbst der raue Seewind und der Regen nicht vertreiben konnten.

»Das war eben sehr einfühlsam, wie Sie mit Sonja gesprochen haben, man merkt, dass Sie durch Ihren Beruf als Lehrerin Erfahrung mit jungen Leuten haben. Aber Sie haben sich auch sonst tapfer geschlagen. Kompliment, besser hätte man es nicht machen können«, äußerte Sören anerkennend.

»Das freut mich, danke schön«, erwiderte Gitta strahlend. »Sie waren aber auch nicht schlecht. An Ihnen ist ein wahrer Diplomat verloren gegangen, und Ihre Gesangseinlage war einfach hinreißend.«

Sören bedankte sich mit der scherzhaften Bemerkung, sieben Jahre Shantychor hätten wohl doch ihre Früchte getragen.

»Es war auch sehr geschickt von Ihnen einzustreuen, dass ich ausgebildete Handarbeitslehrerin bin, damit die Nevers sehen, dass ich nicht ganz so auf der Wurstsuppe dahergeschwommen bin, wie sie vielleicht denken …«

»Das denkt keiner von Ihnen, das merkt doch jeder, dass Sie blitzgescheit sind«, entgegnete der Ortsvorsteher prompt. »Nein, nein, ich kenne doch meine Pappenheimer und weiß genau, wovor sie Achtung haben. Denn schon seit alten Zeiten waren Lehrer, ähnlich wie Pfarrer, Ärzte und Apotheker, Respektspersonen, zumindest bei uns auf dem Land, wo die Welt noch halbwegs in Ordnung ist«, erläuterte er ironisch.

»Ja, dann kommt mal rein in die gute Stube«, forderte Astrid Gitta und Sören auf, ihr in die Küche zu folgen, nachdem sie in der Diele ihre regennassen Mäntel abgelegt hatten, und ergriff Gittas Hand, die ihr diese höflich entgegenstreckte.

»Schön, dass Sie mitgekommen sind«, fügte sie lächelnd hinzu.

»Es gibt Bohnen, Birnen und Speck, das ist bei diesem Schietwetter genau das Richtige.«

Der gusseiserne Ofen in der Küche bollerte und verbreitete eine behagliche Wärme, die Gitta nach dem langen Aufenthalt im Freien sehr gelegen kam.

An der Wand über dem Küchentisch hingen zwei gerahmte Fotos von einem Mann mit Kapitänsmütze und einer hübschen blonden Frau, die lächelnd in die Fotokamera blickte.

»Das sind unsere Eltern, Gott hab sie selig«, erläuterte Sören, der Gittas Blick gefolgt war.

»Sie sind leider viel zu früh von uns gegangen, unsere Mutter ist mit gerade einmal dreißig Jahren im Kindbett gestorben, und Vater war auch erst fünfundvierzig, als er im Seekrieg gefallen ist. Wir werden sie stets in guter Erinnerung behalten.«

»Es ist auffällig, wie ähnlich Sie beide Ihren Eltern sehen. Fräulein Niemann kommt ganz nach dem Vater, und der Herr Kapitän ist der Mutter wie aus dem Gesicht geschnitten, selbst das Lächeln ist das gleiche«, bemerkte Gitta versonnen.

»Das trifft aber nur auf das Äußere zu, vom Wesen her ist es genau umgekehrt«, erklärte Astrid verschmitzt und eilte zum Suppentopf.

»Ja, ich hab Vadderns Humor und du Mudderns Dickschädel«, flachste Sören mit gutmütigem Spott.

Bereits an ihrem Stand auf dem Hafenmarkt war Gitta aufgefallen, wie gut die Geschwister miteinander auskamen, und sie beneidete Astrid um ihren Bruder, auf dessen Beistand sie sich ein Leben lang verlassen konnte, dessen war sie sich gewiss.

Diese absolute Verlässlichkeit, die Sören ausstrahlte, beeindruckte Gitta neben vielerlei anderem an ihm sehr.

Als ihre Teller gefüllt waren und Astrid ihnen noch Rotwein eingeschenkt hatte, wünschte man einander einen guten Appetit, und Sören hob sein Glas und brachte einen Toast auf Gitta und ihre Mitbewohnerinnen aus, dass sich die Ressentiments der Einheimischen gegen die Frauen hoffentlich bald in Luft auflösen würden, in den Gitta und Astrid mit einstimmten.

»Ihr Wort in Gottes Ohr«, murmelte Gitta inständig und fing hungrig an zu essen.

Der Eintopf schmeckte köstlich, und sie machte der Köchin ein Kompliment. Sie fühlte sich in der Gesellschaft der Geschwister rundherum wohl, und der ganze Ärger, den ihr der Tag bereitet hatte, fiel nach und nach von ihr ab.

Als Sören seiner Schwester auf spaßige Weise von dem Besuch bei den Nevers berichtete, konnte sie sogar über das Gebaren des Metzgerehepaars lachen.

»Zuerst war ich ja noch über Juttas Freundlichkeit einigermaßen irritiert, für die sie ja eigentlich nicht unbedingt bekannt ist, aber sie hat Fräulein Mahrenholz wohl nicht gleich erkannt. Doch das dicke Ende ließ nicht lange auf sich warten«, mokierte sich der Kapitän mit breitem Grinsen.

Anschließend sprachen sie über Sonja, und die Stimmung wurde ernster.

Gitta brachte zum Ausdruck, wie leid ihr das Mädchen tue und dass sie aus Liebeskummer versucht habe, ihrem Leben ein Ende zu bereiten.

»Sie hätte tot sein können, wenn die Rostocker Schiffer sie nicht aus dem Meer gefischt hätten«, sagte Astrid bekümmert. »In meinen Augen war ihr Selbstmordversuch eher ein Hilferuf, wie das bei jungen Leuten, die versuchen, sich das Leben zu nehmen, häufig der Fall ist. Sie sind abgrundtief unglücklich und fühlen sich von der ganzen Welt im Stich gelassen, vor allem von ihren Eltern, die sie nicht selten vernachlässigen. Was mir bei dem Ehepaar Never, das durch seine Metzgerei sehr eingespannt ist, der Fall zu sein scheint. Eine gute Freundin, bei der man sich mal so richtig ausweinen kann, oder eine liebevolle Verwandte können oft das Schlimmste verhindern.«

Gitta, die sich an einen ähnlichen Fall am Institut Sankt Lioba erinnern konnte, gab Astrid mit ernster Miene recht.

»Wir sollten aber bei aller Tragik auch das Positive nicht ganz aus den Augen verlieren«, warf Sören ein und erwähnte, dass Anna Kerner nicht mehr länger im Regenbogenhaus weile, worauf Gitta den Geschwistern genauer berichtete, was sich am Mittag im Regenbogenhaus zugetragen hatte.

»Gut, dass sie weg ist, ich hoffe sehr, dass sich dadurch die Gemüter wieder etwas beruhigen«, bemerkte der Ortsvorsteher und verdrehte die Augen.

Nach dem Essen wechselten sie ins Wohnzimmer, wo Sören im Kamin ein Feuer entfachte.

Astrid zog sich dezent mit der Bemerkung zurück, sie wolle noch ein Stündchen lesen, und verabschiedete sich von Gitta.

»Bis zum Sonntag, wollen wir doch mal hoffen, dass sich die Konflikte beilegen lassen«, fügte sie lächelnd hinzu.

Gitta wünschte ihr eine gute Nacht und erklärte, dass sie sich auch bald auf den Heimweg machen werde.

»Ach Gott, Sie Arme«, erwiderte Astrid mit Blick auf die Fensterscheiben, gegen die heftig der Regen prasselte. »Sie können auch gerne hier schlafen, wir haben oben noch ein kleines Gästezimmer.«

Gitta bedankte sich für das freundliche Angebot, brachte jedoch ihre Bedenken zum Ausdruck, dass sich ihre Freundinnen im Regenbogenhaus bestimmt Sorgen machen würden, wenn sie wegbleibe. Zumal sie auch gespannt seien zu erfahren, wie der Besuch bei den Nevers verlaufen sei.

»Gut, dann trinken wir jetzt noch einen steifen Grog, und dann geht's hinaus in die feindlichen Elemente«, schlug Sören vor und betonte noch einmal, dass er es sich keinesfalls nehmen lasse, Gitta nach Hause zu begleiten.

Noch lange saßen Gitta und Sören am Kamin zusammen, unterhielten sich lebhaft und lachten miteinander wie alte Freunde.

Sören berichtete von seinen Reisen in ferne Länder, Gitta erzählte ihm von ihrer Heimatstadt Bad Nauheim mit den berühmten Kurgästen und sprach von ihren Eltern, die sie zuweilen schmerzlich vermisse.

Es war offensichtlich, wie sehr sie ihr Zusammensein genossen und in stiller Übereinkunft versuchten, es auszudehnen.

Gegen elf Uhr brachen sie auf, liefen schweigsam, den stürmischen Böen und kalten Regenschauern trotzend, am Hohen Ufer entlang.

»Gute Nacht, schlafen Sie gut, und ich freue mich, Sie am Sonntag wiederzusehen«, sagte Sören, als sie vor der Eingangstür des Regenbogenhauses standen, mit belegter Stimme und verabschiedete sich von Gitta mit einem Händedruck, der ihr durch Mark und Bein ging.

»Ich auch«, erwiderte Gitta mit glückstrahlenden Augen und spürte den Drang, Sören in die Arme zu sinken und ihn zu küssen.

Das Bedürfnis wurde derart mächtig, dass ihr der Atem stockte. Der Blick, mit dem Sören sie ansah, verriet ihr, dass es ihm ebenso erging, ehe er sich abrupt zum Gehen wandte.

· · ·

Gitta war noch viel zu aufgewühlt, um schlafen zu können. Immerzu musste sie an Sören denken, und sie ließ die Momente mit ihm noch einmal Revue passieren, ähnlich wie einen köstlichen Wein, den man in kleinen Schlucken genussvoll im Gaumen hält, ehe man ihn herunterschluckt. Einmal mehr wunderte sie sich darüber, dass ein solches Juwel von einem Mann noch immer nicht in festen Händen war – zu ihrem großen Glück, denn wenn sie sich nicht sehr täuschte, hatte sie durchaus Chancen bei ihm.

Es war schon weit nach Mitternacht, als sie endlich in einen tiefen, traumlosen Schlaf fiel.

Ein lautes Scheppern und Klirren ließ Gitta jäh aufschrecken.

Benommen hastete sie hinaus auf den Flur, wo sich auch Franziska, Traudel und Frieda schlaftrunken einfanden.

»Das kam von unten aus der Küche«, murmelte Traudel verstört, »vielleicht ist ein Vogel gegen die Scheibe geflogen, eine Möwe oder so.«

Im Gänsemarsch, weil man auf der schmalen Treppe nicht zu zweit nebeneinandergehen konnte, hasteten die vier hinunter und erlebten in der Küche eine böse Überraschung:

Auf dem Fußboden, der von Glasscherben übersät war, lag ein großer Stein von der Art, wie sie am Strand massenhaft herumlagen.

»Das war kein Vogel, da hat jemand absichtlich die Scheibe eingeworfen«, bemerkte Franziska tonlos und blickte durch die eingeworfene Fensterscheibe ins Morgengrauen.

»Den schnappen wir uns«, sagte Frieda und stürmte nach draußen. Die anderen folgten ihr in Nachthemd und Schlafanzügen, die der Wind kräftig aufbauschte und durcheinanderwirbelte.

Doch weder auf der rechten noch auf der linken Seite des Hohen Ufers war irgendjemand zu sehen.

»Das ist ja gerade eben erst passiert«, sagte Gitta aufgeregt, »also müsste auch noch jemand unterwegs sein. Da das offensichtlich nicht der Fall ist, gibt es nur eine Erklärung: Er muss sich versteckt haben, hinter einem Baum oder Busch, bis die Luft rein ist und er unbehelligt weitergehen kann. Wir können ja jetzt nicht hinter jeden Strauch zwischen Wustrow und Ahrenshoop gucken, erst recht nicht in Nachtkleidung. Mir ist kalt, ich geh wieder rein, und dann überlegen wir, was weiter passieren soll.«

Noch während sie durch das Hoftor in Richtung Haus ging, sah sie das Debakel und blieb vor Entsetzen stehen:

Mit ungelenken schwarzen Buchstaben war über die schöne Fassadenmalerei mit dem Regenbogen »Schlangengrube« geschmiert worden.

Gitta und ihre Mitbewohnerinnen waren ganz außer sich. »Jetzt reicht's, das ist zu viel des Guten, so etwas dürfen wir uns nicht gefallen lassen«, wetterte Frieda mit zornblitzenden Augen.

»Da bin ich ganz deiner Meinung«, erwiderte Franziska nicht minder aufgebracht.

»Das ist eindeutig Sachbeschädigung, und darauf steht eine Strafe.«

Gitta und Traudel konnten dem nur zustimmen, und die Frauen kamen rasch überein, auf der Stelle zur Polizeiwache nach Ribnitz zu fahren, um Anzeige zu erstatten.

Ohne einen Kaffee getrunken zu haben, machten sich die vier wenig später auf den Weg.

Mit Adrenalin vollgepumpt und einem gehörigen Rückenwind waren sie im Nu am Althäger Hafen angelangt und erwischten gerade noch das erste Dampferschiff »Gudrun«, das um Punkt halb acht ablegte.

Gitta hatte den Freundinnen zwar unterwegs schon in aller Kürze berichtet, wie der Besuch bei den Nevers am gestrigen Abend verlaufen war, und verhaltene Zweifel geäußert, dass einer von ihnen für den Steinwurf und die Schmiere-reien über der Eingangstür verantwortlich sein könnte, doch es stand für die Frauen fest, dass es jemand von den Altbür-gern gewesen sein musste.

Auch um Dampf abzulassen, ergingen sie sich während der Fahrt in den wildesten Spekulationen, und das Spektrum an Verdächtigen wurde immer breiter.

Im Prinzip hätte es nahezu jeder Bewohner aus Ah-renshoop gewesen sein können, mit Ausnahme von dem mit ihnen befreundeten Künstlerpaar aus der *Bunten Stube*, dem Ortsvorsteher und seiner Schwester sowie dem Maler – und häufigen Gast im Regenbogenhaus – Lars von Löwenstern.

Während der erregten Debatte an der Reling, ein ganzes Stück entfernt von anderen Passagieren, die davon nichts zu hören brauchten, verkniff es sich Gitta, den Freundinnen De-tails von ihrem Besuch bei Sören zu erzählen.

Das Erlebnis wollte sie ganz für sich behalten und mit niemandem teilen, selbst Franziska gegenüber würde sie zu-nächst noch schweigen. Sie erwähnte lediglich, dass die Ge-schwister sie freundlicherweise zum Abendessen eingeladen hätten und dass es ein schöner Abend gewesen sei.

Es war einfach himmlisch mit ihm gewesen, und dann so ein Schock am frühen Morgen, dachte Gitta konsterniert, hatte aber bei allem Verdruss das Gefühl, noch von ihrem Zusammensein zu zehren – der Glanz und die Wärme hatten sich in ihrem Innern noch gehalten.

Was würde Sören wohl zu den jüngsten Ereignissen sa-gen? Sie sollten ihn jedenfalls unbedingt um Hilfe ersuchen.

Als sie das anschließend ihren Mitbewohnerinnen unterbreitete, hielt sich deren Begeisterung jedoch in Grenzen.

»Ach, das ist doch auch nur einer von den Alteingesessenen«, murrte Frieda. »Letztendlich halten die doch alle zusammen, oder glaubst du denn im Ernst, der würde sich wegen uns mit seinen Schäfchen überwerfen.«

»Er ist geradeheraus und korrekt«, hielt Franziska dagegen. »Ich fand es auch sehr nett von ihm, dass er Gitta zu den Nevers begleitet hat, ich denke, man kann ihm trauen. Auf Fischland hat er jedenfalls einen sehr guten Ruf, das Einzige, worüber man sich bei ihm mokiert, ist, dass er überzeugter Junggeselle ist.«

»Vielleicht ist er ja homosexuell«, warf Traudel ein und meinte, das könnte passen.

Das käme bei Seeleuten häufiger vor, und in diesem Kaff würde er das mit Sicherheit niemandem auf die Nase binden, sonst wäre er hier auch verratzt bis in alle Ewigkeit.

»Das kannste laut sagen«, platzte es aus Frieda heraus. »Davon können Traudel und ich ein Lied singen. Wir trauen uns ja heute noch nicht, in der Öffentlichkeit Hand in Hand zu gehen oder uns zu küssen. Trotzdem weiß ich, dass in Ahrenshoop gemunkelt wird, wir wären Lesben und hätten was miteinander. Was ja auch zutrifft, und deswegen hassen sie uns ja auch so.«

Gitta musste beim Gedanken, Sören würde Männer bevorzugen, unwillkürlich in sich hineingrinsen und schrieb diesen Trugschluss der Tatsache zu, dass Frieda und Traudel von Männern nicht sonderlich viel Ahnung hatten – was indessen auch auf sie zutraf, wenn auch aus ganz anderen Gründen.

Auf dem Polizeirevier gab Franziska, die zuvor einmütig als Wortführerin auserkoren worden war, den Vorfall zu Protokoll und erstattete im Anschluss auch eine Anzeige gegen unbekannt.

Die beiden vierschrötigen Polizisten, die in der Polizeiwache ihren Dienst versahen, waren wortkarg und zugeknöpft, wie es im Norden zum guten Ton gehörte, und schienen von den Geschehnissen, die den Bewohnerinnen des Regenbogenhauses widerfahren waren, nicht sonderlich beeindruckt zu sein.

Gitta, die sich über die Wurstigkeit der Beamten ärgerte, äußerte, dass ihnen allen doch sehr daran gelegen sei, den Täter zu ermitteln, da sie dann deutlich besser schlafen würden.

»Man weiß ja nie, was so ein Gewalttäter sich als Nächstes ausdenkt.«

Während ihre Freundinnen Gitta nachdrücklich zustimmten, gab der protokollierende Beamte nicht mehr von sich als ein wenig aussagestarkes »Sehn wir mal« und machte keinen Hehl daraus, dass die Angelegenheit für ihn einstweilen erledigt war.

Kapitel 24

Der aus Wustrow bestellte Glaser ließ auf sich warten, und durch das nur notdürftig mit einer Wolldecke verhängte Loch in der Fensterscheibe zog es so gewaltig, dass die Regenbogenfrauen ihre Arbeiten von der Küche ins Wohnzimmer verlagern mussten.

Gitta war gerade dabei, die vorgereihten zartlila Stoffbahnen für das Kleid von Louise Brooks mit der Nähmaschine zusammenzunähen, als es an der Tür läutete. Zu ihrer Überraschung hörte sie, dass Polizeibeamte gekommen waren, um den Schaden zu begutachten und sich nach möglichen Verdächtigen umzuschauen.

Gitta beendete ihre Näharbeit und eilte gemeinsam mit Frieda und Traudel hinaus, um den Beamten für etwaige Fragen zur Verfügung zu stehen.

Franziska, die den Polizisten die Tür geöffnet hatte, stand bereits mit ihnen vor der Eingangstür, wo die schwarze Schmähschrift über den Regenbogen geschmiert worden war.

Als wenig später auch der Ortsvorsteher hinzukam, der sich derweil die eingeschlagene Fensterscheibe auf der Rückseite des Hauses angesehen hatte, war Gitta von seinem Anblick wie vom Blitz getroffen.

»Moin, die Damen«, begrüßte er Gitta und ihre Mitbewohnerinnen freundlich.

»Als ich von den Polizeibeamten gehört habe, was hier vorgefallen ist, habe ich mich den Herren angeschlossen, um Ihnen meine Unterstützung anzubieten.«

»Danke schön, Herr Ortsvorsteher, das ist sehr freundlich von Ihnen, wir können Ihren Beistand gut brauchen«, erklärte Franziska entgegenkommend, und auch die anderen bekundeten Sören ihre Dankbarkeit.

Für den Bruchteil einer Sekunde trafen sich ihre Blicke, und Gitta war es, als fegte ein feuriger Kometenschweif durch sie hindurch.

»Gibt es denn konkrete Verdächtige?«, fragte einer der Beamten die Bewohnerinnen.

»Sie haben heute Morgen auf dem Revier ja bereits verlauten lassen, dass sich Ihr Verdacht auf die alteingesessenen Ahrenshooper richtet, vor allem auf den Metzgermeister, der eine Unterschriftenliste gegen Ihren weiteren Verbleib im Ort zusammengetragen hat, aber vielleicht fällt Ihnen ja noch jemand ein.«

Er blickte forschend auf die Frauen, die unsicher mit den Schultern zuckten und äußerten, da kämen einige infrage.

Worauf einer der Polizisten grummelte, man hätte allerdings nicht die Zeit, alle Ahrenshooper wegen eines vagen Verdachts zu befragen.

»Das versteht sich doch von selbst«, mischte sich nun Sören ein.

»Auch nach meinem Dafürhalten besteht möglicherweise der Verdacht, dass gewisse aufgebrachte Einheimische sich mit diesem üblen Streich an den Regenbogenfrauen rächen wollten oder auch darauf hofften, sie damit aus Ahrenshoop zu vergraulen. Doch es gibt noch eine weitere Verdächtige. Denn ich habe heute Morgen Anna Kerner, die nach einem Streit aus dem Regenbogenhaus ausgezogen ist, aus dem Kunstkaten kommen sehen. Vermutlich hat sie der Maler Lars von Löwenstern bei sich aufgenommen. Sie könnte durchaus auch als Übeltäterin infrage kommen.«

»Das kann ja wohl nicht wahr sein!«, gab Gitta von sich, die beileibe nicht die Einzige war, die ob dieser Eröffnung aus allen Wolken fiel.

»Unglaublich, so was, anstatt die Kosten für ihre Unterkunft zu bezahlen, hat sie uns als Abschiedsgeschenk die unflätigsten Beleidigungen an den Kopf geworfen, und jetzt hat sie auch noch einen anderen Dummen gefunden, der sie mit durchschleppt«, fluchte Traudel. »Wenn Sie mich fragen: Dieser Kanaille ist alles zuzutrauen«, fügte sie an die Polizisten gewandt im Brustton der Überzeugung hinzu.

Gitta war sprachlos. Wenngleich sie sich innerlich von Lars zurückgezogen hatte, kränkte es sie doch, dass er Anna Unterkunft gewährt hatte, und sie beschloss, den Kontakt zu ihm ganz abzubrechen.

Je länger sie darüber nachdachte, desto wahrscheinlicher erschien es ihr, dass die rachsüchtige Möchtegernhexe den Schaden verursacht hatte.

Der Polizist, der sich auf einem Block Notizen gemacht hatte, erkundigte sich nach Annas vollständigem Namen und wo genau der Kunstkaten sei, worauf sich der Ortsvorsteher erbot, ihn dorthin zu begleiten.

»Also, zu den möglichen Verdächtigen zählen demnach das besagte Fräulein Kerner sowie das Ehepaar Never?«, fragte der Beamte mit Blick auf die Liste.

»Ich kann mir ehrlich gesagt nicht vorstellen, dass die Nevers das waren«, erklärte Gitta skeptisch. »Die haben sich ja auch ein Stück weit versöhnlich gezeigt und ihre Bereitschaft erklärt, sich mit uns am nächsten Sonntagnachmittag bei Kaffee und Kuchen auszusprechen.«

»Gut, dann mache ich hinter die Nevers ein Fragezeichen. Gibt es sonst noch jemand, dem die Tat zuzutrauen wäre?« Der junge Polizist mit dem hellen Oberlippenbart schaute in die Runde.

»Dem Apotheker und der Postangestellten sollten Sie auch mal auf den Zahn fühlen«, erwiderte Frieda, worauf Traudel ihre Zweifel anmeldete und noch einmal betonte, dass Anna Kerner die Hauptverdächtige sei, und wenn die Beamten sich diese zuerst vorknöpften, würden sich weitere Vernehmungen vielleicht erledigen.

Als so weit alles besprochen war, machten sich der Ortsvorsteher und die Polizisten auf den Weg zum Ortskern.

»Wenn noch irgendetwas sein sollte, können Sie sich jederzeit bei mir melden«, verabschiedete sich Sören von den Regenbogenfrauen. »Sollte es Neuigkeiten bezüglich der Tatverdächtigen geben, werde ich es Sie wissen lassen, ansonsten sehen wir uns am Sonntag in alter Frische beim Kaffeetrinken«, fügte er schalkhaft hinzu.

Sörens letzter Blick, ehe er den Beamten nachfolgte, galt Gitta, die ihn glühend erwiderte.

Es bedurfte noch einiger Zeit, bis sie von der rosa Wolke, auf der sie schwebte, wieder ins Hier und Jetzt zurückkehrte.

Franziska, die gewissermaßen von Berufs wegen eine gute Beobachterin war, war das gewaltige Knistern zwischen den beiden, auch wenn es sich in aller Stille vollzog, nicht entgangen.

Gittas verklärte Miene sprach Bände, und Siska freute sich ungemein für die Freundin, dass der Zauber der Liebe über sie gekommen war.

Spontan schloss sie Gitta in die Arme.

»Heute Abend auf einen Tee mit Rum in deinem Zimmer?«, raunte sie Gitta zu, die das Angebot der Freundin liebend gerne annahm.

...

So schrecklich der Tag angefangen hatte, so erfolgreich und angenehm entwickelte er sich im weiteren Verlauf. Kurz nachdem die Polizisten und der Bürgermeister gegangen waren, war endlich auch der Glaser gekommen und hatte eine neue Fensterscheibe im Küchenfenster eingesetzt.

Als es anfing zu dämmern und sich die Frauen zu einer heißen Gemüsesuppe mit Graupen in der mollig warmen Küche versammelten, war die Stimmung deutlich entspannter.

Franziska hatte Stunden gebraucht, um die schwarze Aufschrift »Schlangengrube« oberhalb der Haustür zu übertünchen und sie durch die himmelblauen Lettern »Regenbogenhaus« zu ersetzen.

Auch der Regenbogen strahlte wieder in seiner alten Pracht und erschien den Bewohnerinnen schöner denn je.

Gitta war mit den Näharbeiten der Kleider für die Filmdiven Brigitte Helm und Louise Brooks fertig geworden, worauf Frieda und Traudel sie sorgfältig gebügelt und zusammengefaltet in einen Pappkarton gelegt hatten, den Traudel am Abend noch rasch vor der Schließung der Poststube mit dem Rad dorthin gebracht und aufgegeben hatte.

Bei Tisch sprachen die Frauen darüber, dass Hekate bei Lars von Löwenstern untergekommen war und sie diejenige war, die sie übereinstimmend am meisten verdächtigten.

»Das trägt eindeutig ihre Handschrift. Wir sind in ihren Augen jetzt die Bösen, die sie vom Hof gejagt haben«, sagte Franziska. »Und wenn sie es tatsächlich war, wird man es ihr schwerlich beweisen können, denn es hat sie ja keine von uns auf frischer Tat ertappt, und zugeben wird sie es nie und nimmer. Von daher wird man sie dafür nicht belangen können, und ebenso wenig wird man ihr einen Strick daraus drehen können, dass sie an Sonjas Selbstmordversuch möglicherweise eine Teilschuld trägt. Sie wird also außer der Anzeige wegen Tätlichkeit gegen den Förster relativ ungeschoren davonkommen.«

»Hauptsache, wir sind sie los und sehen sie nie wieder – und davon ist ja gottlob auszugehen«, kam es von Traudel grimmig.

»Und ein gewisser Lars von Löwenstern, dieser falsche

Fünfziger, braucht sich hier auch nicht mehr blicken zu lassen.« Gitta verzog angewidert die Mundwinkel.

»Gewiss nicht, du hast ja jetzt einen anderen Verehrer«, flachste Frieda mit breitem Grinsen. »Und wenn du mich fragst, einen tausendmal besseren als diesen hoffnungslosen Schürzenjäger.«

Gitta, die eigentlich zunächst nur mit ihrer engsten Freundin Franziska darüber reden wollte, besann sich kurzerhand anders und gab unumwunden zu, dass sie sich in den Ortsvorsteher »verknallt« habe.

»So wie du jetzt strahlst, ist es mehr als nur ›verknallt‹«, sagte Traudel mit Blick auf Gitta grinsend. »Ich hab deinem Schwarm ja angedichtet, dass er schwul ist, aber so, wie der dich heute angeschmachtet hat, bin ich mir sicher, dass ich mich getäuscht habe.«

»Stimmt, ich finde ihn sehr sympathisch, und er bemüht sich um mich, auf eine sehr diskrete Art, versteht sich, und ich muss zugeben, dass mir das keineswegs unangenehm ist«, räumte Gitta zurückhaltend ein.

Franziska, die sich noch nicht dazu geäußert hatte, legte der Freundin den Arm um die Schultern.

»Ich kann Gitta in ihren Gefühlen nur bestärken. Der aufrechte Kapitän ist mit Sicherheit eine bessere Wahl als der charmante Windhund Lars von Löwenstern. Außerdem sieht er viel besser aus und ist ein Mann von Format, genau das, was zu Gitta passt.«

Wenngleich sich Frieda und Traudel über Gitta und ihren neuen Verehrer mokierten, hatte diese doch den Eindruck, dass sie ihr nur das Allerbeste wünschten, was sie schließlich auch mehrfach betonten.

Als Betthupferl tranken sie alle noch eine heiße Schokolade mit Rum und gingen dann zu Bett. Da sie die nötige Bettschwere hatten, verschoben Gitta und Franziska ihre Verabredung auf einen anderen Abend.

Gitta, die in der letzten Nacht nicht gut geschlafen hatte, war so hundemüde, dass sie gleich einschlief.

Sie hatte einen seltsamen Traum von Sonja, die sie wie ein kleines Kind im Arm wiegte.

»Aber ich liebe ihn doch so sehr«, schluchzte das Mädchen und war plötzlich verschwunden wie ein Geist. Gitta irrte allein über den menschenleeren Strand und weinte. Dann vernahm sie durchdringende Schreie, die immer näher kamen.

»Sören, wo bist du? Ich liebe dich doch so sehr«, hörte sie die herzzerreißenden Rufe und erkannte mit einem Mal, dass sie von ihr stammten.

Das Tosen des Sturms wurde immer lauter, daher bemerkte sie zunächst gar nicht, dass jemand um Hilfe rief.

»Hilfe!«, schrie die Stimme so markerschütternd, dass Gitta unsanft aus dem Tiefschlaf gerissen wurde.

»Zu Hilfe, es brennt!«, hallte es durch das Dachgeschoss. Panisch sprang Gitta aus dem Bett. Durch die Dachluke sah sie die züngelnden Flammen, das Reetdach schien bereits lichterloh zu brennen.

Sie hastete auf den Flur hinaus, wo ihre Mitbewohnerinnen mit panischen Schreien versuchten, über die brennende

Holztreppe nach unten zu flüchten. Auch Gitta mühte sich verzweifelt, hinunterzugelangen. Da fiel mit lautem Gepolter ein brennender Dachbalken herab und versperrte ihr den Weg.

Gitta war gelähmt vor blanker Todesangst. Sie war kaum noch imstande, irgendetwas zu erkennen, durch den beißenden Rauch, der ihr so schlimm in den Augen brannte und ihr den Atem verschlug.

»Mama, bitte hilf mir!«, stieß sie röchelnd hervor, und dann war nur noch Schwärze um sie herum.

Kapitel 25

Als Gitta wieder zu sich kam, war sie der festen Überzeugung, einer Sinnestäuschung zu erliegen, als sie über sich das markante Antlitz von Lars von Löwenstern erblickte.

»Du bist in Sicherheit und befindest dich bei mir im Kunstkaten«, erklärte er besänftigend.

Sie war noch sehr benommen, blickte sich verstört um und spürte einen pochenden Schmerz an den Händen, die einschließlich der Unterarme mit Mullverbänden versehen waren.

Lars hatte Gitta auf eine Liege im Wohnzimmer gebettet und fürsorglich eine Wolldecke über sie gebreitet.

»Wie lange bin ich denn schon hier?«, fragte Gitta, die jegliches Zeitgefühl verloren hatte, mit heiserer Stimme – heiser von dem schwarzen Qualm, der sich in immer dichteren Schwaden im ganzen Haus ausgebreitet hatte, erinnerte sie sich alarmiert und stieß unwillkürlich einen Entsetzensschrei aus.

»Das Haus brennt«, stammelte sie mit schreckgeweiteten Augen.

Der Maler legte ihr beruhigend die Hand auf den Arm.

»Der Brand ist längst gelöscht, die wackeren Männer von der freiwilligen Ahrenshooper Feuerwehr, der ich ebenfalls angehöre, haben dich und deine drei Mitbewohnerinnen unter Einsatz ihres Lebens aus den Flammen geborgen. Du bist seit rund zwölf Stunden hier und hast die ganze Zeit nur geschlafen. Außer ein paar Brandwunden an Händen und Unterarmen, die unsere Ortskrankenschwester verarztet hat, und einer mittelschweren Rauchvergiftung, bist du Gott sei Dank unversehrt.«

»Was ist mit den anderen?«, entrang es sich ihr bange.

»Die sind genauso gut aufgehoben wie du«, erklärte Lars beschwichtigend.

»Glücklicherweise haben auch sie außer einem gehörigen Schrecken und kleineren Blessuren keine größeren Schäden davongetragen. Da euer Haus bis auf die Grundmauern abgebrannt ist, haben deine Freundinnen, außer Franziska, die wieder bei ihrer Mutter in Wustrow wohnt, einstweilen Aufnahme bei verschiedenen Ahrenshooper Familien gefunden. Traudel ist bei Juliane und Hans von der *Bunten Stube* untergekommen und Frieda bei den Nevers. Und du bei mir, und ich hoffe sehr, dass dir das recht ist.«

Er lächelte Gitta, die schlagartig munter geworden war, entwaffnend an.

»Nein, das ist mir überhaupt nicht recht«, erwiderte sie vehement, stemmte sich mühsam von der Liege hoch und fragte Lars, als ihr bewusst wurde, dass sie nur mit einem Nachthemd bekleidet war, barsch nach ihren Sachen.

Lars räusperte sich verlegen.

»Die sind alle verbrannt, da war wohl nichts mehr zu retten, tut mir leid. Aber du solltest dich jetzt nicht unnötig echauffieren und dich am besten wieder hinlegen. Astrid Niemann hat gesagt, dass du dich unbedingt noch schonen sollst, und die ist Krankenschwester und muss es schließlich wissen.«

»Ich will mich aber nicht wieder hinlegen und werde jetzt auf der Stelle gehen«, fauchte Gitta ihn an. »Dann gib mir bitte etwas von dir zum Anziehen, ich kann ja nicht im Nachthemd durch die Gegend laufen.«

»Bitte, Gitta, sei doch vernünftig«, versuchte er sie zu beruhigen.

»Wo willst du denn jetzt noch hin, denn wie ich dir eben schon gesagt habe, euer Haus ist bis auf die Grundmauern abgebrannt, dort kannst du nicht bleiben.«

Als es Gitta schlagartig bewusst wurde, dass all ihr Hab und Gut verbrannt war, alles, woran ihr Herz hing, mitsamt den Nähutensilien und anderen Gerätschaften des Schneiderateliers, barg sie verzweifelt ihr Gesicht in den Händen.

Sie besaß nichts mehr, noch nicht einmal das Nachthemd, das sie am Leib trug, gehörte ihr.

Am schmerzlichsten aber war, dass ihre ganze Existenz, die sie gemeinsam aufgebaut hatten und die ihrer aller Herzenskind war, durch den Brand vernichtet war.

Sie standen nun mit leeren Händen da und waren auf die Hilfe anderer angewiesen. Auf die Hilfe von Lars konnte sie jedoch getrost verzichten!

»Hol mir jetzt bitte was zum Anziehen«, herrschte sie ihn an und musterte ihn gereizt, als er unwillig hinausging, um ihrer Anweisung nachzukommen.

Mit der braunen Cordhose und dem schwarzen Pullover von Lars sah sie aus wie eine Vogelscheuche, die Hose hielt überhaupt nur mit einem Gürtel, dessen Schnalle sie im letzten Loch fixiert hatte.

Neben dem Bett gewahrte sie ein paar Damenhausschuhe. Wahrscheinlich stammten sie von Hekate. Egal, besser als nichts, dachte Gitta und schlüpfte hinein.

Obgleich sie noch ziemlich schwach auf den Beinen war, stakste sie doch wild entschlossen zur Haustür.

Als Lars versuchte, sie zurückzuhalten, riss sie sich ungestüm los und schleuderte ihm verächtlich ins Gesicht, dass sie mit ihm nichts mehr zu tun haben wolle, zumal er ja womöglich diejenige unter seinem Dach beherberge, die den Brand am Regenbogenhaus gelegt habe.

»Wenn du Hekate meinst, die ist längst nicht mehr hier«, entgegnete Lars prompt.

»Das können dir auch die Polizisten und der Ortsvorsteher bestätigen, die gestern Nachmittag hier waren und nach ihr gefragt haben. Es ist gestern Morgen zwischen uns zum Streit gekommen, und daraufhin hat Hekate sich mit Sack und Pack davongemacht. Wohin sie gegangen ist, kann ich dir jedoch nicht sagen.«

Er sah Gitta, die ihm gewissermaßen zwischen Tür und Angel angespannt zugehört hatte, eindringlich an.

»Hekate ist am Morgen zu mir ins Bett geschlüpft und hat versucht, mich zu verführen, und als ich nicht darauf eingegangen bin, ist sie wütend geworden, hat mich aufs Übelste beschimpft und Knall auf Fall das Haus verlassen, ohne Adieu zu sagen.«

Er ging einen Schritt auf Gitta zu, in seinen hellen Augen schimmerten Tränen.

»Du bist die Frau, die ich liebe, nur mit dir möchte ich zusammen sein, deswegen habe ich Hekate eine Abfuhr erteilt«, beteuerte er inständig und wollte Gitta schon in seine Arme schließen, als sie ruckartig die Tür aufriss und davonhastete, wie von Hunden gehetzt. Fassungslos starrte Lars, der gehofft hatte, Gitta mit seiner Offenheit umzustimmen, hinter ihr her und musste erkennen, dass sie nicht zu halten war.

Auf wackligen Beinen, jedoch fest entschlossen, schlug Gitta den Weg zum Kapitänshaus ein.

Es war die Stimme ihres Herzens, der sie folgte und die viel zu lange vom Getöse der unglückseligen Ereignisse übertönt worden war.

. . .

Der schneidend kalte Wind fuhr Gitta durch den schwarzen Wollpullover und ließ sie frösteln, als sie in die Althäger Straße einbog, wo sich das Kapitänshaus befand. In der viel zu weiten Männerkleidung kam sie sich vor wie ein Zirkusclown, der jedoch eher tragisch als lustig anmutete, eine traurige Gestalt, die Vögel erschreckte, doch ihre Sehnsucht nach Sören war stärker als ihre Eitelkeit.

Erst jetzt kam es Gitta in den Sinn, dass Sören als stets hilfsbereiter Ortsvorsteher keine der Frauen aus dem Regenbogenhaus bei sich aufgenommen hatte, nicht einmal sie selbst, was sie wunderte und auch enttäuschte.

Seltsam, gerade von ihm hätte sie mehr erwartet, als es billigend in Kauf zu nehmen, dass sie bei einem anderen Mann, Lars von Löwenstern, Aufnahme fand.

Doch dafür würde es gewiss eine plausible Erklärung geben, versuchte sie, ihre düsteren Gedanken zu vertreiben, und betätigte beherzt den Türklopfer an der Eingangstür des Kapitänshauses.

Wenig später hörte sie Schritte, und Astrid öffnete ihr die Tür.

»Moin, wie geht es Ihnen?«, erkundigte sich die Gemeindeschwester besorgt bei Gitta, ohne indessen Anstalten zu treffen, sie hereinzubitten.

»Die Hände tun mir noch ein bisschen weh, aber sonst eigentlich ganz gut«, erwiderte Gitta und wurde kurzzeitig von einem Hustenanfall geschüttelt.

»Das ist von der Rauchvergiftung, die Sie durch den Brand davongetragen haben«, erläuterte Astrid mit beklommener Miene.

»Am besten, Sie gehen wieder nach Hause, äh, zurück zum Kunstkaten, meine ich, und legen sich wieder hin. Denn Sie gehören noch ins Bett und sollten sich unbedingt schonen. Das habe ich Herrn von Löwenstern auch ausdrücklich gesagt. Ich drehe nachher noch meine Runde, um die Brandwunden und Verstauchungen von Ihnen und Ihren Freundinnen neu zu verbinden, dann sehen wir uns ja später«, beschied sie Gitta unbehaglich und wollte bereits wieder die Tür schließen, als Gitta mit heiserer Stimme darum bat, den Ortsvorsteher zu sprechen.

»Tut mir leid, aber Sören ist unterwegs«, erwiderte Astrid befangen und vermied es, Gitta anzuschauen.

Gitta spürte überdeutlich, dass Astrid nicht die Wahrheit sagte, und ahnte bereits, warum Sören sie nicht sehen wollte.

Mit Engelszungen und als hinge ihr Leben davon ab, flehte sie: »Ich muss unbedingt mit Sören sprechen, bitte schicken Sie mich nicht weg!«

Ehe Gitta sichs versah, befand sie sich Auge in Auge mit dem Kapitän, der alles mitgehört hatte und zur Tür gekommen war, während Astrid sich sogleich zurückzog.

»Was liegt an?«, erkundigte er sich ungewohnt kühl und reserviert bei Gitta.

»Darf ich bitte reinkommen?«, krächzte Gitta, deren Kehle wie zugeschnürt war. »Denn das, was ich zu erklären habe, lässt sich nicht so leicht draußen vor der Tür sagen.«

»Tut mir leid, aber das geht nicht«, entgegnete Sören abweisend. »Ich bin ein Mann von Anstand, und da geziemt es sich nicht, der Freundin eines anderen Mannes Avancen zu machen. Sie hätten offen mit mir sein müssen, mir war keineswegs bewusst, dass Sie mit dem Maler Lars von Löwenstern liiert sind. Erst in der Brandnacht habe ich die Wahrheit erfahren, als er mir gesagt hat, dass Sie seine Herzallerliebste seien und es daher für ihn selbstverständlich wäre, Sie bei sich aufzunehmen. Deswegen werde ich es schön bleiben lassen, mir ein zweites Mal die Finger zu verbrennen.«

Sörens Worte verletzten Gitta, und sie brach haltlos in Tränen aus.

»Aber das stimmt nicht, was er behauptet! Bitte glauben Sie mir doch, dass mich mit Lars von Löwenstern nicht mehr das Geringste verbindet, und das schon seit Langem nicht mehr, und dass ich seine Herzallerliebste bin, ist eine sehr einseitige Sichtweise!«, beteuerte sie inbrünstig. »Das ist die Wahrheit, das schwöre ich bei meinem Leben!«

»Lass man gut sein«, wiegelte Sören ab, dem die Situation und vor allem Gittas Tränen sichtlich unangenehm waren. »Ich werde darüber nachdenken«, erwiderte er distanziert. »Dafür habe ich ja die kommenden Monate ausreichend Zeit, denn ich gehe übermorgen auf große Fahrt in die Karibik.« Gitta verschlug es die Sprache, und sie zog sich tief betrübt zurück. Hinter sich hörte sie nur noch, wie die Tür zuschlug.

Alles in ihr bäumte sich dagegen auf, und kurzzeitig überkam sie der Impuls, erneut den Türklopfer zu betätigen, um dem Kapitän ins Gesicht zu sagen, dass sie sich solch ein Benehmen nicht bieten lasse, sie an der Tür abzuwimmeln wie einen lästigen Eindringling.

Doch sie wusste nur zu gut, dass sie gegen die tiefe Kluft, die sich so plötzlich und unerwartet zwischen ihr und Sören aufgetan hatte, nicht ankämpfen konnte.

Eine bleierne Mutlosigkeit breitete sich über Gittas Gemüt aus, und sie hatte das Gefühl, ins Bodenlose zu stürzen.

• • •

Da sie nicht wusste, wohin sie gehen sollte, irrte sie ziellos am menschenleeren Strand umher und ließ ihren Tränen freien Lauf.

Gitta war völlig am Ende, sie hatte kein Zuhause mehr und fühlte sich unsagbar verloren und entwurzelt.

Alles war dahin, was für sie Bedeutung hatte, und der Mann, der für sie der Richtige hätte sein können, wollte nichts mehr von ihr wissen.

Sie hatte es in ihrem Leid gar nicht bemerkt, dass sie schon am abgelegenen Weststrand angekommen war. Der Wind war immer stärker geworden, und es hatte angefangen zu regnen. Wenngleich sie nicht die leiseste Ahnung hatte, wo sie hingehen sollte, um Schutz und Aufnahme zu finden, eilte sie über die Dünen zu dem Feldweg, der ans Ahrenshooper Holz grenzte, um wieder nach Ahrenshoop zurückzukehren. Irgendein Unterstand würde sich im Ort schon finden lassen, wo sie die Nacht verbringen konnte.

Während sie noch ihren trüben Gedanken nachhing, bemerkte sie unversehens am Waldrand eine dunkle Gestalt, die in Richtung Dünen ging.

Als sie Gitta gewahrte, hielt sie kurz inne, machte kehrt und hastete in den Wald zurück.

Das ist doch Hekate, wurde es Gitta siedend heiß bewusst, sie streifte in Windeseile die Hausschuhe ab und eilte hinter der Flüchtenden her.

Sie würde sie wegen des Vandalismus und des Brands zur Rede stellen, zumal es höchst verdächtig war, dass sie vor Gitta weglief.

Es begann bereits zu dämmern, und im Dickicht der Bäume konnte Gitta kaum etwas erkennen. Bei jedem Schritt versanken ihre Füße in dem lehmigen, vom Regen aufgeweichten Erdreich. Plötzlich hörte sie hinter sich ein Knacken, spürte einen heftigen Schmerz am Hinterkopf und verlor das Bewusstsein.

Kapitel 26

Sören stand neben Gittas Tragbahre in der kleinen Kajüte des Zeesbootes »Karin«, das dem Ahrenshooper Fischer Henning Seitz gehörte, hielt ihre Hand und streichelte liebevoll ihre Wange, während sie langsam wieder zu sich kam.

Obgleich sie starke Kopfschmerzen hatte, war sie überglücklich, Sören zu sehen.

»Ich freue mich so, dich zu sehen«, brach es aus ihr heraus, und sie entschuldigte sich sogleich, dass ihr das »Du« herausgerutscht war.

»Dafür brauchst du dich doch nicht zu entschuldigen, das ist ohnehin längst überfällig, dass wir uns duzen«, erwiderte Sören und musterte Gitta mit unverhohlener Zuneigung.

Da sie bislang nur Augen für Sören gehabt hatte, tastete sie erst jetzt nach ihrem Hinterkopf, wo der Schmerz pulsierte, fühlte den dicken Mullverband und erkannte gleichzeitig, dass sie auf einer Bahre lag.

»Bin ich verletzt?«, fragte sie verstört.

»Ja« erwiderte Sören, »aber nicht so, dass du dir Sorgen machen musst. Wir sind unterwegs zum Krankenhaus in Ribnitz, das Segelboot wird gleich am Hafen anlegen. Anna

Kerner hat dich im Ahrenshooper Holz mit einem Ast niedergeschlagen. Ich bin dir gefolgt, weil ich doch noch einmal mit dir reden wollte, und habe dich ohnmächtig am Waldrand vorgefunden, während Anna in den Wald geflüchtet ist. Sie wird jetzt auf der Polizeiwache in Ribnitz verhört. Du hast eine Platzwunde am Hinterkopf, die genäht werden muss, und eine leichte Gehirnerschütterung. Doktor Lammers hat dich gemeinsam mit meiner Schwester verarztet, er meint, in ein, zwei Tagen darfst du bestimmt wieder nach Hause.«

Gittas Miene verdüsterte sich schlagartig.

»Aber ich habe doch gar kein Zuhause mehr«, entrang es sich ihr bekümmert.

»Fürs Erste kommst du bei uns unter, und alles andere findet sich dann schon. Mach dir bloß keine Gedanken, es wird alles wieder gut«, beruhigte Sören sie.

Der warme Klang seiner Stimme tat Gitta unsagbar wohl.

»Das ist es jetzt schon, weil du bei mir bist«, erwiderte sie glückstrahlend.

»Du wirst mich auch so schnell nicht wieder los, das kann ich dir versprechen«, sagte Sören mit grimmigem Lächeln und küsste zärtlich Gittas Hand.

Als sie sich nach ihren Mitbewohnerinnen erkundigte, erklärte Sören, dass Franziska vorübergehend wieder in Wustrow bei ihrer Mutter wohne und die beiden anderen bei den Ahrenshooper Familien gut versorgt seien und es vor allem den Ehefrauen zu verdanken sei, allen voran Jutta Never, dass die Regenbogenfrauen so freundliche Aufnahme gefunden hätten.

Gitta mochte ihren Ohren nicht trauen, vor allem, wenn sie an die Metzgersfrau dachte.

»Man höre und staune«, meinte sie verwundert, »das hätte ich Frau Never offen gestanden gar nicht zugetraut, dass sie unsereinem gegenüber so großherzig ist.«

»Ich, ehrlich gesagt, auch nicht«, spöttelte Sören. »Aber Jutta hat offensichtlich doch das Herz am rechten Fleck. Und ich muss auch für die raubeinigen Männer in die Bresche springen. Für die Kameraden von der Ahrenshooper Feuerwehr war es eine Ehrensache, euch in eurer Not zu helfen, das ist von jeher bei uns üblich, dass man im Unglück zusammenhält, und da wird niemand im Stich gelassen, auch Zugezogene nicht«, erläuterte der Ortsvorsteher nicht ohne Stolz.

Gitta wusste gar nicht, was plötzlich über sie gekommen war, als sie haltlos anfing zu weinen.

»Wein nur, min Deern«, sagte Sören mitfühlend. »Das war alles ein bisschen viel die letzten Tage.«

Er reichte ihr ritterlich sein sorgfältig zusammengefaltetes Herrentaschentuch und hüstelte betreten.

»Bitte verzeih mir, Gitta, dass ich dich so verletzt habe«, brach es aus ihm heraus, und er war selber den Tränen nahe.

»Als du mich vorhin an der Tür so abgefertigt hast, das war für mich wie ein Weltuntergang«, flüsterte sie mit tränenerstickter Stimme. »Ich habe gedacht, du willst nichts mehr von mir wissen, und das war noch viel schlimmer als unser abgebranntes Haus.«

Tröstend streichelte Sören Gittas Schulter. »Was bin ich doch für ein Dummbüdel«, stieß er hervor.

»Dabei hat es mir das Herz gebrochen, dich gehen zu lassen. Deswegen habe ich mich dann auch entschlossen, dir zu folgen, um mit dir noch mal in Ruhe über alles zu reden, doch dazu kam es ja leider nicht mehr.«

Er hielt kurz inne und schlug sich verzweifelt an die Stirn.

»Ich war einfach nur kreuzunglücklich, als ich in der Brandnacht erfahren habe, dass du mit diesem Maler liiert bist.«

Gittas tränenfeuchte Augen funkelten vor Zorn.

»Das ist eine Lüge! Wie kommt denn dieser verfluchte Kerl dazu, so etwas zu behaupten!«, schimpfte sie.

»Als Doktor Lammers und meine Schwester euch im Kapitänshaus verarztet haben und der Arzt es nicht für nötig befunden hat, euch ins Krankenhaus einzuweisen, sage ich noch zu meinen Feuerwehrkameraden, ich könne dich aufnehmen, aber für die anderen hätten wir im Kapitänshaus leider nicht den Platz. Dann ruft doch dieser Löwenstern wie aus der Pistole geschossen, dass du seine Freundin seist, und es komme ja überhaupt nicht infrage, dass du im Kapitänshaus bleibst. Er werde dich mit in den Kunstkaten nehmen und für dich sorgen. Da ist mir jedes Widerwort im Halse stecken geblieben.«

Gitta strich ihm mitfühlend über die Hand.

»Das kann ich gut verstehen. Aber das mit Lars von Löwenstern ist lange vorbei, im Grunde genommen hat es nie richtig angefangen«, erklärte sie mit bitterem Lächeln und berichtete Sören von ihrer kurzen Liebelei mit dem Maler und dass sie ihm bei ihrer letzten Begegnung vor dem Brand deutlich zu verstehen gegeben hatte, dass sie mit ihm keine Liebesbeziehung mehr wollte, und daran habe sie sich auch stets gehalten.

Gitta verstummte kurz und musste unversehens in sich hineingrienen.

»Zumal es da jemanden gibt, dem sich seitdem mein Herz zugewandt hat.«

Sie schmunzelte verschmitzt und streifte Sören mit einem verliebten Blick.

»Ich glaube, ich war noch nie so glücklich wie eben, als ich aufgewacht bin und dich gesehen habe.«

»Ich kann dir gar nicht sagen, wie froh ich bin, an deiner Seite zu sein«, erwiderte Sören mit belegter Stimme, beugte sich zu Gitta herunter und raunte ihr sinnlich ins Ohr:

»Am liebsten würde ich dich jetzt küssen, aber ich glaube, das heben wir uns für einen besseren Moment auf.«

»Das machen wir«, flüsterte Gitta und lächelte verführerisch. »Ich hoffe nur sehnlichst, wir müssen nicht zu lange darauf warten.«

...

Als sich die Regenbogenfrauen am Sonntagnachmittag im Kapitänshaus erstmals nach dem Brand wiedersahen, fielen sie einander in die Arme und weinten bittere Tränen über den Verlust ihres Heims.

Nachdem sich die Freundinnen bei Gitta besorgt erkundigt hatten, wie es ihrem Hinterkopf gehe, da es sich selbstredend im Ort wie ein Lauffeuer verbreitet hatte, was Gitta widerfahren war, verkündete Franziska, sie habe gute Nachrichten.

Das Ehepaar Never nebst Tochter sowie Sören und Astrid

hatten bereits an der festlich gedeckten Kaffeetafel Platz genommen. Nun richteten sich die Augen aller Anwesenden gespannt auf die Malerin.

»Ich habe gestern mit Frau Bovenschulte telefoniert und ihr von dem Unglück berichtet«, erklärte Franziska, die in Ermangelung ihrer schwarzen Gewänder, die allesamt dem Feuer zum Opfer gefallen waren, ein weinrotes Samtkostüm trug, das sie ausnehmend gut kleidete.

»Zu meinem Erstaunen hat Frau Bovenschulte die Hiobsbotschaft recht gelassen aufgenommen und gemeint, für den Schaden käme ja die Gothaer Versicherung auf, bei der sie die Bauernkate gegen Feuer hätten versichern lassen. Sie hätten schon einmal einen Brandschaden gehabt, als seinerzeit der Blitz ins Reetdach eingeschlagen sei, und den hätten sie auch damals größtenteils ersetzt bekommen. Frau Bovenschulte war sehr zuversichtlich, dass sich das schon in ihrem Sinne regeln ließe, und hat gemeint, dass ihr das Feuer sogar ein Stück weit entgegenkäme, denn sie hätte das Haus ja ohnehin verkaufen wollen, und so erhalte sie eben auf diesem Wege das Geld, das sie und ihre Töchter gut brauchen könnten. Sie hat auch durchblicken lassen, dass sie uns einen guten Preis für das Grundstück machen würde, falls wir daran Interesse hätten.«

Franziska strahlte.

»Und ich denke doch, wir haben Interesse, oder was meint ihr?«

Die Malerin schaute Gitta, Frieda und Traudel, die sie aus weit aufgerissenen Augen anblickten, mit einem verschmitzten Lächeln an.

Frieda runzelte verständnislos die Stirn.

»Wir sind arm wie die Kirchenmäuse, und jetzt, wo auch noch die Webstühle und die Nähmaschinen verbrannt sind, haben wir kein Einkommen mehr. Wovon sollen wir das bezahlen?«

Während Gitta und Traudel ihre Zustimmung bekundeten, zückte Franziska einen Brief aus ihrer Jackentasche.

»Den hat mir die Dame von der Post vorhin in die Hand gedrückt, und jetzt haltet euch fest …! Sie hat mir sogar noch einen Rosinenstuten übergeben, den sie extra für uns gebacken hat, und lässt euch liebe Grüße bestellen.«

Sie wies auf die Kaffeetafel, auf der der Stuten bereits neben anderen Kuchen aufgetischt war.

»Jedenfalls ist dieser Brief von keinem Geringeren als dem bekannten Filmregisseur Fritz Lang«, fuhr sie bedeutungsvoll fort. »Er ist mit der Filmdiva Brigitte Helm gut befreundet, und auf ihre Empfehlung hin hat er sich an uns gewendet. Er arbeitet derzeit an einem gigantischen Filmprojekt, in dem Brigitte Helm die Hauptrolle spielen soll.«

Franziska sprühte förmlich vor Begeisterung.

»Am besten, ich lese den Brief einmal vor.«

Sie faltete den Briefbogen auseinander und deklamierte:

Verehrte Damen vom Ahrenshooper Schneideratelier!
Ich wende mich auf Empfehlung meiner lieben Freundin, der
Filmschauspielerin Brigitte Helm, mit der folgenden Anfrage
an Sie:

Für meinen Film »Metropolis«, der im nächsten Jahr fertigge-

stellt werden wird, benötige ich für Frau Helm, die in meinem Film die weibliche Hauptrolle der »Maschinen-Maria« spielt, noch mehrere Kostüme im expressionistischen Stil.

Schauplatz von »Metropolis« ist eine futuristische Groß-stadt mit einer ausgeprägten Zweiklassengesellschaft, einer luxuriösen Oberschicht, die sich in den ewigen Gärten ver-gnügt, und einer Unterstadt, wo die versklavte Arbeiterschaft mit ihren Familien lebt.

Genauere Details besprechen Sie am besten mit meinen Filmarchitekten Otto Hunte, Erich Kettelhut und Karl Voll-brecht, die sich bezüglich eines Gesprächstermins in Bälde bei Ihnen melden werden.

Da es sinnvoll ist, ein Treffen am Set in Babelsberg zu vereinbaren, damit Sie sich einen Eindruck der Filmarchitek-tur verschaffen können, in die sich die von Ihnen geschaffe-nen Kostüme einfügen sollen, wird Sie mein Chauffeur zu ei-nem mit Ihnen vereinbarten Zeitpunkt in Ahrenshoop abho-len und auch wieder zurückbringen.

Für Ihre daraus entstandenen Unkosten komme ich selbstverständlich auf und erbitte von Ihnen zu gegebener Zeit einen Kostenvoranschlag für die Anfertigung der Kostüme.

Hochachtungsvoll
Fritz Lang – Filmregisseur

Als Siska geendet hatte, applaudierten alle.

»Das Geld könnten wir jetzt brauchen und nicht erst nach Auftragserledigung«, murrte Frieda und gab zu bedenken, dass sie ohne Webstühle und Nähmaschinen ohnehin aufgeschmissen wären.

»Dann hör mir jetzt mal gut zu, du alte Unke, es gibt nämlich noch etwas zu berichten«, erklärte Franziska und lächelte geheimnisvoll. »Meine Mutter hat hinter meinem Rücken eine Hausratsversicherung für mich abgeschlossen, als notorische Pessimistin vertritt sie nämlich die Meinung, dass man gegen jegliche Eventualitäten gefeit sein muss, ich könnte sie dafür knutschen! Mutter hat den Brand sofort der Versicherungsgesellschaft gemeldet und alles akribisch aufgelistet, was mir dadurch verloren gegangen ist: nämlich alles. Selbstredend auch die beiden Webstühle und Nähmaschinen. Ein Gutachter von der Versicherung war bereits am Brandort und hat einen Kostenvoranschlag von dem Schaden erstellt. Er hat meiner Mutter gegenüber durchblicken lassen, dass ich mit einem dreistelligen Betrag im oberen Drittel rechnen kann. Ein endgültiger Bescheid mitsamt dem Scheck zur Schadenstilgung geht mir die nächsten Wochen zu.«

Die ehemaligen Bewohnerinnen des Regenbogenhauses waren außer sich vor Freude und brachen in laute Jubelrufe aus. Frieda und Traudel veranstalteten ausgelassene Freudentänze und drückten Franziska so überschwänglich, dass ihr regelrecht die Luft wegblieb.

»Bessere Neuigkeiten hätte es gar nicht geben können«, jubelte Gitta, die heute erstmals ihren Kopfverband abgelegt hatte, und umarmte die Freundin übermütig. Franziska strahlte sie an und flüsterte ihr zu:

»Ich glaube, dir geht es richtig gut?«

»Ja«, erwiderte Gitta und lächelte verschwörerisch, da sie sehr wohl verstanden hatte, worauf die Frage der Freundin abzielte.

»Ich finde, darauf sollten wir anstoßen«, vernahm sie Sörens Stimme aus dem Hintergrund, und Astrid erbot sich, Sekt und Gläser zu holen.

Nachdem sie ihre Gläser erhoben und auf die guten Nachrichten angestoßen hatten, äußerte der Ortsvorsteher, auch er habe etwas zu berichten, was die Übeltäterin Anna Kerner betreffe, denn das Polizeirevier aus Ribnitz habe vorhin bei ihm angerufen.

»Die Beamten haben herausgefunden, dass Fräulein Kerner in der Charité fristlos entlassen wurde, da sie mehrfach versucht haben soll, Schwerstkranke mittels eines Pendels und magischer Kristalle zu heilen, was gründlich schiefgegangen ist. Auf die Kündigung hatte sie zunächst nicht reagiert und sich geweigert, die Station zu verlassen, worauf der Oberarzt die Polizei gerufen hatte. Als die Polizisten Anna Kerner in Gewahrsam nehmen wollten, wurde sie so renitent, dass man sie in die Irrenanstalt in Dalldorf bei Berlin bringen musste, wo sie ein Vierteljahr in der geschlossenen Abteilung verwahrt wurde. Die Nervenärzte hatten bei ihr eine schwere Persönlichkeitsstörung diagnostiziert. Sie muss direkt nach ihrer Entlassung aus der Nervenklinik nach Ahrenshoop gereist sein, wo sie sich ja dann bei den Regenbogenfrauen ins gemachte Nest gesetzt und eingenistet hat. Nachdem sie bei euch rausgeflogen ist, ist sie bei Lars von Löwenstern untergekommen und hat nach einem Streit mit ihm in einer Jagdhütte im Ahrenshooper Holz kampiert.

Dort haben die Polizisten auch einen halb leeren Kanister Petroleum gefunden. Mit hoher Wahrscheinlichkeit ist davon auszugehen, dass Anna Kerner den Brand am Regenbogenhaus gelegt hat und auch für den Steinwurf und die Fassadenschmierereien verantwortlich ist. Ob sie dafür belangt werden kann, ist jedoch fraglich, da sie sehr wahrscheinlich aufgrund ihres Geisteszustands für unzurechnungsfähig erklärt werden wird. Sie ist nämlich auch beim Verhör auf der Polizeiwache in Ribnitz tätlich gegen die Polizisten geworden. Die Polizeibeamten haben daraufhin Krankenpfleger aus dem Ribnitzer Krankenhaus zu Hilfe gerufen, welche die Tobende in einer Zwangsjacke in die nächstgelegene Nervenklinik nach Bad Doberan gebracht haben. Dort befindet sie sich noch immer, soll aber demnächst zur Weiterbehandlung in die Irrenanstalt in Dalldorf eingewiesen werden.«

»Die ist ja richtig gemeingefährlich«, rief Jutta Never alarmiert. »Wenn ich nur daran denke, dass mein armes Kind in stockdunkler Nacht auf diese Irre gestoßen ist, könnte ich verrückt werden!«

»Sie war gar nicht so schlimm, wie ihr denkt«, wandte Sonja ein. »Klar ist sie nicht ganz bei Trost, aber sie war nicht gewalttätig oder so was. Ich fand sie eher spaßig, auch wenn sie genauso ausgesehen hat, wie man sich eine Hexe halt so vorstellt. Außer vielleicht, dass sie viel zu jung und zu hübsch war, war sie gar nicht unheimlich, sondern eigentlich ganz nett.«

»Sie hatte zweifellos ihren Charme, da bist du nicht die Einzige, die darauf reingefallen ist«, warf Traudel mit einem Anflug von Erbitterung ein, »aber sie ist mit absoluter Vorsicht zu genießen, und wer Scheiben einwirft, Feuer legt und es in Kauf nimmt, dass Menschen dabei umkommen, so jemand gehört eingesperrt. Nicht zu vergessen, was sie Gitta angetan hat, die großes Glück hatte, dass Herr Niemann in der Nähe war und sie gerettet hat.«

Gitta saß an der Kaffeetafel neben Sören, der vor den Besuchern keinen Hehl daraus machte, dass er und Gitta ein Paar waren, indem er zärtlich ihre Hand hielt und verliebte Blicke mit ihr tauschte.

Dies sei in der Tat ein großes Glück gewesen, erklärte sie selig, worauf alle in Applaus ausbrachen und Franziska einen Toast auf Gitta und Sören ausbrachte, in den alle freudig einstimmten.

»Sag mal, alter Schwede, hast du nicht letztens beim Stammtisch in der Räucherkammer gesagt, dass du demnächst wieder auf große Fahrt gehst?«, erkundigte sich Sven Never neugierig bei Sören.

Dieser erwiderte launig, dass er seine Schiffsreise selbstverständlich verschoben habe.

»In Anbetracht der Umstände hat mir meine Reederei in Rostock, mit deren Inhaber ich gut befreundet bin, sogar Urlaub genehmigt, bis die Dinge wieder ins Reine gekommen sind.«

»Man hat den Eindruck, das sind sie durchaus, wenn man euch zwei beide so anschaut«, flachste Jutta Never grinsend.

Das überbordende Glück, das Gitta und Sören ausstrahlten, schien sich auch auf die anderen Anwesenden zu übertragen, denn die Stimmung während des sonntäglichen Kaffeekränzchens im Kapitänshaus hätte kaum besser sein können.

Der Zwist und die Streitigkeiten zwischen den Nevers und den Regenbogenfrauen waren längst vergessen.

Frieda, die in dem kleinen Gästezimmer der Metzgerfamilie ein vorläufiges Domizil gefunden hatte, verstand sich prächtig mit ihrer Gastgeberfamilie. Die handwerklich versierte junge Frau machte sich in Haus und Garten nützlich, und vor allem dem Hausherrn imponierte Friedas patente Art und ihre Tatkraft.

Nun, da sich das Blatt durch die in Aussicht stehende Schadenserstattung der Versicherung und die verheißungsvolle Anfrage Fritz Langs so vorteilhaft für die Regenbogenfrauen gewendet hatte, stellten sie erste Überlegungen im Hinblick auf ein etwaiges Bauvorhaben auf dem Grundstück der Bovenschultes an, wobei ihnen Sören und der Metzgermeister ihre tatkräftige Unterstützung anboten.

Nachdem sich die Gesellschaft am frühen Abend aufgelöst und Astrid ebenfalls das Haus verlassen hatte, um mit Franziska, Frieda und Traudel noch einen Strandspaziergang zu machen, waren Gitta und Sören endlich allein.

Kaum war die Tür ins Schloss gefallen, fielen sie einander in die Arme und küssten sich leidenschaftlich.

Der Zauber der Liebe, den sie gestern in Gittas kleinem Mansardenzimmer zum ersten Mal empfunden hatten, als Gitta mit Sören vom Krankenhaus zurückgekehrt war, hatte in ihnen eine wilde Sinnlichkeit entfacht, die süchtig nach mehr machte.

Mit Haut und Haaren ergaben sie sich der machtvollen

Woge der Lust mit einer Hingabe, wie sie nur die wahre Liebe kennt.

»Ich glaube, glücklicher kann ich gar nicht mehr werden«, flüsterte Gitta atemlos, als sie ermattet in Sörens Armen lag.

»Das habe ich auch gedacht, aber es stimmt nicht«, erwiderte Sören und lächelte zärtlich. »Denn schon beim nächsten Kuss, bei der nächsten Umarmung ist man noch glücklicher als zuvor.«

Er streifte Gitta mit einem begehrenden Blick.

»Wollen wir es ausprobieren?«

»Sooft du möchtest«, hauchte Gitta.

Und wieder überkam sie das überwältigende Gefühl von Glück, das weder Grenzen noch ein Ende zu kennen schien, und eine wunderbare Seligkeit, die ihr Leben mit Glanz und Schönheit erfüllte.

Epilog

Während sich die Alteingesessenen und die Regenbogen-frauen besser kennenlernten, lösten sich auch noch die letzten Vorurteile und Ressentiments der Schiffer gegen den »Weiberzirkus« in Luft auf.

Daher war es auch nicht verwunderlich, dass es in der Ahrenshooper Apotheke neuerdings Ringelblumensalbe und Spitzwegerich-Tinktur gab und die Dorfbäckerei Dinkelbrot und Haferflockenplätzchen feilbot.

Von dem Honorar der Filmkostüme für den Film »Metropolis« von Fritz Lang konnten sich die Freundinnen das Grundstück der Familie Bovenschulte am Hohen Ufer kaufen.

Mit tatkräftiger Unterstützung der Einheimischen und der Kommunarden vom benachbarten *Sonnenhof* entstand neben der alten Eiche, die den Brand unbeschadet überstanden hatte, ein schmuckes reetgedecktes Häuschen, groß genug, um die Regenbogenfrauen zu beherbergen und ihnen ausreichend Raum für Werkstatt und Atelier zu bieten.

Am verschneiten Strand von Ahrenshoop hielt Sören um

Gittas Hand an. Sie heirateten im Sommer 1926 in der Schifferkirche von Wustrow. Zur Hochzeit trug Gitta ein traumhaft schönes Brautkleid aus handgeklöppelter weißer Spitze, das die Regenbogenfrauen für sie als Hochzeitsgeschenk gefertigt hatten.

Gittas Eltern hatten es sich nicht nehmen lassen, den Frischvermählten eine glanzvolle Hochzeitsfeier im Kurhaus auszurichten, zu der das halbe Dorf eingeladen war.

Karl und Hulda Mahrenholz waren überglücklich, dass ihr Herzenskind in dem sympathischen Kapitän, mit dem sie sich auf Anhieb prächtig verstanden, die Liebe ihres Lebens gefunden hatte. Sie verbrachten fortan die Sommerfrische »bei den Kindern«, wie sie die beiden liebevoll nannten.

Zur Verblüffung aller hatte auch Franziska ihr Glück gefunden – in dem Maler Lars von Löwenstern. Sie heirateten im September 1926, wenige Monate nach Gitta und Sören. Der Malerin gelang es mühelos, den Casanova zu zähmen. Er war ihr ein liebevoller Ehemann und ihren drei Kindern ein treusorgender Vater.

Was der Freundschaft von Gitta und Franziska keinerlei Abbruch tat, im Gegenteil, Gitta freute sich unsagbar für die Freundin.

Franziska und Lars fanden bei Frieda und Traudel im neu errichteten Regenbogenhaus freundliche Aufnahme. Als das Paar Zuwachs bekam, wurde das Haus durch einen Anbau erweitert.

Während Sören auf großer Fahrt war, führten Gitta und ihre Freundinnen in dem neuen Regenbogenhaus am Meer fort, was sie einst begonnen hatten. Sie entwarfen und schneiderten expressionistische Gewänder aus handgewebten Stoffen in den schillerndsten Farben des Regenbogens, allesamt künstlerisch hochwertige Einzelstücke.

Zur großen Freude ihrer Schöpferinnen waren die exquisiten Modelle nicht nur eine prächtige Erweiterung im Warensortiment der *Bunten Stube*, sondern weit über Ahrenshoop hinaus äußerst begehrt. Im Regenbogenhaus wurden Modenschauen veranstaltet, die sowohl von einheimischen als auch von auswärtigen Besucherinnen rege frequentiert wurden.

Im Laufe der Zeit gewöhnte sich Gitta daran, dass Sören die Hälfte des Jahres auf den Weltmeeren unterwegs war – und was gemeinhin behauptet wird, dass Seemannspaare die glücklichsten Ehen führen, bewahrheitete sich bei ihnen auf wunderbare Weise: Sie liebten einander noch nach Jahren wie am ersten Tag.

Nachwort

»Die Personen und die Handlung des Films sind frei erfunden. Etwaige Ähnlichkeiten mit tatsächlichen Begebenheiten oder lebenden oder verstorbenen Personen sind rein zufällig.«

Das trifft prinzipiell auch auf meinen Roman zu, die folgenden Personen gab es jedoch tatsächlich:

Olga Desmond, geborene Olga Antonie Sellin, 2. November 1890–2. August 1964, war eine deutsche Tänzerin und Schauspielerin. Ende der 1920er-Jahre galt ihr Tanzstil als veraltet, und ihr Stern begann zu sinken. Bis zu ihrem Tod 1964 schlug sich Olga Desmond in Ostberlin als Putzfrau durch. Um ihren Lebensunterhalt aufzubessern, vertrieb sie Postkarten und Andenken aus ihrer Zeit als Tänzerin.

Anita Berber, 10. Juni 1899–10. November 1928, war eine deutsche Tänzerin und Schauspielerin. Im Jahre 1925, als es mit der einst so gefeierten Nackttänzerin aufgrund ihrer Drogenexzesse und zahllosen Skandale bereits deutlich bergab ging, stand sie tatsächlich für den berühmten Maler

Otto Dix Modell, »der sie so alt malte, wie sie nie wurde: ausgezehrt, eingefallen, faltig, der Mund blutrot, der Teint blass und die Augen todesdunkel.« (Herbrand, Ricarda D.: »Göttin und Idol. Anita Berber und Marlene Dietrich. Aufbruch in die Moderne«. Online-Skript 2003.)

1928 starb Anita Berber im Alter von 29 Jahren völlig mittellos im Berliner Bethanien-Krankenhaus an den Folgen ihrer Tuberkulose. Kurz vor ihrem Tod soll sie sich angeblich noch geschminkt und gesagt haben: »Der Kerl (Gevatter Tod) soll mich schön finden.«

Johann Jaenichen, 8. Oktober 1873–7. Mai 1945, war ein deutscher Bildhauer. Gemeinsam mit seiner Ehefrau, der Malerin und Bildhauerin **Hedwig Jaenichen-Woermann,** 1. November 1879–22. Dezember 1960, lebte und arbeitete der Bildhauer im Ostseebad Wustrow im sogenannten »Storchennest«, wenn sich das Künstlerpaar nicht gerade auf einer seiner zahlreichen Auslandsaufenthalte befand. Das in der Romanszene beschriebene Erscheinungsbild und die Biografie von Hedwig Jaenichen-Woermann entsprechen der Wirklichkeit.

Auch die Ziehtochter der Jaenichens, **Hede Zangs**, ihr Verlobter **Heinrich Hauser** und der Organist **Hans-Jürgen von der Wense**, ein Freund der Familie und Protegé von Frau Jaenichen-Woermann, existierten wirklich.

Kurz nach dem Einmarsch der sowjetischen Truppen beging das Ehepaar am 7. Mai 1945 einen Suizidversuch, den Hedwig Jaenichen-Woermann überlebte. In der Nachkriegszeit hatte die ehedem so wohlhabende Künstlerin mit finanziellen Problemen zu kämpfen und betrieb im »Storchennest« das *Museum Woermann*. 1958 musste sie das Haus verkaufen und starb zwei Jahre später.

Der Maler **George Grosz**, 26. Juli 1893–6. Juli 1959, war tatsächlich mehrfach auf Fischland im Urlaub:

1918 erholte er sich in Zingst von seinem Kriegsschock, 1928 verbrachte er die Sommerfrische mit seiner Frau Eva in Wustrow und 1930 im Ostseebad Ahrenshoop.

Evas Schwester **Lotte** und ihr Ehemann **Otto Schmalhausen**, Spitzname »Oz«, künstlerischer Weggefährte von George Grosz aus Berliner Dada-Zeiten, verbrachten ihren Urlaub gemeinsam mit dem Paar in Wustrow.

(Das Interview des Malers mit Falk Thimmermann entstammt zum Teil den Briefen, die Grosz 1930 aus seinem Ahrenshooper Urlaub an seinen Freund und Schwager »Oz« schrieb, in: Soden, Kristine von, »Ahrenshoop höchstpersönlich«, Berlin 2020, S. 66f.)

Claire Waldoff, bürgerlicher Name Clara Wortmann, 21. Oktober 1884–22. Januar 1957, war eine deutsche Sängerin.

Sie selbst verstand sich als Volkssängerin. Ihr Repertoire war breit gefächert, die ihr in meinem Roman in den Mund gelegten Schlager erfreuten sich in den 1920er-Jahren großer Beliebtheit.

Die aus Gelsenkirchen stammende Sängerin, deren Markenzeichen der Herrenanzug mit Nadelstreifen war, war eine der ersten Frauen, die Fahrrad fuhr, ein Auto besaß und es noch dazu selbst steuerte. Sie war für viele Frauen ihrer Zeit ein großes Vorbild.

Selbst ernannte Naturpropheten, Wanderprediger und Seelentröster waren im Deutschland nach dem Ersten Weltkrieg ein weitverbreitetes Phänomen.

So verkündete beispielsweise ein gewisser **Friedrich Muck-Lamberty**, der sogenannte »Messias von Thüringen«, die nahende Ankunft des Heilands in Gestalt eines Kindes – bei dessen Zeugung er tatkräftig mitwirkte.

Die Filmarchitekten **Walter Reimann** und **Hermann Warm** sind genauso real wie die expressionistischen Filme »Alraune« von **Henrik Galeen** aus dem Jahre 1928 und »**Metropolis**« von **Fritz Lang** aus dem Jahre 1927. Das Gleiche gilt für die erwähnten Filmdiven **Brigitte Helm** und **Louise Brooks,** die Handlung ist jedoch frei erfunden.

Auch das trug sich so zu:

Ein Urlauber aus Ahrenshoop beschwerte sich 1930 über eine sich über das **Hundebadeverbot** hinwegsetzende Sommerhäuslerin und wurde zurechtgewiesen, »dass Leute, die hier keine Steuern bezahlen, keinerlei Beschwerderecht hätten, hier nichts zu suchen hätten und hier nur geduldet wären.« (Beschwerdeprotokoll vom 03.07.1930 in: Lange, Daniela, »Auf den Spuren der Künstlerkolonie Ahrenshoop – Zum

Zusammenspiel von Kultur und Tourismus«, Norderstedt 2008)

Der Maler **Paul Müller-Kaempff,** einer der Pioniere der Künstlerkolonie Ahrenshoop, bezeichnete die Ahrenshooper als »Eingeborene«, die von Reisenden und Neuhinzugezogenen als wortkarg und distanziert empfunden wurden.

Während die Einheimischen Bräuche wie Schützenfeste, Feuerwehrbälle, Fischerregatten und Tonnenreiten pflegten, sorgten die Künstler für kulturelle Aktivitäten, in welche die Einheimischen kaum einbezogen wurden. Nicht zuletzt auch aus mangelndem Interesse Letzterer. (Vgl. Lange, 2008, S. 68/69)

Die in den Jahren 1924/25 im Stil des Expressionismus bemalte Außenfassade der *Bunten Stube,* ein Souvenirladen, der auch Bücher und Kunsthandwerk verkaufte, rief seinerzeit bei der Bevölkerung von Ahrenshoop tatsächlich einen Protest hervor.

Gegen die »Verschandelung des Ortes durch den Zementzaun und den papageifarben gestrichenen Zickzack-Neubau« der Bunten Stube wurde eine Unterschriftenliste ins Leben gerufen. (Vgl. Lange, 2008, S. 63)

Der Eindruck einer Zeitzeugin relativiert diesen Vorfall. Marianne Clemens, eine aus Hamburg stammende Urlauberin, schreibt in ihren unveröffentlichten Memoiren über die *Bunte Stube* und ihre Betreiberin: » ... dass die romantischen Künstler und die Dorfleute zuerst nicht glücklich über dieses so ganz andere Haus waren. Aber der Charme und die Tüchtigkeit von Molly Wegscheider hatten das wohl bald vergessen lassen.«

Natürlich ist mir bekannt, dass die am 8. Juni 1922 eröffnete *Bunte Stube,* zu dieser Zeit von **Martha,** genannt **Molly, Wegscheider** und dem befreundeten Künstler **Hans Brass** betrieben wurde. Da die in meiner Geschichte beschriebenen Interaktionen zwischen den Regenbogenfrauen und den Inhabern des Kunsthandwerksladens indessen der Fiktion entsprungen sind, sind die Namen der Betreiber *Juliane Schwarz* und *Hans Etzel* frei erfunden.

Auch heute noch wird die *Bunte Stube,* die in Ahrenshoop längst zu einer allseits beliebten festen Institution geworden ist, von der Familie Wegscheider betrieben.

Alle anderen Figuren, auch wenn sie mir in der Zeit des Schreibens sehr ans Herz gewachsen sind und hoffentlich auch auf die Sympathie meiner Leserinnen und Leser treffen, sind erdichtet. Auch den Menhir unweit von Wustrow, an der Stelle, wo die Landzunge der Halbinsel Fischland am schmalsten ist, hat es nie gegeben.

Wenngleich nicht eindeutig belegt ist, dass es das von mir erwähnte **Kapitänshaus** auf der Althäger Straße anno 1925 bereits gegeben hat, so basiert die **Seefahrtschule in Wustrow** jedoch auf Fakten. Die **Großherzoglich Mecklenburgische Navigationsschule in Wustrow** wurde im Jahre 1846 gegründet und gilt als die älteste deutsche Seefahrtschule.

Mit meiner Protagonistin Gitta Mahrenholz verbindet mich außerdem noch, dass ich wie sie im Herz-Heilbad Bad Nauheim geboren wurde und die **Sankt Lioba Schule** besuchte.

Hierzu möchte ich anmerken, dass die Schule am 29. März 1927 von den Schwestern Unserer Lieben Frau eröffnet wurde. Diese kauften eine Villa in der Goethestraße 20 und nannten sie Haus Lioba. Mit dem Kauf verpflichtete sich die Kongregation, eine katholische höhere Töchterschule in Bad Nauheim zu errichten.

Als ehemaliges »Lioba-Mädchen«, dem, zumindest zu meiner Zeit, nur das Tragen der Farben Schwarz, Weiß und Dunkelblau gestattet war, mit straff zusammengebundenen oder hochgesteckten Haaren – Hosen waren absolut verpönt –, habe ich mir die dichterische Freiheit genommen, das Mädchengymnasium schon zwei Jahre früher ins Leben zu rufen.

Svea Lubenow im November 2021

Rezept »Mecklenburger Rippenbraten«

Zutaten für vier Personen:

1,5 kg Schweinefleisch (Rippenstück)
200 g Backpflaumen
2 St. Äpfel säuerlich
1 TL Salz
etwas Butter

Zubereitung:

Vorbereitung: 20 Min.
Garzeit: 2 Std.
Gesamtzeit: **2 Std. 20 Min.**

Rippenstück waschen, abtropfen lassen und mit Salz einreiben. An den Knochen entlang eine Tasche in das Fleisch schneiden. Äpfel schälen, Kerngehäuse entfernen und je nach Größe in Viertel oder Achtel schneiden. Rippenstück mit den Backpflaumen und Äpfeln füllen und die Tasche mit Küchengarn oder Zahnstochern verschließen. Etwas Butter in eine Auflaufform geben und im Backofen heiß werden lassen, das Rippenstück dazugeben und in der Butter von allen Seiten 1,5 bis 2 Stunden goldgelb braten. Von Zeit zu Zeit heißes Wasser zugießen, damit genug Flüssigkeit als Grundlage für eine gute Soße vorhanden ist. Dazu passen gut Salzkartoffeln und Rotkohl oder frischer Salat.

Rezept »Bohnen, Birnen und Speck«

Zutaten für vier Personen:

375 g Speck, durchwachsen, geräuchert
750 g Grüne Bohnen
1 Zweig Bohnenkraut
500 g Kartoffeln, festkochend
500 g Birnen, feste
2 EL Mehl
Weißer Pfeffer

Zubereitung:

Arbeitszeit: ca. 45 Min.
Gesamtzeit: **ca. 45 Min.**

Das »3-mal 15 Minuten«-Rezept:
Speck in ca. 1/2 cm dicken Scheiben mit 0,5 Liter Wasser aufsetzen und 15 Minuten kochen.
Derweil die Bohnen putzen, waschen und in 4 cm lange Stücke brechen. Bohnen mit dem Bohnenkraut zum Speck geben und 15 Minuten mitkochen.

Unterdessen die Kartoffeln schälen, waschen und würfeln. Die Birnen schälen, vierteln und entkernen. Kartoffeln und Birnen zu den Bohnen geben und alles zusammen weitere 15 Minuten garen. Das Mehl mit etwas Wasser verquirlen, einrühren und alles noch einmal kurz aufkochen lassen. Das Gericht mit weißem Pfeffer abschmecken und heiß anrichten.

Danksagung

Danken möchte ich den Menschen, die die Entwicklung von »Vier Frauen am Meer« begleitet haben.

Allen voran Bettina Querfurth, meiner famosen Agentin und klugen Beraterin, meiner Lektorin Nina Wegscheider für ihre wertvollen Denkanstöße und Anregungen, die das Manuskript zu einer runden Geschichte gemacht haben, Ingola Lammers für den sprachlichen Feinschliff und nicht zuletzt auch meinem Lebensgefährten Markus Wild, der mir mit seiner Originalität und Pfiffigkeit auch diesmal geholfen hat, Schwung in den Plot zu bringen, meinem Vater Helmut Konrad Neeb, der alle meine Bücher mit Begeisterung gelesen hat, was mich sehr glücklich macht, meinem Freund Gerold Hens, der »Vier Frauen am Meer« als mein erster Lektor und profunder Berater grandios begleitet hat, und meinem Freund Jürgen Blümel, der mir beim Schreiben wie im Leben einzigartig den Rücken gestärkt hat, desgleichen meiner Freundin Rahel Hoppe für ihr reges Interesse an meiner Arbeit und allen Lesern und Leserinnen, die mein Buch mögen.

Mein ganz besonderer Dank gilt den Mitarbeitern und

Mitarbeiterinnen der Hessischen Kulturstiftung Wiesbaden, die mein Projekt so wunderbar gefördert und meiner Arbeit als Schriftstellerin eine Wertschätzung entgegengebracht haben, die ungeheuer motivierend für mich ist.

Einer der bedeutendsten deutschen Verlage und seine heimlichen Heldinnen

Berlin in den goldenen 20ern: Auf einem Bankett lernt die schillernde Rosalie Gräfenberg den Generaldirektor des Ullsteinverlags Franz Ullstein kennen. Die junge Frau ist geschieden, erfolgreiche Journalistin und die beste Freundin von Verlagsredakteurin und Autorin Vicki Baum. Um Franz Ullstein ist es sofort geschehen. Er verliebt sich in Rosalie und macht ihr kurz darauf einen Antrag. Doch seinen vier Brüdern ist sie ein Dorn im Auge, zu unangepasst ist ihnen die junge Frau. Durch eine Intrige versuchen sie, Rosalie von Franz zu trennen. Aber Vicki Baum und ihr aufgewecktes Tippfräulein Lilli lassen nicht zu, dass nur die Männer die Regeln diktieren und Rosalies Ruf ruinieren. Ab jetzt entscheiden die Frauen selbst, was Erfolg ist und wie jede von ihnen ihr Glück finden wird.

Beate Rygiert
Die Ullsteinfrauen und das Haus der Bücher
Roman

Taschenbuch
Auch als E-Book erhältlich
www.ullstein.de

ullstein

Ein unerwarteter Aufbruch

Berlin, 1926. Sophia Krohn verliert in jungen Jahren alles: ihr Elternhaus, ihre Heimat, den Glauben an die Liebe. Sie kämpft sich durch harte Lehrjahre in Paris, wo sie der berühmten Schönheits-Unternehmerin Helena Rubinstein begegnet. Die bietet ihr an, für sie zu arbeiten, doch die Bedingungen sind hart. Sophia folgt ihr nach New York, voller Hoffnung auf ein neues Glück.

Corina Bomann
Die Farben der Schönheit –
Sophias Hoffnung
Roman

Taschenbuch
Auch als E-Book erhältlich
www.ullstein.de

ullstein

Verlorene Träume – eine junge Frau beweist Mut in dunklen Zeiten

Ostpreußen 1939: Während die Welt aus den Fugen gerät, wächst die junge Dora Twardy behütet auf dem Pferdegestüt ihrer Familie auf. Der Tochter des Gutsherren mangelt es an nichts, auch nicht an Verehrern. Doch als die deutsche Wehrmacht Polen angreift, muss Dora schlagartig erwachsen werden. Ihr Vater wird eingezogen und übergibt ihr die Verantwortung für den Hof. Mit aller Kraft kämpft Dora um den Erhalt des Familienbesitzes. In den Wirren des Krieges stehen ihr zwei Männer bei: der sanftmütige Freund ihres Bruders, Wilhelm von Lengendorff, und der abenteuerlustige Kriegsfotograf Curt von Thorau. Zu spät erkennt Dora, wen sie wirklich liebt …

Theresia Graw
So weit die Störche ziehen
Roman

Taschenbuch
Auch als E-Book erhältlich
www.ullstein.de

ullstein